U0485720

科学的力量

媒体人眼中的科学与科学家

陈 鹏 / 主 编

THE POWER OF SCIENCE

科 学 出 版 社

北 京

图书在版编目（CIP）数据

科学的力量：媒体人眼中的科学与科学家/陈鹏主编. —北京：科学出版社，2018.4

ISBN 978-7-03-056749-9

Ⅰ.①科… Ⅱ.①陈… Ⅲ. ①新闻报道-作品集-中国-当代 Ⅳ. ①I253

中国版本图书馆CIP数据核字（2018）第047707号

责任编辑：侯俊琳 张 莉 / 责任校对：何艳萍
责任印制：徐晓晨 / 封面设计：有道文化
联系电话：010-64035853
E-mail：houjunlin@mail.sciencep.com

科学出版社 出版
北京东黄城根北街16号
邮政编码：100717
http://www.sciencep.com

北京建宏印刷有限公司印刷
科学出版社发行 各地新华书店经销

*

2018年4月第 一 版 开本：720×1000 1/16
2025年2月第四次印刷 印张：26
字数：380 000

定价：98.00元

（如有印装质量问题，我社负责调换）

编　委　会

主　编： 陈　鹏

副主编： 刘峰松

成　员： 保婷婷　李　芸　朱子峡　张思玮
王　剑　温新红　袁一雪　胡珉琦
张文静　张晶晶

科普走进新时代

天宫、蛟龙、天眼、悟空、墨子、大飞机等重大科技成果相继问世，彰显着我国的科学技术水平已步入世界一流行列。但一个国家的科技实力不仅体现在基础研究水平的显著提升与重大科技成果的不断突破上，还体现在全体国民的科学文化素养上。只有当科技知识得以普及、科学精神深入人心，中国才算真正走入科学时代。正因如此，今天，科普被提到了与科技创新同等重要的国家战略高度。

一直以来，科学家、科普作家、科普活动管理者及许许多多科普爱好者构成了中国科普大军的主要力量，为我国的科普事业做出了巨大贡献。而在这支“主力部队”之外，还有一支专职从事与科学技术有关的报道、评论工作的队伍，他们也是科普大军不可忽视的力量之一。

他们是科技新闻的传播者。

这些呈现在报纸、电视、互联网上的科学新闻，在帮助公众理解科学方面，发挥着独特而重要的作用。

一个个具体而鲜活的新闻事件，能生动地呈现教科书或是专业论文、研究报告里所不能呈现的故事。

通过还原科学家一个新发现或者一个新成果背后的故事，公众可以体会到探索自然奥秘的幸福和艰辛；由点及线的新闻报道，则能串起一个科学理论及其演变过程，使公众对科学的发展有一个概览式、动态式的了解；由点及面的有关科学与技术、科学与经济、科学与社会的各类报道，则能宏观地揭示科学技术在推动社会进步、撬动历史发展进程中的巨大力量。

他们是现代科学的瞭望者。

在从事科普工作时，科学新闻工作者还有一层身份的优势——他们有着第三方视角。

现代科学在给人类带来巨大力量的同时，也给人类造成了新的生存危机，这种危机已渐渐开始为公众所理解。但在中国，科学是单纯作为手段和工具引进的，要全面地认识科学本身，特别是对科学有批判和反思的精神，还有很长的路要走。新闻工作者有提问的权利，他们是观察家，同时也是反思者。因此，客观地呈现科学这项工作，天然的是由科学新闻工作者来完成的。他们在科普工作中不是简单地进行知识传递，更不是科学家的传声筒，而是帮助公众真正理解科学是怎么回事，科学的逻辑是什么，科学的局限是什么，科学和社会生活有着怎样的关系。

《中国科学报》见证和记录着中华人民共和国科学事业的突飞猛进，也一直践行着科学传播的使命。在中国科学报社成立60周年之际，我们汇编了《科学的力量：媒体人眼中的科学与科学家》一书，将2017年刊登在《中国科学报》"周末版"上的部分报道做成合集。当然，这仅仅是采撷了奔腾长河中的几朵浪花。

与一般的科学新闻报道相比，《中国科学报》每周五出版的"周末版"更加富有特色。同样关注科学事件，它的目光既能犀利地触及问题的本质，也能温情地关切人的艰辛与喜悦。我们把这一类型的报道汇编成了本书的第一篇"科学再思考"和第四篇"艰难科研路"。

第二篇"科普架桥人"和第三篇"缤纷科普景"，更多关注的是科普工作者自己的故事和新晋流行的科普方式。阅读这些报道，最为感触的是科普不再是过去那种所谓的"知识下行"的通俗化过程，而是越来越注重分享与交流。传播者与接受者通过各式各样的手段分享知识、交流心得，彼此在这一过程中都得到了同样的快乐与满足。

这才是我们倡导的科普。它将开启公众参与科普的新维度，它将打破传播者与接受者的身份界限，把他们都变成分享者。从这个意义上说，它赋予了"科普"一词新的内涵。

陈　鹏

中国科学报社长兼总编辑

目　录

第二篇　科普架桥人

第三篇　缤纷科普景

第四篇　艰难科研路

后　记

第一篇 科学再思考

国家自然科学奖走过 60 年*

张文静

2017 年 1 月 9 日，2016 年度国家科学技术奖励大会召开，颁发了包括最高科学技术奖在内的 5 项国家级科研奖励，其中，国家自然科学奖由 42 个科研项目摘得，“大亚湾反应堆中微子实验发现新的中微子振荡模式”项目获得唯一的一等奖。

此次评奖受到社会的广泛关注，但可能少有人知道，今年距离首届国家自然科学奖（当时称作“中国科学院科学奖金”）颁发恰好 60 年。

见证中华人民共和国科技发展历程

1957 年 1 月，“中国科学院科学奖金”评选结果公布，这是中华人民共和国成立以来第一次颁发国家科学奖金。当年共有 34 项成果获奖，其中，华罗庚、吴文俊和钱学森三位科学家获得一等奖。该奖虽然由中国科学院组织评审，但实际上面向全国科技界，因此，后来被追认为首届国家自然科学奖。首届之后评奖中断，直到 1982 年举办第二届。从 1987 年举办第三届开始，该奖每两年评选一次，到 1999 年之后改为每年评选颁发一次。

60 年的时间，国家自然科学奖见证了中华人民共和国科学发展的历程和变化。首届国家自然科学奖一等奖获奖项目均为独立完成人，此后颁发的一等奖奖项绝大多数都是集体成果，包括 1982 年获奖的“人工全合成牛胰岛素”“大庆油田发现过程中的地球科学”等项目。其中，研究团队最为浩大的获奖项目之一当

* 本文发表于《中国科学报》2017 年 1 月 13 日第 1 版，作者张文静为《中国科学报》记者。

属 2009 年获一等奖的“《中国植物志》的编研”，该项目由四代科学家历经 45 年完成，参与研究的单位有 146 个，作者 312 位，绘图人员达到 164 位。本次获奖的大亚湾中微子实验项目组也有着 270 余人的庞大团队。

在中国科学院大学人文学院教授王扬宗看来，这种现象体现着整个科学研究方式发生的变化。“从小科学到大科学，从精英的科学到大众的科学。”王扬宗说，“如今，大规模的科研项目越来越多，人员和经费也更充足。”

中国科学院科技战略咨询研究院研究员李真真对此表示赞同：“随着专业细分程度逐渐增强和科学问题愈加复杂，科学研究越来越需要合作，项目合作加强、研究团队变得庞大就成为一种趋势。”

让同行评议真正发挥积极作用

2016 年度国家科学技术奖的评审把回归推荐制作为一条主线，在拓宽推荐渠道的同时，强化推荐主体责任。本届评审明确要求推荐意见、项目介绍和客观评价内容必须由推荐方如实出具，其他内容现阶段虽然可以由完成人等提供，但也必须由推荐方审查并承诺对真实性负责，推荐单位和专家原则上要亲自参加答辩。

“推荐制在科学共同体内部越来越成为共识。”李真真说，“它能规避自报评奖的弊端，在入口就形成公正的状态。”

在王扬宗看来，同行评议能够发挥关键作用是确保评奖质量的重要因素。“以首届国家自然科学奖为例，当时华罗庚先生的‘多元复变函数论及代数数论’的工作有 16 篇论文，有人认为其可得‘三个二等奖’，但不能得一等奖。后来在讨论过程中，大家认为华罗庚的工作主要在多元复变函数方面，是国际领先的工作，最后确认他的成果‘典型域上的多元复变函数论’应列为一等奖。”王扬宗介绍说，“华罗庚也是很有个性的科学家，在对其研究上报的推荐表上，华罗庚指定的成果鉴定人竟然是他的学生龚昇和陆启铿。他们当时都才 20 多岁，初出茅庐。但在华先生的眼里，他们最理解他的成果。最终，他们的鉴定得到了其他资深专家的认同。几十年后，‘多元复变函数论’被丘成桐等认为是华罗庚一生最重要的工作，也是华人数学家在 20 世纪做出能超越西方或与之并驾齐驱的三项工作之一。60 年前的评审专家就得出了这样的结论，是很了不起的事情。由此可见，在当年的评奖过程中，同行评议能够起到关键的作用。”

如何保证同行评议能够真正发挥积极作用？李真真认为，建立公正、透明的评奖程序，重构科学共同体内的信任关系和塑造良好文化环境，让评奖回归科学本体尤为重要。

“报奖成了一个产业，评奖成了一片江湖，那是非常可怕的。大科学带来了多元价值的博弈，也带来了各种利益的冲突。尤其是各种利益集团的形成，正在破坏科学共同体内部的信任关系。如果这种信任关系被消解，评奖的成本将会非常高，对整个科学的文化环境产生恶劣影响，被破坏的环境将更有利于利益团体的运作，形成一个恶性循环。所以，关键在于我们如何通过有效的程序及规则来避免利益集团运作和干扰评奖，进而重塑建立在良好信任关系基础上的文化环境。”

把评奖放在阳光下

当然，在评奖过程中，评审专家也会有一些争论。据王扬宗介绍，难得的是，早年评奖过程的记录，尤其是首届评奖的关键材料，都得以保留至今。“包括报奖过程、评审专家的历次讨论和评价等。这让我们看到了当时评奖的完整过程。”王扬宗说。

在清华大学社会科学学院科技与社会研究所教授刘兵看来，保证评审机制的公正、权威、有透明度，正是树立国家自然科学奖良好社会形象的关键。“比如诺贝尔奖，当然其透明度也不够，在颁奖前后也会引起争议，但是它的评审过程、评审资料都有封档和存档，会在一定时期后解密。中国自然科学奖也应在这方面予以加强，这对研究当代中国科技史很重要。”刘兵说。

对此，国家科学技术奖励工作办公室等评奖机构也正在作出努力。2015 年国家科学技术奖初评结束后，奖励工作办公室即召开公示发布会，奖励办主任邹大挺介绍说，2015 年国家科学技术奖评审工作与往年相比有两个“首次”：一是首次与初评结果一起，公布了参加初评会议的 54 个通用项目专业评审组的全部专家名单；二是首次开展了经济效益真实性核查试点。

“阳光是最好的防腐剂。随着科技奖励制度改革的不断深化，评审工作公开透明、全方位接受社会监督是一个趋势。是否公开专家名单、如何公开最科学，奖励办前前后后研究了三年。今后公布评审专家名单将作为一项制度长期实施。”邹大挺说。

社会关注度仍大有可为

从 1957 年至今，国家自然科学奖共颁发 26 次，一等奖共有 12 次空缺。国家科学技术奖励工作办公室有关负责人在刚刚结束的国家科学技术奖励大会期间表示：“近 5 年来，国家科学技术奖评审向着公平、严格的方向发展，国家自然科学奖、国家技术发明奖、国家科学技术进步奖三大奖的平均数为 307 项，与上一个 5 年平均数 355 项相比，减少了 48 项。特别是 2015 年和 2016 年，三大奖总数都已控制在 300 项以下。”

在王扬宗看来，“宁缺毋滥”的态度也是保证评奖水准的重要原因。这样的标准在首届国家自然科学奖的评奖过程中就已达成共识，即获奖名额“一般应从严，特别是一等奖宁缺毋滥”，科学奖金应主要依据学术上的创造性进行评比，不应夹杂着资历、学术地位等其他条件。

“为了鉴定有关成果的国际水平，当时的专家们进行了认真的文献调查。”王扬宗说，“如化学方面，对于兰州大学教授朱子清等的贝母植物碱工作，最初曾估计可列一等奖，后来认为其化学结构合成工作尚未开始，只能得二等奖，再后来进一步考虑国际上能做结构工作者颇多，而他们的工作在结构方面也未能完成，最后建议列为三等奖。这样的情况还有很多。所以在 60 年之后，当时获得一等奖的三项工作经过了时间的淘洗，仍然属于中国现代科学家在 20 世纪最具代表性的工作之列，当年的评审工作也经受了历史的检验，是严谨的，令人尊重的。”

在首届国家自然科学奖评选之时，评审专家就达成共识，为了维护该奖作为国家最高科学奖的权威性，得奖成果代表着我国的科学水平。一方面，一定要以国际水平为尺度；另一方面，也要照顾到我国的具体情况，充分发挥科学奖金对于科学研究的推动和促进作用。

"屠呦呦并没有获过国家自然科学奖，但是获得了诺贝尔奖。当然这并不能说明国家自然科学奖存在问题。但也要看到，国家自然科学奖不应该是一个孤立的奖。如果我们国家自然科学奖没有评出的奖项，频频获得世界级的大奖，会让该奖项的含金量贬值。这是值得注意的一个问题。"刘兵说。

国家自然科学奖代表着我国科技的最高水平，但与诺贝尔奖等相比，该奖的公众关注度还是不够。在刘兵看来，这与该奖项的重要性不相称。"从公众理解科学的层面讲，要树立该奖的公众社会形象，在传播力度和效果上还大有可为的。"

链接：特殊获奖者的"不完全梳理"

梅开二度者

本次获得最高科学技术奖的中国科学院院士赵忠贤，此前曾两次获得国家自然科学奖一等奖，分别为1989年的"液氮温区氧化物超导体的发现及研究"和2013年的"40K以上铁基高温超导体的发现及若干基本物理性质研究"。

在国家自然科学奖一等奖的评选历史上，如此"梅开二度"的科学家还有一些。比如，生物化学家邹承鲁以"人工全合成牛胰岛素"主要完成人的身份获得1982年国家自然科学奖一等奖，5年后，他又凭借在"蛋白质功能基团的修饰及其生物活性之间的定量关系"方面的研究再度夺魁；植物学家王文采则凭借"《中国高等植物图鉴》与《中国高等植物科属检索表》的编写"和"《中国植物志》的编研"两大项目分别获得1987年和2009年的国家自然科学奖一等奖。

拒 绝 者

1957年首届国家自然科学奖获奖成果共34项，本来还有一项成果被评为三等奖，但因被原定获奖者、古生物学家、中国科学院南京地质古生物研究所所长斯行健拒绝而放弃了。

那次评奖，斯行健报了一项成果《陕北中生代延长层植物群》。在书中，他率先指出了我国中生代植物群演替规律，并提出了我国中生代陆相地层的划分方案。这是他总结多年古植物研究心得，为石油地质服务的心血之作。

这项成果被评为三等奖。斯行健在公布之前知道了评奖结果，十分失望，他立即表示“要求撤回，不然就要停止工作”。虽然竺可桢等中国科学院领导做了说服工作，但斯行健最终还是希望撤下自己的名字，认为三等奖对于他不是鼓励，而是打击，不必再考虑。1964 年 7 月，斯行健病逝，终其一生也未获国家自然科学奖。国家自然科学奖恢复举办后，斯行健参与过的两项成果被他的同事和学生报奖，获得过两次国家自然科学奖二等奖。

唯一的外国人

1982 年，英国生物化学家、科技史家李约瑟等编著的《中国科学技术史》获得国家自然科学奖一等奖。李约瑟因此成为该奖设立以来唯一获奖的外籍人士。

1954 年，李约瑟写作的《中国科学技术史》（第一卷）在剑桥大学出版社出版，后发展成七大卷 20 余册，内容囊括中国的数学、物理、生物学、医学、农学、工程学、军事技术等方面，对重新认识中国古代科学文化产生了深远的影响。“李约瑟难题”引发了海内外学者的诸多讨论，至今不绝。

1994 年，国家科学技术奖开始设立中华人民共和国国际科学技术合作奖，并于 1995 年开始评奖，专门授予那些对中国科学技术事业做出重要贡献的外国人或外国组织。

中学物理老师

国家自然科学奖一等奖的获得者向来不乏来自研究所、高校的知名科学家。然而，1987 年，一名看似普通的中学老师也跻身了一等奖得主的行列，他就是包头市第九中学的物理教师陆家羲。

陆家羲长期从事组合数学研究，1961 年完成《柯克曼四元组系列》论文，后专攻“斯坦纳系列”，创造出独特的引入素数因子的递推构造方法，1983～1984 年，在国际期刊《组合论杂志（A 辑）》发表了 6 篇“论不相交的斯坦纳三元系大集”论文，解决了多年来困扰组合设计领域学者的国际难题。

1983 年 10 月，陆家羲到武汉参加中国数学会第四次全国代表大会，会上，人们对其研究成果惊叹不已。会议结束后，陆家羲从武汉回到家中，却因劳累一病不起，再也没有醒来，年仅 48 岁。

最受争议项目

2014 年国家自然科学奖一等奖授予了中国工程院院士张尧学团队的“网络计算的模式及基础理论研究”，获奖理由是该研究在国际上率先提出透明计算的新概念，突破了冯·诺依曼结构的局限，成功研制出了具有独立知识产权的超级操作系统和一系列具有原创性与系统性的重大创新成果，对促进我国计算机及相关产业转型升级发展具有重要意义。

然而，这一项目获奖的消息却引来了强烈的争议。有相关领域的研究者就获奖者脱离科研一线十几年、成果重复“云计算”无创新、论文引用情况表明缺乏国际影响等提出质疑，指出这一研究工作与国家自然科学奖一等奖的得奖标准相去甚远，并引发了对国家自然科学奖评奖标准和过程的讨论。

科技人才“大龄化”的忧与思*

胡珉琦

美国近 4 年投入基础科研的资金，大部分没有分配到年轻科学家手中，而是流入年龄更大的科学家口袋里。这并非特有现象，在中国、在世界其他国家都有表现。

爱因斯坦曾经说过：如果一个科学家在 30 岁之前还没能有所成就，那么，他就再也不会有成就了。这是为了说明，很多早期的伟大科学家，他们的科学创造最佳年龄可以非常小。

然而，这种状况在这个时代似乎已经趋向于一个小概率事件。许多研究都指出，科学家的科研创造峰值年龄正随着时代的变化而逐渐增大。

不久前，科学网博主分享了一篇发表于《中国科技论坛》的文章——《“杰青”的大龄化趋势及其弊端》，引起了博主的热议。正因为科技人才变得“晚熟”，更需要在他们早期创新能力的激发阶段，给予更多的保护和支持。

科技人才也“晚熟”

国家杰出青年科学基金（以下简称“杰青基金”）是 1994 年设立的人才专项基金，由国家拨专款，用于资助国内及即将回国工作的 45 周岁以下的优秀青年学者，在国内从事自然科学基础研究和应用基础研究。

上海交通大学科学史与科学文化研究院的研究人员统计了 1994～2013 年杰青基金获得者的当选年龄的分布状况。结果显示，在 2999 名国家杰出青年科学基金获得者（以下简称“杰青”）中，入选年龄最小的是 29 岁，最大的 45 岁，

* 本文发表于《中国科学报》2017 年 3 月 3 日第 1 版，作者胡珉琦为《中国科学报》记者。

平均年龄为40.5岁。而在1994年，这个平均值大约是37.3岁。

其中，当选杰青年龄最多的是45岁，41～45岁阶段杰青所占比例也是最多的，而35岁以下阶段所占比例仅有11.6%。杰青大龄化趋势越来越明显。

不过，这并非中国特有的现象。

针对美国国立卫生研究院（National Institutes of Health，NIH）的一项研究表明，30年前，具有博士学位的人申请到成为独立研究人员第一份最重要的一类课题R01资助的平均年龄是36岁，但在今天，这个数字增加到了42岁。

事实上，这在欧美国家已经成为一个普遍现象。年轻人成为独立研究人员，拿到终身教职，并获得基金的年龄一直在增加。

与此相对应的，还有目前科学界的一个主流观点——科学家科研创造峰值的年龄在增长。

美国西北大学凯洛格商学院的创新专家本杰明·琼斯与俄亥俄州立大学的布鲁斯·温伯格合作，统计分析了1901～2008年颁发的共525项诺贝尔物理学奖、化学奖及生理学或医学奖，发现除了少数特例，研究人员获得最伟大发现时的年龄也在逐步增大。

那么，杰青平均当选年龄的增大或年轻人成为独立研究人员，拿到终身教职的延迟似乎也有了合理的理由。

在这些变化的背后，是科研人员受教育的时间变长了，科学难度不断加大，竞争也日趋激烈。还有分析表明，如今科学研究已经从以理论研究为主向以实验研究为主的方向转变。进行理论研究时，年轻人能做得更好，而对于实验研究来说，则需要长时间的、大量的知识积累。

大龄化或影响科研产出效率

然而，这项研究的作者之一、上海交通大学科学史与科学文化研究院教授李侠担忧，杰青大龄化可能对科学产出的效率不利。

因为他们通过对杰青重要成果的统计发现，获资助后不同年龄段重要成果的产出效率随着年龄增大呈递减态势。其中，29～35岁年龄组以16.33%位列第一，其次是 36～40 岁，而 41～45 岁年龄组最低，只有 5.75%。也就是说，随着年龄的增加，杰青取得重要成果的概率变得越来越小。

在李侠看来，科学研究是一种复杂的创造性活动，科学研究人员不仅需要具有高度的创造力，还需要具有旺盛的精力。从统计学意义上来讲，创造力和精力都与人的年龄呈密切相关关系，科学产出的效率也与科研群体的年龄结构有关。

在中国人民大学出版社出版的《面向创新型国家建设的科技领军人才成长研究》一书中，研究者将领军人才的成长分成了几个阶段。其中，30～40 岁是创新能力的激发阶段，也是科研事业取得成果的最佳年龄，绝大多数的重大科技创新成果是由处于这一阶段的杰出人才创造的。

因此，尽管随着时间的推移，那些诺贝尔奖获得者在 30 岁左右取得重要成果的频数不断下降，而 40 岁左右获得重要成果的频数不断上升，李侠认为，还是应该在潜力激发的早期阶段尽可能多地给年轻人支持。

不过，他也表示，按照现有的评审标准，40 岁以上的科研人才，显然更容易获得资助。因为这个年龄段的人才在过去的 5 年中大多处于科学事业的创造高峰或学术成熟时期，而在杰青评审期间正好处于获得承认期，他们在论文、课题方面一般具有优势累积。而对于中低龄优秀青年来说，竞争就更为激烈了。

资助模式、资金渠道单一

“如何去争取更多的支持，全世界的青年科学家都面临着一样的挑战。”中国科学技术信息研究所研究员乌云其其格在接受《中国科学报》记者采访时表示，尤其是当资金滞涨，而科研人员数量又不断上升的时候。

2016 年年底，英国皇家科学会外籍会士、美国斯坦福大学结构生物学教授罗杰·科恩伯格在参加复旦科技创新论坛时公开表示：“统计数据显示，美国在 4 年间投入基础科研的资金，大约有 1000 亿美元，但是这大部分的资金并没有分配到年轻科学家手中，而是流入那些年龄更大的科学家口袋里。”

乌云其其格说，杰青基金只是国内对青年科研人才支持的一个项目，在这个序列上，还有博士后基金、青年科学基金、优秀青年科学基金。此外，中国科学院的“百人计划”，人力资源和社会保障部的“百千万人才工程”，还有教育部设立的一些支持高校青年教师的基金，都为青年科技人才培养做出了一些重要贡献。

“现在的问题是，我们的资助模式和资金渠道比较单一，支持力度不够，能够拿来分配的资源仍然非常有限，很多处于职业生涯早期的青年科技人才得不到应有的资助。”

她认为，尽管发达国家青年科学家的竞争也非常激烈，但他们的资助模式更丰富，也更成熟。

“首先，这些国家一般不以年龄来划分资助项目，而是以职业背景来划分，按照所处的职业阶段来提供不同的支持，形成覆盖从博士后到独立、再到独立初期的职业生涯各阶段的青年人才资助体系。”

比如，在美国，国家科学基金会下设了CAREER计划，国防部设立了青年研究人员计划，能源部下设了杰出青年研究人员计划，国立卫生研究院下设了独立之路计划、独立科学家奖及尽早独立奖等，促进获得博士学位的青年人才尽快成长。

在澳大利亚，研究理事会通过发现项目计划资助处于职业生涯早期阶段的科学家；通过新研究人员基金，为那些重新回到研究岗位或从海外归来的健康医学领域研究人员提供资助；国家健康与医学研究理事会为获得博士学位2年以上、7年以下的研究人员提供职业发展基金；超级科学奖学金为国内外最优秀的职业早期研究人员提供资助。

此外，乌云其其格特别提到，在发达国家，除了政府设立的各种计划，民间基金会、企业、公益组织和各种学会等设立的人才资助计划不计其数，为青年人才的成长发挥了重要的作用。

据统计，美国非联邦资金资助的青年研究员项目就有近100 种。“但在中国，科研资助引入民间资金是比较少的。”她表示。

如何“不拘一格降人才”

丰富资助模式和资金渠道只是完善青年人才计划的一个方面。李侠表示，如何制定更合理的评审标准，从而使真正有能力的青年人才能够最快速地脱颖而出，同样非常重要。

科学网资深博主武夷山也提到，人才计划可以有两种导向，一种是成果导向，另一种是以人为本的导向。我们现有的评价主要围绕成果是否已经得到学界的认可。实际上，应该向人本身倾斜，重视青年人才原始性创新的潜力。

哈佛大学学者会的青年学者奖学金和霍华德·休斯医学研究所（The Howard Hughes Medical Institute，HHMI）是两个典型的正面例子。

青年学者奖学金是美国未来学术领袖培养计划中最具名望的民间计划之一。它成立于 1933 年，是由时任哈佛大学校长的劳伦斯·洛厄尔利用其妻子名下基金设立的。这个奖学金每年支持 10 名（最多 12 名）获得博士学位的年轻人，获奖者以 3 年为期。

乌云其其格介绍说，得到这份奖学金的人，可以在哈佛大学自由自在地做自己喜欢的任何研究，不要求作报告，不用上课，也不用当助手。它对获奖者的唯一要求就是住在哈佛大学所在地剑桥市，并参加每周一次的与资深学者的正餐聚会。

“在遴选获奖者时，该奖学金注重的是候选人的才智和独立开展有前景的研究的能力。哈佛大学学者会根据候选人提交的材料及专家的推荐信等，确定一部分特别优秀的人员与资深学者进行面谈，并最终决定获奖人选。”

有人统计过，获此资助而日后成名的学者竟然不下半数，人才培养成功率极高。20 世纪下半叶影响最大的科学哲学家、科学史家托马斯·库恩，两次获得诺贝尔物理学奖的科学家约翰·巴丁，人工智能科学家马文·闵斯基等都曾受到该奖学金的支持。

HHMI 是美国极负盛名的生物医学研究私立基金会之一，该所的职业早期科学家项目通过提供稳定的经费支持，帮助刚刚开始独立领导实验室工作的杰出青年科学家，使其可以全身心地投入前沿科学探索中。

HHMI 会通过专门的评审委员会评审申请者的研究潜力，并且通过其提出的一个只有不超过 3000 字的未来研究计划考察他们未来取得重大突破的可能性。入选者可在 6 年内获得 150 万美元的经费支持，并且每年有 3 次购买设备的机会。

在遵守 HHMI 相关福利待遇、薪金规定的前提下，入选者可以保留原单位的工作职位，在允许的时间内（入选者必须保证每年 75%的时间用于研究工作）完成原单位的教学和研究任务。

这才是真正的“不拘一格降人才”。

还要继续曲解影响因子吗？*

胡珉琦

前不久，中国医学论文大面积被外国学术期刊撤稿事件，再次掀起学术界关于科研成果评价体系的探讨。同一时期，在国外任教的一位科学网博主因发表博文，质疑“唯影响因子是论”的评价标准尤其对应用研究者不公，引起了诸多科研人员的共鸣。有博友质问，这样的学术评价政策真的促进科学研究质量提高了吗？

近年来，有更多的学术队伍开始挑战不恰当地依靠期刊影响因子进行科研评价的行为。可现实是，影响因子的影响力依旧是势不可挡，对影响因子的曲解还在持续。

你真的认识影响因子吗

在国内学术圈，影响因子已经叱咤风云多年。因为其与学术影响力、职称、基金、奖励等息息相关，几乎没有科研人员对它是陌生的。但并非每一位科研人员或科研管理者都真正了解它的内涵，知道它是如何而来又是如何发展的。

影响因子作为对学术期刊影响力评估的指标之一并非是由汤森路透创造的。它的真正发明者是美国科学情报研究所（Institution of Scientific Information，ISI），1992 年并入了汤森路透。自 1975 年以来，ISI 每年定期发布“期刊引证报告”（Journal Citation Reports，JCR），其中的一个核心指标就是期刊影响因子。它是指一份期刊前两年中发表的所有文本在当年度的总被引用数，除以该期刊在前两年所发表的“引用项”文章总篇数。

* 本文发表于《中国科学报》2017 年 5 月 19 日第 1 版，作者胡珉琦为《中国科学报》记者。

一般来说，一本期刊的影响因子越高，证明它的学术影响力越大。因此，ISI最初的想法很简单，就是用一种文献计量学的工具来帮助图书馆评估和挑选期刊。后来，影响因子的数值逐渐变成为反映科学家和学者对于值得关注和有帮助的科学研究的判断。

至此，对于影响因子的解释仍是粗浅的。使用它的人必须懂得，究竟什么因素能影响影响因子的高低，这就涉及它的具体计算方法。

从事文献计量学研究的科学网资深博主武夷山解释，根据它的定义，科研人员也许以为，被引用的一定都是研究论文和综述，所以才把它们称为“可引文献”，而社评、读者来信、新闻、观点等则被定义为“不可引文献”。但实际在计算影响因子时，分母是某期刊在统计年的前两年发表的“可引文献总数”，分子则是该期刊在统计当年获得的所有引用数量，其中既包括了“可引文献”，也包括了那些“不可引文献”。

于是，影响因子就成了聪明人可以玩转的“游戏”。上海交通大学科学史与科学文化研究院院长江晓原说，一般来讲，想要玩好这个“游戏”有两种方法。

第一种直接扩大分子。在学术杂志上发表一篇综述文章，往往引用率会非常高，于是综述文章越来越受到青睐。目前，影响因子排名前 20 的玩家中，有 10 家是综述类杂志，其中就有全世界影响因子最高的刊物。

第二种方法是进行杂志的两栖化改造。大量增加非学术文本的比重，也就是非引用项的数量，从而减小分母。以《自然》杂志为例，目前通常有 18 个栏目，但只有 3 个栏目属于引用项，即学术文本，还有 15 个栏目里面都是非引用项。此外，《新英格兰医学杂志》《美国医学会杂志》《柳叶刀》等知名期刊也都是非引用项的“重灾区”。

有意思的是，在影响因子诞生之初，计算公式相对合理，即分母部分是包括所有文本的。之所以修改成现在的样子，还要从 ISI 的创始人加菲尔德说起。

江晓原在接受《中国科学报》记者采访时表示，美国科学情报研究所是加菲尔德在攻读博士学位期间就成立的私人商业机构，无论是 SCI 报告还是 JCR 报告本身都是企业的盈利点。

影响因子出现 3 年后，加菲尔德改变了影响因子的计算公式，《自然》《科学》

杂志的低排名有了显著的上升。

对杂志而言，影响因子也并非只关系到自身的影响力评价。江晓原举例道，《自然》子刊《自然通讯》（*Nature Communications*）是2010年才正式出版的综合性期刊，它目前的影响因子达到了12，甚至超过了已有百年历史的美国国家科学院官方科学周刊《国家科学院院刊》。2015年，它在一年内发表了多达3192篇的论文，并且明文规定，每篇文章收费5200美元（折合人民币33 000多元）。

“当然，影响因子的商业背景并不必然与公正性、权威性相冲突。但这至少说明，影响因子排名并非是纯粹的学术公器。”江晓原说。

影响因子等于影响力吗

2016年年底，学术出版巨头之一的爱思唯尔推出了自己的期刊影响因子评分系统CiteScore。实际上，就计算方法来说，爱思唯尔主要就是在两方面做出了调整。一是，分母不区分文章类型，也就是回到了影响因子诞生时的设定；二是，将论文引用两年的时间窗口延长至3年。

在业内，它被看成是ISI影响因子的挑战者。就在2017年2月26日，91岁的加菲尔德在美国去世，人们一定不会怀疑，会有越来越多的机构乐于参与制定新的影响因子“游戏规则”。

但在江晓原看来，看似不同的影响因子规则其实都是“换汤不换药”。如果管理者用它来评价某一篇具体的论文，无论用哪一种规则，都存在先天不足。

武夷山提到，影响因子反映的其实是期刊所登载论文的平均被引次数。实际上，每本杂志都是少量论文占据了大部分的被引量，影响因子是被相对高被引的论文带上来的。统计发现，1900～2005年被引用的3800万篇论文中，仅有0.5%的论文被引200次以上，有一半的论文根本没有被引用过。这就意味着，即便是一篇发表在高影响因子期刊的文章，它也很可能无人问津。

此外，不同学科、领域间研究的热度差异巨大。有时，不在于研究质量，而是内容是否热门就能决定一篇文章的被引率。一些冷门、偏门、规模较窄的学科本身受关注程度低，得到认可、被引用所需要的时间周期远超过影响因子规定的时间窗。因此，用同一套标准对这些研究进行评价是不合理的。这也是北京大学学科建设办公室研究员、科学网博主贺飞在博文《影响因子的前世今生》中早就指出的，“影响因子只代表研究热点，不能直接代表研究水平”。

实际上，汤森路透也强调，影响因子是衡量期刊影响力的指标，而不是作为评估作者或机构的替代品。这不是一个文献计量学工具产生的初衷，但当它的影响力在不断扩大时，对它的扭曲和滥用也就越演越烈。

国外同样存在这样的现象，教师的任命、晋升及科研项目的获取，会把研究工作发表在所谓的“高影响力”期刊上作为重要依据。例如，有的机构在给予 tenure（终身教职）时，也会考核申请人所发表论文的累积期刊影响因子是否达到一个阈值。

2012 年美国细胞生物学年会发表了一份《科研评价的旧金山宣言》（DORA），当时，它的声明就非常值得深思。它认为，科学界不应该使用影响因子等评价期刊的指标作为评价单篇研究论文质量的代替指标，也不应该用来评价某位科学家的贡献，决定是否对其聘用、提职或给予经费资助。在决策经费资助、聘用、给予终身教授或晋升时，应基于论文的科学内容而非所发表的期刊指标来作出评价。

敢于挑战不恰当地依靠期刊影响因子进行科研评价的这种行为令人赞赏，但是，影响因子的影响力似乎依旧势不可挡。

数字评价“骑虎难下”

既然一个指标并不适合进行科研影响力的评价，为什么不直接将其从评价体系中剔除？

武夷山认为，这是“骑虎难下”。从科研管理的角度，定量评价的好处是统一、便捷，在处处是竞争的学术圈，体现了某种程度上的公平和实用性。因此，有些管理者往往没有动力去制定一套适合本单位本学科的科学评价体系。

贺飞在《诱惑与困惑：“影响因子游戏”该如何继续？》一文中指出，客观上，影响因子在同一学科内作为一般性评价指标还是有价值和意义的。一般来说，同一学科内影响因子高的刊物的论文发表要求相对较高，文章的总体质量和平均水平也是相对较高的。虽然影响因子并不能完全反映一个科研工作者的水平，但从统计学的意义上讲，同一领域内，发表在高影响因子杂志上的文章水平还是要普遍高于发表在低影响因子杂志上的文章。

这个问题还涉及现阶段是否存在比数字评价更好的方法。在江晓原看来，学界公认的评价方法是小同行的同行评议，这才是回归学术评价的本真。

武夷山却表示，目前的同行评议也未必能做到完全客观和全面。且不论具有小同行评审资格的人力资源稀缺，对于涉及跨学科的研究领域，甚至找不到真正的同行。而且，同行评审受限于主观判断和偏见，缺乏透明度，如果是在一个缺乏学术诚信的环境中，同样存在被滥用的风险。

反之，江晓原认为，同行评审即使出现误评问题，至少是可以被追责的。“事实上，评审专家并不能随心所欲，因为他们需要承担必要的责任。而在所谓‘客观’的评价体系中，也就意味着，没有任何人需要对一项错误的评价结果负责。”

可见，学术评价本身就是如此复杂，这也是为何针对影响因子依然争议不断的原因。

不过，一个相对被认可的观点是，合理化地使用这一指标，数字评价需和同行评议进行配合。对此，武夷山还特别强调，全世界的文献计量学研究人员都认为，定量评价可作为同行评议的补充和参考，而非替代。

而且，数字评价的指标数不能过少，不能“唯影响因子是论”。实际上，针对期刊的评价还涉及期刊影响百分位、标准化特征因子、期刊规范化引文影响力、期刊期望引文数等更多指标。更为关键的是，不能将数字评价直接与利益相捆绑。

“破局”中国科学史*

温新红

5 月 16 日，清华大学建立科学史系获批准。6 月 30 日上午，清华大学科学史系成立大会在清华大学蒙民伟楼多功能厅举行。国内科学史、科学哲学等相关研究的中坚学者济济一堂。不到 9 点，会场位置已全部坐满，后来的人只能站在或坐在过道上。

国内大学的科学史系为数不多，清华大学加入其中意味着什么？会给科学史学科带来什么新鲜内容？清华大学科学史系又将如何带动中国科学史学科的发展？会后，本报记者采访了清华大学科学史系创系主任吴国盛教授，他向记者梳理了中国科学史的发展历程，同时，解读了作为架起科学与人文桥梁的科学史在中国的现状和发展方向。

中国科学史学科寻求变革

近一两年“985”名校集体大规模放弃科学史学科，是一股逆流，向我国的科学史学科敲响了警钟。

早在 20 世纪 90 年代，中国科学史学者在接受媒体采访时表示，尽管科学史学科在中国已确立了学科地位，但离成熟还很遥远。过去了近 20 年，在吴国盛看来，中国的科学史学科的状况依然没有太大改观。

有数据表明，美国在 2011 年时，科学史博士点大概有 57 个，有 10 个科学史系。而中国在过去 20 多年中，只有个位数的博士点，30 多个硕士点，在一级学科里面差不多是规模最小的。不仅如此，国内的“专科治史、中国古代科技史为主导的

* 本文发表于《中国科学报》2017 年 7 月 7 日第 1 版，作者温新红为《中国科学报》记者。

研究特征，使得科学史在高校发展非常困难，有的学位点也已经岌岌可危”。

中国科学史学科的主要发源地、“国家队”是中国科学院自然科学史研究所。另外，高校的理工科院系也有一些从事科学史研究的。到了20世纪80年代，因学科建设，不少高校设立了与科学史相关的学位点。

但大学里多是做专科史，各自为政。做数学史的在数学系，做物理学史的在物理系，做化学史的在化学系，其结果自然是日益边缘化、难以为继。例如，20世纪80年代，北京大学曾经获得过物理学史和化学史的硕士点，其中物理学史从来没有招过学生，最后被撤销了；化学史研究在赵匡华、阮慎康两位先生退休之后便后继无人，硕士点迁移到了科学与社会中心，最后随科学与社会中心迁移到了哲学系，才有了稳定的招生和培养工作。北京大学是如此，其他高校亦相差不大。

1999年3月，上海交通大学成立科学史与科学哲学系，这是国内大学中第一个科学史系。同年7月，中国科学技术大学科学史与科技考古系成立。随后，国内高校的科学史系及相关研究机构也越来越多。2005年，第22届国际科学史大会在中国举办，这是国际科学史学会的最高系列学术会议，每四年召开一次。

种种发展态势，却没有让科学史在高校获得更大生存空间。近一两年又因政策因素，科学史学科再次雪上加霜。

2016年教育部启动的学科评估规定，理学要整体打包参加评估，也就是说，科学史作为理学学科必须参加评估，许多学校为了不让力量明显薄弱的科学史学科拖学校的后腿，主动放弃了这个学科点。这里面包含实力很强的“985”学校，像浙江大学、北京师范大学、北京理工大学、东北大学、华东师范大学、武汉大学、中国农业大学等。

“这是一个巨大的悲剧。这次‘985’名校集体大规模放弃科学史学科，是一股逆流，向我们的科学史学科敲响了警钟。”对此，吴国盛非常焦虑。

在他看来，中国的高等教育改革已经在通识教育问题上达成了共识，即科学史应该是通识教育的主力；中国知名的综合大学，无疑应该顺理成章大力发展科学史学科。现在竟然出现了反向发展。一方面，这固然是大学校方还没有意识到里面的必然关联；另一方面，则与科学史学科长期以来给人的印象有关——“专科治史、中国古代”两个特征，没有体现科学史是沟通科学与人文的桥梁学科，没有体现科学史对于通识教育的内在意义。

吴国盛表示，正因为此，清华大学建立科学史系具有重要的象征意义。这既标志着科学史回归大学通识教育的本位角色，也标志着中国的科学史学科准备改变传统的“专科治史、中国古代”为主的形象。

向“科学史家的科学史”转变

他们不满足于“以科学家的标准为科学史的标准”，认为科学史家要有自己的问题、自己的方法，这就是“科学史家的科学史”。

科学史是科学与人文交叉会通的高端新型前沿学科，也是渗透文理、贯通古今、融汇中西的典型桥梁学科。其发展的重要性不言而喻。

从 19 世纪后期开始，西方就逐渐有一些哲学家对科学史感兴趣。但现在一般认为，科学史作为一门独立的学科是从美国科学史家、“科学史学科之父”萨顿开始的。他最早在哈佛大学授课、办杂志、建立了美国科学史学会。他创立的 *ISIS* 杂志至今还是国际科学史界的核心杂志。

科学史学科的产生一般取决于社会的需要。中国也不例外，其大背景是西学东渐大潮之下对自己民族历史上科学遗产的整理。发展了半个多世纪，为什么会在高校没有大的发展呢？这与学科产生背景和中国国情有关。

吴国盛介绍，中国科学史学科发展大概可分为两个阶段。

一开始意识到科学史重要性的是科学家，像竺可桢、叶企孙、钱临照等著名科学家。竺可桢更是直接推手，中国自然科学史研究室就是在 1957 年由他创建的。其主要研究者以老一辈科学家为主。国内唯一的科学史院士席泽宗曾回忆说：“1956 年制定科学史的发展规划时，根本没有年轻人愿意来做这个工作。”

这是中国科学史学科的第一阶段。“总的来说，有两个主要特点。”吴国盛表示，一个特点是编史动机是爱国主义的，目标是弘扬祖国优秀传统文化，因此主要的研究对象就是中国古代科技史；另一个特点是，编史纲领基本上是辉格史，即以现代（西方）科学为基准，透视中国历史上先进的（时间占先或水平更高）科技成就。其结果是专科史占据主导，并且“以科学家的标准为科学史的标准”——科学家的科学史。

20 世纪 80 年代末，一些科学史学者开始对此进行反思。“以争多少个世界第一为科学史”的主要动机受到质疑。同时，他们不满足于“以科学家的标准为科学史的标准”，认为科学史家要有自己的问题、自己的方法，这就是“科学史家的科学史”。

“科学史家的科学史”主要是由职业科学史家写出的历史，不限于专科史，不以理科教育为目标，而建立科学史自主的研究目标和研究方法。

从 20 世纪 90 年代至今，应该算是第二阶段。不过，“我们还没有完成这两方面的转化，即编史动机脱离单纯的爱国主义，编史纲领脱离单纯的科学家标准。我们的科技史还属于理学一级学科，分科治史还是我们的主要编史模式，国内科学史家中多半还是治中国古代科技史。”吴国盛说。

从国际科学史界来看，大概从 20 世纪四五十年代开始由第一阶段向第二阶段过渡，而我们则从 20 世纪 90 年代开始过渡，到现在还处于过渡阶段，即没有完成“科学家的科学史”向“科学史家的科学史”的转变。

一流的大学要有一流的科学史系

科学史属于“奢侈”学科。中国的大学显然已脱离“温饱”，建设世界一流大学自然不能少了科学史学科。于一个国家也是如此。科学史这种反思型的“二阶学科”，在一个国家的科技事业发展到一定程度之后，格外必要。

尽管转变需要十几年甚至更长时间，需要多方面的努力才能打破现在的局面。但对吴国盛而言，当下最重要的是，在清华大学科学史系招收本科生，这是一个重大变革，因为国内高校现有的两个科学史系都没有自己的本科生。“培养计划会循序渐进地展开。从辅修到第二学位，直到招收主修学位。培养本科人才是我们坚定不移的目标，也是清华大学科学史系重要的特点。”

除了将招收本科生外，清华大学科学史系不会局限于研究某些专门学科的历史，也不局限于为科学教育服务。虽然这些固有的功能还会保持，但吴国盛还表示，学术上，首先，要推进西方科学史的研究，帮助中国普通民众全面理解科学，包括它的历史由来、社会条件、社会后果；其次，要做好中国近现代科学史的研究，总结西方科学引进和发展过程中的经验教训。这是未来的两个主要学术方向。

另外，清华大学科学史系还会关注科学传播学和科学博物馆学，这是科学史联系社会、服务社会的一个重要途径。科学史作为大学通识教育的一部分，科学史系主动地来沟通文科和理工科、科学与人文，在两种文化中建立桥梁。

事实上，许多世界一流名校都设有关于“科学史”或“科学史与科学哲学”的本科计划，如美国的哈佛大学、斯坦福大学、加州理工大学及英国的剑桥大学等。至于科学史专业本科生的就业，正如哈佛大学科学史系的本科招生广告：“学生拿科学史学位可以做什么？回答：一切事情。”

一流名校与科学史研究有什么内在的、深层次的关联，吴国盛对其原因作了解读。

科学史是“二阶学科”，在缺乏科学或科学不发达的时候，科学史研究是不可能出现的。相反，如果“一阶学科”很发达，自然而然就会发展像科学史这样的“二阶学科”。

“从这个意义上讲，科学史属于‘奢侈’学科。就像你温饱问题还没有解决，是不会在家里挂世界名画、摆架钢琴的。反过来说，如果一个人家里有钢琴、有名画，那基本生活条件不会太差。”吴国盛表示，随着创“双一流”目标规划，中国的大学显然已脱离“温饱”，建设世界一流大学自然不能少了科学史学科。

高校是如此，对于一个国家也是如此。像科学史这种反思型的“二阶学科”，在一个国家的科技事业发展到一定程度之后，就变得格外必要。

“它关系到一个民族的科学文化建设，关系到国家科技政策的制定。中国的科学文化长期以来是比较贫乏的，我们对于引进和发展科学更多的是抱着实用主义的态度，这个策略在短期内是有效的，也是合理的。”但是，吴国盛认为，这对于我们今天要实现中华民族伟大复兴这个新的历史使命来说，就很不够，就要更多地追根溯源，更全方位地理解科学。事实上，我们今天科技政策的制定过程中出现的许多问题，都是与这种科学文化的欠缺有关。

中国著名高校重视科学史学科，必定会让这一学科的发展呈现出不同格局。

吴国盛特别提到了哈佛大学科学史系的例子，它之所以成为学科重镇和学术中心，一是因为有萨顿的长期耕耘，二是因为有哈佛大学校长柯南特的大力支持。他不但领导编写了《自由社会中的通识教育》（俗称红皮书）这部现代通识教育的经典文献，还力主科学史课程成为通识教育的核心课程，并亲自策划了三门科学史课程，这三门课造就了三位日后国际科学史界的著名科学史家：库恩、科恩和霍尔顿。

“无论是从高校创‘双一流’角度，还是从国家层面来说，国内有志于建设世界一流大学的学校，都应该准备筹办科学史系，发展科学史学科。”吴国盛表示。

在清华大学科学史系成立大会上，95 岁高龄的杨振宁最引人注目，他左手拄着拐杖，不需要人搀扶走到讲台上发表致辞，声音清楚，思路清晰。他的致辞同样引人深思：“再过十年二十年，回想今天，人们会知道，这是清华大学历史上一个非常重要的时刻。”

重“写”中国古代科技史*

温新红

科学史研究的目的是传播科学精神。科学在不同的文化和不同的社会土壤中会结出不一样的果实。在新的范式下，我们才能认识到科学文化的多样性。总而言之，要理解科学是什么，必须回到科学产生的历史情境。

7月26日晚，巴西里约热内卢古老的天文博物馆内，正在放映着一部电影。影片中，秘鲁学者罗哈斯来到中国四川西昌凉山地区，全程体验了彝族的新年；彝家少女日洛参加火把节选美，对火把节做出了自己的观察。通过影片，观众了解到彝族的起源、经济、音乐乐器、文学诗歌、古彝文字、服饰、饮食文化、经典彝族歌剧《彝红》及向天坟。

影片长达66分钟，放映结束后，赢得观众的阵阵掌声。这是一部名为《库施与都则》的纪录片。

此时，国际科技史与科技哲学联盟科学技术史分会（以下简称“国际科学史学会”）组织的第25届国际科学史大会正在巴西召开。这个每四年举行一次的大会是科学史领域规模最大、最重要的国际盛会，也是第一次在南美洲国家举办，来自全球近50个国家和地区的1135名代表出席了大会。

作为大会活动之一，中国科学技术史学会、巴西科学史学会和西昌彝学会在巴西天文及相关科学博物馆（MAST）联合举办了主题为“天文博物馆之夜：丝绸之路科学与文明暨彝族文明十月太阳历”的招待会。“这是中国科学史界第一次在国际大会上举办招待会。”中国科学技术史学会理事长、中国科学院大学人文学院常务副院长孙小淳教授告诉记者，参加招待会的包括全世界30多个国家

---

* 本文发表于《中国科学报》2017年8月18日第1版，作者温新红为《中国科学报》记者。

和地区的200多位学者。

中国科学技术史学会与巴西科学史学会在招待会现场签署中巴两国科学史研究备忘录，将在“一带一路国际丝绸之路上的科学与文明”等项目上进行合作。而《库施与都则》的展播，将招待会推向高潮。

“影片围绕库施（新年）与都则（火把节）两个节日的活动，探讨了彝族古老的十月太阳历及其文化变奏。历法是古老文明的重要组成内容。彝族十月太阳历保留了独特的古老文明的踪迹，同时又与美洲玛雅文明的太阳历相映成趣。”孙小淳介绍说。

“库施”是彝族新年的意思，一般在农历十月二十左右；“都则”是指彝族的火把节，在每年农历六月廿四左右。

彝族十月太阳历以十二属相回归记日，3 个属相周期为一个时段（月），即36日为一月，30个属相周为一年。1年10个月，360日，10个月终了，另加5日“过年日”，俗称“过十月年”，全年为365天。每隔3年多加1天，即闰年（闰日），为366天。因为十月历属于纯阳历，又叫太阳历。

2016年10月，纪录片制作方找到孙小淳，希望他能够成为该片的科学顾问。在看了片子的前期准备后，孙小淳提出，由于美洲也有太阳历，再加上美洲印第安人的文明与中国彝族文明有很多相似之处，仅从人的相貌上看，也颇为相像，因此，可以从比较的角度来考察彝族的十月太阳历。于是，孙小淳邀请印加后裔罗哈斯参与影片的拍摄。影片就从邀请罗哈斯到彝族农家过库施年开始讲述。

这部纪录片，包含了科学、民俗学、社会学及老百姓的生产、生活等多种元素，“历法包括很多内容，不能仅仅理解为日历上日子的安排、抽象的数字。数字非常简单，1年10个月、1个月36天，但是背后的内涵却非常丰富”。孙小淳认为，抽象的日子安排反映在人们的生活、节日、生产等活动中。也就是说，历法的功能是通过人们的生产生活、宗教礼仪、集市贸易等活动反映出来。“所以，我们看待十月太阳历的视角，一方面是天文学的，另一方面是人类学、社会学、民俗学的，只有这样，才能理解古代历法的意义。”

事实上，中国古代科技的特征之一就是它与古代社会政治、百姓生产生活等不能分开。那么，如何来理解中国古代科技，当下的中国科技史研究与以李约瑟为代表的做法有什么变化？为此，《中国科学报》记者专访了孙小淳。

回到历史情境

《中国科学报》：彝族的十月太阳历现在已经不用了，对此您怎么看？

孙小淳：历史上是不是存在过十月太阳历，学术界也有争议。但是在我看来，历法存在的形式是多种多样的。彝族人民举行各种宗教仪式，包括节庆、婚丧嫁娶、算命等，还有地方集市，选择日子都用十二支记日的做法，这实际上就包括了十月太阳历的元素。所以，我认为彝族十月太阳历是存在于彝族人民的社会文化生活之中的。

看日历，其意义更多的在于它的“历注”，这一天该做什么，那一天该做什么，二十四节气该做什么，有一些内容今天看来是迷信的，但不可否认的是，在古代，日历、历法就是按时节安排老百姓的生活。历法是对社会的一种时间管理。

《中国科学报》：《库施与都则》从民俗学、人类学等角度去考察十月太阳历，可以说成功地反映出中国古代科学与文化，这是怎么做到的？

孙小淳：这部片子抓住两个节日来讲，一个是库施新年，另一个是都则火把节。纪录片将科学内容穿插在故事当中，探讨了十月太阳历有没有天文观测的依据，有没有文献记录，以什么形式表达出来等。

古人的思维方式、生活方式及关注点和现代人都不一样，对于中国古代科学，应当采取多元的视角，要放到历史的情境中、语境中去考虑。不要用现代科学的标准去衡量古代科技，少数民族的科学史研究更是如此，要放到他们民族文化中去考虑。

这部片子从民俗学、人类学等方面考察十月太阳历，无论是从古代天文学史的角度，还是文明史的角度都很有意义。

急需一个范式转变

《中国科学报》：也就是说，科学不仅仅是数字、实验等，尤其是古代科技，与人们的生活密切相关？

孙小淳：的确如此。长期以来，现代科学被当作古代科学技术的唯一尺度，似乎一切古代科技都是朝着现代科学的目标迈进，这就是所谓的辉格史。在这种思维指导下，古代科学技术，只有和现代科学相吻合的内容才被认为是有意义的和有价值的，如四大发明、历法、算法等。

这样的研究方法，使科学史探索脱离了它固有的历史情境和文化语境，这样的科学史不是真实的科学史。比如，古人发明历法，并不只是像现代人一样出于确定时节的需要，而是更多地考虑政治需要，兼顾农业生产、生产与宗教与社会生活。

因此，中国科学史研究需要视角和观念的转变，只有这样才能提出新的研究问题。

《中国科学报》:这种转变并不容易,你认为中国古代科技史研究应该如何转型?

孙小淳：中国科技史研究经历了几个阶段。过去我们是奔着证明中国古代存在科学这一目标去研究的，像李约瑟的巨著《中国科学技术史》就是将中国古代的科学与西方作对比，所以才产生出所谓的“李约瑟问题”。

李约瑟用的是滴定法，借用化学上的概念，对中西方文明对现代科学的贡献作了比较，由此得出中国的科技成就在中世纪以前处于领先地位，西方却后来居上，产生了现代科学这一结论。这种研究范式的前提是，所有的文明都是朝着现代科学文明前进。但是，研究古代科技不能用这种简单的滴定法。

李约瑟对中国科技史研究的贡献是不可否定的，因为他的工作，西方人认识到中国古代的科技成就与科学思想，在那个时代，李约瑟的工作是十分有意义的。但科学史不能只沿着李约瑟的老路走。

当下，我们开展中国科学史研究，急需一个范式的转变，即不能用辉格史的方式，以现代科学为唯一尺度去衡量古代科学技术的成就。而是要把古代人的宇宙观、古人认识世界的方式、他们关注的问题及当时社会的需要等结合起来，到古代的文化历史情境中研究科学史。这就是范式的转变。

历史不是铁板一块

《中国科学报》:能否具体谈谈科学史研究如何“回到古代的历史文化情境”?

孙小淳：回到古代的历史文化情境，就是提出一些符合古代社会实际的学术问题。可能会涉及哲学、社会、文化、宗教等方面，这样的科学史研究才会更加深入和丰富，对历史的理解也更真实。倘若将古代科技抽离其赖以产生和发展的社会环境，其研究结论看起来“挺科学”，实际上却远离历史的真实。

举个例子。古代天文学家观测到一个“客星”，现代人偏要说它是中国古代第一个超新星记录。但实际上，古人并没有超新星的概念，他们的天文观测并不像现代人，为了探索宇宙空间。研究者更应该从古代占星和天人对应的框架里来考察古人的天文观测，因为古人考虑的是天上出现的奇异天象对人会产生什么影响、预示着什么。而探究天人的关系正是中国古代科学的一个特点。

《中国科学报》：中国古代科技是否对现代科学有启发？

孙小淳：所有古代文明的经验，都会对现代人产生这样或者那样的启发，这就是历史的意义。

历史经验及人类的经验，并不是以单一的模式呈现出来的，它以多种模式在呈现，可能某种模式在某个时期占主导地位，但不能否认其他模式曾经在历史上发挥作用，也可能在将来启发新的思考。

中国古代科学与技术的界限，并不像现在区分得那么严格，比如做一个车轮，不一定要懂圆周率。虽然没有现代科学理论，但古代在技术上也可以达到很高的成就。

中国传统显然和现代科学不一样，不那么注重逻辑，实验不多，几何方法也很少用。但不能由此下结论说中国古代科技传统于现代科学毫无意义。现代科学也在发展，过去看来比较落后的思想，由于现代科学出现的新变化，现在看起来反而更加先进，是可能的。

也就是说，历史不是铁板一块，历史是现代人对过去的一种思考和观察，是从现代的视角出发而做的一种构建。同一件事，不同的人在不同的时间就有不同的角度和看法。

需要重新书写

《中国科学报》：你认为我们今天是否需要重写中国科学史？

孙小淳：当然需要重新书写，而且可以不断重新书写。同样的史料，随着研究范式的转变，提出的问题变了，观察的结论与以往也会有很大的不同。比如张衡的《思玄赋》，以往的天文史学者，往往会着重考证赋中的星名。但是，我们也可以提出一些新的问题，如这篇赋要构建一个什么宇宙图式？张衡构建的天人关系是怎样的？天上的星星对地上的社会有什么意义和影响？等等。

科学史研究的目的是传播科学精神。科学在不同的文化和不同的社会土壤中会结出不一样的果实。在新的范式下，我们才能认识到科学文化的多样性。总而言之，要理解科学是什么，必须回到科学产生的历史情境。

《中国科学报》：中国科技史的范式已经转变，还是在转变中？

孙小淳：我认为在转变中。我的意思并不是说旧范式下的研究没有意义，而是强调，要使这个领域、这个学科有所发展的话，就必须完成研究范式的转变。只有范式变了，过去的史料才会被赋予新的内涵、新的意义。从这个意义上，史料也获得了新的生命。

《中国科学报》：可否顺便谈一下你正在筹建的丝绸之路科学与文明国际学会？

孙小淳：首先，是为科学与人文搭建一个桥梁；其次，是把各国，特别是丝绸之路沿线各国相关学科的学者联系到一起来，从文化、文明融合的角度来看古代的科学与文明史。

我们提出丝绸之路科学与文明的概念，并不是想把研究局限于丝绸之路沿线国家，而是想提出一个新的研究范式，从全球史角度来研究科学与文化的历史。比如，虽然巴西不是传统丝绸之路上的国家，但它的现代科学发展历程，与中国有异曲同工之妙，可以相互比较、相互借鉴，所以我们拟和巴西科学史学界进行合作。

建一所“有历史的”科学博物馆*

温新红

“达尔文的显微镜（约1846年于伦敦制造），他于1847年花了36英镑购买，这笔钱相当于今天的数千英镑，是一笔巨款。”

“1829年斯蒂芬逊制造的‘火箭号’火车复制品，观众可通过按钮驱动火车头的活塞运动起来，可以观察蒸汽机如何驱动车轮运转。”

……

与清华大学科学史系系主任吴国盛教授以往严肃的学术著作不同，《吴国盛科学博物馆图志》读起来很轻松，大图片，配上简短的文字，有展品背后的科学史，还评点了科学与文化的关系。

这一系列共7册，是吴国盛游历美国、英国、澳大利亚、意大利、法国、荷兰、比利时等西方发达国家39座著名科学博物馆后的“成果”。不过，作为一名科学史家、科学哲学家，他的游历并非普通的游历，背后暗含了独特的视角和思考。

不一样的考察

2014年是吴国盛的博物馆“考察年”。年初在澳大利亚进行了20天的考察，2014年4月起考察英国、欧洲的博物馆，之后又到美国麻省理工学院科学技术与社会中心及校博物馆进行为期一年的学术访问。

只是吴国盛与多数人参观博物馆时看的“点”不同。在《吴国盛科学博物馆图志》这套书里，可以看到许多过去忽视的、与科学技术有关的展品，通过这些

* 本文发表于《中国科学报》2017年11月17日第6版（“读书”），作者温新红为《中国科学报》记者。

藏品，也能很直观地了解到科技发展的历史。

事实上，国内还没有一套专门介绍欧美等国家科学博物馆的书，这套书除给读者以视角冲击外，带来的还有头脑上的震撼，因为吴国盛自己首先就被震撼到了。

1575 年的太阳系模型、蒸汽机引进之前的船舶模型、组合了转轮点火装置和火绳的手持火炮、18 世纪晚期关于葡萄酒发酵的实验装置、1888 年四缸四冲程的汽化器引擎、1900 年前后的自动织布机，还有不同时期不同国家生产的望远镜、钟表，早期的电话机、老式飞机，甚至中国古代流行的扶乩，等等。

许多收藏及展览让吴国盛印象深刻，深度考察后，他发出这样的感慨："博物馆的展品加深了我对科学史的理解。正如古人所说：'纸上得来终觉浅，绝知此事要躬行。'"

如果说这些对一位写出《科学的历程》、非常熟稔科学史的学者来说都是震撼，那么无疑，对普通观众来说会是一次绝好的科学史教育机会。

当记者问哪些博物馆令他感到震撼时，吴国盛表示有不少，像佛罗伦萨的伽利略博物馆、巴黎的法国工艺博物馆、伦敦科学博物馆、慕尼黑德意志博物馆，因为它们有无比巨量的科技文物收藏。

其中最令吴国盛兴奋和激动的是伦敦科学博物馆，这家历史可以追溯到 1857 年的博物馆包括 5 个分馆，目前有超过 30 万件藏品，包括现存最古老的蒸汽火车头普芬比利号火车头、第一台喷气引擎、巴比奇的差分机和万年钟等。丰富的藏品，以及它把科技遗产与社会历史背景密切结合的综合布展理念，"正合我心目中的科学博物馆的形象"。

漏掉的科学工业博物馆

虽然科学史家本是天然地关注科学史博物馆，但在此前，吴国盛并没有过多了解、思考科学博物馆，经过这三年走访了世界各国的博物馆，他谦虚地表示，现在"有一些心得体会"。

"博物馆"这一概念来自西方，是现代社会的一道文化景观，也是现代性的必然产物。所以，当下要研究中国的科学博物馆问题，必须先正本清源，回到西方的语境之中，考察它的历史由来和发展历程。

一般认为，广义的科学博物馆包括自然博物馆、科学工业博物馆、科学中心三种类型。其中，自然博物馆主要收藏“动、植、矿”等自然标本；科学工业博物馆主要收藏科学仪器、工业产品等人工制品；科学中心则基本上是零收藏，主要展出互动体验型展品。狭义的科学博物馆一般指科学工业博物馆。

“我国的科学博物馆事业可能完全漏掉了综合的‘科学工业博物馆’这个环节。”吴国盛说。

目前，中国的科技类博物馆及场馆，一般只有自然博物馆和科技馆，相当于西方国家科学博物馆中的第一类和第三类。

有数据显示，2014 年，中国的各类博物馆超过 4500 家，自然科学类博物馆近 200 家，科技馆 100 多家。这些科技类博物馆多是专题性的、专业的博物馆，缺乏综合性的科学博物馆。

相对于国外的博物馆，中国各类博物馆中的科技元素也是比较缺乏的。“像美国的国家历史博物馆，有超过三分之一的内容是科技史的内容，而我国历史博物馆显然没有这么多，尤其是近代一百多年的历史，科学的地位表现得很不够。”

吴国盛认为，一百多年来，因为科技的引进和科技的发展，中国人民的日常生活发生了翻天覆地的巨大变化，博物馆应该展示这种变化。

三类科学博物馆其实既是历时的，也是共时的。就是说，这三类博物馆可以同时存在，而且是各有所长、相互补充、相互借鉴、相互渗透。

中国之所以会“跳过”第二类科学博物馆，原因是多方面的，而缺乏科学工业博物馆这个环节，可能使我们忽视科学技术的历史维度和人文维度，过于单纯关注它的技术维度。

因此，关注科学工业博物馆这个环节，是中国科学博物馆事业发展中的题中应有之义。走向科学博物馆，回归科技馆的博物馆本性，是未来中国科技馆事业发展中不可忽视的一种思路。

建设中国的科学博物馆

在伦敦科学博物馆里，瓦特工作间是从原址整体移来的，“非常震撼，瓦特的那些展品让我们这些观众深深感受到孤胆英雄是怎么撬动世界历史的。不在博物馆里，不面对这些实物，是没有办法产生这样的情感的。”吴国盛对此很有感触。

反观国内，却缺少这样一种以实物为主的科学博物馆。

“中华民族一百多年来学习引进西方科学技术的艰难历程、经验教训和辉煌成就，未能通过博物馆这种形式予以表现，是非常令人遗憾的。”

在吴国盛看来，中国并不缺乏资源，如明末传教士带来的科学仪器设备，显微镜、望远镜、自鸣钟、地球仪、地图等，还有像 19 世纪洋务运动以来的开矿山、修铁路等，将这些展览摆出来，也会相当震撼的。

因此，吴国盛表示，“当我进入科学博物馆领域的时候，痛感需要对科学博物馆事业正本清源。否则，尽管有国家雄厚财力的支持，也不一定能把科学博物馆事业做好。”

毋庸置疑，中国的科技馆建设目前主要是科学中心模式，已经取得了不错的成果，互动体验型展品对于在青少年中开展科学教育也是很好的场所。只不过，缺少历史收藏的科学博物馆这个环节，显然是不够的。

基于中国的广义科学博物馆事业缺失了狭义的科学博物馆这个环节的看法，吴国盛呼吁，“像我们这样一个有着悠久和深厚历史传统的大国，必须有主要由历史收藏和科技文物来支撑的科学博物馆，应该有体现自己厚重科技发展历史的科学博物馆。”

吴国盛目前正在筹划清华大学科学博物馆，“国际科学史界近几十年越来越强调仪器设备及实验技术对于科学的影响，因此，也越来越关注科学博物馆。西方大学的科学史系通常承担着维护科学博物馆的任务，比如哈佛大学科学史系同时管理着历史性的科学仪器陈列馆，剑桥大学科学史与科学哲学系与剑桥科学史博物馆联体运作”。

而现在吴国盛的目标也是使清华大学科学史系与清华大学科学博物馆联体运作，“清华大学科学博物馆将会建成真正的科学博物馆，以历史收藏为主”。

科学家到底有多忙？*

张文静

在这个竞争日益激烈、节奏不断加快的时代，很多人的生活都被工作占去了大量的时间，科学家当然也不例外。

一些科学家希望改变这种现状。2017 年 5 月 31 日，《自然》杂志发表了一篇探讨科学家工作时间的文章《科学家职场习惯：全职已经足够了》。文章列举了几位青年女科学家对职场工作时间的看法，她们主张合理用时，认为“工作到晚上六点都没必要”。

但实际上，在许多领域，漫长的工作时间仍然是科学研究人员的常态。2016 年《自然》杂志曾进行过一项关于全球青年科研人员的民意调查，结果有 38%的人反馈，他们一周工作的时间超过 60 小时，其中 9%的人称每周工作超过 80 小时。同时也有研究表明，科学家的工作时间存在着明显的地域差异。

世界各地的科学家如何看待自己的工作时间？他们的工作时间是否确实存在差异？如果存在，那么产生差异的原因又可能是什么？带着这些问题，《中国科学报》记者采访了在美国、澳大利亚和中国工作的几位科学家。

忙碌的状态：讨厌还是享受

“美国密歇根大学的生态学家梅根·达菲有一件事要坦白：一般下午 5 点一到，她就已经准备好下班回家了。晚上，她更希望陪着丈夫和三个孩子，而不是与显微镜和水样待在一起。”《科学家职场习惯：全职已经足够了》一文中写道。

---

* 本文发表于《中国科学报》2017 年 7 月 14 日第 1 版，作者张文静为《中国科学报》记者。

文中介绍，早在 2014 年，达菲就发表过一篇博文《在学术界取得成功并不需要每周工作 80 个小时》，坦白自己每周一般工作 40～50 小时，“只是个全职科学家”。

这篇博文在相关领域的科学家群体里引起了不小的反响。有一位女科学家告诉达菲，这篇博文改变了她的生活。“之前，她一直有负罪感。一个人应该长时间工作的想法十分普遍。如果每周工作时间不到 60～80 小时，你做的就是不够的。这让人们感到焦虑。”达菲说。

2017 年早些时候，达菲获得了美国湖沼和海洋学会的 Yentsch-Schindler 青年科学家奖。“这些科学家会充分利用自己的工作时间，避免不必要的时间消耗。通过平衡优先事项、坚持自我，他们获得了更多实验室外的生活时间。”文章说。

实际上，在全球范围内，“全职科学家”都并非科研人员的常态。《自然》杂志曾在 2016 年做过一项全球青年科学家调查，结果显示，有 38%的受访者报告每周工作时间超过 60 小时，其中 9%的人表示工作时间超过 80 小时。2013 年一项针对欧洲研究者学术工作习惯的调查显示，德国资深学术工作者报告的每周平均工作时间为 52 小时，高于所有其他被调查的国家。2014 年一项针对英国大学和学院工会（UCU）教师职业压力的调查显示，41%的全职大学教师表示自己的每周工作时间在 50 小时以上。

“我现在每周工作差不多 60 个小时。”美国纽约大学的脑神经科学家温蒂·铃木告诉记者，这已经比几年前自己的工作时间少多了。此前，温蒂·铃木信奉“只有投入 100%的时间来做科研，工作才能做得优秀”的观点，直到她发现自己得到的除了亮眼的工作成绩外，还有 10 千克的赘肉和贫乏的社交生活。

此后，温蒂·铃木对工作时间做出了调整。“我为自己在闲暇时间安排了丰富的活动，包括不同形式的运动。我还重新安排了我的工作生活，丢掉了一些杂事，花费更多时间来探索我喜欢的科学问题，所以它现在似乎也不太像是‘工作’了。”温蒂·铃木说。

也有科学家享受这种忙碌的工作状态。悉尼科技大学教授金大勇管理着一个拥有几十人的实验室。“我的工资单上写着每周按照 35 个小时来付我薪酬。但实际上，在现在如此激烈的竞争环境下，如果我真的每天早九晚五做科研，绝对是无法生存的。”金大勇说，“更重要的是，如果你仅仅把科研当作一份‘工作’，是无法取得真正优秀的成果的。做科研需要兴趣和激情，更何况现在是纳税人在资助你完成自己感兴趣的科学探索，从这个角度看，就更无所谓工作时长多少了。”

科学家能打卡工作吗

事实上，讨论科研人员的每周工作时间可能是个伪命题，因为他们的工作时间常常无法准确计算。

“科学这种创造性的工作，是无法打卡计时的。”中国科学院物理研究所研究员曹则贤对记者说，“很多卓越的科学家，比如法国科学家庞加莱，他们的大脑一直在不断创造着科学成果。庞加莱说，随时能睡着的人才是天才，强调挤时间来工作。对于这样的科学家来说，一周多少工作时间都不够。”

当然，较之过去，如今整个科学研究的方式正在发生变化，专业细分程度逐渐增强，科研从小科学走向了大科学，向着组织化、复杂化的方向发展。

“在这些庞大的科研综合体里，可能有些科研人员承担的不是创造性的工作。但对于那些有创造性的科学家来说，他的工作不可能限定在工作时间里。他虽然下班了，但头脑仍在工作。对于那些天才更是如此，因为他们工作的每一刻都是有成效、有产出的。科学工作的特殊性就在于动脑。”

对此，金大勇也有同感。“科研是一种特殊的工作，是不能用时间来计量的。”金大勇说，自己有时早上 5 点多就会起床，处理邮件，虽然坐在家里，但这时已经开始工作了。到了学校跟学生聊天询问进展、跟团队成员一起吃早饭时讨论科研话题，还有出差、写申请、参与会议，等等，其实都是在工作。甚至在假期，脑子里仍想着科研问题。

调查数据印证了科研工作的这种灵活性。美国波士顿大学的生态学家理查德·普里马克曾对生物学家在正常工作时间之外完成了多少工作进行过实证研究。在 2013 年发表于《生物保护》期刊的一项研究中，普里马克与合作者分析了 2004～2012 年该期刊收到投稿的时间。结果显示，超过 25%的论文投稿时间都是周末，或者工作日的晚 7 点～早 7 点之间；周末投稿率每年增长 5%～6%。

“很显然，对于科研工作来说，只花费常规的工作时间是无法脱颖而出的。但我同时也觉得，拼命工作、完全没有业余时间，也不一定就能成为非常有创造力、多产的成功科学家。”温蒂·铃木说，“我们知道，真正的创造力需要思考的空间。如果你每天只是忙于申请基金、编辑论文、管理学生等工作，何来这种创造性的空间呢？相反，你需要空间，甚至假期，去思考你的学术领域、产生创新性思维。对我自己而言，相比于刚开始工作的时候，我现在更有创造力，也更大胆，原因之一就是我给自己留出了思考的时间，创造了能涌现新想法的环境。”

来自地域的差异

理查德·普里马克对科学家投稿时间的研究同样发现了明显的地域差异。相较于比利时和挪威的研究者，中国和印度的研究者在周末投稿的可能性要高出 5 倍。在日本，30%的论文原稿都是在工作日的下班时间后投出的。北美科学家在下班时间提交论文的比例处于平均水平。

“地域差别确实存在，比如在澳大利亚做科研相对更悠闲一点，因为人少，竞争也相对小一些。另外，由于澳大利亚对科研工作的考核机制不是很量化，当然申请升职时也要写材料，你的工作会被评估，但不是计算发多少论文、加多少分这么绝对。所以整体来说，澳大利亚的科学家工作状态相对更从容一些，探索性更强一些。”金大勇说，“但有一点，我所看到的优秀科学家，无一例外全都是很享受科研工作的，他们对科研有激情，他们的头脑在一刻不停地思考，这一点是没有国界的。”

曹则贤曾在德国学习和工作多年。他的德国导师带着 41 个博士生，但并未看到他异常紧张地工作。“当你不从容的时候，一定是因为你不会。”曹则贤说，“科学研究从来不是通过赶工、勉强得来的。”

在曹则贤看来，科学家工作状态的不同源于各国科学文化背景的差异。“我国科学研究受美国、日本影响较深，更为功利化，而以法国、德国、英国为代表的欧洲科学研究更注重思想创造的过程。”曹则贤分析说，对于欧洲国家来说，科学是在本土一点一滴产生的，他们知道科学的重要性，也知道科学创造要经历怎样的过程。所以，一旦对科学家的身份进行了确认，对其工作就不会再多加干涉。

“而我们是把西方成熟的科学成果直接拿来，对于如何创造、如何试错、如何建立价值观判断对错等，则知之甚少，所以我们创造性不强，又太过于强调数量上的产出。”曹则贤说道，“科学创造，就像画画一样，你看到一幅成功的画，可没看到的是那些之前不成功的。那些不成功的，恰恰才是创造的过程，才是最有价值的。科学研究就像淘金一样，是从一筐一筐的沙子里面找金子。如果把科学研究都当作工程来做，要求目标清楚、细节详细、结果能预知，那还是科学吗？”

谁动了科学家的时间

对于科学家来说，时间是珍贵的，时间利用更需要高效。

两个多月前，金大勇赴美国斯坦福大学访问，在与物理学家朱棣文的交谈中，对方的一段话让他印象深刻。“他说如果他的学生今天做完实验没有及时整理，他就觉得这不是一种好的工作状态，因为这表明他对实验结果没有渴求。”

在金大勇的实验室中，有些新来的学生在等实验结果时，会玩手机或上网。“我觉得这是极大地浪费时间。你的脑子要跟着实验走，思考实验不成功怎么办、可能会有哪些原因导致实验不成功、实验结果会有几种可能、下一步要采取什么方法，等等。你要一直在动脑，要用巧力。”金大勇说。

对于金大勇来说，管理整个实验室的经费、人员等各个方面，事情多而杂。如何提高效率，他的方法就是专注。“我会想我这周、这个月、这一年需要什么，然后砍掉其他不必要的事情，只专注于做这些最重要的事。”

温蒂·铃木在提到时间管理的方法时也说，首先要明确哪些事情是需要优先去做的，然后给这些事情分配足够的时间。“这听起来简单，但如果你的优先事项与部门的优先事项相冲突，那执行起来就会很难。作为一名科研人员，要学会对有些事情说不。”

对于国内的科学家来说，对有些事情说“不”貌似更难。

“我们对教授、研究员的评审是宽进严出的，因此，我们设计了很多制度来对科研人员进行考核，而这大大增加了科学家的时间成本。有些科学家就像热锅里的炒豆一样，一刻不得消停。所以，我们的科学家每天非常忙，但有很多时间其实是无效的。”曹则贤无奈地说，“比如种种考核，比如财务报账工作。在西方，大学、研究所是没有财务部门的，由第三方机构来管理，你要是敢贪污，警察直接来找你。”

曹则贤办公室的书架上贴着一张 A4 纸，上面打印着四个大字“大块时间”。“科学本就是思想性的工作，需要大块的时间静下心来思考。有些杂事仅占用一个小时，但却打乱了你整个工作的节奏。”曹则贤说，“我们需要对科学精神、科学研究的工作方式、科学回馈社会的时间和方式等问题有清楚认识，从而在科学家的遴选、资助方式等方面，建立更加成熟和高效的制度。”

科学家历险记*

编者按

前不久，一个讨论青藏高原野生动物保护的公众号 PlateauWild 作者群里，因为一组“科学家们在野外玩脱了”的漫画“炸开了锅”。大概从 2015 年开始，一些动物研究科学家在推特（Twitter）上发起一个 #Fieldworkfails#（实地考察玩砸了）的活动，最近法国画家将这些失误的段子变成了生动形象的漫画。

就着这组漫画，PlateauWild 群里的国内动物保护者也开始说起了自己的“糗事”。那些笑中带泪的故事，让本报记者看到了野外工作的凶险，一不留神出点儿岔子，真是常人难以想象的惊险刺激……

无独有偶，前不久，科学网博客上一篇《我们是在用生命搞地质》的博文，讲述一次地质科考的意外经历，也引来热议。

科学探索往往伴随着艰苦与危险。即使技术进步如今天，冲在自然考察第一线的科学家们，在人迹罕至的地方，仍会面对着难以预料的危险，甚至是生死一刻、命悬一线。

我们邀请 9 位科学家，讲述或写下他们的亲身经历。他们不莽撞、不轻易冒险，但危险有时仍无法避免。他们热爱生命，但深知科学探索需要大无畏的精神。只要自然还有奥秘待探索，这些历险记就会继续上演。

---

* 本文发表于《中国科学报》2017 年 9 月 22 日第 1 版，本组稿件除署名者外，其余为科学家本人撰写。

刘嘉麒（中国科学院院士，中国科学院地质与地球物理研究所研究员）

做地质研究，肯定要和大自然打交道，跑野外是必要的，而且大部分是去比较偏僻的地方。我曾经开玩笑说："我们去的常常是别人不去的地方，甚至可以说，不是人去的地方。"

在野外考察中，有时危险是突如其来的。比如，我们到新疆和西藏的高山上考察，早晨，山上的冰雪没有融化，河沟基本还是干的，可以走过去。到了下午两三点以后，冰雪融化了，洪水就会裹挟着滚石急速流下，一不小心被冲倒就很危险，轻则受伤，重则送命。

一次，我们在西昆仑山考察时，遇上一条几米宽的河沟，水流很猛，但我们没有别的路，只能蹚水过河。结果，我刚在河里走了两步，就被洪水打倒了。好在我后边有个小伙子一个箭步冲上去，抓住了我的裤腿，几乎把我倒提起来，我这才没有被水冲走。虽然当时的样子挺狼狈，但总算把命保住了。

几十年的野外考察，这种惊险的事情发生过多次。

在北极考察时，虽然是夏天，河流中的水却接近 0℃，有时还必须打赤脚蹚过去，那真是刺骨的凉。在南极考察如果遇到大风天，凛冽的寒风打在脸上就像刀割一样。

（张文静采访整理）

曾孝濂（中国科学院昆明植物研究所研究员级高级工程师，中国美术家协会会员）

20 世纪 60 年代，我们在云南磨黑考察防治疟疾的中成药。经过一个很陡的山坡，坡上有棵弯腰树，树梢离我们只有一米多。队伍里的第三个人经过这棵树时突然发现，树梢上竟然有一条蛇。那条蛇有人的胳膊那么粗，肚子是白的，舌头就冲着我们的方向。发现蛇之后大家不停地尖叫，我排在第五个，灵巧地滚到了侧面。蛇还在不停吐着信子，非常吓人。

带路的生产队长带着一杆火药枪，对我们说："闪开！"他走到蛇跟前，枪管离蛇顶多三四十厘米，扣动了扳机。没想到竟然没打着。他非常着急，我们也非常期望打中。为什么呢？那个年代没有肉吃，希望能趁机改善一下生活。

结果那一扣没响，他退回来用当地话跟我们讲："谁有针？撞针管堵了，要用针通一下。"谁都没有针，连支圆珠笔都没有，后来他把自己左胸前佩戴的像章取下来，用那个针捅了几下。然后，对准蛇的腹部更近一点，第二次——嘣！枪管一冒火，只见蛇本来的白肚子变成了黑的，但没看到打中了哪里。那条蛇迅速向生产队长冲过来。当时蛇的身子缠在树上，大概冲来半米远，生产队长往后一倒，蛇也顺势解开，往陡坡下去了。

蛇肯定受伤了，队长心有不甘，跟着下去找。但陡坡上有很多杂草、灌木，找了一会儿也找不到。我们劝他："别找了，很危险，毕竟它在暗处，你在明处。"这一顿改善生活的念头也随之泡汤了。

后来我问过动物研究所的人，那么大的蛇——肚子是白的，后背黑褐色，胳膊粗，大概有两三米长。他想了半天说，只可能是眼镜王蛇。

（张晶晶采访整理）

印开蒲（中国科学院成都生物研究所研究员）

1973 年的一次考察途中，我和同事坐在货车上面，一块排球大的石块从悬崖上快速落下，砸在我和另一个同事之间的棚杆上。棚布被砸了近 30 厘米大口，棚杆也被砸凹陷下去，只要相差百分之一秒，我们两人中有一个就不在人世了。

退休后我一直探访"威尔逊之路"。威尔逊曾在 19 世纪末和 20 世纪初来到我国四川等地考察，采集植物标本和种子，考察野生植物资源。2008 年，我来到四川丹巴县，只为了攀登上海拔 4600 米的垭口去威尔逊曾经到过的地点拍摄两张照片。

在登顶的前一晚，我和两个向导借宿在海拔 3900 米牛场一户 10 平方米的简易木棚里，房屋主人和他妻子、女儿、外孙女一共 4 口人，加上我们挤了 7 个人。为了安全，入夜后，借住的人家放开 4 只藏獒开始巡夜。半夜我想方便，却不敢出门，这让我几乎一夜未眠。以至于第二天，在攀上海拔 4200 米时有些力不从心。那一年我已经 65 岁，休息不足和高原反应几乎令我寸步难行。同行的年轻人曾劝说我，让我停下休息，他帮助我拍摄照片。我拒绝了。因为我已经走到这里，如果不爬上去自己拍摄就是对历史的不尊重。我提前吞下速效救心丸，啃了几小块巧克力，喝下两口矿泉水，再次起身上路，用了两个小时攀到垭口，在与威尔逊百年前站到的位置相同的地点拍下照片。

（袁一雪采访整理）

邓涛（中国科学院古脊椎动物与古人类研究所研究员）

一次在西藏吉隆县，我要去一个化石地点。由于发掘任务忙不过来，我就让司机师傅留在原来的工作现场，自己驾驶越野车前往。出发前做了各种准备，特别是在精细的卫星地图上检查了道路情况，觉得不会有问题。

然而，道路崎岖不平，而且越走越窄，有时高陡的坡度让我完全看不到车前的路面。终于，道路变得只有一个车身宽，一侧是石壁，不时有碎岩坠落；另一侧则是下临无地的深渊，能够听得见雪山融水的轰鸣声。这时候天又下起了小雨，道路更加泥泞湿滑。我有些担心，就停下车来，准备下去观察一下路面。

就在这时，最危险的情况发生了。我一打开车门正要迈脚，突然发现下边一片空白，原来车轮已到道路最边上，脚踏板实际上已经悬空。要是我稍微快一点儿收不住脚步，直接就会跌落下去。当时我的头脑立刻一阵眩晕，赶紧收回脚，紧紧地关上车门，坐在方向盘前好久才平息住急速跳动的心脏。再无选择，只能向前，趁雨势还没有变大，我在看不见道路的情况下，小心翼翼地尽量贴着右侧石壁，终于通过了这一段险境。

尽管惊魂未定，我还是到化石点上进行了应该做的工作，但脑海中反复闪过刚才危险的一幕。完成任务后，我不敢再逞能，用对讲机叫来了司机师傅，他徒步很长时间才走过来，由他开车往回返。虽然师傅说这种情况他在西藏没少经历过，并且特别关心地告诉我，如果我感到害怕，在最危险的地方他自己一个人开，我步行走过这一段再上车。说实在的，我知道师傅驾驶技艺高超，但心里确实还很胆怯。不过，正因为觉得依旧有危险，我就绝不能让师傅一个人冒险，所以我还是坐在车上。最终平安，我才能有机会讲出这个故事。

苏德辰（中国地质科学院地质研究所研究员）

2016 年 4 月 27 日，与刚刚认识的大丹霞景区户外达人朱比特一起考察丹霞东部群峰。在超额完成考察任务、狂拍无数照片后，已是日落时分，我们开始下山。白天考察时，连续不断“品尝”鉴别丹霞崖壁上的白霜是否为盐类物质，肠胃明显不适，下山路上开始狂拉肚子。我们左拐右绕地沿着残破的小路尽快向山下撤退，晚上 8 点多钟终于接近了目的地。我情绪开始松懈，体力也略感透支。

就在这时，我突然一脚踩空，头下脚上地悬在了半山坡。我左手攥着随手抓住的藤条，右手里的木棍刚好拄在山坡上，可以做一点点支撑。左脚勾住了另一根藤条，右脚则完全悬空，身后还背着一个 10 多千克的摄影包。

当时周围已经漆黑一片，还好没有任何慌张。只听见不远处的溪水声。走在前面探路的朱比特快速绕到我的下面，查看我头部与沟底的距离。我当时唯一担心的是头下会不会是个深水潭。

说时迟，那时快。朱比特三步并做两步已经绕到了我下边的沟里，迅速查清了地形。他告诉我，我的头部距离沟底不到 2 米，但因为浓密灌木的阻隔，他的手还够不到我。知道了这点高差，并且没有深水，我立刻轻松了许多。这点距离，不用甩掉摄影包就可以溜下去了。于是，我想办法绕开左脚的藤条，两腿向右侧一摆，身体立刻旋转 180 度，变成了头上脚下的姿势，并顺势向下滑到沟底，在朱比特的接应下，顺利脱困。

当时没有想到手脚是否被藤条划破等，而是想到我的相机和存储卡会不会被挤坏或摔坏，一天所照的美景会不会荡然无存。还好，天无绝人之路，回到宾馆查验时，相机和存储卡都完好无损。

梁光河（中国科学院地质与地球物理研究所副研究员）

2006 年，我们课题组驱车远赴老挝中部的甘蒙省为中国企业勘探钾盐矿。那里的钾盐埋藏在地下百米深处，传统的地质方法难以解决问题，需要用地震勘探方法。地震勘探方法需要产生人工地震波，通常用炸药震源。但我们不能带炸药出国，更难以从中国出口炸药到老挝，只能请老挝政府帮助解决。

老挝政府特批了我们约500千克炸药和500发电雷管，从老挝北方运到中部，大约有600千米远。他们的皮卡车一到，把我吓了一跳。因为我看到只来了一辆皮卡车，他们把炸药和雷管装在一起运过来了，幸亏没发生问题。这在国内是绝对不允许的，按照相关规范，炸药和雷管一定要分别运输才行。

后续的炸药库存也是个问题，因为我们还有其他工作要做，人员也有限。我只能把500千克炸药放在我睡觉的床下，雷管放在另一个屋子，每天晚上睡觉都心有余悸。好在最后圆满完成了钾盐矿勘探任务。只是现在想起来还有些后怕。这是一个教训，在后续的勘探工作中我们小心了许多。

2004年，我们课题组驱车赴新疆哈密的白石泉勘探铜镍矿。当时人多帐篷少，还有几个人要住在越野车上，我就住在其中一辆车上。有天晚上，赶上多年不遇的暴风雨天气，雷电风雨交加，阵风风力很大，吓得我不敢睡觉。有一阵，车被风吹得一直摇晃，眼看要被风吹跑，持续的闪电仿佛就在身旁，把车里照得通明。我当时在设想，如果大风把车吹跑，能吹到旁边的深沟里吗？我会不会粉身碎骨？那些闪电会不会击中车子？好在最后有惊无险。

李理（黑豹野生动物保护站站长）

我们的保护站在拒马河河畔，当地本身就是洪水、泥石流等自然灾害的多发区。我们的汽车曾经被滚落的石块砸中，发动机盖被砸烂。各种蚊虫、蛇叮咬已是家常便饭。印象最深的一次是在山中寻找盗猎的痕迹，因为道路难走，不小心踩空跌下山坡。跌落的过程中，我抓住了一棵树，但没想到树折了，而且在它旁边的一棵小树也被我下坠的力量勾倒，当我被挡住时，小树旁边的一些碎石和枯树叶也朝我滚落。最可怕的是，一颗大石头也滚落下来，滚落过程中还不断弹跳，如果这时被砸中，后果不堪设想。好在它先滚到坡地，因为重力加速度过大，又弹回坡上，最终砸到了我的右臂。那次，我的右臂、脚和腰都受了伤。

还有一次，我在野外要跨越一个小水洼，脚落下时正好踏在一条蛇的身上，立刻被咬了一口，好在没有毒，包扎了一下继续前行。

（袁一雪采访整理）

侯勉（四川师范大学教师，影像生物多样性调查所专家摄影师）

2015 年，我在云南盈江县进行野外科考。正当我专注地寻找一种臭蛙时，遇到一条蛇，因为它的花纹与无毒的白链蛇看起来非常相似，所以我并没有在意。但当我握住它的尾巴把它提起来后，它伺机咬了我。当时伤口发黑，这显然是被毒蛇咬的症状，借助手电筒的光照，仔细看了它一下后，我确定其为眼镜蛇科银环蛇种组的物种。

我被咬两个多小时后，蛇毒便强烈发作，而被普通银环蛇从咬伤到毒发一般是四个小时后，说明咬我的这种蛇毒性比普通银环蛇的毒性要强得多。

被送到医院后，我出现了手脚沉重、眼皮下耷、说话不清的症状，甚至因呕吐物阻塞呼吸道而发生窒息。幸亏医院处置及时，医生清理了我呼吸道内的异物，上了呼吸机，我得以保住性命。在医院住了两周后出院，但完全恢复体质用了将近一年时间。

我的一位朋友曾对这类蛇的毒性进行过研究，他对比我国华南南部及西南地区的银环蛇与华东、华中地区的银环蛇，发现来自这两大区域的同体格的银环蛇毒性是有差别的。前者咬小白鼠后，小白鼠立即死亡，但被后者咬到的同体格小白鼠却都是在挣扎一段时间后才死亡，这从侧面证实了这两大区域间银环蛇种组的物种毒性有显著不同。另外，咬我的银环蛇其色斑在个体间变异颇大，华东、华中地区的银环蛇相对色斑稳定，我推测咬我的那种银环蛇可能是国内未记录过的物种或新种，当然这还有待将来研究证实。

（袁一雪采访整理）

李成（方舟生物多样性影像中心联合发起人，阿拉善 SEE 基金会 2017 年度创绿家）

2012 年，在西藏墨脱无人区的一座山谷，我们看到地面有一些被大型动物踩踏过的痕迹，但那里并没有牛、羊这些家畜，我们好奇它们是什么。走着走着，发现河谷有一大片一两米高的草，草正在晃动。向导说那是羚牛，一般不会主动攻击人。我是团队唯一负责拍摄野生动物的，就冲上去想要靠近一些。

结果，距离不到 20 米的时候，动物突然爬出来到一块石头上，回头看我。原来，这是一头巨大的黑熊，还带着两只小熊。之前没见过熊的我瞬间被吓到，相机因为淋了雨，自动对焦失灵，我也完全忘了改回手动对焦，结果快门怎么都按不下去，照片彻底没拍到。更郁闷的是，回头一看，队友们“呼啦”一下全都跑完了。

还有一次也是在墨脱。因为是临时决定，我从青海的高原上直接到了热带雨林里。当时完全没有意识到裤子的口袋不是密封的，结果大晚上在下完雨的湖边，无数的蚂蟥从我裤子兜里爬到腿上。大概每走 200 米，我就得伸手把蚂蟥掏出来。蚂蟥吸血吸了一晚上，裤子全都被血浸湿了。野外走多了，被蚂蟥、蜱虫咬，被各种蜂类蜇，都是家常便饭，但这么大“规模”的攻击还是第一次。

（胡珉琦采访整理）

公众"兼职"科学家*

胡珉琦

这些来自民间的组织所做的一切，在过去也许只是被理解为公众科普，推动环境保护。但在今天，对他们的努力有了更准确的定义，这就是公众科学。

濒危物种都生活在哪里？过得怎么样？还有多少活着？对于生物学家来说，这个问题其实是个全球性难题。它需要大范围、跨尺度、长周期的研究，根本不是靠科学家的一己之力可以实现的。

一种颇为有效的方法，是在全球范围内寻找合作者，他们可以是非职业科学家、科学爱好者和志愿者，在科研活动的各个环节提供帮助。这种公众加科学家的模式就是公众科学，目前它在全球范围内发展迅速。

来自民间组织的努力

就在 2017 年 6 月，新华社发布了来自昆明的一则有关生物多样性保护的好消息。一个名为"自然影像中国美丽生态德宏"摄影年项目自 2016 年 11 月启动以来，陆续获得多种珍稀濒危物种的红外相机影像资料，其中包括 5 种国家一级重点保护物种。

但是，参与项目组拍摄的中国猫科动物保护联盟（以下简称"猫盟"）情绪却有些低落。他们发现，在云南，云豹这种大猫生存现状并不乐观，极低的拍摄率可能表明它们正在步老虎的后尘而消失着。他们认为，就目前的情况来看，中国云豹已经被压缩到西南边境的狭窄区域里，情况已经非常危急。他们迫切地希

---

* 本文发表于《中国科学报》2017 年 6 月 30 日第 1 版，作者胡珉琦为《中国科学报》记者。

望摸清这个物种的情况，以待及时划定栖息地来保护它们。

此前，猫盟因为累计监测到 3000 多条没人保护和关注的顶级猫科动物华北豹的视频，而受到公众的关注。

与猫盟类似，还有一个民间机构近年来也与一种明星物种——雪豹密切相关，他们是“荒野新疆”。该团队从 2014 年发起民间调查到现在 3 年间，在离乌鲁木齐只有 40 千米的南山风景区，周边 100 平方千米已经监测到 30 只雪豹。每每有它们的照片、视频分享，无论是媒体还是大众，就离这种神秘的物种更近一些。

相较于这些过去关注度和认知度都很低的哺乳动物，鸟类更容易亲近大众。从 2014 年起，全国观鸟组织鸟类与生态保育联合行动平台（朱雀会）发起了中国大陆民间观鸟组织最大规模的联合行动——中华秋沙鸭越冬调查，覆盖 21 个省（区、市）的 214 个调查点，参与人数超过千人。中华秋沙鸭非常濒危，全球种群数量只有 3000 只左右。通过这个项目，关注中华秋沙鸭及其水源地的人数以万计。

更重要的是，多个发现中华秋沙鸭越冬的地方政府及时采取了保护措施，这是最令人欣喜的。而且，项目还推动了各地的观鸟组织获得了鸟类调查的技术方法，调动观鸟者参与的积极性，提升了各地方鸟类保护组织的组织能力、调查能力和宣传能力。

这些来自民间组织所做的一切，在过去也许只是被理解为公众科普，推动环境保护。但在今天，对他们的努力有了更准确的定义，这就是公众科学（citizen science）。

华东师范大学生态与环境科学学院教授张健特别强调说，公众科学与科普是两种不同的概念，科普只是传播已有的科学知识；而公众科学，是普通人能够参与到真正的科研活动中，并且他们所获得的是科学领域未知的信息。

事实上，从普通大众到参与科研活动，这种转型在国外已经变成了一股潮流，公众科学甚至已经成为一种环境科学。

公众参与科学的传统

一直以来，主流视野中的科学研究是一项职业化的工作。可实际上，从文艺复兴时期起，就有大量业余人士参与科学活动。当时，这也使更多人可以接受教育并获得知识，从而促进知识本身的增长。这种做法虽然已经变得边缘化，但它的传统始终存在。现在，我们把非职业科学家、科学爱好者和志愿者参与的科研活动，包括科学问题探索、新技术发展、数据收集与分析等称为公众科学。

张健是目前国内少数对公众科学本身有所研究和分析的专业人士。据他了解，欧美早就存在大范围的公众科学长期项目，并获得迅猛发展。比如，美国国家气象局的合作观察者项目从 1890 年开始收集天气数据，在过去的 120 多年，来自这个项目的数据已被广泛地用于天气预报、天气监测、极端天气预警和气候变化等研究；还有创立于 1900 年的奥杜邦学会每年的圣诞节鸟类调查，已经坚持至今，观察了超过 6300 万只的鸟。

根据公众科学的特点，目前他们参与最多的主要是生态学和环境科学相关领域，内容涉及动植物监测、入侵种调查、大气质量调查、水质量调查、气候变化监测等。

据了解，联合国“生物多样性保护 2020”计划和其他 11 个国际环境协议的 186 个指标中，有 117 个指标都可以由公众科学家参与。

这意味着，公众科学在这些领域产生的价值也越来越受到职业科学家的重视。张健提到，1915 年美国奥杜邦学会和美国康奈尔大学合作创办了康奈尔鸟类实验室，基于这个实验室管理的几个公众科学项目研究收集的大量不同鸟类种群的数据，科学家分析了鸟类种群的时空变化规律、繁殖成功率与环境变化的关系、传染性疾病在动物种群间的传播模式、酸雨对鸟类种群动态的影响、鸟类窝卵数季节变化的纬度格局等大量科学问题；数据还能够揭示某一物种在气候变化背景下的进化适应性；除了服务于生态学研究，公众科学的一大作用是直接推动生物多样性保护的行动。

“需要强调的是，公众参与科学活动绝不仅仅是参与数据的收集和记录这么简单。事实上，他们与职业科学家的合作，可以贯穿于科学过程的各个阶段，从科学问题的提出、实验设计、数据收集和分析到成果发表和转化等。参与的程度会随公众科学项目类型的不同而变化。”张健说。

不过，张健也承认，非职业科学家参与的项目，会因为数据质量、管理问题及经费支持的问题，制约实施的效果。

对此，美国国家自然科学基金会、欧盟已经进行了公众科学制度化建设的努力，确定资助、教育、培训、评估等机制。除政府层面，有些地区还陆续出现了独立的从业者协会和网络平台，比如美国公民科学协会、欧洲公民科学协会、澳大利亚公民科学协会等，为公众科学提供专业化的管理和服务。

中国民间力量的实践

对比国外公众科学发展的速度和势头，中国公众科学的发展要缓慢很多。真正意义上出现公众科学的项目和平台，应该是 2000 年以后的事了。

10 年前，上海辰山植物园的陈彬还是中国科学院植物研究所的在读博士，在导师的支持下，他成为“中国自然标本馆”在线平台的设计者和管理者。该平台从 2008 年 2 月正式投入使用，由陈彬和他的一位同事兼职管理至今。

无论是过去还是未来，该平台的目标都很明确，就是为用户生物多样性数据的采集、管理、利用及相互交流提供完整的解决方案，并将志愿者的力量综合起来，推动大范围的生物多样性本底调查工作。

尽管他自嘲平台页面不够友好，但这个数字标本馆的功能可不能小觑。除了有基本的物种鉴定、名称与分类系统管理、野外调查数据的自动整合与编目以外，它还有一个特别的功能，支持个人、项目团队、组织机构建立各种主题性的分站。

目前，该平台的用户量已经达到 14 000 多人，上传照片 865 万多张，鉴定出了近 50 000 个物种，其中有 3 个是平台用户合作研究发现的新种，这是对分类学的重要贡献。

数据积累是一个非常漫长的过程。陈彬认为，现阶段，平台对于科学研究所需要的大尺度的生物多样性调查分析还无法提供完整、可靠的数据，但在小尺度内，也许它已经可以做到比较精准。

平台已经建立了200多个主题分站，陈彬说，它们可以被看成是一个个小型的公众科学项目。典型的就是来自植物园、学校、自然保护区及其他区域性的正式或非正式的生物多样性调查。在这个过程中，既有公众又有专业人士的参与，并遵循一定的科学规范。

比如，近两年，“中国自然标本馆”与浙江古田山国家级自然保护区、天目山国家级自然保护区合作，培训、指导他们对保护区内的动植物和生态景观资源进行全面调查、全球定位及后期的数据管理，从而提升自然保护区的管理水平，促进科学普及。再有，平台也为不少地方建立、完善正式的地方植物志提供支持。

与国外公众科学发展轨迹比较类似，实际上，国内公众科学的萌芽也是从观鸟会开始的。从20世纪90年代起，全国各地的观鸟爱好者陆续成立了观鸟组织，2000年以后就不断有全国性的观鸟活动促成各地鸟会鸟友的联络与聚会。但这些组织之间缺少交流渠道与沟通平台，联合行动更是没有形成机制。

于是，朱雀会在2014年正式启动。朱雀会秘书长危骞介绍说，它本质上是一个中国鸟类自然保育、科普、科研的全国性及国际性参与性服务、交流平台。

平台拥有最大的中国观鸟记录中心，目前已有30多万条的记录，出版有《中国鸟类观察》双月刊杂志。他们主要开展的活动有全国性观鸟节、各地鸟会联合行动的大型鸟类调查和地方鸟类本地调查及鸟类名录编写，以及其他与鸟类科研、保育相关的业务。

在危骞看来，中华秋沙鸭越冬调查是国内最有规模，也最符合公众科学项目范式的活动。因为它集结了全国超过70家非政府组织、保护区、政府机构和院校的共同参与，实现了观鸟志愿者与专业学者的合作，达到学术研究要求的水平，获得了相当准确的数据及大量地理信息、现场图片及访谈资料，相关的科学论文也正在准备中。

就在2017年5月，山水自然保护中心（以下简称“山水”）联合北京大学自然保护与社会发展研究中心、猫盟、上海辰山植物园、“荒野新疆”和朱雀会，共同发起了一个公众科学项目——自然观察。他们提取已经发表论文的信息、汇集自然爱好者的数据、亲自走访野生生物所在地，最终分析生成了《中国自然观察2016》的报告，希望回答中国濒危物种的研究和保护现状问题。

山水自然观察项目的冯琛说，民间机构收集的基础数据成为这份报告重要的数据来源，尤其是在鸟类领域，几乎全部有赖于民间力量。

而且，考虑到数据共享的重要性，山水自从 2014 年首次推出《中国自然观察报告》后，还专门搭建了自然观察网站平台和手机 App，鼓励公众关注和分享生物多样性信息。

在北京大学保护生物学教授、山水主任、北京大学自然保护与社会发展研究中心执行主任吕植的坚持下，山水还将自己拥有知识产权的原始数据在平台一并公开。来自合作伙伴的数据，也在获得授权的前提下，以适当的方式公开，供公众和学界人士下载，并以科研和保护的目的使用这些数据。吕植希望通过山水的率先实践表明一个态度，数据只有流动起来才能让它们变得更有力量。

公众和科学家缺一不可

网络和智能移动终端的普及，是当下公众科学发展面临的机遇。但是，张健也指出，信息的积累是需要非常漫长的时间的。况且，就目前国内公众科学的现状而言，公众参与度不高，数据质量控制不足，信息整合和共享的能力较弱，共同决定了这项事业的发展依然比较初级。

陈彬也表示，目前来自公众科学的信息在科研体系中还处于边缘的位置，科研人员更习惯传统的研究模式，并没有主动靠近公众科学。

“实际上，公众科学最重要的内涵不是让公众来做科学，而是公众和科学家一起来做科学。”张健说，科学共同体应该提供更多的专业指导和培训，与公众进行更深度的交流与合作，将成果真正应用到科学研究、政府决策和管理工作中。

他认为，更不能忽视的是，公众科学项目迫切需要国家层面的支持，无论是政策还是资金方面。国外公众科学发展的经历表明，稳定的支持才是公众科学发展壮大且能长久运转的保障。

不过，对陈彬而言，尽管目前公众科学对科学本身的贡献还比较有限，但他更为看重的是，公众科学能让公众更投入地享受自然观察的乐趣，促进提高自身博物修养，并进一步吸引更多人去认识自然、喜爱自然和保护自然。

“有太多普通的自然爱好者，从粗浅的兴趣到逐渐对生物多样性有深入的认识，他们的成长和收获，也是公众科学价值的体现。”陈彬分享了这样一个故事。主人公原本是广西壮族自治区柳州市一个县城钢铁厂的工人，技术出众。年近四十的他突然对植物产生了兴趣，尤其是蕨类。每天下班就骑着摩托到处跑，到处拍，然后上传到各种论坛，最后结识了这个平台。在 3 个被确定为是首次发现的新种中，有两个就是他的功劳。他花了四五年的时间，让自己成为一个在植物分类学、资源学方面的业余专家。更让人意想不到的是，他正式加入了上海辰山植物园，专门从事起了相关领域的科研工作。

“从科学素人转型成为真正的科学工作者，重要的不仅仅是过程中究竟有多少科学产出，而是实现了那些原本认为并不可能的自我价值。”陈彬这样回答。

探路国内高校“科家班”*

胡珉琦　张晶晶　张文静

近些年来，国内一些高校中以著名科学家命名的特色班，正在尝试和探索着拔尖科研人才的培养。“竺可桢学院”“严济慈班”“姚期智班”这些“科家班”，或在课程设置上独具特色，或在导师指导上有所侧重，或在科教结合上整合资源，或在国际交流上予以重视。

教师节到来之际，我们选取了三所高校中的“科家班”，介绍它们在人才培养模式上的创新和特色之举。

中国科学技术大学科技英才班：以创新实践培养拔尖人才

每年，一些诺贝尔奖得主都会相聚德国林道，向青年学者展示研究成果，交流讨论学术问题。2016 年夏天，中国科学技术大学 2014 级博士生，也是严济慈物理科技英才班的毕业生任亚非经历了异常严格的筛选，成为参加第 66 届诺贝尔奖获奖者大会 29 名中国学生代表的一员。到 2016 年为止，这位年轻的博士生已经在国际核心期刊发表了 7 篇学术论文，其中为第一作者的 4 篇。

中国科学技术大学从 2009 年年初起开设了 11 个科技英才班，希望培养未来 15～20 年科学与工程领域的拔尖人才。

“我们是否已经培养出了期待中的领军人才，现在断言还为时过早。”中国科学技术大学教务处副处长马运生表示，最早的毕业生尚处于博士研究生阶段，取

---

* 本文发表于《中国科学报》2017 年 9 月 8 日第 1 版，作者胡珉琦、张晶晶、张文静为《中国科学报》记者。

得的都是片段性成果，但从有限的跟踪统计中，还是发现有年轻学生开始显现出较强的科研实力。

而对于高中毕业想要进入这些科技英才班的学生来说，这当然不是一件容易的事。马运生告诉《中国科学报》记者，这些科技英才班的招生途径不仅仅依靠高考，每年新生开学，学校都会组织一次全校摸底考试，并对每位学生进行面试，从中再挑选一些优秀的、同时也对科研感兴趣的学生。

与大多数高校名人班一样，科技英才班实施滚动机制，每学年如果有学员的GPA（通常指平均学分绩点）低于最低限，就只能退出。同时，也有成绩突出的普通班学生可以申请加入。

据马运生介绍，全国高校名人班的办学模式有两类。一种是在全校层面成立专门的学院，比如北京大学的元培学院、浙江大学的竺可桢学院；另一种则是依托各个学院，下设一个班级，学院按照各自的学科特点制订人才培养方案。中国科学技术大学选择的是后者。

“不同学科英才班的教学模式是不同的。”他举例，华罗庚数学科技英才班的学生需要学习 8 门专为他们设计的“荣誉课程”，在课程难度、教学目标上都与普通学生的有所区别。严济慈物理科技英才班的学生则没有单独的课程，所有选修课程都与普通学生一样，且不限专业方向，这是因为物理学科方向众多，学院的教学思路是大类培养。其他科技英才班则介于这两种模式之间。

除此之外，科技英才班与普通班有所不同的地方主要在于导师指导、创新实践、国际交流方面的特别安排。

科技英才班一直实行导师制、小班化管理，有专门的导师团队，班主任是已经获得人才头衔的科研骨干。“而且，中国科学技术大学一直很重视学生科研能力的培养，科研本身就是创新实践，因此，学生们在本科阶段已经形成了进实验室的习惯。”马运生说，科技英才班的学生更是很早就会进入实验室学习。同时，本科学生都有机会申请学校的大学生研究计划，得到一定的资金支持，展开一些简单的课题研究。

在国际交流方面，相较于其他高校重视出国学习交换，中国科学技术大学在本科阶段以暑期研究计划为主。通过学校配套资金的支持，科技英才班的大三学生可以在暑期进入国外大学实验室完成小型的课题研究。部分学生大四毕业实习也可以选择在国外实验室进行。

让马运生苦恼的是，在数学领域，对基础研究感兴趣的学生数量正在萎缩。“很多学生把方向转至应用领域，偏向统计、金融，这与社会导向有着密切的关系。”不过，他也坦言，科技英才班的选拔首先是建立在学生意愿的基础上，真正的科研人才必须自身对科研抱有极高热情，是勉强不来的。

通过拔尖计划的实施，马运生的感受是，它给整个高校教育和人才培养模式带来了一些启发。

目前的高考成绩对学生真实能力的区分度并不理想，就像这些名人班的招生一样，未来常规的高考选拔一定也会转向综合评价，加大自主招生比例。

高校对人才的分类培养其实是很有必要的，不能只按照一种模式培养，这就是因材施教。未来，除了拔尖的科研人才培养，高校是否还能提供其他多元化的发展平台，供学生们自由选择？

不同的发展平台有不同的培养目标，马运生强调，我们必须按培养目标来制订教学模式、教学计划和方案，在实践中始终围绕目标展开。坚持成果导向的教学，而不是千篇一律的模式。

名人班的教育模式想要扩大到更多的高校，甚至影响更多普遍意义上的优质本科教学的选择，充足的一流教师资源是最重要的基础。马运生举例，中国科学技术大学 7400 名本科生对应 1000 多名老师，其中约 30%的老师拥有各种科研人才头衔，他们保证了本科阶段小班教学的可能性和优质的师资。

“目前的高校名人班里，院士、百人计划、国家杰出青年科学基金获得者、中组部青年千人计划入选者作为导师的参与度很高，有的高校还会聘请国外的资深科学家在假期给学生们上课，教师的能力决定了是否能培养出一流的学生。”因此，马运生认为，想要大规模复制这样的教育模式目前并不具有可行性。

清华学堂计算机科学实验班：桃李三百竞芳菲

说到清华大学的“摇钱树”，可谓是大名鼎鼎。此“摇钱树”并非彼摇钱树，而是“姚钱数”三个本科教育实验班，它们分别是清华学堂计算机科学实验班（“姚班”）、钱学森力学班（“钱班”）、数学物理基础科学班（数理基科班）。其中“姚班”由图灵奖得主、中国科学院院士姚期智于 2005 年创办，十余年时间，无论是在科技圈还是学术界，都不难发现“姚班”学生的身影。

2002 年，姚期智访问南京、上海、北京等地，其间和很多中国计算机领域的专家学者交流讨论，清华大学当时就发出邀请，希望能请他来带研究生。姚期智起初想培养博士生，但是后来想到在美国的时候，看到从国内到美国高校读硕读博的学生，缺乏标准性学术训练，不得不多花费一年甚至更长时间弥补差距，接触不同的思维方式。而实际上，中国学生同样优秀，在本科读书阶段也很忙碌，问题主要是课程量虽大但未形成挑战，这让他们很吃亏。因此，才有了做本科实验班的想法。

姚期智表示：“一个大学的培养模式固定以后，有一套运行方式。越是好的大学，想要在里面做一些革新越是困难。但当时我把这个想法跟清华大学党委书记陈希说了，他仔细听，然后略微思索下就同意了，说应该做，让我什么事情都不用管，把精力集中在教学团队上就行，学校的各种事情他去协调，所以一切蛮顺利。”

作为教育部“珠峰计划”的一员，“姚班”以培养领跑国际拔尖创新计算机科学人才为目标。每年招收 30 人左右，通过奥赛招生、自主招生、校内二次招生、校内转系等学科或专业选拔机制遴选优秀学生。

进入“姚班”，学生要上 25 门专业课及核心课程，全英文授课。姚期智本人亲自授课的有理论计算机科学、计算机应用数学等课程。学生前两年主要是计算机科学基础知识强化训练，后两年有包括机器智能、网络科学、量子信息、计算生物、金融科技等方向的专业教育。大三学生要赴国外一流高校交换学习一学期，大四优秀学生则有机会前往美国哈佛大学、普林斯顿大学、麻省理工学院及谷歌、百度等知名高校或研究机构进行研究实践。

谈到“姚班”学生，姚期智非常自信且骄傲。他说：“学生非常好，他们从中学毕业的时候，就绝对是全世界最出类拔萃的人才，我们在清华大学收到的学生，不比美国任何一个顶尖的大学逊色。”

姚期智并不认同“中国学生缺乏创造力”的观点，他认为缺乏创造力的是周围的环境，“我们的学生一旦到了一个好的环境，在‘姚班’里面，他们的创造力一点都不比国外的学生差”。

造成“中国学生缺乏创造力”这样的误解，姚期智分析说：“主要是我们的环境里没有足够的示范。假如大学里都是有创造力、思想非常活泼的教授，学生自然会变得像他们一样。这是我们这一代的责任，要让校园里面充满富有创造力的老师。”

“姚班”的课程紧凑而充满挑战，学生表示经常写一个课下作业一二十个小时就没了，经常是想了又想，写了又写，最后答案可能只有一行。

“我们希望学生毕业以后成为全世界最优秀的本科毕业生，所以训练的方法非常严格，还会给他们接触许多跨领域研究的机会，像生物、物理之类。现在来看，‘姚班’学生毕业以后从事的行业也没有全在计算机领域，他们依照自己的兴趣，发展得都很好。”

十余载光阴，如今“姚班”已经送走了共 312 名毕业生。姚期智告诉记者，他们中“90%是深造，10%是创业或在像谷歌、脸书（Facebook）这样的科技公司工作。”“我们当时说准备把这个班培养成一个具有和麻省理工学院、斯坦福大学同等水平的人才培养库，现在达到了目标，或者可以说超标了，312 位‘姚班’学生，我觉得比那些学校的学生还要好。”

也有人对精英教育发出不同声音，姚期智认为“环境的作用、示范带动的作用，会加速整个科学领域的进步”。

“当然你也可以说一切顺其自然，中国经过三五十年发展也能实现，但我们不能等待了，国际环境也不允许我们顺其自然，必须用很短的时间做好科技方面的良性循环。不要怕别人说搞精英教育。”

大连理工大学王大珩物理科学班：为本科生打造“准科研”模式

大连理工大学物理学院的前身是大连理工大学物理系，始建于 1949 年，首任系主任是著名物理学家、两院院士王大珩。如今，在这里，王大珩的名字正以一种特别的方式传承下去，那就是王大珩物理科学班。

2013 年，在“科教结合、协同创新”的背景下，大连理工大学与中国科学院大连化学物理研究所、长春光学精密机械与物理研究所合作建立了“菁英计划”本科生实验班——王大珩物理科学班，探索人才培养的创新模式。

“学校之前就有一个物理基础科学班，这次冠名相当于加强版，将王大珩等老一辈科学家的精神与传承的红色基因、思想政治教育、专业教育结合起来，学生也有自豪感。”大连理工大学物理学院院长赵纪军介绍说。

王大珩物理科学班的目标是培养具备宽厚的物理学理论基础、扎实的数理逻辑分析能力、很强的科学实践能力和创新能力的应用物理研究型人才。

为了实现这一目标，王大珩物理科学班在课程设置上体现了加强基础教育、让学生提前体验科研过程等特色。

“我们在一二年级加入了一些科研导向的基础课程，比如科研软件课。现在科研人员常用 Origin、Matlab 等软件，但大多需要进实验室后自己学，这门课使学生更早接触和使用这些科研软件，对以后的科研工作有帮助。”赵纪军说，“我们还设置了科技英语阅读与写作课。同时，加大了基础物理课的比重。”

到了三年级，王大珩物理科学班会增加一门科研实践课。

“我们将一个班级的学生按照 3～4 人分为大约 10 个小组，每组有一位青年教师，选择一个科研课题进行探索性研究。课程开始时，我会讲授一些科研的基本思维方式、论文写作、学术规范等导论性内容，剩下的时间就让学生自己去做科研。”赵纪军说，其实，在这个过程中，学生不见得能做出高水平的研究成果，但能够切身体验科研的整个过程，从查阅文献到分工合作，再到上台讲 PPT、撰写研究报告等。“有些学生讲得非常精彩。在这个过程中，我们也鼓励各组学生互相了解研究内容，为他们未来选择科研方向提供帮助。”

到了四年级时，这个班级的学生就可以选修研究生课程。未来还将进一步尝试本硕博打通的培养模式。

“在科研训练体系的建立中，王大珩物理科学班依托了物理学院的优势科研资源。我们有国家二级重点学科和教育部重点实验室，大部分参与科研实践的指导教师都是来自重点学科和重点实验室。”赵纪军介绍说。

三方合作的模式也为王大珩物理科学班提供了更多资源。每年在 6 月底到 7 月中下旬的小学期，部分学生可以到中国科学院大连化学物理研究所、中国科学院长春光学精密机械与物理研究所实习，研究所的科研人员也会来学校办讲座。“在师资和课程设置方面，未来我们还会进一步加强合作。”赵纪军说。

王大珩物理科学班在高考时独立招生，招收学生 35 名左右。入学后，班级实行动态的选拔和淘汰机制，受到过纪律处分或重要的必修课不及格的学生，将被淘汰；普通班级学生，成绩达到一定程度可以转入。

“这种动态机制是希望保证更多学生能享受到创新性的培养模式。”赵纪军说，通过淘汰机制，保留了真正对物理有兴趣且有学习能力的同学，因此这个班未来的建设目标，是实现 100%的深造率。

经过四年的“准科研模式”培养，王大珩物理科学班毕业生有着相当高的国内升学率，首届王大珩物理科学班的升学率达到 80%，其中不乏北京大学、清华大学、南京大学、中国科学技术大学等物理强校，其余则是到国外继续求学或直接工作。由于这个班级 2013 年刚刚建立，毕业生刚刚开始读研究生，所以长期的培养效果还有待未来检验。

在赵纪军看来，对于特别有天分的学生，只需要给他们成长的环境就可以了。诸如王大珩物理科学班这样的创新性培养模式，更多的是为中等资质的学生进行普惠性的培养。“把基础打得更扎实一些，同时开阔他们的视野，培养出一些具有科研创新能力的人才。”

科学课重归小学一年级*

张文静

从 2017 年秋季开学起，科学必修课将进入全国小学一年级新生的课堂。根据 2017 年 2 月教育部印发并要求执行的《义务教育小学科学课程标准》，小学科学课被列为与语文、数学同等重要的基础性课程。

在 2001 年第八次全国基础教育课程改革之前，小学自一年级起开设自然课，其性质为科学启蒙课程。课改后，自然课改为科学课，起始年级也从一年级变为三年级。时隔 16 年，科学课从三年级又回归至一年级。那么，科学课缘何会受到如此重视？孩子们又应该在科学课上收获什么呢？

一年级引入科学课是否过早

从 2017 年 9 月开始，杭州市时代小学科学教师张忠华有了一项新的教学任务——给一年级学生上科学课，每周一课时。

暑假结束前，张忠华已经接受了专门的培训，为这门课做准备。浙江小学科学网原本每个月都会组织一次网络研修活动，邀请有经验的专家为全省的科学教师培训。此次为了让教师们更好地适应低年级学生的科学教学任务，暑假结束前的培训更为密集，培训内容主要围绕对新课标的解读和一年级《科学》教材和教法两部分内容。

“有些比较超前的学校在几年前就已经尝试给一年级、二年级的学生开设科学启蒙类课程，积累了一些经验，他们在培训中会给我们提供一些实际的建议。”

* 本文发表于《中国科学报》2017 年 9 月 1 日第 1 版，作者张文静为《中国科学报》记者。

张忠华说。

除一年级科学课外，这个学年，张忠华还要给四年级学生上科学课。“此前科学课从三年级开始上，所以到了四年级，学生们已经对科学学习方式有一定了解，所以教学虽然还以观察为主，但已经可以加入一些较高级的对比实验等。但刚入学的一年级学生可能是零起点，所以教学还是以启蒙、培养兴趣为主，多开展一些观察、体验活动，比如观察植物。”

目前，已通过审定的《科学》教材包括教育科学出版社、江苏教育出版社、河北人民出版社、青岛出版社、湖南科学技术出版社等多个版本。张忠华所在的时代小学使用的是教育科学出版社版《科学》教材。

中国科学院动物研究所高级工程师、国家动物博物馆科普策划人张劲硕参与了教育科学出版社版《科学》教材中生命科学领域内容的编写。

“在生命科学领域，低年级的科学教育主要强调基础方法的学习，比如对植物、动物的分类，就涉及基本的观察、比较、测量、归纳等方法。”张劲硕介绍说，“这也是科学课开展的一个思路，即不直接灌输科学知识，而是以对孩子科学思维和方法的培养为大方向。”

有些家长担心，一年级课堂引入科学课是否过早，是否会给孩子造成负担。对此，张劲硕认为，其实，科学很早就出现在孩子的生活中了。“当孩子最早去叫爸爸妈妈时，其实已经在使用分类的方法。所以，从一年级开始上科学课，是非常正常的，并不算早。”张劲硕说，“而且在科学课上，孩子能动手做实验，并从中得到一些认识世界方面的启发、科学实证精神的培养，较早地让孩子们接受这方面的训练，也是很有必要的。”

“从国际比较来讲，在科学文化传统较强的西方国家，科学课都是很早就开展了，而且从来都是与数学、语文同等重要的课程。”南京大学教育研究院教授张红霞介绍说。在她看来，在我国，让孩子尽早接触科学教育更为重要，因为我们的传统文化更倾向于对人际关系的重视，而缺少科学传统和思维培植的土壤。

“相比于严谨和准确的科学数据和事实描述，我们更喜欢用形容词。比如媒体报道台风新闻，可能会用‘千军万马’‘摧枯拉朽之势’等词，但实际上，讲清楚台风中心在哪里、台风几级是怎样划分的、台风吹倒的树有多粗、台风为什么这样移动等，才是准确、有效的信息传递。科学追求的是事实及其背后的原因，而不是情感表达。这样的思维我们一直有所欠缺，所以更要用科学教育来弥补。”张红霞说。

在张红霞看来，科学教育越早开展越好还有一个原因。那就是脑科学的研究成果证明，人脑结构是可以在后天得到改变的，外界的刺激越早，改变越容易发生。“而且，较早开展科学教育也符合孩子的天性。”

在这方面，张忠华有着切身体会。杭州市时代小学此前也开设过科学趣味实验等课外兴趣班，“一年级孩子报名的非常多，对课程也很感兴趣。他们其实是很喜欢科学的。”张忠华说。

一次重要的转变

如今，科学课被引入小学一年级的课堂，学校早期科学教育受到更多重视。“这是个重要的转变。”张劲硕说。

2001 年，依据国务院《面向 21 世纪教育振兴行动计划》建立“21 世纪基础教育课程体系”的要求，我国开始了新一轮的课程改革，当时将“自然”课更名为“科学”，起始年级也从一年级变为三年级，此后直到 2017 年 2 月《义务教育小学科学课程标准》的颁布。对于这 16 年的评价，中国教育科学研究院小学科学教育研究中心主任、教育科学出版社版《科学》教材主编郁波坦言，我们在课程开发、师资培训、教材建设等方面取得了一些成果和进步，但科学课作为一门独立的新课程，在整个九年义务教育阶段并未受到应有的重视。

“这种不重视与我们当前教育存在的问题有很大关联。”清华大学社会科学学院科技与社会研究所教授刘兵说，“很多学校过于追求升学率，不与应试升学等挂钩的课程当然不受重视，没有专职的科学教师等情况很普遍。而且，科学课标往往设计得很理想，但真正到了讲台上却因为种种原因，实际教学打了折扣。”

在张红霞看来，科学教育的缺失还与当下国家教育的发展阶段有关。“我们当前教育资源的丰富程度还很不够，科学教育尤其需要教育资源，因为它要求学生能动手，能出去考察，大到科技馆，小到植物角、动物角都是需要的。在这方面需要国家更多的投入。”

张红霞认为，还有一个更重要的原因是我国科学文化传统的不足。“我们对科学的本质还没有足够了解。很多人觉得，科学教育无非是让孩子去记一些科学知识，但科学教育的真正意义并不在此。我们的教师和家长还不十分清楚科学与人文有何不同的教育价值等问题。在这方面，教师和家长都需要培训。”

如何上好科学课

如今，科学教育被更早地纳入正规教育中。但刘兵提醒说，毕竟是从小学一年级开始，我们不要把科学课的目标定得太高。“低年级科学课更重要的是培养孩子对科学最基本的感觉，包括认识世界最基本的方式、科学探索的好奇心和兴趣等，不要把科学弄得那么冷冰冰的，显得很神秘，很高深。”而且，刘兵着重强调说，义务教育阶段的科学课程，是面向全体公民的，而不是只为了以后从事科学研究职业的人或精英阶层，科学课程的广泛性应该得到重视。

在张劲硕看来，科学课开设的最终目的是通过科学教育，教会孩子们如何做人。“比如在生命科学领域，生命演化和生物多样性等方面的知识要贯穿在整个教材中。现在孩子们获得知识的渠道很多，但他们眼中缺乏对生命的关注。我们生命科学的教育要让他们知道人与自然、人与动物之间的关系，知道除了人类之外，这个世界上还有许多生命，不能唯我独尊。”

张红霞则认为，观察是科学研究的基础，也是人类认识世界的第一步。中国的小学生如果能分清什么是事实、什么是想象，能准确描述观察到的事实，认识到说真话的重要性，养成尊重事实的习惯，就已经是很大的成功。“这说来简单，但并不容易。”张红霞在小学课堂观察时就发现，孩子们很喜欢想象和拟人化的表达，却不会客观地表达。

“比如，孩子们看到蜗牛在爬，用手一碰它的头，头立刻就缩回去了。有的孩子就说这是因为蜗牛怕冷了，有的说蜗牛害怕了。这些答案往往还能得到老师的表扬。”张红霞说，“其实这时老师应该追问‘你怎么知道’。客观描述应该是‘我用手一碰蜗牛的头，它就缩回去了’。至于是否怕冷、害怕，并没有被观察到。

那么，老师应该继续问的问题是：多试几次还会得到同样的结果吗？用温度不同的手再试试呢？这才是科学探究的态度。可是很多科学教师往往会表扬学生的想象力，而不是科学性。”

“老师在教学中还要允许孩子犯错，不要一味要求孩子都能得出那个唯一的实验结果，应该引导孩子更注重科研探索本身的过程。”张劲硕说。

科学教师如何“演”

小学科学课从中高年级扩展至低年级，科学教师人才的缺口无疑会进一步增大。“目前我们的科学教育专业人才是远远不够的，其中还有很多学生毕业后改行了。而且，现在科学教师还存在着对科学的综合性认识不足、对科学本质理解不深入的问题。小学一年级的科学课未必就比高难度的科学内容好教。”刘兵说。

2002 年和 2012 年，张红霞等分两次对全国 21 个省市的近 4000 名小学教师的科学素养进行了问卷调查。调查结果显示，教师对科学性质的理解，相比于科学知识、科学方法、科学态度等，表现出了较低的水平，而且历经 10 年，这种状况没有得到明显的改善。

郁波认为，对科学性质的理解是对科学的理解的核心。对于普通公众而言，也许懂得事实性的科学知识就够了；对于教师来讲，不懂得科学的性质，不懂得科学与其他学科的差别，就不能真正上好科学课。“这样的教师，不仅存在着将伪科学引入课堂的危险，而且不能做到把科学知识的学习寓于科学实践的过程之中，寓于科学史和科学与社会关系的情境之中，会长期停留在以识记符号为特征的‘应试教育’阶段。”

解决这个问题的方法，郁波认为在于让科学家真正参与到科学教育中来，教师培训和课程设计是两个非常重要的切入点。

所以，在教育科学出版社版《科学》教材的编写中，郁波邀请了一批科研和科普工作者来参与。除了研究动物方面的张劲硕之外，还有研究植物、物理、化学、天文、自动化等方面的科学家和科普人。前几天，张劲硕等科学圈人士还与教育专家、全国各地的科学教研员一同开会讨论科学教育的相关问题。

“其实，我们各大学、研究所每年培养这么多的硕士、博士，不一定都要去从事科研工作，也可以去从事科学教育工作，他们对科学研究有着更深入的认识。现在无论是学校还是社会的科学教育行业，人才需求都很大。研究领域较窄的科研人才我们需要培养，但同时也需要培养更多综合性的科学人才，满足科学教育的需求。”张劲硕提议说。

张红霞强调，一流大学应该参与到基础科学教育的师资培养中来。“但目前这方面并未得到各方面的重视。”张红霞说，“还可以让科学教师参与到一流大学的科研课题中，让他们切身了解科学研究的过程，这样才能正确地引导孩子进行科学探索，而不是在课堂上‘演科学剧’。”

在加强小学科学教育方面，张红霞还提出，课标的细化非常重要。“你要告诉科学教师，从哪里下手、如何循序渐进，甚至在课堂上要如何说话。”

“比如，这样几类话教师在科学课堂上就不要讲。”张红霞说，“第一类是完全脱离了科学课情境的语言不要讲，比如‘你真棒’‘你真聪明’，要保证更多的时间留给孩子观察、思考；第二类是教师不说学生自己也能继续进行的活动，有的教师喜欢讲‘下一步我们应该观察什么’，孩子还需要回答，反而是对他们的干扰；第三类是为了吸引孩子注意力而明知故问的话不要讲；第四类是教师的备课用语，不要带到课堂上，比如说‘下面我们分组展示大家的观察结果’，实际上，有的小组观察完了直接让他们讲就好了，要顺着孩子的思路来，不需要那么刻板。国内的科学课标应该详细到这个程度。”

“另外，我们现在对于教材的顶层设计仍然是缺乏的。”张劲硕说道，“比如我们一边上科学课，一边会在语文教材中看到各种不科学的内容，包括蝙蝠与雷达的关系等课文。各门课程仍需要整合。当然，现在科学教育越来越受到重视，这是个很好的开始，未来还有待进一步发展。”

科学记者会消失吗？*

胡珉琦

特邀嘉宾

柯海新：资深科学媒体人

贾鹤鹏：美国康奈尔大学传播学系博士候选人，曾连续两届代表亚洲当选为世界科学记者联盟执行理事

江晓原：上海交通大学科学史与科学文化研究院院长

江世亮：上海市科普作家协会副理事长、《文汇报》科技部原主任

从互联网时代到新媒体时代，传统新闻业受到剧烈冲击，传统新闻记者这一职业不断被唱衰。最近，这样的言论也落到了我们——科学记者身上。

近日，一位科普作者在果壳网发表文章《为什么科学记者这个职业正在消失？》，认为科学记者的专业能力，甚至独立性、新闻业务水平都在遭受质疑，存在感日渐薄弱。相反，科学家、科普达人在科学传播中的影响力与日俱增。

这是否意味着科学记者很快将会走投无路？

不管这是耸人听闻还是现实威胁，作为科学记者，我们要做的不是单纯为自己辩护，而是从这样的言论中获得启示与警醒。如果我们承认这份职业仍有存在的价值和使命，那么，只有让压力转换成动力，迫使自己做出改变，才能让我们在未来为自己赢得更多的生存与发展的空间。

为此，《中国科学报》记者采访了科学新闻与传播领域的四位专家，听他们讲述如何认识当下的科学报道与科学记者本身。

---

* 本文发表于《中国科学报》2017年7月28日第1版，作者胡珉琦为《中国科学报》记者。

科学被冷落了吗

《中国科学报》：中国传统媒体对于科学的关注和报道是否在萎缩？如果是的话，为什么在当今科学技术的进步及其与社会发展的关系越来越密切的时候，媒体本身却对科学日益缺乏兴趣了？

柯海新：要准确回答这个问题，前提是我们必须对目前科学专业媒体的数量、综合类媒体中的科学报道数量，还有科学记者的数量进行调查和统计。可实际上，这些数据是没有的。

我感觉媒体对科学的关注度变化不大，尤其是主流的科学传播媒体都依然存在，报道体量也并未减少。相反，科学新闻的数量可能是增加的，因为传播平台增加了。

这就存在一个悖论，科学传播的绝对量明明有增无减，为什么人们却认为传统的科学新闻好像消失了？主要原因在于，那些经典的科学传播案例被浩如烟海的各种信息稀释了。另一个原因在于，人工智能、虚拟现实、3D 打印这样的技术类新闻的产出在大量增加，它们与经济的关系更为密切，而不属于传统的科学报道范畴。对于技术新闻的投入，也许分流了正统科学报道的一部分力量。所以，科学新闻的“消失”还与社会对科学内容本身的注意力转移有关。

贾鹤鹏：媒体对广义的科学的关注并不少。但是，过去科学新闻里那些从科技界传递到公众当中的严肃、正规的内容，的确是少了。

互联网时代，包括科学信息在内的各种信息之间是互相竞争的，它们都想获得人们的时间，就得看公众更喜欢什么。这也会导致公众直接阅读科学题材的时间会减少。交互式媒体出现以前，媒体无法直接感受读者的反馈，但现在借助大数据，很容易分析受众的兴趣点，提供更精准的内容。结果是，人们不是不看科学新闻了，而是不愿意看写着“科学”两个字的新闻了。

江晓原：科学越来越发达，对公众生活影响越大。但实际上，能引起公众兴趣的能力是在减弱的。尽管我们对科学在客观上是有依赖的，但也存在审美疲劳，我们和科学之间的关系早就过了“七年之痒”。

很多科学知识公众已经在受教育的过程中完成了积累，实际上没有多少人会在自己实际的工作生活中真的求助于科学新闻。之所以有人还愿意看，其中很大一部分并不是为了求知，而是为了娱乐休闲。当人们关注科学的目的改变了，内容提供者自然会有所筛选，那些刺激有限的、不能虚构的、不能吸引人眼球的，就会被冷落。

空间被挤占了吗

《中国科学报》：现在一些科学家开始主动参与科学普及工作。同时，一些有专业背景的科学达人在科普方面的贡献也不少。他们的出现对科学记者提出了某种质疑——仅凭采访几个所谓的专家，看几篇文献，就真的能在科学报道上做到足够专业吗？面对比自己更有公信力的一群“竞争对手”，科学记者是否还有自己的生存空间？

柯海新：科学家、科普达人的加入，应该是一种互补，而不是替代关系。作为一种职业，科学记者的新闻专业视角可以避免个人写作的主观局限，而科学家、科普达人的视角理论上也不会比科学记者更宽泛，这也使得科学记者可以保证对科学更真实的还原。

个人写作带有很强的选择性，如果科学家不主动说，又没有科学记者这个角色，很多题材、视角，公众是没有渠道自己去获取的。从这些方面来说，科学记者的空间仍然很大。

但是，在与科学家、科普达人在专业性上的比较，对记者的确很有杀伤力。比如科普达人的写作方式，是依靠了大量文献的，他们深入思考一个问题的来龙去脉，像做研究一样写作一篇科普文章，确实更有说服力。他们在告诉记者，对科学真相的挖掘是没有尽头的。

其实，本来科学记者也应该这么做，只不过我们没有这样做。目前，整个科学新闻媒体并没有确立这样的工作模式，从而保证科学产出的质量。

随着时间的变化，很多职业的业态、存在方式都会发生变化，就这一点，我们不必太过狭隘。同时，我们需要客观分析，自己在哪些方面仍存有优势。

贾鹤鹏：的确，在社交自媒体时代，记者不仅丧失了传播途径上的垄断，也丧失了内容上的垄断。科学记者的空间在收缩，这是事实。

不过，记者的角色是不能被取代的。两者最显而易见的差别在于，记者是需要做采访的，这是职业给予的正当性。科学家不会做记者，因为他们不会采访，也不习惯于这种工作方式。然而，每个人的知识又是有限的，仅从自己的立场写作无法做到真正的平衡，所以必须依靠采访。

此外，一个典型的科学新闻并不仅仅涉及科学知识，它还与社会的方方面面，比如政策的、产业化的，还有对老百姓生活的影响等密切相关，这是专业的科学家业余做科普的过程中很少会涉及的。原因同样在于，他们不进行采访，因此很难在文章中把各种信息串联起来。

在当下的竞争环境中，如果你只是一名仅仅依靠改写新闻通稿工作的记者，那么无论是从受众还是市场的角度，都是必然会被淘汰的。淘汰不掉的，是那些把科学新闻当成深度报道、调查报道、特稿写作来操作的记者。这样的记者不但不会被淘汰，而且会有很好的职业前景。

江晓原：首先，目前国内科学家写作、言说的能力总体上是不强的，科普达人写的文章倒确实通俗易懂，比较有趣。但是，前者做的都是科学普及的工作，而科普达人的很多作品又都是商业性的，它们是不能取代科学新闻的正式报道的，因为角色不同。

科学传播与传统科普是有差别的，它包括了全面地认识科学本身，包括了对科学的批判，而传统科普对这部分内容是拒斥的。造成很多人对于科学存在普遍性的根本性的误解，也导致了人们对科学无条件的信任和崇拜。

客观地呈现科学这件事，是不能完全依赖科学家来完成的。因为科学家本质上是利益共同体的一部分，他们是有立场的，没有自我否定的自觉，而科学记者则是独立的第三方。科学记者要做的，不是简单地进行知识传递，更不是科学家的传声筒，而是帮助读者真正理解科学是怎么回事，科学的逻辑是什么，科学和社会生活有着怎样的关系。

读者到底是谁

《中国科学报》：科学新闻到底是给谁看的，普通公众、受过良好教育的对科学感兴趣的公众，还是成长中的科学、工程领域的专家群体或是科学家？他们对目前传统科学新闻媒体的报道满意吗？他们会为此买单吗？

贾鹤鹏：科学新闻本身包含了不同层次的内容。但有一点是肯定的，对科学完全陌生的人是不会读所谓的科学新闻的。

在欧美，《自然》《科学》这些杂志里的科学新闻主要针对科学共同体感兴趣的问题；更为专业的《物理世界》《化学世界》的新闻则是针对领域内的科学家关注的圈子里的人与事；还有一类像《科学美国人》这样的杂志主要吸引有理科背景的、受过良好学术训练的一群人；到了《纽约时报》的科学版面，它所针对的读者会比《科学美国人》更广泛一些，但也是具有本科以上学历的人群。

目前，国内传统的科学类媒体比如日报，面向的应该是科学共同体。可实际上，这样的媒体还承担着重要的宣传工作。而且，根据整个现代化的体制，都意味着“科学”两个字是要大写的，科学就具有正当性。因此，传统科学媒体还必须有对公众进行科普教育的使命。这样一来，媒体的定位就并不完全是从受众需求、内容需求出发了。

这样的科学媒体，老百姓并不会买单，科学家又没有付费阅读这些新闻的习惯，只能依靠体制的保护。其实，即便在西方，科学媒体也不是单纯靠市场买单的，科学的性质决定了报道内容不完全是读者导向的。

柯海新：理论上，媒体的受众有区分，但如果通俗性的问题得到了很好的解决，其实科学新闻是不应该排除任何受众对象的，这不是一个多选一的问题。因为，人们对科学是否感兴趣，本质上是不按阶层、身份、职业划分的，有知识的人不见得真正喜欢科学。

但是目前，一些高大上的传统科学类媒体产出的内容对专业人士来说太浅，对感兴趣的普通读者来说又太晦涩。这并不是定位问题，而是内容操作层面的问题。

为什么不满意

《中国科学报》：做公众关心的科学，这是对科学新闻提出的很重要的要求。但是目前，很多科学新闻无法做到常识的准确性，并且让大众易读易懂还能记得住，最主要问题在科学素养还是新闻操作层面？

贾鹤鹏：两者都有。在美国，科学记者每天都会从科学新闻线索网站搜索最新的新闻通稿，这些通稿实际已是标准的新闻稿，但是职业生产习惯要求所有记者对通稿的每一句话都得进行深度加工，否则就是剽窃。国内科学记者对新闻通稿的处理远达不到这样的程度。这种完全推倒重写的做法，一定会让新闻语言比原稿更生动。

还有一点很重要，科学新闻一定要避免单一信源，必须找同行进行评价，一个采访对象从头讲到底，是绝不允许的。事实上，当记者引述了更多人的观点，就会出现变化的情节，让文章变得更丰富，更有起伏。

当然，要让记者取得更多科学家的信任，愿意通过媒体来表达自己的看法，取决于记者是否做了充分的准备。比如在报道一项科学成果时，阅读采访对象的科学文献，是最基本的要求。这不仅仅是补充采访领域的知识，还能帮助记者提出有价值的问题。

江世亮：举个例子，《科学美国人》这样世界最高级别的科普杂志是如何对待它的作者的？即便“大牛”如诺贝尔奖获得者，要想在这本杂志发文章，也必须遵守编辑部的一个规定，所有稿件必须经过编辑的重大修改，如果作者不同意，那么杂志就拒绝发表这篇文章。在他们看来，传递给公众的文章，必须要对科学家自身的表述做大量诠释，才能在表达上更符合公众的阅读口味。因此，像图灵奖、菲尔茨奖这样涉及极其基础或艰深的计算机、数学方面的内容出现在这本杂志上，可以保证没有一个公式，完全靠着故事和人物带入，并能产生非常好的传播效果。

国内大多数科学记者就是专家的传声筒，而没有对报道内容进行充分咀嚼，无论是在科学性上还是新闻性上都是不足的。

柯海新：现在大家对科学新闻不满意，一定是对科学记者的专业能力、科学素养的不满意，这里的确存在科学记者自身的问题。

但我们也常常忽略另一个问题。要做出好的科学新闻报道本身是很有难度的，需要很高的成本。我们一直认为科学新闻传播力度不够，效果不好，却偏偏没有反思，我们对科学新闻、科学记者的投入是否足够。

与国际媒体同行相比，他们对一个科学问题的深度认知，不断切换大量的新闻现场，我们还差得很远。我们的采访主要靠电话，一位专家从头说到尾，怎么可能挖到真正有价值的内容。要追求新闻价值的最大化，任何现场记者都应该无条件到达，并且能有充足的采访所需要的时间。我们的媒体能提供这些条件吗？

我们缺乏对科学传播规律问题的重视和研究，我们需要知道一篇优秀的科学报道是如何产出的，分析这样的产出所需要的边界条件，我们能够做到几个？只有按照科学传播规律去培养记者，才可能有好的报道。

使命是什么

《中国科学报》：在媒体行业都在纷纷讨好读者的时候，科学新闻只是强调亲近大众就可以吗？或者说，科学新闻的价值只体现在公众需求上吗？科学新闻的使命是什么？现在的科学记者真正承担起了科学新闻的责任了吗？

柯海新：公众爱看的内容不一定就是好内容。如果只让受众决定记者该写什么，那么，媒体从社会责任的角度会有所损失。

科学新闻的使命首先还是新闻的一般使命，它是一个瞭望者，它要扮演公民观察家的角色，回应公众的关切，关注公平、正义的问题。还要站在时代前沿，站在更高处看待未来的走向问题。特殊的地方在于，科学是与公众存在天然鸿沟的一个领域，科学记者要专注于打破这道科学鸿沟。

科学新闻还有一个使命，就是要时刻关注科学和社会的互动。科学是把双刃剑，媒体需要对科学有所反思和批判，让人们看到科学的局限性。但现在这些问题进入不了记者的视野，少有科学新闻会关注。

江晓原：以文章点击数来评价优劣，就是“唯影响因子论”的思想。实际上阅读“10 万+”的很多文章并不是优质的文章。

在信息爆炸的时代，科学新闻传递知识、教育大众是次要的，关键是要能够主动发现科学中存在的问题，提供独立于科学共同体以外的见解。

长期以来，科学记者已经变成了科学家的附庸，在科学家面前直不起腰来。一个理直气壮，一个点头哈腰，怎么可能有尖锐的视角和判断力？只能随波逐流。

江世亮：公众对科学感兴趣的一面，往往是科学作为工具的一面，大家关注科技手段比较多。可是，这远远低估了科学的价值，对科学的认识是不全面的。科学实际上是从根本上提升了对人与世界的理解，如果我们想要一个稳定的世界，一个理性的世界，就必须依靠科学。这是新闻传播需要主动告诉公众的。

2017 年 4 月 22 日，美国首都华盛顿首先爆发了“科学大游行”，起先的确是美国的科学家出于对特朗普政权科技政策的不满。但实际上，随着世界各国科学家群体的加入，他们所表达的诉求变成了希望提升国家、民众对科学本身的关注。我们会发现，即便在当下科学如此发达的时代，科学共同体和整个社会的沟通依然是非常不充分的，科学跟人类与世界的关系，还有许许多多的人是不了解的，这也说明了现在的科学传播还远远不够。

这是对科学新闻、科学记者的提醒，距离科学界和民众的相互理解还有十万八千里，你们的传播责任越来越重，传播使命远没有完成。

培养有多难

《中国科学报》：科学记者应该具备什么条件？目前，我们是否缺乏相应的科学记者培养机制？

柯海新：科学记者的门槛应该是比较高的。首先，记者需要熟悉科学是怎么运作的；还要有社会学的眼光，知道一个事件发生到底意味着什么。这就要求记者能把科学作为关键词，跟社会网络做关联，科学与政治，经济，社会（包括伦理、道德），文化（包括哲学、历史、人类学）及法律，在报道架构的设计上有这个意识，产出的内容才能具有更广阔的视野；当然，还有新闻记者的职业素质，包括对新闻的敏感性、到达现场后知道该观察什么等这些复合式的知识结构。

国外很多科学新闻记者是先拥有较高程度的专业学科背景，然后接受新闻专业训练的一群人。在国内，是大量非科学专业出身的记者来报道科学。没有受过学术训练的人，能不能报道科学新闻？

理论上，有学术背景的人相对更容易做科学报道。可一种相反的说法是，正因为不懂科学，反而比懂科学的人更有好奇心，提出的问题视角更独特，也更能拉近与公众的距离。

说到底，科学记者的养成还是要靠工作的积累和不断地自我学习。因为科学新闻的领域很广，专业要求又很高，记者的训练要有学科细分，强化记者在某一个领域的职业积累和报道口碑。

科学记者的培养也许不需要特别的体制化安排。但在媒体内部，需要通过制度化的安排推动记者职业水平的提高，要形成对科学新闻操作的一般规范，并不断强化，必要的业务研讨不能忽视。

贾鹤鹏：对科学记者来说，有学科知识的积累和专长是很重要的，但不是最重要的。我认为，最重要的是，具备把握科学主流的能力，把握科学家思维习惯的能力。科学最大的特点是讲求证据。结合到记者的工作中，无论是采访还是写作，都做到言之有据。你未必需要掌握很多知识，科学家可以帮你提供很多信息。

关于科学记者的培养，国内没有专门的新闻专业方向。不过，科学记者培养不见得非得依靠学校书本教育。就算在美国，也少有大学设立专门的科学新闻方向，实际上，传统的新闻学院、新闻系是缺乏能力来做科学记者培训的。但有些大学，如纽约大学、麻省理工学院和加州大学一些分校等，会设立独立的科学写作的培训项目。

我们应该达成一种共识，科学记者是在工作中成长起来的，主要靠实践。一方面，有追求知识的自觉；另一方面，严格按照新闻生产的规范，以专业标准要求自己。能否成为一名好的科学记者，全在于自己的功夫是否做到家了。

倾听与述说：打开科学旧时光*

李 芸

当“90 后”开始“佛系”人生，奉行“有也行，没有也行，不争不抢，不求输赢”的信条时，他们或者比他们更年轻的“00 后”，听到过去岁月里的艰苦奋斗、百折不挠、奉献终生时，会有什么样的感触？能引起共鸣吗？

听亲历者讲过去的故事或许是一个好方式。现代口述历史先驱、英国社会学家保罗·汤普森说，口述历史给了孩子们或者说年轻人一个理解过去发生的事情的机会。人们不能仅仅停留在那些抽象的、高度凝练的历史记录中，亲身去进行与口述历史相关的实践和学习，能够让人们对于历史有更加切身的感悟。

进入 21 世纪以来，科学史研究者们在口述科学上做了很多工作，以“20 世纪中国科学口述史丛书”“老科学家学术成长资料采集工程”两大工程为代表，他们寻访了数百上千位科学家、科学工作管理者等，倾听他们的故事、记录过去的岁月。在这次“口述科学史专刊”的采访中，本报几位“85 后”记者听到这些故事、看到这些记载，也是湿了眼眶、“正了三观”，感慨这里有真正的科学精神和满满的正能量。

倾听产生理解，理解才有凝聚。

当然，做口述历史并不只是为了让年轻人理解过去。对于历史学家来说，口述是一种重要的史料来源，和文字资料一样。

以中国科学史为例，现代意义上的科学，在中国本是一个舶来品，这一个半世纪间科学在中国的生根发芽本有着不同于西方的特殊故事和特殊背景。加上政

* 本文发表于《中国科学报》2017 年 12 月 22 日第 1 版，系“口述科学史”专题之一，作者李芸为《中国科学报》记者。

治制度和社会环境剧烈变迁，许多鲜活的人物和事件就保存在一线科学家的记忆当中，并不见于文字记载。这些极易随着时光的流逝而散失。

历史学家重视口述历史的另一层原因，还在于这种方式关乎历史怎样被书写，个人记忆如何参与并形成社会记忆。由于各种原因，被记录下来的历史难免片面。还原的一种方法是让所有的事件观察者自由、无约束地发言，从而呈现历史本来的、多元的、有多种叙述方式和生命体验的状态。

近十多年来，中国的科学史研究者们正是以抢救史料的心态面对口述科学，也是要为中国科学的旧时光留下更丰富、更生动、更有温度的记录。

从这里了解百年中国科学*

温新红

“百年中国的科学，有太多太多的行进轨迹需要梳理，有太多太多的经验教训需要总结。”中国科学院科技政策与管理科学研究所研究员樊洪业在“20 世纪中国科学口述史丛书”（以下简称“口述史丛书”）的“主编的话”里如是说。

如今，“口述史丛书”和“老科学家学术成长资料采集工程”（以下简称“采集工程”）两套重量级丛书的出版，不仅展现了这一群体的画像，成为人们了解科学家故事、理解科学精神的渠道。更重要的是，为中国近现代史研究提供了大宗口述史料。

口述科学史与其他领域的口述史有什么不同？口述科学史的价值、意义和作用有哪些？本报记者采访了几位学者，他们从不同角度进行了解读。

口述科学史的契机

近 30 多年来，相对于社会科学人文领域，国内口述科学史工作和研究要晚一些。这或许是因为相对于一般的历史研究，涉及比较专门的科学技术知识的科学史的门槛较高，其研究的开展就晚一些。

20 世纪的中国，几代科学家登台，科学体制从建立发展到转折改革、现代科学技术学科体系的形成与发展，并取得了一系列重大科技成就。

和所有中国人一样，科技知识分子同样经历了跌宕起伏的 20 世纪，亲身经

* 本文发表于《中国科学报》2017 年 12 月 22 日第 2 版，系“口述科学史”专题之一，作者温新红为《中国科学报》记者。

历了这个世纪科学事业发展且做出过重要贡献。他们有很多五味杂陈的往事，还是许多国家重大事件，尤其是重大科技活动的关键当事人。

将他们记忆中的这些历史留存下来，“对报刊、档案等文字记载类史料而言，不仅可以大大填补其缺失，增加其佐证，纠正其讹误，而且还可以展示为当年文字所不能记述或难以记述的时代忌讳、人际关系和个人的心路历程。科学研究过程中的失败挫折和灵感顿悟，学术交流中的辩争和启迪，社会环境中非科学因素的激励和干扰，等等，许多为论文报告所难以言道者，当事人的记忆却有助于我们还原历史的全景。”樊洪业表示。

2005 年，《束星北档案》面世，物理学家束星北的经历带给中国读者太多震撼。中国科学院大学教授王扬宗认为，这正是口述科学史发展的一个契机。

2006 年，湖南教育出版社敏锐地抓住了这个热点，找到樊洪业，共同策划了“口述史丛书”。这套书可以说是中国首套从科学家头脑记忆中挖掘 20 世纪中国科学史的大型丛书。

但是，樊洪业认为，没有行政力量的支持，单纯靠学术界和出版界的临时合作，即使像“口述史丛书”已有 50 多种图书，成绩仍然很有限，并难以为继。

2010 年，国家科技教育领导小组启动了“采集工程”，由中国科学技术协会牵头，14 个部委共同实施的抢救中国现代科学史料的大型长程计划。这是科学史料建设可能获得持续发展的希望。

中国科学技术大学特任教授熊卫民也认为，这两套丛书的出版，是中国科学技术协会、中国科学院、出版社这些科学社团、学术机构、企业布置任务之结果，起到了“任务带学科”的作用。

另一方面，他认为，国内口述科学史的迅速发展，还与樊洪业、张藜等学术带头人的号召、组织密切相关。当然，也离不开一批专业人士的热情参与。

史料的抢救

对于口述史的定义，学术界有不同的观点。但对于樊洪业来说，口述历史就是口述史料。推动口述史工作，目的在于推动为科学史研究服务的史料建设，而不是要建立一门独立的史学分支。

樊洪业在为“口述史丛书”写的“主编的话”，标题就是“以抢救史料为急务”，“史料，是治史的基础”。正是基于这种观念，他认为，根据20世纪中国科学史研究的特点，搜求新史料的工作主要涉及文字记载、亲历记忆、图像资料和实物遗存这四个方面，而不仅仅是亲历者的记忆。

他在一次接受采访时说，史料建设在中国，各个学科领域的挖掘和整理的力度大不相同。党史、革命史，一直最受重视；文艺史料和出版史料也挺火；教育史料也一直有它的传统。相比而言，科学史料就差得太远了。

樊洪业如此重视史料，是有历史背景的。

“口述科学史有其特殊的史料价值。”王扬宗表示，口述史是个人亲历的，和我们一般接触的材料最大的不同，是有比较浓厚的个人色彩。

而这正是中国公开的档案中缺乏的，档案中几乎没有什么个人的内容。这和国外档案有特别大的差别，王扬宗说国外档案馆有大量的个人资料，如科学家的手稿、日记、来往书信等，近年来还有音频、视频等资料。而我国科教机构档案以机关文书单位和科研档案为主，不重视科学家的个人资料。

近些年虽然开始重视建立名人档案，但王扬宗认为，相关制度还不健全，大量科学家个人资料被当作废纸处理从而流失了。所以，一方面，要鼓励学校、学术机构等积极收集并做好资料管理；另一方面，个人也要放下包袱，愿意将自己的资料交给相关单位或机构保存。

“保存史料是基础，非常重要，是在保存历史当事人、见证人对历史事实的叙述。”做了10多年的口述史工作，熊卫民对口述史有自己的理解，他认为，除了历史事实，还要保存观点。

深入地研究历史，往往要考察历史当事人的心理和动机（兴趣、利害计算）等。而保存观点，就包括历史当事人、见证人对历史事件的感受、分析、评价，乃至对原因、动机等的猜测。

“这同样也很有价值。人非草木，对于外来的力量，怎能没有感受？没有观点？他们当时的看法、考量、应对，直接影响历史走向。把那些东西挖掘出来，能让人们更为深入、准确地理解逝去的时代，有助于培养读者的历史感。”熊卫民表示，含有保存观点的口述历史，会更生动、更活泼、更深入，更能给读者以带入感，给人以启迪。

接近更真实的历史

“我这一生中很多事情都开了个头，但未等到结果就不得不放弃。”北京大学原校长丁石孙在他的访谈录里曾这么说，至于原因，知道了他的经历，就知道了。

不用说，每部口述史都包含了这些鲜活的个人记忆。口述科学史，可以看到科学家的曲折道路，他们有很多遗憾，很多失败；他们有恣意的青春时期，也有迫不得已、随波逐流之时；他们有心情沮丧、情绪低落的时候，也有心无旁骛坚持科研的时候。他们的学术道路或许与他们的天分和坚持努力分不开，但在生活中就是普通人。就像数学家吴文俊，在一段时期，也曾想放弃数学研究。

王扬宗认为，口述史对科学家的形象有所更正，剔除了一边倒的正面宣传。

科学家的正面形象在普通人心目有比较大的影响，一些报告文学，往往只讲科学家的长处，不讲短处；只讲光辉处，不讲平凡心；只讲优点，不讲缺点；只讲成功，不讲失败，而这样的科学家肯定缺乏可信度。

而口述科学史，在对科学家传主的访谈时，“他们通常不会自吹自擂。于是，在这类作品中可以看到，他们在行进时有成功有失败，在选择时有个人利害的考量，趋利避害，既理想又现实，是有血有肉活生生的人”。熊卫民访谈了几百位科学家及科研管理者，对此深有体会。

“口述历史不长于提供数据，而长于讲述故事。它能把很多看似无关的点串起来，让人和人、事情和事情关联起来，甚至产生因果关联，从而把无趣的、僵死的点变成活生生的、有趣的故事。”熊卫民表示，口述史能提供观点，能甄别史料和档案等文字记录、实地考察等，这些方式相互补充、相互印证，共同造就更为真实的历史。

“20 世纪中国科学口述史丛书”：记录亲历者口中的科学春秋*

张文静

到 2018 年 3 月，“20 世纪中国科学口述史丛书”（以下简称“口述史丛书”）共计 52 种 54 本将全部出版。从提出选题到全部出齐，历时十二载，这套要为“中国科学存信史，十年寒暑写春秋”的口述史丛书，终于即将宣告完成。

科学口述史，不能被忽略

“口述史丛书”的编写工作启动于 2006 年。那时，通过访谈形式记录科学家个人的科学研究经历，从而展现 20 世纪中国科学发展历程的想法，已在丛书策划人、湖南教育出版社编辑李小娜心中萦绕近十年之久。

20 世纪是中华民族从黑暗中觉醒、艰难走向光明的世纪。当历史走进 21 世纪的时候，人们理所当然地把过去的世纪当作一个整体加以回顾、梳理和研究。然而，由于多种原因，历史学家的目光依然按照历史的惯性，更多地关注政治、军事、文艺等方面，却很少关注科学。

从 1995 年起，李小娜就在与涂光炽、陈国达、唐敖庆等老一辈杰出科学家的接触中，了解到近现代中国科学发展中那些鲜为人知的历史。而当时并没有关于近现代中国科学历史的系统的权威著作问世。于是，策划一套关于中国著名科学家的访谈录的念头在她心中萌生。

---

* 本文发表于《中国科学报》2017 年 12 月 22 日第 2 版，系“口述科学史”专题之一，作者张文静为《中国科学报》记者。

此后由于各种原因，这个想法一直被搁浅，直到 2005 年国家新闻出版总署“十一五”国家重点图书出版规划进行征集，她再次提出了这个选题。那时，恰逢国内口述史热潮逐渐兴起。在对这种体裁进行了研究后，经与樊洪业反复商榷，李小娜将这个选题定名为“20 世纪中国科学口述史”。

“口述历史的基本方法是通过对访谈者的访问，把当事人对历史事件的口述回忆记录整理成文。口述历史不仅可以大大补充文献资料记载的缺失，还可以展示和挖掘科学活动记录后面当事人的情感世界，有助于我们还原历史的全景。而当时的口述史图书，内容比较零碎，多是将焦点对准文化名人和政界人物，科学界是被人忽略的领域。”李小娜说，“所以，‘口述史丛书’若能出版，将成为第一套从科学家的记忆中挖掘 20 世纪中国科学史的大型丛书。”

2006 年，当这个选题正式列选“十一五”国家重点图书出版规划后，李小娜立即从长沙动身北上赴京，寻找合适的编写者。在时任中国科学报社《读书周刊》主编杨虚杰的推荐下，她见到了中国近现代科学史研究专家樊洪业。樊洪业与李小娜的想法不谋而合，欣然接受了“口述史丛书”主编的重任。

“出于求真务实的目的，丛书编委我们没有延请那些名望很高但是既没有时间也缺乏研究的名家，请的都是年富力强、对科学史和口述史研究有较深造诣的专家。比如邀请了学识渊博、记忆力惊人，堪称‘科学史的活字典’的科学史专家王扬宗担任丛书副主编。”李小娜说。

2006 年 6 月，李小娜偕年轻编辑曹卓卓赴京，与樊洪业、李小娜、王扬宗、熊卫民、杨舰、杨虚杰、张大庆、张藜等组成的丛书编委会在北京第一次开会，历时 12 年的丛书编写工作正式开展。

“不拘一格写人才”

“口述史丛书”书稿分为五种体例：一是口述自传，以第一人称主述，由访问者协助整理；二是人物访谈录，以问答对话方式成文；三是自述，由亲历者笔述成文；四是专题访谈录，以重大事件、成果、学科、机构等为主题，做群体访谈；五是旧籍整理，选择符合本丛书宗旨的国内外已有出版物重刊。

丛书的访谈对象不仅限于科学家，还包括科学相关岗位上的关键人物，中华人民共和国科技发展史上的里程碑事件的重要决策者、组织者和参与者等。丛书内容几乎涉及中国所有的科学领域，特别是世界领先的领域，涉及中华人民共和国很多重大科学决策。

这种选材的广泛性，在王扬宗看来尤显特色。“樊洪业有过做中国科学院院史的经历，他知道科技界有一批管理者身上蕴藏着丰富的故事，比如曾经担任国家科学技术委员会副主任的吴明瑜、中国科学院生物学部原副主任薛攀皋等；科学哲学家范岱年也在口述者之列，形成了《行走在革命、科学与哲学的边缘——范岱年口述自传》一书。这些口述者不是科学家，但他们同样经历了很多科学界的重大决策、重大事件，他们的叙述让20世纪中国科学史更加完整。”王扬宗说。

这种开阔的视野也让丛书的作者深有感触。在《从居里实验室走来——杨承宗口述自传》和《兵工・导弹・大三线——徐兰如口述自传》的作者边东子看来，就是“既有热点，也有冰点”，而自己写作的这两本书就是“冰点”。

“杨承宗是新中国放射化学的奠基人。他是伊莱娜・约里奥-居里夫人的学生，在回国前，约里奥-居里先生特意约见他，请他回去转告毛泽东：‘你们要保卫世界和平，要反对原子弹，就要有自己的原子弹。’杨承宗回国后，为中国科学事业做出了重大贡献，培养了大批放射化学人才。从他的身上，我们可以看到放射化学这个研究领域在中国乃至世界的发展脉络。但他后来既没成为院士，也没成为‘两弹一星’元勋，他的名字渐渐不为人所知。中国第一枚地对地导弹‘东风一号’代总设计师兼代总工程师徐兰如也是如此。出版这种对中国科学事业做出巨大贡献但又默默无闻的幕后英雄的书，很难获得经济效益，但这套丛书愿意‘不拘一格写人才’，可见其书写历史的诚意。”边东子说道。

王扬宗尤其提到这套丛书中的专题访谈录，认为其具有很高的史料价值。“从最早的《中关村科学城的兴起》《从合成蛋白质到合成核酸》，到后来的《青藏高原科考访谈录》《中国生态系统研究网络建设访谈录》《亲历者说“原子弹摇篮”》《亲历者说“引爆原子弹”》等，围绕一个主题，将众多参与者的不同角度的口述汇集到一起，形成了完整的历史全貌。”

严把规范，抢救史料

由于受到学识、修养、经验、环境、记忆等因素的影响，在口述史的采访整理过程中，口述者难免会有对史实忆述的偏差。为了达到“为中国科学存信史”的目标，丛书编委会对访谈者提出了更高的要求，要求其必须具备基本的科学素养，能与受访者在深层次上进行交流，而不是泛泛而谈。

“所以，这套丛书的访谈者主要从科学史研究者和资深记者中选择。”李小娜介绍说，“由于有经验的访谈者难觅，丛书编委会还对有一定基础的人员进行了口述历史访谈培训，从口述历史的规范、丛书的主旨、访谈大纲的制定、采访技巧、注意事项、实施步骤等多个方面进行指导，并制定了统一的编例。”

比如，编委会要求，各书的访谈内容要以口述者的科学生涯和有关活动为主，以家事、政事或其他社会活动等为辅，后者不得喧宾夺主；无论是访谈录还是口述自传，皆以口语叙事，忌用文艺创作笔法；受访者口述中出现的史实错误，如果没有在访谈过程中澄清或解决，应由访问者加以必要的注释和说明，如对某些重要事件有不同的说法，则尽可能存异，并作必要的说明或考证；等等。此外，在书稿的标题、署名、序言、引言、注释等细节上，都作了详细规范。

“口述科学史在我国是一项开创性的工作，我们从一开始就确定了统一的访谈和编撰标准，以保证书稿和出版质量，希望能在国内率先树立起口述史出版物的专业性和规范化标准。”李小娜说。

由于参与20世纪中国科学事业的老一代科学家都已是高龄，“口述史丛书”的编写者时时感到紧迫。“我国航天事业的奠基人钱学森，生物物理学的奠基人贝时璋，原国家科学技术委员会副主任、著名经济学家于光远等在接受了几次访谈后一直住院，后来钱、贝两位先生先后去世，访谈无法继续；有着红色传奇经历的中国科学院地学部前主任、著名地学家涂光炽，也在访谈进行了多次但尚未完成的情况下因病辞世。”李小娜说，这都为丛书编写者留下了深深的遗憾。

所幸，这套丛书已经抢救了一批重要史料，这不仅为后世留下了珍贵的历史印记，也告慰了这些功勋卓著的科学家。据王扬宗介绍，丛书中的《黄土情缘——刘东生口述自传》一书内容其实就来源于刘东生自己主动留下来的录音记录，他用录音机录制下自己人生经历的叙述，此后没有人整理，直到这套丛书整理发表出来。

12 年来，众多口述者与编写者一起，为“口述史丛书”的出版拼尽全力，严格把关，宁缺毋滥，过程虽艰辛，但在李小娜看来，一切都是值得的。“我们深信，这套丛书的科学价值、史料价值和认识价值，及在口述史领域的探索意义，将随着时间的推移日益凸显，并产生更为深远的影响。”

“老科学家学术成长资料采集工程”：保存珍贵的“活历史”*

张晶晶

科技是第一生产力，科技工作者是国家和社会的宝贵财富，而老科学家则是中国科技发展的“活档案”。他们跌宕起伏的学术人生，不仅创造和诞生了一大批卓越的科技成果，更是中国科技波澜壮阔的发展史的重要组成部分。

2009 年，“老科学家学术成长资料采集工程”（以下简称“采集工程”）正式启动。采集工程由国家科技教育领导小组正式启动，中国科学技术协会牵头，联合中组部、财政部、中国科学院等相关部门共同实施。采集工程是一项抢救性工程，旨在通过口述访谈、实物采集、录音录像等方法，把反映老科学家学术成长历程的关键事件、重要节点、师承关系等方面的资料保存下来，为深入研究科技人才成长规律、宣传优秀科技人物提供第一手素材。

实施近 8 年来，已有约 480 位老科学家接受采集，全国 220 家单位、超过 3000 位工作人员投入采集工作，采集整理并入藏资料 22 万余件。其中，包括实物近 9 万件、高清视频 5249 小时、音频 6042 小时，为中国现代科技史积累了丰富、宝贵的原始资料。

一项刻不容缓的抢救工程

越来越多的老科学家与世长辞，带走的不仅是人们的思念，更是中国科技史

* 本文发表于《中国科学报》2017 年 12 月 22 日第 2 版，系“口述科学史”专题之一，作者张晶晶为《中国科学报》记者。

的一部分，抢救工程刻不容缓。2009年年初中国科学技术协会对两院院士做过一个调查，结果显示，中国科学院当时在世的687名院士，平均年龄达到74.8岁。其中，90岁以上的66名，85～89岁的64名，80～84岁的85名，合计占到中国科学院院士总数的31.3%。中国工程院在世的712名院士，平均年龄也达到73.5岁。其中，90岁以上的16名，85～89岁的36名，80～84岁的88名，占到中国工程院院士总数的19.7%。而当时每年去世的院士都在20人左右，其中不乏资深院士。

中国科学技术协会党组成员、书记处书记王春法曾如此写道："面对着一个个熟悉的名字，除了对他们的辞世感到深深惋惜外，更多的是感到心头沉甸甸的责任外。如不抓紧时间采取行动，留给我们的只能是一个又一个遗憾。"

就当时来看，并没有集中讲述科学家学术成长的出版物。大多书籍和文章中重成就、轻成长。这种情况令人有些遗憾。王春法表示："对于科学家个人的学术成长经历和师承关系，如何萌生出学术研究的最初萌芽，如何在科学探索的崎岖小路上逡巡探索，如何在茫茫黑夜中迸发出科研成功的灵感火花，如何披荆斩棘直达成功彼岸的坎坷经历，社会大众往往并不清楚，甚至少人问津。"

对于采集工程的重要意义，王春法从四个方面作了概括。第一，理清中国科技界的学术传承脉络。"看一看新中国科学传统到底是一个什么样的脉络、什么样的过程"，将此脉络和过程理清之后，对于创新文化和科学文化的培育，将大有裨益。第二，保存一批中华人民共和国科技发展的历史文献，为做好科技宣传工作提供素材。"每个老科学家的成长都像是一个谜，他的去世就意味着谜底的消失；对于新中国科技发展史而言，就意味着永远失去了一位宝贵的历史亲历者。"第三，回答"钱学森之问"。通过梳理老科学家的学术成长历程，看他们成长过程中有哪些关键人物、关键事件、关键因素起到了促进和推动作用，有助于对科技人才成长规律有一个准确全面的把握。第四，把党对科技工作者的关怀送到老科学家心坎上。

采集小组是如何"炼成"的

采集工程启动将近 8 年，有3000人参与采集工作，最多的时候同时有200

个采集小组在工作。采集工程首席专家、中国科学院大学教授张藜向《中国科学报》记者介绍说，采集小组的人员数和构成各不相同，但基本上都是优先选择老科学家身边的人，对其进行培训，更好地完成采集工作。

“为了避免方言之类的问题，我们尽量让科学家身边的人来采集。由老科学家的弟子、秘书来承担采集工作，是比较理想的状况。因为采集的面太广了，所以组织模式也是多元化的，并不统一。”

张藜介绍说，一个采集小组最基本的构成，首先要有理解科学家学科专业的人，还要有一个相对来说比较熟悉其一生经历或具有科学史专业背景的人。“这是核心的组成部分，有了这些，你才好给他有一个共同的起点，才好做访谈，有计划、有目的地去搜集那些资料。”除此之外，因为涉及档案专业、情报、特殊文献这些专业内容，“所以要达到采集小组的最佳配置，最好还有一个懂得情报档案编目工作的人”。

为了采集工作的顺利开展，每一年度都要为新参与的采集人员开办培训班，有一套完整的采集流程及规范要求。从采集资料的种类上看，主要包括三大类的内容：口述资料、实物资料和音像资料。

其中，口述资料又包括直接口述和间接口述两部分，采集人员需要直接向老科学本人，以及了解老科学家学术生涯不同阶段和不同侧面的亲人、同事、助手、学生等，补充讲述老科学家的经历。因为老科学家年事已高，采访规范中特别强调，访谈不要影响受访者的身体，而且每次采访时间不宜过长。特别是受访者在回忆到一些事情时情绪可能激动，对身体有影响，这时采访者应当适当控制一下不要继续采访，以免影响受访者身体。

张藜详细介绍了采访拍摄的一些要求，她说：“对于访谈氛围要有一个相关的设计，包括灯光的角度，还有机器架设。这里其实有个悖论。如果我是一个纯历史学的访谈人的话，我不希望有那么多的干预，我希望是两个人慢慢地谈、静静地，这样不会对受访人有干扰；但如果真这样很随意的话，又达不到采集要求的质量，我们还是希望这个质量能够保持下去。这样我们就有一些折中，比如说高清的视频要达到多少。而对于深度挖掘性访谈来说，只采集音频就可以，就不需要再带那么多的团队、架很多的机器。此外，我们还要求拍一些活动场景，比如老科学家在实验室或者是在课堂上。这也是采集工程的复杂性所在，各方面都要协调。但是，还是有一些科学家很有保存历史的意识，他们的经历和品德令人感动。”

细分的话，采集资料分为 15 类，分别是：口述录音整理资料，传记类，证书、证章类，信件类，手稿类，著作类，报道类，同行学术评价类，视频类，音频类，照片类，图纸类，档案类，其他与老科技工作者学术成长过程有关的资料，以及采集成果类。

张藜表示，在整个采集工程中，都特别强调原件的收集工作。“像工作笔记、书信等是我们最为看重的，是采集工程最大的成就和积累。口述史料和这批实物资料也是将来对学界、对社会最有贡献的地方。”在过去 7 年的采集工作中，已经收集到一批非常完整、非常有研究价值的资料。

光荣的荆棘路

对于采集规范的重视一直贯穿整个采集工作。张藜说：“我们在工作指南上每一步都写得非常清楚，采集小组的人员资质至少要涵盖哪些、任务书的标准格式、需要小组认真思考填写的，我们都给标出来。就用这样的模式，包括访谈该怎么做，一步一步地教、提供范本，传记该怎么写。”

而这给采集工程增加了另一个层面上的意义。很多承担采集任务的机构反馈，这套流程变成自己采集资料的规范、人物收藏的一个标准。但与此同时，也有另外一个没想到的问题出现：采集资料的归属问题。有些采集小组所在单位要保留在本单位里。

“作为个人来说，这种情况可以理解，现在科研条件越来越好，每个机构都会越来越重视自己的历史，这是件好事——采集工程推动了大家重视资料的保存、珍视历史。希望而且相信，等国家层面的科学家博物馆建设完成后，它将具有更强的凝聚力，会有更多的科学家愿意把个人资料捐赠给国家，让它们成为国家的记忆、国家的财富。”

对比国外口述史的发展，采集工程的工作质量和内容都不逊色。2017 年 5

月张藜去美国哥伦比亚大学开会，专门去了口述史学科的发源地——哥伦比亚大学口述中心。“很感慨，我们的国力、财力和大多数采集人员的能力以及保存的物质条件并不亚于它，但是我们确实会面临着一些非学术的影响因素。因此，在采集工程的制度设计中，在前期起草采集工作指南的时候，就尽量充分考虑到各种影响因素。并且，在这些年的实施过程中不断去调整，以最为有效地保障采集工作的稳步推进。”

从内容上看，采集工程的重点任务之一——口述访谈也有一些值得总结之处，最突出的就是站在何种立场来进行采集。

“到底是本着尽可能地尊重受访人和尊重历史的态度，记录下这段历史；还是预设了某些史观因而肢解了访谈中的部分内容来为我所用？我认为从事科学史研究需要持一个客观的立场，不带任何引导和情绪。因为访谈的时候，如果访谈人去引导的话，是会获得一些表述，虽然我们不能说这种表述是假的，但实际上已经是访谈人给它限定了一个范围和方向。所以，在培训采集人员的时候，我们会一再强调：对于所有的访谈资料一定要慎重对待，特别是涉及对某些问题、某些事件的看法和评价的时候，一定要更为充分地去分析。这是口述史工作的难度所在。”

这也是为何要进行间接访谈的一个原因。“在培训访谈的时候，我们会告诉采集小组，不但要听取老科学家本人的表达，还要充分进行周围人士的访谈，包括去访谈在学术上有分歧的人。也就是说，访谈时，我们要以同样客观、严谨的态度来对待任何一种讲述和观点，而不是选择性地只接受或发表一种观点。比如，若干人即使经历了同样的事件，但由于每个人所处的位置不一样、专业领域不一样、涉及的工作面不一样，那么对这一同样的事件，他们也会形成各自不同的看法和认知。”

“对于采集小组而言，我们一直努力坚持的规范，是每一份访谈稿都要经过后期的细致整理。一方面，不能随意改动记录；另一方面，要以注释的方式把访谈中存疑的内容进行分析，或者是通过其他文献资料来进行考证。这样才能够获得一份相对真实、准确的口述资料。特别是当存在着一些重大疑问的时候，就一定要通过其他方式来加以考证。记忆不一定准确，这完全是正常的，而我们要做的工作，是通过严谨规范的整理和考证，尽量留下一份信史。”

对于采集工程传记丛书的研究和写作，采集工程一直坚持摈弃文学创作的方法。“有一些科学家传记写得像小说一样，可读性非常强，但这不是采集工程的目标。采集工程的科学家传记丛书，依据翔实的资料，充分使用口述、档案等各类文献，使其成为研究中国现代和当代科学技术发展历程的基础文献。”

截至目前，采集工程已经完成了将近500位老科学家的采集工作。但对于仍然活跃在一线的科学家尚未进行采集。“现在面临一个很重要的问题是资料越来越单一化，都是在电脑里了。当年人们写一封信的时候会有很多的思考、很多的感情，现在的电子邮件都是工作性质的。未来的历史学家将面临难题——研究的对象单一了，比如现在所有的工作、交流、活动全靠手机。同样，我们收集到的手稿，当数字化后放在网上、印在展板上，它的视觉震撼力的确远远不如那一张张泛黄的图纸就摆在你的眼前。2013年年底在国家博物馆展出‘中国梦·科技梦——中国现代科学家主题展’时，我们挑选展出了一批老科学家在20世纪三四十年代的大学课堂笔记、西迁到昆明等西南一带以后的野外考察笔记，观众的反馈非常好，因为它们鲜活地呈现了科学家不畏艰难困苦执着于科学的精神。”

作为采集工程的核心成员之一，中国科学院大学副教授罗兴波一直在协助张藜的工作，从工作流程和规范的制定，到采集人员的日常管理和业务咨询，可以说事无巨细。他在采访中告诉记者：“采集工程刚启动的时候，主要工作是抢救性采集，最近两年已经有了一些转变，开始对采集资料进行研究和开发。2013年我们在国家博物馆进行的科学家主题展，现在还在全国巡展，得到了很多好评，这个展览在很大程度上利用了采集工程的素材。目前采集到的大量资料，是一个巨大的宝库，也是传承科学精神、弘扬科学文化的一个很好的内容基础。”

口述史丰富我们的记忆*

刘 钝

国际科学技术史学会前主席、中国科学院自然科学史研究所原所长刘钝，在20世纪80年代曾做过口述科学史的尝试。之后，对国内科学界的两大口述史工程"20世纪中国科学口述史丛书"和"老科学家学术成长资料采集工程"都有直接或间接的推动作用。本报特邀请他回顾了那一段历史，并从历史学研究的角度对口述史的现状、意义和价值进行分析和评说。

一种新的研究手段

中国有悠久的编史学传统，但纪传体被视为正宗。尽管民间也保存着"世说新语"或"齐东野语"似的记录，所谓正史很大程度上还是基于官方文献而成，以帝王将相和王朝兴废为主线。

口述史大约是第二次世界大战以后在西方兴起的，一个直接的动因，就是那些进过集中营的犹太人幸存者，虽然多已年老体衰，却要留下纳粹暴行的记录，也有一些社会正义人士在寻找这样的记忆。哥伦比亚大学成立的口述史研究室是首先把口述史作为一门学问来对待的学术机构。随后有英国、德国、法国等国家的跟进。口述史后来又吸收了人类学、社会学的理论和方法，取得很大发展。

20世纪60年代以后，卡带录音机等微型录音设备出现，为口述史提供了技术支持。所以，口述史也逐渐发展成历史学研究的一个新的手段，形成一种时尚。

---

* 本文发表于《中国科学报》2017年12月22日第3版，系"口述科学史"专题之一，作者刘钝为国际科学技术史学会前主席、中国科学院自然科学史研究所前所长，本文由《中国科学报》记者李芸整理。

毕业于哥伦比亚大学的中国近代史专家、美籍华人唐德刚，20 世纪 50 年代末，在哥伦比亚大学东亚研究所参与发起成立了中国口述历史协会。唐德刚还身体力行做了很多中国近代史上重要人物（包括胡适、李宗仁、顾维钧、张学良等）的口述。《张学良口述历史》这本书在我国出版以后影响很大，因为人物特殊，他所处的那个时代也很特殊。晚年的张学良很任性，随性而谈、随意而至。但唐德刚是一个有经验的历史学家，训练有素。成书以张氏自述为主体，以唐德刚论张学良的数万文字为辅，一边是研究对象的“自白”，一边是研究者的“审视”，两相对照着看，历史真实而生动。

所以，口述史并不是“去找一个人跟他聊天儿”，是非常需要经验、需要方法的，访谈者本身要有学术积累，有历史感。另一个例子是美国汉学家舒衡哲。她用了大概 5 年时间对中国共产党主要创始人之一张申府进行访谈，最后写成《张申府访谈录》。该书的英文名 Time for Telling Truth is Running Out，翻译过来就是“说实话的时间不多了”。虽然舒衡哲获得了张申府的信任，两人成为无话不谈的老友，但她仍然保持充分警惕。她能觉察到张申府的自夸，“一度被他的丰富记忆包装起来，现在是毫无掩饰了”。舒衡哲的写作有两条线索，一条是与张申府的访谈，另一条是历史片段、旁证和相关文献的插入。舒衡哲始终没有忘记自己的身份和第二条线索在口述史中的校准与纠偏作用。

国内的口述科学

说到国内的口述科学史，我自己曾经做过一些不太成功的尝试，算是虎头蛇尾吧！我记得 20 世纪 80 年代的时候，中国科学院自然科学史研究所组织“中国数学家访谈计划”，当时我还比较年轻，在杜石然、梅荣照先生的指导下，参加者有何绍庚、郭书春等前辈，还有王渝生师兄等。可惜访谈后没有及时和系统地整理成文。但现在还保存着部分访谈的卡式磁带，如今看来很是珍贵了，因为很多访谈对象都不在了，记得有江泽涵、吴大任、王梓坤、吴文俊、吴新谋、胡世华、张素诚、田方增、王世强等。我还访谈过美国科学史的大腕、萨顿的第一代学生伯纳德·科恩，普林斯顿大学的著名科学史学家吉利斯皮尔等。

2002年，历史学家李学勤和文物保护专家胡继高两位政协委员提交了一项议案，建议建立“口述史资料中心”。自然科学领域院史专家樊洪业先生曾与我联名向中国科学院有关领导提出过予以响应的建议。2006年春，湖南教育出版社有意在自然科学领域力著先鞭，该社一位特别能干的女编辑李小娜来京跟我们联系出版一套“20世纪中国科学口述史丛书”。最合适的专家当然就是樊先生，他一直从事中国科学院院史研究，对院史乃至中国近现代科学的发展脉络都十分熟悉，且办事认真。樊先生真的把很好的时光都交付给了这个工程。

后来，樊先生找到个得力助手与接班人，我的同事王扬宗，也是强记博闻，对中国近现代科学的组织、机构、人物都很熟悉，而且默默无闻、甘愿奉献，与樊先生一道做了很多事情。湖南教育出版社有了这两位专家的鼎力支持，丛书很成功，听说最近即将收官。

还有个同事也很有意思，熊卫民，科学记者出身，到中国科学院自然科学史研究所里读了博士，现在成为口述史很重要的一位专家。他最近出了一本书《对于历史，科学家有话说》，采访了20多个人，不仅有科学家，还有科学管理者。熊卫民很会提问题，也会跟科学家交朋友。有些人物不太好找的，有的事情比较复杂，个别情况还比较敏感，但他都在不违规的前提下做得很好，影响也很大。目前，他还在中国科学技术大学开口述史的专业课，培养学生。

还有一个大系列是2010年由中国科学技术协会牵头的“老科学家学术成长资料采集工程”，对在世的老科学家进行学术采集工作。樊先生是这个系列的特邀顾问。工程的具体负责人，则是我的一位女同事张藜，她勤恳敬业，十分专业。这个工程管理规范，制定了严格的工作流程。因为采集工程的作者来自四面八方，所以采用课题招标制，还经常办班指导，通过计划建设队伍、培养人才。现在这项工程已经启动了近500位老科学家的采集，共出了百余种出版物，还有数据库、系列片的建设，并初步建设了资料馆，堪称中国近现代科学史研究的重大工程。

口述史的价值和意义

湖南教育出版社的系列丛书和“老科学家学术成长资料采集工程”这两大口

述史工程的实施，极大地丰富了我们对中国科学事业艰难历程的认识。说得大一点儿，就是丰富了民族的记忆。

维特根斯坦文学传记的作者达菲（Bruce Duffy）曾说，记忆是我们的伤疤，但比伤疤更严重的是现代人的遗忘。当记忆消退时，同样消失的是它治理创伤和恢复元气的力量。一旦这些力量都没有的时候，我们就失去了自己的历史和文化意识了。其中深意值得我们反复品味。

现代意义的科学，在中国是一个舶来品，从清末西学东渐以来也不过就是一个半世纪的时间，因此中国近现代科学史的研究完全是一个新的历史课题。再加上政治制度和社会环境的变迁，科学在中国的近代化历程有着不同于西方的特殊故事和特殊背景，许多鲜活的人物、鲜活的历史就保存在一线科学家的记忆当中。但是由于时代的原因，比如说强调集体主义反对个人英雄主义，一味地强调突出政治，出于保密的需要等，许多故事不见于文字记载。

有关细节，由于时光的流逝而逐渐被遗忘。1999 年中国科学报社的《科学新闻》刊登了记者刘振坤专访张劲夫而形成的《在中国科学院辉煌的背后》一文。此文引起很大反响，才有后来张老的《中国科学院与“两弹一星”》一文，也直接推动了当年对“两弹一星”做出突出贡献的科学家授勋一事。试想一下，如果没有刘振坤的访谈，张老这位一线指挥官脑子里的鲜活东西不一定会记录下来。由于这里面很多东西属于保密级别，缺少书面记载，所以若干年后，五十年、一百年以后再解冻、再还原就不像现在这般鲜活且有意义了。

中国史家历来重视史料，讲究文字证据，要求言必有据。实际上，口述同样也是史料，应该重新认识并重视口述的价值。

左玉河：口述历史急需规范操作*

胡珉琦

口述历史日益受到人们的关注，如何认识口述史的形态差异？口述历史怎样接近真实？中国口述史迫切需要解决哪些发展问题？《中国科学报》记者采访了中国社会科学院近代史研究所研究员、中华口述历史研究会秘书长左玉河。

《中国科学报》：随着口述历史日益受到学术界大众媒体的普遍关注，市场也出现了越来越多的口述史著作。这些作品显现出了不同的形态，有人物访谈录、口述自传、自述、回忆录，它们是否都属于口述历史的范畴？

左玉河：严格地说，这些内容属于口述史料，而非真正意义上的口述历史。口述历史和口述史料是有根本差异的。

凡是根据个人亲闻亲历而口传或笔记的材料，都可称为口述史料。它可以呈现为口传史料、回忆录、调查记、访谈录等形式，但不能称为口述历史。口述历史概念的内涵是，收集和运用口述史料，再现历史发展过程的某一阶段或某一方面。

口述史料限于提供种种研究历史的素材，口述历史则着重于以自己独有的方式阐释历史。因此，口述历史是研究者基于对受访者的访谈口述史料，并结合文献资料，经过一定稽核的史实记录，对其生平或某一相关事件进行研究，是对口述史料的加工、整理和提升，而不是访谈史料的复原。

口述史料包括当事人自己以口述的语言风格写下的文字性东西，以及别人为当事人的口述所做的记录。如果是别人所记，不应该进行过大改造，而是应该尽量符合口述内容的原生态。如果经由执笔者加进了从语言形式到内容的过多加工

---

* 本文发表于《中国科学报》2017年12月22日第5版，系“口述科学史”专题之一，作者胡珉琦为《中国科学报》记者。

和研究性创造成分，就成了包含口述史料而又有别于单纯口述史料的口述历史著述。这样的著述才是真正意义上的口述历史成果。

因此，简单说，它们两者的不同，就集中体现在其本身是否包含了对文献的查询。口述史料是不需要加工的，但口述历史是必须经过整理者加工润色的。而这种加工润色，最重要的一项就是与文献史料比较后对受访者的口述内容进行筛选。

不过，像“20 世纪中国科学口述史丛书”的首要宗旨是存史，是要为当代中国科学史研究提供可信的史料，所以收入访谈、回忆录性质的著作是可以理解的。

《中国科学报》：访谈者的身份、知识背景很多样，并非专业研究历史的学者，比如一些新闻记者也参与口述历史访谈工作。那么，从学科规范的角度，访谈者需要具备什么条件？什么样的人适合做口述历史访谈？

左玉河：其实，口述历史的门槛要求并不高，对口述史有兴趣的人都可以进行口述历史访谈，收集和整理口述史料。但是，他们必须具有起码的口述访谈技巧和基本的历史常识，必须接受相应的口述访谈专业培训。口述历史欢迎学界中人，也不排斥外行生手。

访谈者能否获得当事人的充分信任，是能否获得真实的口述历史内容的前提。所以，对访谈者的要求，特别要强调的就是，必须严守学术规范和职业道德，严守口述访谈纪律，严格保护当事人的个人隐私，必须做到守口如瓶，未经当事人允许，不能将口述访谈内容对外透露，才能消除当事人进行口述访谈时的诸多顾虑，逐步获得当事人的信任，进而让当事人敞开心扉，将历史记忆更准确、更开放地呈现出来。

《中国科学报》：在学术评价体系中，什么样的口述史作品称得上是好作品，能否向读者作一些推荐？

左玉河：真实是历史的灵魂，历史研究的本质就是探寻客观存在的历史真实。所谓历史真实，是指在人类历史进程中发生的客观历史事件。口述历史是以挖掘历史记忆的方式追求客观的历史真实，特点就是以口述者的历史记忆为凭据再现历史真实。历史记忆是呈现口述历史真实的一种主要方式，口述历史的真实性主要取决于历史记忆的真实。

说了那么多，读者只要记住一点，能够将当时人记忆中的真实挖掘并呈现出来的作品，就是成功的口述史作品。唐德刚对李宗仁、胡适、张学良的口述访谈是比较成功的，定宜庄的《最后的记忆——十六位旗人妇女的口述历史》、刘小萌的《中国知青口述史》、朱元石的《十年风雨纪事：吴德口述自传》都是比较好的作品。

《中国科学报》：真实对于历史研究的重要性不言而喻。但是，记忆是有偏差的，口述历史研究如何解决当事人访谈时的主观表达与客观事实之间的矛盾问题？

左玉河：历史学家口述访谈所要求的真实，不仅仅是口述访谈录音整理的"真实"，更重要的是当事人所口述的"历史内容"的真实。要求当事人所讲的一切都符合"客观事实"，几乎是不可能的。即使口述者无意作伪造假，而是抱着实话实说的真诚，因为其当时的见闻条件、历史记忆在一定程度上的必然失真，以及不可能不加进去的主观因素等，当事人的忆述也不可能符合已逝的客观真实。口述历史著作中大量反映当事人的"主观表达"要比"客观叙述"更好看，但其可信度往往相应降低。

我们承认当事人的口述不能呈现全部的历史真实，只能反映部分的历史真实，我们只能无限逼近历史的真实，而不可能还原所谓真相。历史的真相或许是唯一的，但对它的记忆及其呈现出来的面相则是多样的。不同的口述者从不同的视角对相同历史事件所呈现的历史记忆是不同的；同一个人在不同的境遇中以不同的视角所呈现的历史记忆也是有差异的。

因此，口述历史的主要环节，应该研究影响当事人回忆的多重因素，使其能够尽可能多地讲述真实的故事。

《中国科学报》：口述在中国有很悠久的历史传统，但现代意义上的口述历史是从西方兴起的，并发展成为一个专门的学科。目前，中国口述历史发展是一个怎样的状况？存在哪些问题？

左玉河：口述历史性质的多样性，导致对口述历史功能认识上的多样性，进而使其开发利用更多元化。现在，口述史已经广泛运用到多个领域，包括历史纪录片、社会教育、记忆保存、史料搜集等。但总体来说，中国口述历史的状况是众声喧哗，众声平等，大众参与，各显神通。

特别是中国大陆地区口述历史存在的最大问题，就是口述历史研究各自为战、杂乱无章。不仅缺乏一套关于口述历史采访、出版、研究的规范、章程和工作规程，而且从事口述历史访谈及整理者，缺乏必要的口述历史常识及基本的技能培训。

制定口述工作的规范，是做好口述历史研究的基础和保障。从口述历史访谈对象的确定，到访谈问题的设计，再到访谈过程及访谈记录的整理和发表，都要有严格的学术规程。

口述历史访谈对访谈者要求很高，需要结合历史研究确定访谈主题，需要根据访谈主题设计要询问的具体问题，需要根据主题和问题，需要寻找合适的当事人作为访谈对象，需要做好充分的前期案头工作，需要了解当事人的经历、访谈主题相关知识，掌握访谈的基本技巧，制订详细的访谈计划等，访谈结束后要进行规范化的录音录像整理等。

因此，我认为，中国口述历史已经进入必须要规范化操作的时刻了。当务之急就是要制定规则、强化规范、有序推进、健康发展。

门槛不高，做好不易*

温新红

2016年起，中国科学技术大学教授熊卫民在该校人文与社会科学学院科技史与科技考古系开设了“口述历史理论与实践”课程，每学期80课时，理论与实践结合。这使得国内高校第一次有了与科学相关的口述史课程。《中国科学报》记者就此采访了熊卫民，请他谈谈口述史的操作及学生培养等相关问题。

《中国科学报》：做口述科学史与其他口述史有什么区别？

熊卫民：口述科学史与口述音乐史、口述电影史等类似，属行业或行业人口述史。

它的访谈对象或受访人，主要是科学技术界的专家或管理干部；访谈所谈内容往往涉及大学以上程度的自然科学知识，门槛较高；进而对访谈人也有要求，需要有较好的科学基础，至少得粗通所涉及的科学议题。

此三者使得口述科学史与通常以普通公众为访谈对象、以个人生活史为访谈内容、会说话者即可开展的一般口述史存在一定的区别。

《中国科学报》：做口述科学史有哪些必要的规范？

熊卫民：在需遵循的规范方面，口述科学史与一般口述史类似，主要有如下三点。

一是访谈时应录音，或者同时录像。二是整理稿应经受访人审定。毕竟，受访人才是访谈稿的第一作者。三是避免伤害受访人。不要过于主动、过于深入地去触碰受访人的历史疮疤，更不要去指责他们，以免对他们造成再次伤害。如果他们

* 本文发表于《中国科学报》2017年12月22日第5版，系“口述科学史”专题之一，作者温新红为《中国科学报》记者。

谈了，后来也被记录进了文稿，而在审稿时提出要删除这些内容，应尊重他们。

《中国科学报》：什么样的人适合做访谈对象？

熊卫民：我们会选择那些亲历过很多事情，尤其是亲历过我们感兴趣的某些重大事情的当事人作为访谈对象。如果他们理解能力较强、记忆力较好、表达能力较强，那更是访谈人、整理人的福分。

《中国科学报》：做口述科学史有哪些步骤？

熊卫民：与一般的口述史一样，做口述科学史大致有如下步骤。

一是确定主题。在生活、阅读时勤于思考，保持一定的敏感性，从不疑处有疑，找到某个值得研究的主题。它可以是特殊、不同凡响的，也可以是普通、有一定代表性的。

二是设计访谈。就研究主题问一两个有广度或深度、对案例有所超越的大问题。然后猜测问题的答案，对解答问题提出一些尝试性的思路，包括沿着不同角度，分不同阶段将主要问题拆分成几个问题。猜可能知道答案的人，寻找他们。设计出包括主题、大问题、中问题、受访人大致类型的访谈计划。

三是案头准备。查找与主题相关的论著、报道、档案等，尽量详细地阅读已有资料，从中找到一些空白点、疑点、兴趣点，提出几十个上百个问题。确定一些访谈人，找到他们的联系方式，约他们访谈。需要设计一些专门针对某个受访人的问题。

四是执行访谈。我们需要尽快通过受访人的测试，并以礼貌、真诚、见识、同情等来赢得对方的尊重，营造融洽的氛围，建立良好的关系，进而开展高质量的对话。其中颇有一些技巧。

五是整理访谈。正如访谈并非一个说一个记一样，整理访谈也并非简单地把录音变成文字——那只能叫录入，而不能叫整理。整理访谈时不但要求真，还要求美。这就需要用到删除、合并、修改、补充、精练、理顺等方法。为了不歪曲受访人的原意，还需要与其进行大量互动。这是一个可以发挥才能，也需要消耗很大精力的阶段。

总的说来，口述史的门槛不高，但做好却很不容易。就像每个中学生都能写作，但能成为作家的，却只是少数有天赋且投入了很大精力去练习写作的人一样。

《中国科学报》：具体来说，做口述史的访谈人最容易出现哪些问题？应当注意哪些问题？

熊卫民：据我的观察，初接触口述科学史者容易出现以下两个问题。

一是不敢做。他们担心，访谈会花费受访科学精英的时间、精力，那些人可能不愿做出这种付出。

口述史其实是一种互惠互利的活动。固然我们有求于受访人，希望从他们那里获得信息和智慧，他们又何尝不能从我们这里获得快乐和满足呢？受访人往往是身衰体弱、日薄西山的老人，他们多数愿意回顾青壮年时的辉煌。如果我们带着景仰、关切的表情去和受访人谈，且能让他们也长一些知识、增加一些智慧，他们会变得很享受这种谈话，甚至视其为高峰体验。

二是访谈不深入。这包括几方面，对主题缺乏了解，没找到合适的、权威的受访人；找到了人，却因不够礼貌、不够热情、功利心太强、价值观冲突之类问题，通不过受访人的测试，得不到他们的信任，话不投机，味同嚼蜡；虽通过了测试，但由于案头工作做得过少，不能提出深入、细致的问题，不能把埋藏在受访人脑海深处的记忆钩沉出来，所形成的访谈稿，既缺乏故事性、趣味性，又没有深度，不过肤浅、拉杂之闲聊记录而已。

《中国科学报》：你从事过多年口述史工作，曾访谈过上百位科研技术人员、科研管理干部。能否谈谈你和访谈对象的关系？

熊卫民：在工作过程中，我一般都比较主动。我把自己定位为受访人平等的合作者，而不仅仅是其助手。我认为，呈现在读者面前的访谈稿是受访人与访谈整理者合作写就的一篇文章，前者是第一作者，后者是通讯作者。前者对内容负主要责任，后者是执笔人，而执笔就有“三分主”。

访谈整理者往往是一个被忽视的角色，但对口述历史研究，尤其是专题访谈录而言，他们的重要性未必次于受访人。在“20 世纪中国科学口述史丛书”中，有不少属于专题性质的。

《中国科学报》：请谈谈你的“口述历史理论与实践”课程的大概情况。

熊卫民：国内有口述史方面的研习营，也有学者开过“口述史概论”之类课程。但据我所知，这些课程通常课时较少，在实践训练方面较为欠缺。

考虑到口述史和游泳、骑车类似，理论并不艰深，技巧也不复杂，但只有在实践中才能充分体会和吸收。我在教授口述史理论的同时，由浅到深，穿插了自访、同学互访、访谈自己的父辈祖辈亲人、独立设计一个访谈计划、报告讨论修改访谈计划、实践修订过的访谈计划，整理出前述多份访谈稿等实践。

因实践、讨论、点评环节很多，这门课包含 80 个课时的课堂教学和数十个小时的课后实践。据选课的同学反映，虽然比较累，但他们还是确有收获。有学生后来把我建议的访谈主题变成了自己的学位论文。

《中国科学报》：你认为高校是否应当开设口述史课程？

熊卫民：当然应该开设啊！如前面我讲的，主要是中国现代史专业的学生该做口述史——若没做，在资料收集方面，就缺了一大类。

非中国现代史专业的学生，若能听点儿口述史的课程，开展一些口述史实践，也会受益匪浅。

因为现在的大学生基本都是独生子女，习惯于以自我为中心，习惯于接受长辈体贴入微的服务，常常缺乏感恩之心，缺乏换位思维习惯，在沟通能力方面往往也有很大的欠缺，而口述史课程简直就是为弥补这些欠缺而设计的啊！

不“谦和”的主编*

温新红

现已退休的中国科学院科技政策与管理科学研究所研究员樊洪业，不仅是著名的中国近现代科技史学家，也是中国科学院院史专家。

作为中国口述科学史研究最早的学者之一，樊洪业原是此次专题采访对象第一人。从2000年起，他参与的史料建设主要有三项：主编《竺可桢全集》，主编“20世纪中国科学口述史丛书”（以下简称“口述史丛书”），担任“老科学家学术成长资料采集工程”的特邀顾问。

可正是这三大项目将他累垮了，到现在身体还处于恢复期，不便接受采访。不过，在专题采访中，编辑及口述史的作者多次谈到樊洪业，对于他的认真，对于他的严格，对于他给予的帮助，都无不交口称赞。本篇报道展示的即是众人印象中的樊洪业。

每个环节都要审

樊洪业早在20世纪90年代做中国科学院院史时，就开始了访谈工作。

他在一次访谈中表示，“以院史发展阶段的时序，制订对老科学家、老领导和资深人物的抢救性访谈计划，按史学规范及时整理出访谈结果，还经常举办以重要人物和事件为主题的座谈会——这实际是一种集体访谈。”

樊洪业非常看重史料收集工作。当时他们访谈了一系列对中国科学院的成立

---

* 本文发表于《中国科学报》2017年12月22日第6版，系“口述科学史”专题之一，作者温新红为《中国科学报》记者。

和发展起过重要作用的当事人，如张稼夫、张劲夫、裴丽生、杜润生、郁文、于光远、李佩珊、何祚庥、龚育之、黄宗甄、许良英、胡永畅等。也就是说，访谈成为做院史的一个日常性工作。

2006 年，湖南教育出版社邀请樊洪业担任“口述史丛书”的主编。这次的规模和设计远远超过以前所做的，也是一个口述科学史得以拓展的机会。他对这套书非常看重。

中国科学院大学教授王扬宗是“口述史丛书”副主编，他告诉记者，当时编委会成员只有几个人，但因他们几人都有其他工作和研究项目，事实上，樊洪业先生承担了主要工作。

“口述史丛书”的策划编辑、湖南教育出版社编辑李小娜对樊洪业的评价是，亲力亲为。什么是亲力亲为？从每本书的选题到组稿，从访谈者的访谈提纲到最后的访谈目录，最后到书稿的完善，樊洪业每个环节都要审，且非常严格和认真。《杂交水稻是怎样育成的：袁隆平口述自传》出版后得到很多好评，这本书的出版与成功和樊洪业有莫大的关系。

因考虑相关传记和报道已有不少，起初袁隆平认为没必要再出版一本传记。但樊洪业认为，袁隆平在他的科学研究中使理论与实践达到完美结合，他不仅是一位育种专家，更是育种学家，这一点应为学术界和读者认识并认同。

为此，樊洪业专门拜访袁隆平，从科学史家的角度谈对袁隆平工作的认识，梳理了袁隆平育种的理论与实践的关系，并初步厘清了他的学术思想。这让袁隆平意识到，可以从另一角度看待自己工作的不同意义，感觉口述自传这一工作的确有价值，且值得做。

访谈是由袁隆平的秘书辛业芸做的，此时辛业芸跟从袁隆平工作已 14 年多，对袁隆平非常熟悉。但实际过程并不简单。一方面，是袁隆平非常繁忙，没有太多时间“口述”；另一方面，因辛业芸没有做过访谈，樊洪业就几次到湖南长沙进行指导，如设计访谈框架、重点问哪些问题等。

图书出版后，反响非常好，不但重印再版几次，还出版了英文版，袁隆平对这本书也表示满意。

“这是主编分内的工作”

2006年6月，“口述史丛书”召开第一次编委会会议。让李小娜印象深刻的是，樊洪业客套话也不多说，直奔会议主题。以后的每次编委会，也都是上午讨论，中午吃盒饭，下午继续。“樊先生就是这样，不讲究那一套。”

樊洪业还给编委会立下“规矩”，除特别必要的，所有书里都不能出现他自己和其他编委的名字，包括前言、后记及致谢。

“有些书，访谈者几乎就是执行人，我就对樊先生说，这部书您真的可以挂名了。”李小娜说，这并不是说作者没水平，而是樊洪业要求高。

樊洪业平时总是很谦和，但在对待书稿中的问题上，却从不“谦和”。考虑到出版计划和时效，有时李小娜认为有些书稿已达到出版要求，希望能早点儿通过，但樊洪业一点儿不“放水”，一定要达到标准。

“当时我觉得他太书生气，太学者气。可现在回想起来，幸亏有樊先生的严格要求，这套书才能在质量上得到保证。”李小娜说。

樊洪业事必躬亲，许多作者也“领教”了他的认真和严格。

作家边东子在写第二本书《兵工·导弹·大三线——徐兰如口述自传》前，列了时间表，如徐兰如哪年出生、哪年做什么等，自认为做得很细致。可樊洪业看了后，指出其中有5个月时间空白。

边东子一查资料，发现其中还真有故事。正是这段时间，访谈对象制作的武器在随后几场战争中起了很大作用。

“如果不是樊先生看出来并告诉我的话，那传主的历史上就空了一段。且这段历史也不完整了，缺失了。”边东子说。

中国科学技术大学教授熊卫民出版过多部口述史著作，经验相对丰富，可是樊洪业对他的书稿仍然是一丝不苟。他说自己的两本书均改了三轮，大概有半数书页曾经出现过樊洪业的铅笔批注。“每改完一轮，他就要找我谈上几个小时，一处一处说明理由……”

熊卫民曾在《从合成蛋白质到合成核酸》一书的后记中表露过感激，但那些话语都被樊洪业删除了。“他认为这是主编的分内工作，不值一提。”

“通常的丛书主编不可能为书稿付出那么多的心血，他分明还把我这位后学作为弟子加以谆谆教导。”熊卫民表示，正是樊洪业不辞劳苦地付出，不但提升了书稿的质量，也提升了他的学术水平。

采集工程“大管家”*

张晶晶

作为“老科学家学术成长资料采集工程”（以下简称“采集工程”）的首席专家，张藜对于采集工程的感情尤其特殊。从 2009 年年底参与以来，采集工程已经成为她工作和日常生活的一大部分。

第一次的遗憾

追溯起张藜与口述史的渊源，要回到 20 世纪 80 年代。“口述史的工作，在科技史界起步比较晚，如果说比较大规模的开展，可能还是在 90 年代以后。从我自己来说，当初开始对口述史感兴趣，是因为硕士论文研究美国 20 世纪中期无机化学史，那时很难获得原始资料，只能够通过阅读已发表的化学史论文。”

当现有资料无法满足自己的好奇心和学术研究需要之后，张藜开始找到老科学家获得一手资料。“第一次尝试是我读完研究生、留在中国科学院自然科学史研究所后，那时候我的导师柳大纲先生还健在，三四十年代他曾经在中央研究院化学研究所工作。1987 年的夏天我去三里河请教他时，就想请他讲讲在中央研究院的那段经历。其实有不少文献保存下来，但是我总觉得他能讲出自己亲身经历的事情。”

“那时候我不懂如何做口述史，所以那次访谈是很失败的——不是一种有准备的访谈。再加上那个时候柳先生已经 80 多岁了，而我才 20 岁出头，完全不是

* 本文发表于《中国科学报》2017 年 12 月 22 日第 6 版，系“口述科学史”专题之一，作者张晶晶为《中国科学报》记者。

一种平等的交流，所以只是很忐忑地提了几个问题，根本不懂如何深入挖掘，而且自己的知识储备也不够，根本就问不出来。现在想起仍会觉得很遗憾，而且觉得自己真是无知者无畏。”

这是张藜进行的第一份口述史工作。“可以说是自发的、下意识的，只是为了单纯地了解去做访谈。”

真正开始作为一个口述史的研究者，是在2000年以后。张藜回忆说，那时自己的研究方向已从民国化学史转到了当代科学史。此时对于口述史，她开始有了一些理论性的思考，开始研读口述史的方法论。

挑战自我的“采集工程”

最初受中国科学技术协会之邀参与“采集工程”时，张藜并没有想到这项工作会持续这么长的时间，“而且也没想到会持续规模那么大。”

张藜最初接受的只是采集工作流程等基础文件的起草工作，没想到最终却成为整个采集工程的负责人之一。“第一年51个小组的筹建和管理全部是由我和罗兴波来负责的，与每一位科学家沟通、征求意见，物色和组建采集小组，要做大量工作。让我的硕士生给老先生打电话，他们怎么打？！只能是我自己一位位联系。”

从一个研究者的角度看，她甚至觉得能有效启动10个小组就不错了；但作为一个管理者，10个显然达不到规模，无法形成影响力。

“当时我的上限是20位，没想到后来要求的是50位。因此大量的工作，其实是花在了日常的业务指导和沟通、组织管理上。”

当带领第一批采集小组正在摸索中、面临巨大压力的时候，张藜的母亲被医院误诊。有整整一个月的时间，她夜里要在医院陪床，白天要联络和沟通分散在全国多地的采集小组。第一批采集小组的中期评估，就是在这段日子里进行的。中期评估完成之后，张藜和她仅有的两位团队成员心里有了底。

2011年10月，第一批采集小组结题之时，评委们给予了高度的评价。“那时候，蒋锡夔先生的儿子把一套完整的手稿捐赠给了采集工程，其中有20世纪三四十年代的日记，极其珍贵，我们从中可以看到一位科学家年轻时是怎么来理解当时的中国社会，怎么来理解科学与个人前途及国家、民族的关系。第一批采集小组能够获得这种成绩，对我们来说真是莫大的宽慰。”

在结题会议上，张藜潸然泪下，当时的情景，至今仍在第一批采集小组成员中流传。“那一年过得高度紧张，如果没有经历过是无法想象的。”

意外之收获

尝到了规模化的甜头，采集工程开始挑战每年 100 组，这意味着转过年来要同时管理 200 组。“还有第一年做得不好的、没能结题的。但是好在慢慢摸索了一些经验和方法，工作机制也越来越完善，特别是中国科学技术协会动员了系统内的力量，逐步增加了北京市科学技术协会、上海市科学技术协会等省市科学技术协会作为管理方，我们就不需要直接面对 100 个小组了，而是起一个核心的指导作用。”

随着不断地磨合、调整，采集工程稳步推进。总结经验，张藜感慨地说，如果不是这些年在采集工程领导小组的支持和信任下保持对学术规范的高要求，可能就无法取得今天的成果。

关于宣传与学术研究之间的关系，张藜表示一直在寻找一个平衡。“就采集工程的初心而言，是保存共和国科技发展的珍贵史料，但这个工作既然做了，就需要让它传播给更多的人。所以从 2012 年，我们就开始想要做一个阶段性的采集成果展。”

事实证明，这些珍贵的资料对大众具有很高的吸引力。“最初我们只是想以与共和国一同成长的那一代科学家资料做一个小型的展览，来展示采集工程的阶段性成果。后来越做越大，最后扩展为完整的百年来中国科学家群体从无到有发展历程的一个大型展览。在那次展览之前，我的研究都是给少数同行看的，但那次展览将我自己的、同事们的研究成果展示给了大众，这是科学史研究一个很好的出口。而且也可以弥补很多现有制度内教育内容的不足，比如我现在给本科生上课时会讲这方面的内容。”

这对于张藜来说，是采集工程的另外一个收获，“现在对于年轻学生来说，知识的获取已经不是问题了，如果能够再拥有人文情怀，拥有历史的视野——一个更宏大的视野，来看待生活、看待社会的变化和科学技术的发展，我相信无论是对个人的精神生活，还是对未来发展的追求，都将是有益的。”

倾听历史的细节*

张文静

“核爆炸正常！”1964年10月16日15时，伴随着第二机械工业部（以下简称“二机部”）九院第九作业队技术员高深的一声呼喊，新疆罗布泊核武器试验基地主控制站的人们欢呼起来。当时作业队技术员朱建士站在距离爆炸铁塔60千米的观测点，背对着爆心，没有听到爆炸的声音，直到听到周围一阵欢呼声后才转过身来，看到一朵蘑菇云从遥远的地平线上缓慢升起。而刚刚按下起爆按钮的操作员韩云梯，没能和同事们一样在第一时间欣赏蘑菇云，而是独自完成了余下几个程序后，才走出主控制站，与现场指挥拥抱在一起。

57年后，当年那个历史瞬间已渐行渐远，但这些鲜活的细节却被记录在《亲历者说“引爆原子弹”》一书里，永远地保留了下来。

一张照片引出背后的故事

北京应用物理与计算数学研究所副编审侯艺兵采访整理《亲历者说“引爆原子弹”》这本口述书的最初想法，是从一张老照片开始的。

2009年4月，抱着为单位收集史料的目的，侯艺兵开始尝试对所内的老科研人员进行口述整理。访谈到中国工程院院士朱建士时，朱建士说：“重复的内容我就不讲了，给你讲讲我参加第一颗原子弹试验的故事吧！”讲述开始，朱建士给侯艺兵展示了一张老照片，那是1964年10月朱建士和第九作业队701分队7

---

* 本文发表于《中国科学报》2017年12月22日第6版，系“口述科学史”专题之一，作者张文静为《中国科学报》记者。

位队员，在“596”铁塔上和原子弹一起留下的一张合影。

这张照片让侯艺兵眼前一亮，如果能把照片中的人都找到，请他们各自讲述亲身经历，岂不就把当时的历史原貌完整拼接出了吗？于是，侯艺兵费尽周折，找到了照片中还在世的6位同志，听他们讲述当年参试的细节。访谈中，他们又为侯艺兵推荐了一个重要人物——按下第一颗原子弹起爆按钮的韩云梯。这些口述史料后被侯艺兵等做成了电视专题片。

看过电视专题片后，很多老同志对侯艺兵说，当年二机部九院派出了第九作业队200多人赴新疆罗布泊核试验基地。要想真正全面地还原引爆原子弹的过程，8个人的叙述远远不够，还需要找到更多亲历者。于是，侯艺兵开始有了扩大采访范围并成书的想法。

2010年，在与“20世纪中国科学口述史丛书”主编樊洪业见面时，侯艺兵透露了这个想法，立刻得到了樊洪业的赞同，将引爆原子弹这一选题纳入这套丛书中。

随后，侯艺兵将采访对象扩大到30位，从原子弹在青海基地研制启运开始，沿途运输、保卫，到核试验场地的装配、吊装、安放、保温、插雷管直至引爆，每个环节都找到身处第一线的亲历者。一年时间里，侯艺兵追踪他们的身影，走访了大连、苏州、上海、西安、绵阳等城市，最终形成了《亲历者说“引爆原子弹”》。

“这个过程极大地激发了我对口述史的热情。我迫切地想要继续做下去。”侯艺兵说。于是，聚焦我国筹建核武器研制的第一个爆轰试验场“17号工地”的《亲历者说“原子弹摇篮”》、讲述氢弹研制过程的《亲历者说“氢弹研制”》和展现中国第一个核武器研制基地——221核基地的《金银滩传奇》被侯艺兵用了8年时间相继完成。

细节在讲述中清晰

“两弹元勋”邓稼先曾说过，核武器事业是成千上万人的努力才取得成功的。侯艺兵不仅将录音笔对准著名科学家，也想倾听这成千上万人中普通一员的故事。“他们大多是名不见经传的科技工作者，但在核武器研制这个长长的链条上，他们却是各个环节的‘操刀者’、见证者。他们讲述的，是重大历史事件背后最真实的细节，如同他们鲜为人知的人生。”侯艺兵说。

在《亲历者说“氢弹研制”》的33位采访对象中，有两院院士、行政领导、技术人员，也有在第一线装配氢弹的普通工人。

做这几本口述史时，侯艺兵最大的感受就是要和时间赛跑。他的受访者平均年龄已经80岁。2014年第一本书出版时，5位受访者已经去世。等到4本书都做出来时，去世已十几位。

“受访者年纪大了，这么多年过去，记忆也会有不准确的地方。在采访时，对于同一过程，我力求找到2～3个人来讲述，以互相印证。比如，仅在铁塔上为第一颗原子弹插装雷管，就有6位现场亲历者。6个人的叙述，将当时插装雷管的过程完整地展现出来，就像拼积木一样。”侯艺兵介绍说。

整理完受访者的口述内容后，侯艺兵再通过查阅档案，翻阅大量的参考书籍，来印证史实，弥补缺失的环节。整理出的文字，让受访者亲自核实、校对、签字，这才算完成。

当然，做核武器口述史的过程中也有不少困难。有些老科研人员不愿意讲，有的怕内容涉密，也有的认为说出来没人看。侯艺兵只得挨个做工作，慢慢把他们的顾虑解除之后，这些老同志开始敞开心扉。一位受访者当面对侯艺兵说，这些经历他对自己的子女都没说过。

《亲历者说“原子弹摇篮”》出版后，侯艺兵将书送到一位年纪最大的受访者家中。他拿过书来看都没看，放在桌上，对侯艺兵说：“小侯，这件事情已经过去了，我给你讲讲氢弹研制吧！”那一年，他已经96岁。

倾听引爆原子弹的种种细节，让侯艺兵时常感动。有位受访者讲，当时要检查牵引铁塔升降机的钢丝是否完好，他们不戴手套，徒手攥着钢丝在滑动中检查，一旦其中有一小根钢丝断了，就会在手心划出一个大口子，当年就用这种笨方法来保障万无一失。

“这是那时候科技人员严谨工作态度的一个缩影。”侯艺兵感叹说。

在大多数的访谈中，受访者说的都是研制、试验现场的工作细节和生活琐事，没有多少戏剧性故事，更缺乏豪言壮语。但在侯艺兵看来，叙述者说得越平淡，越值得读者细细地品味。“因为那些现场的细节，是经过一生的过滤沉淀还能留下来的记忆！”

走近“老青藏”*

胡珉琦

2017年，中国科学院第二次青藏高原综合科学考察研究正式启动，第三极已成为全世界资源环境研究领域的最热点地区之一，备受瞩目。早在20世纪五六十年代，中国老一辈科学家已经在青藏高原开始了艰苦卓绝的科考工作。如今的他们大多已是耄耋老人，有的已经与世长辞，可他们的故事却远不为人所知。

十年前，科学新闻记者温瑾完成了“20世纪中国科学口述史丛书”之《青藏高原科考访谈录（1973—1992）》的写作。不久前，她接到已经85岁高龄的中国科学院院士、当年青藏科考队队长孙鸿烈的电话，他说回看访谈录里写下的故事，禁不住老泪纵横。

2006年8月，温瑾接到“20世纪中国科学口述史丛书”的第一个选题任务，就是孙鸿烈的个人访谈。在访谈中，孙先生始终不肯谈及自己，而总是在说青藏高原综合科学考察的群体活动和贡献。所以，以青藏高原科考为专题的群体访谈其实是孙鸿烈提出的构想。后来，《青藏高原科考访谈录（1973—1992）》也成为这个系列的第一本群体访谈录。

1973年，中国科学院组织了青藏高原综合科学考察队，拉开了人类历史上第一次全面、系统地对青藏高原考察的序幕。老一辈科学家在那片苦寒之地进行了拉网式的考察，积累了大量一手资料，取得多项国际瞩目的研究成果。

孙鸿烈历任青藏科学考察队的队长。温瑾说，访谈录的所有17位采访对象都是孙先生按照各个学科领域划分所推荐的，他们大都是1973～1976年第一批

---

* 本文发表于《中国科学报》2017年12月22日第6版，系“口述科学史”专题之一，作者胡珉琦为《中国科学报》记者。

就参队的科学家。他们有一个共同的名字——“老青藏”。

难以想象的艰苦

即便到了今天，青藏高原严酷的自然条件仍然让很多人望而生畏，而在那个条件本就十分艰难的年代，温瑾听“老青藏”回忆，他们在高原的生活简直苦得不可想象。

20 世纪 70 年代初的西藏有土匪，为了保证安全，考察队会配枪，每到晚上，队员们还需轮流站岗。

那时，考察队除了科研装备差，从运输、交通到吃饭、住宿全是难题。青藏高原很多地方根本没有路，因此，车队一直事故不断，队员骑马、骑骆驼摔下来已是家常便饭，蹚冰河、爬悬崖也总是一次次陷入险境。

晚上，他们一到后半夜就醒了，那都是被冻醒的。队里其实有固体燃料可以使用，可那很贵，没有人舍得把它用在日常生活里。

在藏北可可西里无人区，没有饮用水是个致命的问题。有一次，队员们两天两夜滴水未进，后来他们在一段干河谷底 1 米左右的渗水层下挖出一点泥浆水，把它烧开冲奶粉，泡压缩饼干，喝得无比享受，他们还兴奋地称之为“可可茶”。但是，由于喝不到合格的饮用水，队员们经常腹泻，这耗掉了他们不少气力。

直到现在，中国科学院里还流传着一个笑话：远看是逃荒的，近看是要饭的，再仔细一问，才知道是中国科学院的。它的背景就发生在青藏高原考察第二阶段的横断山考察项目。那时候，考察队员一出野外就是半年，满脸胡楂，身上的衣服破破烂烂。有一次，队员们连续工作 28 小时没有吃上一口饭，当他们终于捧起食物的那一刻，被一张照片记录了下来。温瑾指着那张珍贵老照片里已经去世的植物学家武素功感叹：“这哪像科学家啊！”

逝去的生命

唯有一件事，让这些“老青藏”始终无法释怀。

青藏高原的研究队伍共由几十个单位组成，孙鸿烈用“同甘共苦”形容队员们之间的情谊，那是一种战友般的感情。遗憾的是，有的战友没能和他们一起走到最后。

60多岁的彭洪寿当年已经是中国科学院昆明动物研究所的老教授了，在队伍里德高望重。可他在得了肺炎的情况下，仍忍着病痛坚持工作，最后因为医治不及时而去世。

还有一位是在地震观测台工作的梁家庆。有一次赶上雅鲁藏布江上游漂来很多树干，他去捞木柴，却失足落入水中被冲走了。直到第二年春天，队友才在一堆乱树枝中找到他已腐烂的遗体。

家在北京农村的王力生长期在野外工作，就连冬天也不回去。在察隅长年累月被旱蚂蟥叮咬留下后遗症，体质也被摧垮，40多岁就离世了。

在这些逝者的名单里，还有年轻的学生赵献国、随队记者郑长禄，他们是在车祸中不幸丧生的。

温瑾一直记得，中国科学院院士滕吉文和中国工程院院士李文华在跟她谈起这些往事的时候，潸然泪下。

“如果没有这些老科学家的回忆，我们永远不会在公开的资料中看到这些人的名字。他们也许微不足道，但青藏高原的基本科学信息，就是无数像他们这样普普通通的科研人员一天天一年年积累出来的。”温瑾说。

诠释的情怀

透过这本访谈录，读者可以看到独特的科学考察经历。更重要的，是在那个特别的年代里，老一辈科学家所诠释的情怀。

“他们的政治意识非常单纯，目标非常坚定。”温瑾感慨，他们唯一的初衷就是用科学报效祖国，完全不计较个人得失，所有成果和荣誉都归于集体。这种强烈的信念感也深深感染着她。

温瑾在已经退休的年纪，用一年的时间到处奔波采访，不仅要完成所有访谈，还要帮助老科学家整理他们的科考日记、照片、物种素描图，并对内容进行逐一校对，包括这些史料涉及的每一个拉丁词。《青藏高原科考访谈录（1973—1992）》后来荣获了国家新闻出版广电总局第三届“三个一百”原创出版工程奖。

感动自己才能感动读者。温瑾与科学家打交道30多年，尤其在资源环境领域，她跟着科学家出野外，与他们同吃同住，她把传承化作完成访谈录的唯一动力。

真诚是捷径*

袁一雪

2015 年，《“523”任务与青蒿素研发访谈录》出版。这本书以记录当年参加过“523”任务和青蒿素研发工作的当事人口述资料的方式，描绘了这个 50 年前集中全国科技力量联合研发抗疟新药的大项目——“523”项目台前幕后的故事。

书的作者之一、北京大学医学人文研究院助理研究员黎润红是访谈录的口述记录人。她用了近 8 年的时间，走访了数百人，查阅、整理口述资料数十万字。

现在，再回忆起当年资料收集、采访的过程，黎润红几经眼圈润红，不为自己的辛苦，只为老一辈科技工作者的无私奉献精神。

一个人记录一群人的故事

一个人坐火车从北京去成都，再从成都到重庆，再到云南，最后回到北京，黎润红连续在三地采访了 20 余人，只用了 9 天的时间。这 9 天的辗转只是她 6 年采访工作的一个缩影。

在成都，因为经费不足，黎润红借住同学家；在重庆，她上午爬上南山顶，在重庆药物研究所采访一位青蒿素研究者，下午就在山脚下与几位退休老先生座谈；在云南，她下了火车的当晚就与一对研究者老夫妻促膝长谈，第二天上午意犹未尽，又继续再谈；当天下午又赶去云南药物研究所档案室，希望找到这些口述史中提到的时间节点发生事件的证据……

---

* 本文发表于《中国科学报》2017 年 12 月 22 日第 6 版，系“口述科学史”专题之一，作者袁一雪为《中国科学报》记者。

“我还记得一位九十多岁的老先生，为了还原开会时争执的情形，他一人分饰多角，把所有人的位置和会议期间发生的事演了一遍。”黎润红当时也没有想到老先生会记得如此清楚。

“我本身是学西医的，误打误撞进入了医学史专业读研究生。”在接触青蒿素之前，黎润红除了上本科时上过一门中医学，对青蒿及青蒿素的了解十分有限。为了了解青蒿及青蒿素类药物，尤其是青蒿这个中药的历史，她曾去各大图书馆翻阅古籍寻找提到两药的单秘验方。

磨出了耐性，也磨没了耐性

“要做这件事情很难。”这句话是黎润红刚接手青蒿素口述史项目时听到最多的一句话。在她之前，也有人想过要做这段历史，其中包括饶毅教授在2004年就曾计划带一名在职博士生做这段历史，不过后来因为种种原因未能做完。对此，黎润红充满遗憾：“如果当年这位师兄做下去，也许会获得更加丰富而全面的材料，因为在这期间有好几位老先生相继去世，其中有一位非常重要的人物，他被称为‘523’项目的总设计师，手中有大量的手稿与资料。”

2008年，在前期没有特别多的资料时，黎润红开始自己的理论准备——听中国科学院自然科学史研究所研究员张藜关于口述史的讲座，在北京大学医学人文研究院院长张大庆的指导下，研读一些口述史书籍介绍及科学史研究方法。从项目发起人、北京生命科学研究所资深研究员饶毅那里获得了屠呦呦研究员的联系方式后，她开始了整个项目的第一位历史人物访谈。同时，黎润红从一家推广青蒿素类药物的公司入手，拿到了由他们资助出版的《迟到的报告》一书，又找到早期参加“523”任务并在青蒿素及青蒿素类药物的临床验证过程中做出最为重要工作的广州中医药大学原副校长李国桥教授，通过李教授，她开始接触到其他更多的“523”任务参与者。

“大部分老先生最开始都是迟疑，或是拒绝、劝退，或是稍加提示却不深入，到后面的慢慢能够接受，再进一步能够将内容慢慢深入进而全盘托出，甚至将自己最珍贵的珍藏毫无保留地捐赠。”黎润红说，“因为之前也有不少人找到过他们，请他们回忆当年的情形，只是没有人坚持下来。所以，他们开始并不相信我们能做下去。”

因为青蒿素的研究持续时间长，涉及人与单位广泛，很多人顾虑重重，也会出现在是否接受采访这件事情上摇摆不定的情况。“无论做什么事情，真心投入，真诚对人，才能让别人对你敞开心扉。”黎润红反复强调。

记录的更是精神

“口述史的一部分工作是采访收集整理资料，还有一大部分工作是寻找证据证明那段历史。”在从接手这份工作开始，黎润红就被张大庆与饶毅叮嘱过，一定要以第三方的身份认真、客观、公正地看待和描述这件事情，让采访者互相评论对方的工作，并寻找第三方证据证明这些节点发生的事情属实。

在不断的询证过程中，黎润红遇到过不合作的档案馆，遇到过不提供自己保存着档案资料的人，也遇到过给予她帮助的工作人员，还从每一位叙述者口中了解到很多不为人知的故事。

“有一位老先生已经去世了，但他在世时记录的笔记装满了十几个箱子，本本都用蝇头小字写得满满当当。还是他的老伴在笔记本上标注了年份，方便查阅。”为了找到和青蒿素有关的历史，黎润红在标注相关年份的笔记本中翻看了两天，最终找到了十几本需要的资料。正是这些笔记，让她解开了一些 20 世纪 70 年代的谜团。还有一位已经去世的老先生的女儿捐赠了老先生的日记，让她串起了 1978 年青蒿素鉴定会中关于青蒿素定名背后的各种插曲与争议，会议记录的发言犹如当年的会议场景再现。

“一个历史事件就像一场电影，缺了某个环节就像断了片，虽然整个故事看似完整，但是总觉得缺点什么，口述历史有时候就是能够通过人们对历史的回忆，把一些断片的环节给串起来，与档案文献资料结合，还原整个事件。”黎润红说。8 年的记录工作，令黎润红不禁感叹，青蒿素的研究工作，折射的不仅仅是一项源于科研协作的药物的成功，更是那些年，那些科研工作者们，用他们无私奉献的精神，完成了一场中华人民共和国原创药物实现挽救生命的接力。其实，这段药物研发历史中还有一些资料没用上，这段历史还有待继续完善。

让历史更灵动*

袁一雪

2014 年 10 月，中国科学院成都生物研究所科技信息情报中心主任王海燕受邀承担了“老科学家学术成长资料采集工程”（以下简称“采集工程”）之“赵尔宓学术成长资料采集”项目。

赵尔宓是我国两栖爬行动物研究领域唯一的中国科学院院士，关于他的学术成长资料和我国两栖爬行动物学研究史料的采集、分析研究工作的收集整理工作，王海燕已经进行了三年，至今未结束。

这是一份责任

接到通知，得知自己可以加入由中国科学技术协会牵头的采集工程时，王海燕的心情是激动的：“因为我也可以成为中国科学发展历史的研究、验证、著述者之一。”同时，她也感受到肩膀上沉甸甸的责任：“采集工程秉持‘对老科学家负责，对科学事业负责，对历史负责’的精神，行政推动加学术规范，制定了严格而科学的资料采集与传记写作工作流程、技术指标、史学研究要求。”

在采集工程中，“口述历史”将老科学家的直接访谈和其相关人的间接访谈列为采集工程的核心工作之一。虽然科技史对于王海燕来说并不陌生，因为她自 2005 年担任中国科学院成都生物研究所科技信息情报中心负责人后，开始对中国科学史产生兴趣，并阅读了英国学者李约瑟所著的《中华科学文明史》；文字功

* 本文发表于《中国科学报》2017 年 12 月 22 日第 6 版，系“口述科学史”专题之一，作者袁一雪为《中国科学报》记者。

底，王海燕也具备，因为她同时兼职报刊采访与写作工作。但对于口述史，王海燕对于它的理解在开始时并不深刻，所有的感悟都得益于采集工程。

“广义上讲，口述历史是一种记录历史的方法。可以说，人类对历史的记录，经历了物传—言传—文传—音影传演绎历程。口述历史便属于音像影像历史记录与传承的范畴，通过对历史亲历者的访谈，用音像影像记录口述，客观、原本整理出口述历史文本资料，再与文档史料进行印证和补充，使历史研究和呈现最大可能接近真相。”王海燕在接受《中国科学报》记者采访时解释说。

王海燕所负责的赵尔宓院士，其学术成长经历与我国两栖爬行动物学研究的发展历程一脉相承，“所以我们的思路是通过对赵尔宓院士学术成长资料的全方位采集，得以见识中国两栖爬行动物学研究创立和发展的学术画卷和历史脉络”。

在有关专家的建议和帮助下，王海燕先后联系了 50 多位相关人员，其中有 45 位同意接受采访，目前已完成了其中 42 位的采访。“每位受访者都给我留下了深刻的印象。他们都认真地回顾自身从事两栖爬行动物研究的经历，与赵尔宓共事的情况，对我国两栖爬行动物学发展的认识，专业精神和客观历史认识与表述让我敬佩。”王海燕说。

也是这种精神，让王海燕在采集工作过程中遇到困难也从未想过放弃：文字记载史料不全，且缺乏细节性和生动性；口述采访资料与文档史料的印证难度大；对历史资料收集工作的精力和耐力考验很大……面对这些困难，王海燕做的就是认真负责和锲而不舍。“我尽可能多方位、多渠道、多种类收集文档史料，尽可能多数量、多角度、多维度进行口述历史访谈，尽最大专业职责进行史实考证、史料印证、史程研究，尽最大诚意争取各方各层对史料收集工作的人力、财力、物力支持。”王海燕总结经验说。

而且在采访过程中，王海燕也总结出了自己的一套经验：“最重要的是对采访者的尊重和对历史事件的客观态度。必须准备采访提纲，必须和采访者建立良好的沟通，必须有采访时的应变引导和对讲述者的耐心倾听。”

喜怒哀乐

在采访40余位相关人员的过程中，王海燕感动有之，兴奋有之，遗憾亦有之。

因为随着采集工程项目的推进，王海燕对采集工程的意义与价值的认识和体会不断加深，因而对由中国科学技术协会牵头做这项工程及首席科学家张藜以强烈的使命精神和高水平专业素养投身此项事业而深深感动着；对赵尔宓院士用一生执着地探索大自然中生命的奥秘，无悔地奉献对科学事业的热爱、继承、发扬和传播，最终居高声远，回归自然的超然境界而深深感动着；对于自己所在的团队中每个人利用业余时间，忘我地工作而感动着。

当史料收集工作获得了良好成绩和评价时，王海燕收获了高兴。但最令她难过和遗憾的是，2012年赵尔宓就被诊断出中度阿尔茨海默病，以至于2014年王海燕接受这项工作后一直无法对赵尔宓进行当面采访。随着资料收集工作的深入，王海燕对于赵尔宓的尊敬与崇敬之情更深，一心渴望早日将资料整理和学术传记呈现在赵尔宓眼前。但令王海燕没有想到的是，赵尔宓并未等到那一天的到来，因病于2016年年底去世。“我非常难过！”王海燕说。

口述史体现了人的主体地位

因为经历了口述史的整理工作，王海燕对于采集工程的工作产生了很深的感情，用她自己的话说，我是带着情感，同时以公正、客观、平视的态度在做这件工作。同时，她也感悟到中国的口述史学研究与应用要加强：“采集工程可以说是在我国科技发展史研究方面对口述史的一次重大实践，必将大力推动我国口述史学的研究和应用。”

“我个人认为，口述史的出现，可以与文档史料相互印证、补充，让历史记录与呈现最接近真相的一面。而且，口述史学在最大范围意义上给予了历史创造者——人的主体地位，也赋予了历史记录的生动性和对人类未来发展更具价值的启示性。”王海燕强调，“就我个人而言，从事上述历史收集工作后，最大的影响是产生了进行中国两栖爬行动物学研究历史的研究与著述愿望，并强烈建议中国科学院实施口述历史工程，丰富中国科学院院史研究成果，为人类保留科学发展进步的思想与技术成果。”

“不朽”的代价*

胡珉琦

“问题不仅仅局限于生存还是死亡，而是到底怎样的人生才值得一活。你愿意用失去说话的能力，来交换多几个月的生命，默默无声地度过余生吗？你愿意冒着丧失视力的危险，来排除致命脑出血的哪怕一点点可能吗？你愿意右手丧失行动能力，来停止抽搐吗？你到底要让孩子的神经承受多少痛苦，才会更愿意选择死亡呢？”

——《当呼吸化为空气》，〔美〕保罗·卡拉尼什

对大多数人而言，从生到死，都是被动的。但人们总是把生当作自然的恩赐来接受，却对死横加干预。

从演化生物学的角度来看，死亡是生命的演化——从分子到人类最伟大的发明之一。自生命诞生之日起，演化就为机体设定了死亡装置，时间一到便自行启动。那时候，死亡和出生一样神圣，因为这都是生命的内在机制。

医学技术的出现，的确让人类延长了寿限。遗憾的是，它没有解决衰老和疾病问题，更不可能抵抗死亡这种内在机制。但人们对于死亡的理解却发生了质的改变。

2017 年 3 月 7 日，我国著名材料科学家、中国科学院院士徐祖耀逝世，享年 95 岁。媒体在公开报道时，都明确指出，是“因病医治无效”去世。

在现代社会，这似乎成了一个被普遍认可的观念：一个人的死亡，只和医学技术有关。这显然不合演化的逻辑，在自然状态下，死亡本身和任何技术都是无关的！

---

* 本文发表于《中国科学报》2017 年 3 月 31 日第 1 版，系“直面死亡”专题之一，作者胡珉琦为《中国科学报》记者。

这种转变来自于人类对生的欲望和对死的恐惧。然而，一味依靠技术手段对抗这种内在机制是否会让人类付出代价？

死亡，只和医学技术有关？

有一组数据特别能够说明技术对于死亡这件事的介入有多深。

在全世界最发达的国家，一个人一生中80%的医疗费用花在了生命最后的十分之一时间里。医学技术仿佛是凌驾于生死之上的一个神。

于是，整个社会重新建构起了一个价值体系：死亡是可以拒绝的，至少是可以推迟的，哪怕这个人已经完全失去了社会性和精神性。

但是，北京师范大学哲学与社会学学院教授田松认为，依赖技术而存在的生命终末期就像一座孤岛，人们只能躺在一张病床上，没有朋友的陪伴和家的温暖；更为重要的是，失去了自身与这个世界告别的过程。你不知道几步之外就是这个孤岛的断崖，然后，生命瞬间戛然而止。

“人在死后所经历的一系列程序性告别，同样是冰冷、粗暴的。”他形容每个家庭是掐着点、排着队，匆匆地在同一个场所依次完成同样的仪式，多一刻都不可能。家人在这个过程中，得不到慰藉。

在北京大学医学人文研究院教授王一方看来，这一切都符合技术主义、消费主义的特点，凡事都要最大化，对欲望和效率的追求不加节制。“可是，生命是有边界的。同时，在告别的时候是需要时间去缓冲的。这样的认识才是与自然自洽的。”

坚持这样的价值观，代价就像北京大学哲学系教授刘华杰所言：不知道如何面对死亡、如何应对死亡。有的人死到临头还不知道死，直到最后不得不死；还有的人知道大限将至，但是死得无奈，死得不情愿，带着一腔怨气，暴怒而终。

而田松更在意的是，技术的洪荒之力吞噬了个体建立自己独特“人死观”的机会。无论贫穷、富裕，不惜一切代价挽救亲人的生命，是得到社会赞许的。相反，选择放弃治疗，清净地离开，可能遭到社会的非议。“这样的死亡文化倾向于让人只遵从一种选择，有着强烈的排他性。”

死亡，你准备好了吗？

人类学告诉我们，当人们陷于自身文化的困境时，不妨走出这种文化，到异文化里去审视和反思自己。

在现代人出走的非洲，至今还存在着不少古老的人群，科学家认为，至少有一个群体，他们也许从未走出过非洲，那就是闪族。在闪族的文化里，长者一旦过于年迈体衰，无法再与众人为伍，就会被留下来静待死亡。他的周边会围着一圈荆棘灌木，以防鬣狗靠近，脚边则放着一把火，照亮他的来生之路。

让田松印象深刻的是纳西族村落百姓的向死过程。弥留者安卧床上，全村人与逝者共同面对死神，陪伴他走完人生的最后阶段。这是一个隆重的告别，可以持续几天。宗教人士各安其位，各做各的法事，他们最重要的职责，就是指引逝者。

这两种文化一远一近，实则有着诸多相似的地方。死亡并不是个体的事，而是一群人的事。田松说："死亡文化承接着古往今来所在人群的生存智慧，向死的过程就是文化再生的过程，会让陪伴和参与的人，建构起自己的人死观。"

与技术建构的死亡文化不同，那里的人面对死亡时，没有恐惧。

可在城市，部族、村落的熟人社会解体，文化基因断根，传统文化多样性的生存空间被严重挤压。不过，了解他者的文化并非是要复制其外在形态，而是探究核心内涵——什么是死亡，以及如何死亡？

中国医师协会重症医学医师分会会长、首都医科大学附属复兴医院院长席修明介绍，在城市化高度发展的欧美，同样也是现代医学的发源地，它们在多年以前就形成了"好死"的文化约定。它包含了六个要点：无痛苦的死亡；要公开承认死亡的逼近；希望死在家中，有家属和朋友陪伴；要了解死亡，作为私人问题和事情的终结；认定死亡是个体的成长过程；讲究死亡应根据个人的爱好和态度做安排。

这难道不是与一些古老的死亡文化一脉相承的吗？

事实上，田松认为，国内对干预死亡的主流价值观也已经出现了松动，撬动它的正是一些亚文化群体，比如罗点点的"临终不插管俱乐部"。

罗点点是开国大将罗瑞卿的女儿，曾经从医多年。2006 年，她就和几位医生朋友建立了“选择与尊严网站”，并成立了“不插管俱乐部”，提倡“尊严死”，希望人们在意识清醒时在网上签署“生前预嘱”。

“如果说个体的力量太过薄弱，有了群体认同，就算规模不大，日积月累，也可以和主流文化博弈。”这是田松所希望的。

人虽死去，福泽绵延

倡导有尊严的死去，懂得适时放弃，绝非鼓励个体消极地面对死亡这件事。坚持到最后的人同样勇敢，前提是，他明白什么是活着的价值。

生而有限，活着才会有所选择。让王一方感到遗憾的是，有的人把活着本身当成了生命的终极目标。不朽的代价，是对意义的追求变得微不足道。

2016 年年底，有一本轰动全球的非虚构作品被国内读者所认识——《当呼吸化为空气》，作者是美国现已故的一位出色的神经外科住院医师保罗·卡拉尼什。他在即将迎来斯坦福大学医学院终身教职的时刻，得知自己已是肺癌晚期。

他的妻子露西说：“他没有故作勇敢，也没有怀着虚妄的信念。他坦然真诚，对自己本来规划好的未来变得无望，他表示悲痛；但同时又创造了一个新的未来。”

所谓新的未来，就是病情好转时他努力重返工作；治愈无望时笔耕不辍，写下他对医学、生命、死亡的思考，并将其作为活着的目标。

他在生命的最后阶段，有了自己的孩子，并在家人、朋友的陪伴下，安静地度过。疾病让他痛苦，他却没有让其剥夺所有的喜乐。他把体内深埋的感恩与爱，毫无保留地传递给他身边的人。保罗死后，露西在为这本书撰写的后记里，充盈着与保罗一样的力量。

中国第一代环保活动家唐锡阳和妻子马霞一辈子都致力于环保公益事业。1996 年，夫妻两人发起了中国大学生绿色营活动，但就在第一届绿色营准备奔赴云南西北原始森林时，马霞被确诊为食道癌晚期。她深知自己无法前行，但绿色营仍将前行，马霞要求唐锡阳必须这么做。

谁知，出发的日子便是马霞离开的日子，营员们一起为逝者举行了短暂却庄严的告别仪式，然后，斗志昂扬地走了出去。此后，绿色营的活动一届接着一届，许多后起的环保活动家正是在这里得到了成长。

人虽死去，福泽绵延，大概就是这个意思吧！

哲学家段德智：从哲学层面看死亡*

温新红

“死亡哲学、死亡观不会过时，永远都有价值，不会随着医疗技术的进步而丧失，还会继续发挥它的作用。”

“死亡哲学是哲学的一个分支，属于哲学这门科学，它关涉的是对死亡的哲学思考。”此话出自武汉大学教授段德智所撰写的《死亡哲学》一书。1991年《死亡哲学》出版，在国内引起很大反响，全国几十家媒体作了报道，先后获湖北省和教育部二等奖。这本书不仅在大陆多次再版，还曾在中国台湾出了中文繁体字版。

段德智是新时期国内最早一批生死问题的研究者之一，这些学者刻意于对死亡问题进行形而上学的探究。

死亡哲学不同于其他学科

“死亡问题是一个大问题，中国有句古话：生死事大。”作为国内死亡问题研究的先行者，在听到记者请他从哲学层面谈死亡时，段德智开门见山地说道。

死亡问题与科学有关，如以什么尺度——是心脏的衰竭抑或是脑死亡——判断人是否死亡；死亡问题也与文化相关，如传统文化中的丧葬文化；在特定情况下，甚至和整个社会的心理、社会运动密切相关。像周恩来总理的去世，当时人们超乎寻常的反应，就涉及重大的政治因素、社会因素及中国的社会文化心理等。

---

* 本文发表于《中国科学报》2017年3月31日第2版，系“直面死亡”专题之一，作者温新红为《中国科学报》记者。

“死亡哲学既重视死亡问题的科学、文化等维度，更注重形而上学的方面，包括道德哲学和思辨哲学两个基本层面。在这个意义上，我们不妨将死亡哲学称作‘死而上学’。”段德智解释说。

道德哲学也就是死亡或死亡哲学的人生观或价值观的意义层面。“死亡哲学具有人生观或价值观的意义，是人生哲学或生命哲学的深化和延展。”段德智说，只有具有死亡意识的人，才有可能获得人生的有限观念和整体观念，面对死亡积极地筹划人生，实现人生的最大价值。

东西方哲学家都考虑到这个问题，如德国哲学家海德格尔提出“向死而在”“先行到死”。认为人应当面对自己的死亡体悟自己生命的有限性，面对自己生命的有限性而积极筹划自己的人生，努力赋予自己有限人生以更多的无限性价值。春秋时鲁国人叔孙豹提出所谓三不朽“立德、立功、立言”，此之谓也。

作为思辨哲学的死亡哲学涉及的是死亡哲学的世界观或本体论的意义层面。“在一定意义上说，这是一个更为深邃又更为基本的层面。”段德智说，《易传·系辞上传》有句话：“原始反终，故知死生之说。”意思是，只有站到终极实存论的高度才能认识死，才能认识生。

“哲学是死亡的练习。”柏拉图这句流传千古的名言深刻地指出，从事哲学思考的人，只潜心在瞬息万变的事情上，就达不到形而上的层面，永远不可能思考深层次的哲学问题。在西方哲学家中，柏拉图是第一个明确地从哲学发生学的角度阐述死亡的本体论和世界观意义的。

我国古代哲学家庄子在谈到生死观的本体论意义时，强调只有“外生”“以生为丧，以死为反”，方能“朝彻”“见独”“得道”。这就是说，在庄子看来，一个人若不具有死亡意识，若不能勘破有生有死的个体生命的有限性，是不可能获得对不生不死的道体的认识的。

另一位著名哲学家王阳明也说过，“人于生死念头”“若见得破，透得过，此心全体方是流行无碍，方是尽性至命之学”。

段德智总结道，死亡哲学不同于其他研究死亡问题的学科，研究的是死亡的必然性与偶然性（亦即死亡的不可避免性与可避免性），死亡的终极性与非终极性（亦即灵魂的可毁灭性与不可毁灭性），人生的有限性与无限性（亦即“死则腐骨”与“死而不朽”），死亡和永生的个体性与群体性，死亡的必然性与人生的自由（如“向死而在”与“向死的自由”），生死的排拒与融会，诸如此类有关死亡的形而上的问题。

死亡观的变化

“从古到今，人们的死亡意识不断发生变化。”段德智认为，人类的死亡观有一个发展的过程，与人类历史的发展阶段性相一致，分为“死亡的诧异”“死亡的渴望”“死亡的漠视”“死亡的直面”四个具有质的差异性的阶段。

“死亡的诧异”是西方死亡哲学发展的起始阶段。人们开始提出“人为什么会死”这样的问题，对死亡及其本性的诧异、怀疑和震惊中产生了古希腊、古罗马时代的死亡哲学，出现了像苏格拉底、柏拉图等思想家，他们思考死亡问题，为后世的死亡哲学作了必要的铺垫。同时期，中国的儒家、道家、墨家等也有自己一套死亡观。

“死亡的渴望”是在中世纪时期，西方人用宗教的或神的眼光看待死亡，把死亡看作是人实现“永生”、回归到神中的必要途径，因而把对死后天国生活的渴望转嫁到对死亡的渴望上。这时期，西方死亡哲学的基本特征是“厌恶生存，热恋死亡”，像奥古斯丁等思想家都主张这种观点。

“死亡的漠视”是在文艺复兴时期，人们开始用人的眼光看待死亡，认为生死就是自然事件，视“热恋生存，厌恶死亡”为人的天性。近代思想家如笛卡儿、斯宾诺莎、康德、黑格尔等主流观点都是如此。

到当代则是“死亡的直面”，死亡观再次发生改变。海德格尔、萨特、尼采等哲学家认为，不要漠视死亡和回避死亡，要直面死亡，并面对死亡去积极地思考人生和筹划人生，尽最大可能实现自己的价值。

段德智认为，死亡哲学是随着社会的发展而发展、随着历史的演进而演进。但这种发展、演进总体上是积极的，意味着人们对人生有了新的看法，并对人生的筹划采取更为积极的、现实的态度。

对于医疗技术的进步对当代人生死观的影响，段德智认为，技术对人的长寿是有益处的，但那是对整个人类而言，并不是一个人的寿命长短的决定性因素。即使多活几十年，对“人生是有限的”这个论断也毫无影响。所以，在面对死亡时，人们依然应该有一个积极的、坚强的心态，积极筹划自己的人生，努力赋予其更多的意义和价值。

“从这个意义上，死亡哲学、死亡观不会过时，永远都有价值，不会随着医疗技术的进步而丧失，还会继续发挥它的作用。”段德智最后说。

ICU 病房医生席修明：医生不应一味抵抗死亡*

胡珉琦

“医生的职责不是一味地对抗死亡，而是引导患者理解死亡，减少恐惧，接受死亡。帮助患者减轻生命终末期的痛苦，才是作为一名医者对患者最好的关照。”

毫无疑问，在医院系统中，离死亡最近的一定是重症加强护理病房（ICU）。

重症医学在国内起步、发展不过三十几年的时间，中国医师协会重症医学医师分会会长、首都医科大学附属复兴医院院长席修明，是最早的那一批到创办了我国第一家 ICU 病房的协和医院进修的医生。3 年以后，他于 1989 年在复兴医院建立了一个有 3 名医生、6 张病床的 ICU 病房。

医术追求转向意义思考

当初之所以选择 ICU，是因为他看到 ICU 可以提供别的科室提供不了的强有力的生命保障系统，帮助患者活下去。

但十几年以后，席修明却把 ICU 技术称之为一种“协助偷生术”，他开始积极倡导接受和顺应死亡的自然事实。他说，干预总是有限的、有条件的，而不是万能的，人们应该懂得适时放弃。

是什么让席修明从对医术的追求转而对意义、生命、死亡的思考？

20 世纪 90 年代初，席修明曾经碰到过一个十二三岁的小患者，因为从单杠滑落，颈椎完全断裂，导致高位截瘫，重度颅脑损伤。他在 ICU 整整昏迷了一个

---

* 本文发表于《中国科学报》2017 年 3 月 31 日第 2 版，系“直面死亡”专题之一，作者胡珉琦为《中国科学报》记者。

月，仅靠呼吸机维持生命。最后，孩子的6位家属一致同意放弃治疗。

他还清楚地记得，医护人员和家属一起给孩子选了个“好日子”，买了好多鲜花，铺满他的病床。然后，摘掉呼吸机……在那个年代，很少有医院和家属会作出这样的选择。

“在 ICU，我们医护人员几乎每天都会面对死亡。”席修明说，直到现在，协和医院、复兴医院 ICU 病房平均每年的病死率都在 15%～20%，基本没有什么变化。而医院其他科室的病死率可能只有 3%～4%。这意味着，ICU 就是死亡高度集中的地方，对于某些疾病，重症医学也无能为力。

于是，他不得不开始思考：在 ICU 的医护人员应该如何面对那么多的死亡？在患者正在经历死亡的过程中，我们究竟应该怎么做？

席修明的认识是，在生命终末期，患者治愈的可能性越来越小，技术可干预的比重越来越少，那么他们需要的安慰、照料、关怀就越来越多。

在西方，受宗教信仰的影响，医院 ICU 科室会有祷告室、告别室，患者有牧师陪伴。因为宗教认为，人在灵魂和肉体分开时是最挣扎、最纠结的，这时候精神慰藉很重要。

但中国有着不同的文化体系，除了宗教，医学还可以做些什么，能让患者尽可能减少痛苦、平和地离开世界？

这就需要深入的讨论。席修明说，当患者已经病入膏肓、没有治愈希望的时候，维持他们生命终末期的时间是否越短越好？理论上，这个回答是肯定的。

“但接下来，如何判断患者一定毫无希望？生命终末期应该短到什么程度？允许采取什么措施来缩短这段时间？每一个问题都需要经过医学、伦理、法律甚至卫生经济学的详细论证，从而构成一套系统的、可执行的生命终末期的处理办法，进行制度性的确立。”他坦言，中国目前没有这样的标准。

但在西方国家，已经达成了某种认知。他们一般有两大处理原则：一个是不再增加治疗手段，维持现有治疗，即便出现再多新的症状；还有一个是撤离治疗手段，至于究竟撤离哪一些，比如呼吸机、气管插管、抗休克药物等，都有详细的论证。

席修明说，在这个问题上，美国是走在最前列的。1976年，美国加利福尼亚州最先通过了《自然死亡法案》，允许患者依照自己的意愿，不使用生命保障系统延长临终过程，自然死亡。这也是世界上最早的有关“尊严死”的法律。此后，美国各州也相继制定同类法律。而“生前预嘱”就是这项法律的配套文件。

需要更多讨论

2013年“两会”期间，全国政协委员、首都医科大学宣武医院神经外科主任凌峰曾经建议，我国也应该制定“自然死亡法案”，将“生前预嘱”纳入医改议事日程，让挽救无望的患者在意识清醒的情况下，自愿选择离世方式。但这一提案并没有获得通过。

席修明提到，一项针对中国（港澳台除外）医护人员的调查显示，有八成多的医生不赞成自然死亡。主要原因是，现在医患关系日趋紧张，在没有法律保护的前提下，大多数医生并不会选择建议患者放弃治疗。

“这在全世界范围内都是一个非常复杂的话题，但正因为如此，我们需要更多关于生命伦理、道德的讨论，也许有一天它会改变社会的行为。”

在这个过程中，医生群体尤其需要弥补教育阶段对生命伦理学学习的缺失。“我们对于医生这个角色的认知是存在偏差的。医生之所以受人尊敬，不是因为他的技术有多高明，而是因为他是一名利他主义者！”在他看来，医生永远只为患者考虑，而不是为了自己。这就意味着，医生需要有同理心，去倾听患者，了解患者的需求，帮助他们作出符合自己意愿的治疗选择。

“在面对死亡的时候同样如此，医生的职责不是一味地对抗死亡，而是引导患者理解死亡，减少恐惧，接受死亡。帮助患者减轻生命终末期的痛苦，才是作为一名医者对患者最好的关照。”席修明说。

安宁病房医生秦苑：换种方式与死亡相处*

袁一雪

“其实，死亡是一件高度个体化的事情，每个人经历的死亡过程都不一样。从整个人生来看，死亡更像是终极大考。”

没有呼吸机，没有除颤仪，更没有ICU大型的维持生命体征的设备，海淀医院安宁疗护病房里安静得似乎这里的患者并没有罹患不治之症。然而，海淀医院安宁疗护病房的创建者秦苑、医护工作人员，以及家属们甚至患者都知道，病床上的人将不久于人世。

在与安宁疗护病房相隔不远的地方，就是血液肿瘤科的住院处。与安宁疗护病房的安静不同，肿瘤科的病房内人满为患，几乎没有一刻“安静”。“之前我在肿瘤科病房值夜班的时候，总是状况不断，需要不停地解决突如其来的各种问题。”秦苑在接受《中国科学报》记者采访时回忆道，“现在想起来，这是在面对疾病和死亡时，患者心中放不下无法获得安宁，患者心不静，家属更心焦。”

作为国内让安宁疗护病房在公立医院立足的践行者，秦苑曾经与其他公立医院中血液肿瘤科所有医生并无不同：竭尽全力与死神赛跑，挽救时日无多的患者。这样的工作性质与环境让她一度看惯生死，甚至对自己的工作、对死亡都产生了厌弃的情绪。

直到2012年，秦苑跟随大陆的一批医护人员，在中国台湾安宁缓和基金会的帮助下考察了台湾几家著名医院的安宁疗护病房，行程期间所见所闻无不令秦苑动容，也自此找到了自己奋斗的新方向。

---

* 本文发表于《中国科学报》2017年3月31日第2版，系“直面死亡”专题之一，作者袁一雪为《中国科学报》记者。

淡然地死还是挣扎着生

一个人如果突然得知自己或家人罹患绝症并失去了治疗的意义，将不久于人世，除了多奔波几家医院确认这一结果外，还可以选择做什么？为患者争取更多的时间还是顺其自然、静待死亡的来临？

“安宁疗护病房的创建，其实给末期患者另一种选择的权利。”秦苑说。因为在这之前，患者和家属除了选择治疗和抢救几乎没有其他出路。

“台湾的安宁疗护病房之旅为我打开了一扇门，让我领悟到可以换种方式与死亡相处。”秦苑说。

“住进安宁疗护病房的第一位患者就是因为认同安宁疗护病房的理念，只缓解痛苦症状，不做延命治疗。”秦苑说。这位患者也成为海淀医院安宁疗护病房送走的第一人。虽然在急救医生的眼中，如果使用药物和器械，完全可以将他的生命周期再延长两周，但患者坚定地选择了放弃维生治疗，5 天后，在病房独立的告别空间里家人的陪伴下安详地辞世。

现在，住进安宁疗护病房的患者是秦苑从众多咨询者中挑选出来的，她希望入住的是认同安宁理念的患者，而并非只因为无处可去。

人死观是人生观的一部分

然而，即便了解了安宁的含义，要平静地接受死亡也并非易事。但秦苑仍欣喜地看到这项工作对于自己和他人的意义：“那些或咨询或进入安宁疗护病房的人都对于死亡有了新的理解。这种人文的关怀是看不见却非常重要的。”第一位离世的患者家属甚至特地前来对秦苑和工作人员的工作表示感谢。

虽有进步，但“革命尚未成功”。“因为不论是医护人员还是其他人，都对死亡的认识太过缺乏”，秦苑说。面对刚刚组建的工作团队，秦苑深感责任重大。在这里工作的护士之前对于安宁疗护病房、安宁理念了解不多，所以，每天的工作例会必不可少，随时沟通，清晰目标，统一理念。

这样的心安让死亡过程也变得安静。秦苑解释说，因为人越是接近死亡，越是回归到自我内在，变得沉默不喜交流，“我们告诉家属，这个时候肢体接触更重要，家属可以握住患者的手，让他感受到周围亲人的陪伴”。

当患者大限来临之前，一间单人病房改造成的告别室就成为家庭的私密空间。第一位去世的患者在弥留之际，家人也难过得几乎要放弃之前的想法，希望院方进行抢救挽留亲人的性命。秦苑和医护团队再次与患者家属进行讨论，最后遵从了患者的遗愿，没有抢救。“我们的整个团队在这个时候给予了家属全力的支持。”

“我们总是讨论过度医疗，其实干预死亡的过程本身就是过度医疗的一部分。”秦苑说。然而，家属们总是不愿接受亲人即将离世的现实，宁愿让他们在浑身插管、呼吸道切口插入呼吸机、强忍病痛的情况下昏迷不醒，也不愿放弃抢救。但这对于患者来说真的好吗？“我们会去引导家属，思考什么叫‘好’，如何才是为患者‘好’。”

“因为他们没有受过这样的教育，没有渠道去了解。”秦苑说，“死亡是一件高度个体化的事情，每个人经历的死亡过程都不一样。从整个人生来看，死亡更像是终极大考。”

秦苑知道，在国内公立医院设立安宁疗护病房甚至建立单独的安宁医院任重而道远。但这个过程却必不可少，因为安宁照护是“刚需”。

这种需求更多的体现在心理层面。“虽然安宁疗护病房内我们所做的人文关怀工作部分目前还无法收费，但却是安宁疗护的价值所在，这种支持会伴随患者家属一辈子。”秦苑说，“这种对临终患者的照顾本身也是一种教育，从看病到看人。”

民俗学家岳小国：死蕴含在生命之内*

张晶晶

“死亡也是一个充满了激情、励志的词汇，人们将它和人生目标、时代责任等相关联，便能更好地感悟生命的价值。”

丧葬仪式及文化一直是民族学、人类学研究中一个常论常新的话题。三峡大学民族学院教授岳小国曾对藏族丧葬文化进行过专门研究，其专著《生命观视阈中的藏族丧葬文化研究：对金沙江上游三岩峡谷的田野调查》在学界受到广泛好评。

“丧葬博物馆”

岳小国告诉记者，自己对丧葬文化的兴趣是在学术研究中产生的，“虽说从小到大对身边各类葬俗一直保留着一份好奇和疑惑”。硕士研究生阶段，他的专业是专门史——康藏历史文化方向，博士阶段进入人类学专业学习后，则希望能在藏文化方面做论文选题。

当时他关注的“三岩”地区——地跨金沙江东、西两岸的白玉和贡觉两县，地理位置偏僻，传统文化保留得比较好。

“当地存在一种很值得关注的文化现象：在不大的区域内，大约 4000 平方千米，却并存着十余种丧葬方式：天葬、土葬、水葬、火葬、室内葬、瓮棺葬、塔葬、树葬、岩洞葬、二次葬、‘弃室葬’等，简直就是一座‘丧葬博物馆’。”

* 本文发表于《中国科学报》2017 年 3 月 31 日第 2 版，系“直面死亡”专题之一，作者张晶晶为《中国科学报》记者。

值得一提的是，其中的一些葬式，如树葬、室内葬，在整个藏区都很有特色。

岳小国告诉记者，以树葬为例，它在汉族地区很少听说，但是在中国东北的赫哲族、西南的藏族，以及美洲的印第安部落等存在该葬俗。“树葬是三岩传统的丧葬方式，听当地活佛讲，它至少有500年的历史。”

树葬针对的是7岁以下婴幼儿的葬式：小孩夭亡后，将其放入尸棺中，尸棺通常由小木板或桦树皮或塑料酥油桶制作而成，然后用绳子捆缚在树干上。在过去，三岩几乎每个村落都有自己的树葬点。

为何要为夭亡的小孩选择树葬这种方式呢？岳小国回答说:“按照当地人的解释，主要是希望神灵保佑家中的孕妇顺产，家里的幼儿健康成长。此外，一些没有男孩儿的家庭，通过树葬也可保佑孕妇下一胎生个男孩儿。”

树葬点的选择极具特色，需由大喇嘛或活佛事先打卦，而且树葬点要选择在一大一小两条水流交汇处。

而父母对夭折子女的深情也往往令人动容。岳小国讲到，有时候为了把小孩的尸棺送到一个好的树葬点，小孩的父亲要骑马到20多千米外、山的另一边，有时还要冒险经过大熊出没的区域。为了儿女获得好的转世，做父母的甚至将个人的安危置之一边。

“我曾去过盖玉乡小学附近的一个树葬点，给人印象深刻的是树葬点规模之大，树上密密麻麻排列着数十个树棺，远远望去，好似一个蜂蛹的世界。树下散落了一些树棺的木板、小孩的衣物，还有小孩生前使用过的一些药品——可见，父母对这些夭折的幼童充满了深情。”

岳小国指出，丧葬仪式涉及众多物质与精神层面的内容，丧葬文化则是人类核心观念的聚焦，它包含着一个民族、区域的人对生命的认识、死亡的评判，以及该民族、区域的世界观、价值观等深层次的内容。虽然随着时代发展，大部分丧葬仪式不断简化，但它始终构成一个民族文明或文化史的重要内容。

死亡是生命的一部分

经常有人询问岳小国对于生与死的看法。他给出的答案是，死亡是生命的一部分，不能简单地把生、死看作绝对二元对立，把人的生命状态简单划分为生、死两个单一进程。

“死蕴含在生命之内，宇宙万物都经历孕育、出生、成长、衰老、死亡等几个阶段；而生则构成了人们对死亡的探源。”

作为一个忌讳谈论死亡的民族，中国人在生活中总是极力避免与“死”相关的字眼。岳小国分析说，这恰恰体现了将生与死绝对对立的倾向，“我们大可不必如此绝望，死亡也是一个充满了激情、励志的词汇，人们将它和人生目标、时代责任等相关联，便能更好地感悟生命的价值”。

为了树立正确、科学的生命观和死亡观，死亡教育不可或缺。岳小国指出：“死亡教育在更高层次上讲，它有助于对生命意义和价值的重视，进一步增进人们对生命的欣赏。具体来说，可以发掘丧葬仪式中传统文化的元素，破除谈‘死’色变以及将丧葬文化一概斥为封建迷信的片面认知。同时，在新的时代条件下也要积极倡导绿色丧葬等科学理念。”

“就死亡的自然属性来说，我们需要了解、认识、遵从身体与生命的规律，倡导科学、合理、健康的生活方式、行为习惯和提高心理调适能力；就死亡的社会属性来说，人生观、价值观的引导和培养事关一个社会的公平、正义和发展，是一个民族、国家，乃至整个人类的未来和希望。”岳小国强调，人类社会对死亡、生命的探讨是一个开放的、无穷尽的进程，而将对死亡的理解、生命的认识纳入人生实践中，则是对死亡议题的一种正面、积极的态度。

殡葬业者鲍元：知死方知生可贵*

袁一雪

“其实，人们的出生是偶然的，死亡是必然的，当把死亡看成是很正常、很淡定的事情时，就不会觉得恐惧。”

鲍元一直是殡葬行业中的名人，他做过最基层的火化工，干过遗体整容师，做过殡仪馆的馆长，现在是殡葬学科研究的创立者、公民火化应该政府买单等惠民殡葬政策的首倡者。2015 年，鲍元与儿子一起自驾行程近 4 万千米，探访西部 12 省（区、市）的“中国殡葬西部行”，引起媒体的关注。

在鲍元眼中，殡葬行业的工作与其他行业并无不同，只是因为国人对死亡讳莫如深，才让整个行业显得神秘，甚至是别人口中的忌讳。“我没有在乎过别人的眼光，也从未后悔选择殡葬行业，现在我愿意为国人扭转殡葬的观念做出贡献。”

殡葬工作应受到尊重

鲍元从中学毕业开始就接触殡葬行业，这一点源自他的父亲在殡仪馆工作。20 世纪 80 年代，父亲因病退休后，替补接班参加工作的招工指标给了鲍元。当地民政局为鲍元提供了 4 个前景颇好的工作岗位，但他毅然放弃，选择了人人忌讳的火葬场。

“我的第一份工作就是火化工。”鲍元在接受《中国科学报》记者采访时回

---

* 本文发表于《中国科学报》2017 年 3 月 31 日第 2 版，系“直面死亡”专题之一，作者袁一雪为《中国科学报》记者。

忆说。火化工是整个火葬场的核心工作。那时因为设备简陋，都是用煤炉火化，遗体火化是费时费力的艰苦工作：一具遗体的火化需要一个多小时时间，需要拉满一小车煤。可是鲍元从没有觉得苦，因为他不仅期望在殡葬行业干好工作，更期待利用火化工可以上班3天休息3天的作息时间，完成他一直以来走遍全国的中国梦。

20世纪90年代末，遗体整容需求出现在殡仪馆中，虽未经历过正统学习，但是实际工作中的摸索也让鲍元成为业余的整容师。“遗体整容并非易事，它也有很多技术蕴含其中。因为你遇到的遗体都不一样，尤其是车祸、刑事案件中死亡的人的遗体，都需要整容师帮忙还原。”

鲍元印象深刻的一件事是，十几年前，一位年轻美丽的模特发生了车祸，鲍元跟着同事一起去“接尸体”。“那样花样年华的女孩，但是车祸瞬间夺取了她的生命。”在为年轻生命离开感叹的同时，鲍元他们又被告知两个小时后，女子的家属要来看遗体，“当时她被车撞得满头血迹，还有硬伤。我和同事们用了一个多小时的时间将其复原。”家属赶到，看到的是女子生前的面貌，她安详地躺在鲜花丛中，“这对家属是极大的安慰”。

在殡仪馆工作的这些年，鲍元经常与各种尸体打交道。“我们县里有数条高速公路、省道经过，因此经常会遇到因车祸丧生的死者。仅最近10年死亡10人以上的重大交通事故就有过3起。死亡两人以上的各类事故或案件几乎每年都有。”鲍元说，“从事遗体整容工作首先要有胆量，不管面对怎样复杂的遗体，都要冷静面对。其次要有爱心，面对每一个陌生的死者，要像对待亲人一样。”

“优死”是对死者的尊重

鲍元一直工作在殡葬第一线，多年的工作让他对“优死”有着自己的认知：“‘优死’是针对当前的‘过度治疗’‘痛苦延长所谓的生命’而言的。”但是，要让死者“走”得有尊严，不仅需要医疗部门的工作，还需要社会的方方面面都能理解、包容和参与，“目前来看，政府的立法至关重要”。

不仅如此，鲍元认为殡葬过程也可以“优化”。在他眼中，让死者有尊严地与家人告别，不论他或她生前贡献大小，都应该得到应有的呵护与尊重。“我不赞成当前很多地方千篇一律的送葬仪式或治丧过程，特别提倡‘葬礼的个性化’，即尊重逝者的选择、尊重家人的选择，不要被‘众言’‘陋俗’所绑架！最典型的如寿衣，明明死者生活在现在，为什么死后必须穿戴具有明清特色的寿衣？为什么不能穿上他可能喜欢的中山装、西装、唐装等？”鲍元激动地说。

而在葬礼这种极具个性化的仪式中，尊重逝者的遗嘱才是对他最大的尊重。要让死者“走”得有尊严，立法、宣传、教育缺一不可，除此之外，社会的包容、媒体的宣导、家人的理解，都是“优死”能否实现的关键所在。“如目前已在西方发达国家或地区较为流行的‘临终关怀’，就应该在我们国家大力推广。倡导‘厚养薄葬’，历来是我国优秀文化传统之一。但目前‘生不孝、死大葬’的陋俗，在一些地方还很难改变。因此，殡葬改革任重而道远。”鲍元强调。

“闻哀起舞”

“很多人对死亡抱有恐惧的情绪，是因为他们没有深入了解死亡，对于殡葬行业也是懵懂无知。其实，人们的出生是偶然的，死亡是必然的，当把死亡看成很正常、很淡定的事情时，就不会觉得恐惧。”鲍元说。

几年前，鲍元的一位生活在山区的文学朋友，有一天精心整理了几年来辛勤耕耘的成果，准备第二天到省城找名师指点。诗朋文友相约次日为他饯行，谁知不巧，他当晚突然抱病而亡，第二天的送行会竟成了出人意料的遗体告别，一卷卷手稿被伤心至极的妻子当作殉葬品和故衣一块儿烧掉。这突如其来的事件，让鲍元意识到：对于珍惜生命的人来说，哀乐是宝贵生命的警钟；对于立志拼搏献身祖国的人来说，哀乐是催人奋进发起冲锋的军号；在困难面前，哀乐会鼓起你破釜沉舟迎难而上的信心和勇气。

“闻哀起舞”因此成了鲍元的座右铭，每当送别的哀乐响起，鲍元在为逝者默哀送行的同时，更加懂得生命的脆弱和时间的短暂。

心理援助者吴坎坎：我面对的是活下来的人*

张文静

“志愿者因为热情和爱心来到灾区，但如果不懂专业技能或无法控制自己的情绪，反而会造成一些负面效果。这也说明了灾后心理援助统一组织、规范管理的重要性。”

“地震已经过去一个月，但整个北川依然弥漫着浓重的哀伤情绪，尤其是当夜幕降临的时候。”回忆起汶川地震后第一次入川开展心理救援的情景，中国科学院心理研究所（以下简称“心理所”）全国心理援助联盟秘书长吴坎坎描述说。

2008 年 5 月 12 日，四川省汶川县映秀镇，8 级强震猝然袭来，大地颤抖，山河移位，家园瞬间满目疮痍，人们面临着生离死别。这是中华人民共和国成立以来破坏性最强、波及范围最大的一次地震。汶川县、北川县、绵竹市等 10 个县（市）成为极重灾区。

第一次参与心理援助行动

当时，吴坎坎正在心理所就读硕士一年级。地震发生后，心理所迅速组织了心理援助工作队伍开赴四川，吴坎坎的导师也在其中。吴坎坎很想去灾区，就给导师发了一封申请邮件。导师认为他没有太多经验，还是等情况稳定一点后晚些再来。于是，6 月 12 日，在地震发生刚好一个月之后，吴坎坎来到了北川，协助心理学专家工作。

---

* 本文发表于《中国科学报》2017 年 3 月 31 日第 2 版，系“直面死亡”专题之一，作者张文静为《中国科学报》记者。

那是吴坎坎第一次如此近距离地接触到大规模的死亡。即使作为专业的心理援助人员，他也难以抑制心里的波动。“看见别人哭，自己也想哭。”吴坎坎说，但他明白自己一定要迅速调整情绪，因为他要面对的是那些活下来的人。

这是吴坎坎第一次参与心理援助行动，实际上也是中国心理援助工作第一次大规模铺开。对于国内的心理援助来说，2008 年是个分界线。在此之前，心理援助活动只是零零散散地展开。汶川地震后，国内开设心理学专业的高校几乎全部派了师生前往灾区，“心理援助”也成为被公众熟知的名词。

在北川停留几天之后，吴坎坎持续在绵竹和德阳待了近两年的时间。此后，他的脚步就一路追随着灾难发生的足迹，走过了玉树、舟曲、盈江、彝良、芦山、抚顺、昆明、鲁甸、天津、阜宁等十几个灾区。在此期间，吴坎坎毕业留在心理所工作，成为全国为数极少的全职灾后心理援助工作人员。

在灾区，吴坎坎见证了无数人从亲人离世、家园被毁的巨大悲痛中，重新振作起来、开始新生活的过程。在一个泥石流灾区，灾害发生后，一位匆匆从外地赶回的丈夫，只看到了被砸毁的房子，老婆、孩子杳无音讯，受到了极大的冲击。本来精明强干的一个人，整日窝在帐篷里喝酒，不吃饭，不说话。“我们了解之后，发现这是典型的创伤后应激障碍（PTSD）反应，对灾难回避，一谈起就哭，且没有自理能力。我们了解了他的情况后，就经常来走访，用专业的心理援助方法与其沟通，最后还是帮助他走出来了。”吴坎坎说。

在北川，吴坎坎还认识了一位大姐，她的孩子在北川中学遇难了。在心理援助工作者的帮助下，她不但自己从悲伤中走出来，还成为志愿者，在开设的心灵茶社中为大家服务，起到了非常好的示范作用。

可能有些人认为，心理援助就是陪伴灾区人们，组织他们参加活动、聊聊天，疏解心中的悲伤情感。但吴坎坎说，心理援助工作并非那么简单，实际上，它有着很高的专业门槛，而且一旦做错，还有可能给灾区民众造成二次伤害。

灾后心理援助工作的基本要求

在汶川地震期间，由于全国心理学专业师生蜂拥而至，经验又不足，就发生过频繁“骚扰”灾区民众、揭伤疤等现象。

“有些新闻报道说，灾区志愿者离开时孩子依依不舍、抱头痛哭，觉得这个场面很感人。其实在专业人员看来，这种情况是不恰当的。特别是对于孩子来说，如果志愿者、心理咨询师等与他们太过亲密，界限不清，孩子就会特别喜欢黏着你，认为你能替代他们已经失去的亲人的角色和情感。但实际上，志愿者和心理咨询师服务时间再长，也终究是要走的。当他们离开的时候，就会给孩子造成二次创伤。”吴坎坎说，他们的团队在最开始也出现过这种情况，但意识到之后就马上改正。后来在鲁甸地震灾区，志愿者们与孩子的界限就保持得非常好，事先就告诉孩子们，开学时他们可能就会离开，所以没有造成负面影响。

“志愿者因为热情和爱心来到灾区，但如果不懂专业技能或无法控制自己的情绪，反而会造成一些负面效果。这也说明了灾后心理援助统一组织、规范管理的重要性，这也是心理所成立全国心理援助联盟的原因。”吴坎坎说道。

2015 年，全国心理援助联盟成立。2016 年 6 月，江苏阜宁风灾，吴坎坎等全国心理援助联盟的工作人员有序地组织心理援助工作。他们首先进行前期调研，了解好是否需要派人、派什么人、在哪里能开展工作等情况。同时与当地政府、医院、基金会等机构联系，随后派出有经验的志愿者进行了为期一年的心理援助工作。

“专业、长期、可持续，这是灾后心理援助工作的基本要求。”吴坎坎说，要做到这一点，仅靠临时驻扎灾区的志愿者还是不够的。于是，近年来，吴坎坎等在做一线心理援助工作的同时，还通过开展培训、讲示范课、组织课程比赛等活动，培养当地的心理援助力量。

对于吴坎坎来说，在心理援助工作开始至今的 9 年当中，在灾区生活成了常态。2008～2009 年，他有三分之二的时间在灾区，此后有时一年中会有一半时间在外地，这两年在北京时间长了反而让他有些不习惯。全国心理援助联盟成立后，吴坎坎的工作从一线更多地转为开拓性工作，包括建立灾区心理援助工作站，与政府、学校、医院等机构取得联系，安排好志愿者、心理咨询师队伍，协调专家资源等，在灾难发生后三个月内为长期的心理援助工作打下基础。

2017 年 1 月，国家 22 个部门联合印发《关于加强心理健康服务的指导意见》，心理援助工作有了主管部门——国家卫生和计划生育委员会。国内的心理援助工作正在越来越规范、专业、科学，吴坎坎的心理援助之路也在继续。

死亡教育：构建一种“人死观”*

张文静

大学里的死亡课

“我很佩服那些自杀的人，他们很聪明，他们都是经过深思熟虑的。”十几年前，在课堂上讨论自杀话题时，一位学生的话让邹宇华心中一震。

当时，广东药科大学公共卫生学院教授邹宇华正在讲授社会医学课程。学生的话让他意识到，即便是受到高等教育的高校学生，对于生命与死亡的认识也还存在误区。此后，一些高校学生自杀事件相继发生，某年，广东高校中自杀的大学生甚至达到70多位。这让邹宇华开始关注死亡教育的重要性，并萌生了开设相关课程的想法。

2005年，邹宇华在学校开办“死亡教育”讲座，反响出乎意料的好。于是，2008年，他正式开设了以“死亡教育”为主题的公共选修课。能容纳200人的教室，常常座无虚席。

同一时期，山东大学医学院副教授王云岭也开设了一门“死亡文化与生死教育”选修课。

高校学生自杀及杀人事件中对生命的漠视，同样是让王云岭开设课程的直接推动力，此外，还有教学中对死亡医学伦理的思考。“临床上面对重症晚期患者，应该选择救治还是放弃，医生常常进退两难。其根本原因就在于现代社会人们对

---

* 本文发表于《中国科学报》2017年3月31日第4版，系“直面死亡”专题之一，作者张文静为《中国科学报》记者。

于死亡的拒斥。由此引发开去，我发现我们整个社会的死亡观念都存在问题，普通人拒斥死亡，实际上医生也拒斥死亡，视患者的死亡为医学的失败，不承认人的死亡是一种自然规律的事实。”王云岭说。

于是，在准备了约一年之后，2006 年，这门课程正式开设。王云岭将课程目的定位于“名为谈死，实为论生”。课程容量 120 人，学生需要抽签才能选到。后来，该课程在在线教育平台智慧树上线运行，选课学生已达到 1 万多人。

“死亡教育学科‘出生’在美国，目前也在美国开展得最为成功。”北京中医药大学东直门医院血液肿瘤科主任医师李冬云介绍说，19 世纪初“死亡学”概念传入美国后催生了死亡教育学科，并在 20 世纪 50 年代开始在美国迅速发展，从大学逐步扩展到中小学和社会教育中。目前，西方多国及日本、韩国的死亡教育学科趋近成熟，在人群中普及率也较高。

国内的死亡教育则开端于 20 世纪末我国台湾地区的引入。哲学家傅伟勋把死亡学扩充至生命学，提出“生死学”概念。“因此，国外的‘死亡教育’在国内又称为‘生死教育’或‘生命教育’，三者并无实质性区别。”李冬云解释说，我国台湾、香港地区死亡教育的推广和普及十分成功，遍及大中小学及社会学校，针对不同年龄层设有不同内容。

20 世纪 80 年代初，为了辨清安乐死这一伦理问题，中国大陆地区的学者开始对死亡教育投入关注。1991 年，武汉大学教授段德智率先开设“死亡哲学”选修课，是将这门学科形成课程推广入高校的首次尝试。

此后，王云岭、邹宇华与广州大学教授胡宜安分别开设了死亡教育课程，是国内高校中较早的一批。目前，华中师范大学教授杨足仪、北京大学教授王一方分别开设了死亡哲学、死亡探讨类课程，北京师范大学、哈尔滨医科大学、南昌大学等高校也开设了相关课程。

“你怕不怕？”

何为死亡教育？在王云岭看来，死亡教育既是一门课程，也是一种体验。它通过教给人们与死亡相关的医学、哲学、伦理学、社会学等适当的知识，帮助人们正确认识人生和死亡，其直接目的是要帮助人们学会在面对死亡（他人的和自己的）时寻求良好的心理支持，征服死亡带给人们的恐惧与悲伤，其更为广泛的目的则是帮助人们树立恰当的人生观和死亡观，教育人们热爱生活，珍视生命，正视死亡。

高校中死亡教育课程的开展，给那些有困惑的学生提供了可讨论和疏解的空间。

一次下课后，一个男生就追上王云岭，告诉他自己高中时的一位女同学去世了，女同学的父母终日以泪洗面，什么都做不了，身体也日渐衰弱。他想帮助他们，却不知道该怎么做。

王云岭告诉他，这种在丧亲后很长时间仍无法恢复正常生活的情况，属于病态悲伤的范畴，许多失独父母都会这样。并建议他组织一些和这位女同学关系较好的同学做志愿者，经常轮流去陪陪老人，无须过多劝说他们节哀，只需听他们倾诉。同时，对他做了一些悲伤辅导。

到了下个学期，王云岭又遇到这位男同学，问起他同学父母的情况。这位同学很高兴地告诉王云岭，他同学父母的悲伤情绪已经好转，现在生活能自理，并开始走出家门。

还有一次关于“2012”的讨论让王云岭印象深刻。

有次课间休息，一位学生跑来问王云岭：“老师，2012 年 12 月 21 日是玛雅文明预言的世界末日。你怕不怕？”这位学生说自己对这件事每天怕得要死，选这个课程也是希望能通过学习来解除这种恐惧感，解开心中对死亡的困惑。

王云岭告诉他：“我不怕。”学生立即兴奋起来，要求他分享不怕的原因。王云岭说：“不管玛雅人的预言是否准确，每个人都终有一死。如果世界末日到了，所有人都要死。但如果你反过来想，一个人的死亡到来了，那么属于他这个人的世界，岂不是就到了末日？一个人死亡，他的世界就灭亡了。因此，世界是否有末日，根本是无须恐惧担心的事情。毕竟，每个人都有世界末日。”学生听了以后，恍然大悟：“对啊！我为什么要害怕呢？真傻。”

需求迫切

如今，死亡教育越来越多地得到讨论和关注，在北京协和医学院人文学院教授张新庆看来，这也是现代医学迅速发展的结果。“现代医学让人可以在生命质量很低的情况下继续存活，但这样的生命是否有尊严？我们是要以无限期延长生命作为唯一指标，还是在延长生命的同时考虑到患者的生命质量，考虑到他能否有尊严地度过最后的时光？”张新庆说道，“如果没有死亡教育，我们就不会提前对这些问题进行探讨、思考，在最后关头就很难作出合适的选择。仓促决定的后果可能是，患者无法体现本人意志，无法保留生命最后的尊严，亲属则会为当初不理性的选择感到懊悔，留下遗憾。对于家庭中的孩子来说，对死亡不恰当的处理更有可能给他们造成困惑和心理阴影。”

“还有医疗费用的问题。”张新庆补充道，“国外学者做过相关调查，发现人在生命最后的医疗花费，基本相当于一生的一半甚至更多，这对家庭是不小的开支，也大量消耗着社会医疗资源。”

李冬云近年来一直推动对医学生的死亡教育，在她看来，医学生对死亡教育的需求可能更为迫切。

“医学生所处的环境、未来的职业方向都要求他们对生死问题有更深刻的领悟，需要他们有能力处理病痛和死亡带来的负面影响。然而现实却是，相当一部分医学生生命意识淡薄。”李冬云说，中国老龄化社会的到来需要更多能进行科学有效的死亡教育的医务人员。同时，健康合理的生死观也是解决当下医患关系紧张的根本途径。

不应局限在课堂上

在死亡教育课程中，王云岭尽可能采用多种教学形式，除了讲授理论外，会播放视频、组织学生分享学习体验等。邹宇华也曾让学生尝试写作墓志铭，但他们的教学仍局限于课堂上。

反观国外的死亡教育，方式则更为开放和灵活。除了课堂授课外，他们还会拓展一些侧重感受、领悟、体验的教育方式，比如带学生参观殡仪馆、墓地，参加葬礼，把学生放进棺材体验死亡的感觉，让学生到癌症病房、安宁疗护病房、老人院做义工等。“这些方式对学生的心理冲击很强，能真正把理论与实际生活联系在一起，效果更好。但在国内这种条件还不太成熟，主要是我们的教育体制比较呆板，很难实施一些灵活的教育方法。”王云岭坦言。

实践证明，多样化的教学方式确实能让死亡教育得到更好的效果。“电影课”平台发起人雷祯孝一直致力于推动电影进课堂，他发现电影就是死亡教育的一种很好的方式。汶川地震发生后，雷祯孝的团队给灾区送去30多部电影，其中一部法国电影《熊的故事》引起了当地民众的共鸣。电影中，一头小熊在妈妈意外去世后孤独无依，在经历种种危险后，它终于找到了同伴，开始了新的生活。“电影中小熊的经历让人们意识到逝者已去，自己要鼓起勇气重新开始生活。这就是电影的力量。”雷祯孝说。

“千万不要把死亡教育局限于课堂上的讲解。”邹宇华表示。在他看来，从孩子懂事起，死亡教育就可以开展了，只是针对不同年龄的人群，教育形式要有所区别。“比如，告诉孩子热水、电等对生命是有危险的，植物、动物都是有生命的，也会经历生老病死等。死亡教育可以在孩子的生活中潜移默化地进行。”

张新庆也强调家庭在死亡教育中的重要作用。“父母首先要有正确的死亡观，还要学会利用真实的生活经历去教育孩子。相比于学校教育、社会教育，家庭教育是最基本的。”

相比于中小学、家庭和社会的死亡教育，当前高校死亡教育发展更快，但也面临着很多阻力。首先，“死亡教育”的名字就让很多人难以接受。为此，邹宇华曾把课程从“死亡教育”改为“生死教育”，李冬云也把课题申请中的“死亡教育”改成“生命教育”后才获得更多支持。

对于王云岭来说，“死亡文化与生死教育”课程虽然已成为山东省省级精品课程，但在中国大学慕课上线申请时却被拒绝，理由是课程内容争议性大，怕造成不好的影响。“实际上，这代表了今天相当一部分人的态度。他们一方面拒斥死亡，另一方面又为固执的生死观包裹上一层保护膜，拒绝让死亡教育撕开。”王云岭说。

白岩松曾评论说，中国缺乏真正的死亡教育。在王云岭看来，虽然这话说得绝对了些，但大体反映了我们的社会事实。

“在国内，死亡教育还处于‘初生’阶段，起步较晚，普及度低。”李冬云说，阻力来自我国忌谈死亡的民俗传统和文化心理背景，也缺乏广泛的社会支持，实际操作会遇到种种困难。同时，死亡教育学科本身也存在不足，包括生命教育的诸多理论问题尚未达成共识，还没有理顺渗透式与单一式生命教育课程的关系，死亡教育研究还不足等。此外，还存在缺少具有专业水平的师资力量，课程设置难以统一，缺乏专门针对医学生设置的课程内容，没有脱离伦理学、心理学成为独立学科等问题。

在张新庆看来，当下推广死亡教育的当务之急是形成开放的社会心态，让死亡话题有充分的讨论空间。“死亡观是每个人科学和健康素养中不可或缺的部分。从这个意义上讲，死亡教育不能只体现在学校教育中，更应该体现在社会教育当中，这是地方政府、社区、高校、媒体等共同的责任。”张新庆说，“医生群体更是社会死亡教育的重要力量。现在国家推广社区基层医疗、全科医生签约。我呼吁清明节前后家庭医生要进入签约家庭中，进行死亡教育，倾听家庭对死亡的困惑，宣传科学的死亡观，并归纳经验，通过医生团队传播到更多家庭中。”

第二篇

科普架桥人

“气象先生”宋英杰：用科学印证文化*

张晶晶

“春雨惊春清谷天，夏满芒夏暑相连，秋处露秋寒霜降，冬雪雪冬小大寒。”

这是许多中国人从小便能背诵的二十四节气歌。它是祖先通过观察太阳周年运动而形成的时间知识体系，不仅服务于农耕，也演变成与日常生活息息相关的习俗与仪式。2016年11月30日，联合国教育、科学与文化组织批准中国申报的“二十四节气”列入《人类非物质文化遗产代表作名录》。

在国际气象界，二十四节气被誉为“中国的第五大发明”。最为国人所熟悉的“中国气象先生”、《新闻联播·天气预报》节目主持人宋英杰，用十年的时间，为二十四节气写志。

这本《二十四节气志》在2017年10月正式与读者见面，纯白色封面、28万字、近400页，内容饱满扎实，详尽讲述了二十四个节气背后的故事。不仅有历史、文化的考证和解读，更有宋英杰基于20多年气象工作与科研基础上的专业论证。无论是气象专家还是有一定专业知识的爱好者，又或是完全没有基础的“小白”，都可以从中得到丰富的信息。

不少人曾问过宋英杰，是不是看准了二十四节气申遗成功的“风口”，才推出了这本书。其实从宋英杰儿时起，他已是二十四节气的“粉丝”，从小就喜欢物候观测；后来就读气象专业，在中央气象台工作，更是注意从专业角度积累相关的知识。10年前，他就决心写一部关于二十四节气的专著。所以，当出版社编辑找上门来问宋英杰是否考虑写一部跟节气相关的书时，他拿出了一份80万字厚厚的书稿。

---

* 本文发表于《中国科学报》2017年12月15日第6版（“读书”），作者张晶晶为《中国科学报》记者。

这显然超过了市场上大部分科普书的体量，最后宋英杰也不得不作了一个割舍。“那就先砍一半吧！”对这部心血之作，宋英杰告诉《中国科学报》记者，说自己的要求就一个：用科学印证文化。这与大部分关于二十四节气的书籍“用文化梳理文化”的思路截然不同。“用科学印证文化”7 个字翻译之后正如封底写的那句话：“二十四节气是‘未完待续’的文化。我们的传承，不是只从古籍中寻章摘句，还要留下这个时代对她的独特贡献。使她，充盈着科学的雨露，洋溢着文化的馨香；使她，既在我们的居家日常，也是我们的诗和远方。”

总的来看，《二十四节气志》是一部结合了“文化+大数据+气象科学”的节气百科，既传承了华夏祖先的智慧，更用现代的海量数据对节气作了验证与解读。知名收藏家马未都评价《二十四节气志》“笔触细腻、抽丝剥茧、环环相扣”，提出让自己感动的，不仅是宋英杰笔下的知识，更是他“畏天悯人的学者情怀”。

申遗成功之后，关于二十四节气的保护与传承一度成为热议话题。大家不断思考，如何让这门古老的科学，与现代人紧张快速的日常生活紧密结合，再度“活”起来。

针对这个问题，宋英杰认为：要传承，更要发展。“我们现在提倡传承二十四节气，但这只是个基础，如果光传下来、把故纸堆中的文字拿来，那是传承的必要不充分条件。历史上各朝各代都对二十四节气作了自己的解读和发展，那我们这个时代是不是也应该为二十四节气做出一点独特的贡献呢？”

于是，他进行了许多基于大数据的计算，书中看似简单的一幅图表，往往都是基于几十年海量数据的计算结果。同行感慨于他的全心付出，读者则着迷于这些新知识。他以现代人的视角，不仅描绘气候特征，更如实展现这个时代的气候变化，践行着“用科学印证文化”的初心。

“气象先生”的科普经

作为最为中国人熟悉的“气象先生”，在做气象科普的过程中，宋英杰十分注重科普新方式新方法的探讨。

问不倒、随时在、特别逗

宋英杰的微博粉丝量超过 90 万，发布的内容涵盖气象知识、社会热点，有答网友问，也有转发评论。做科普要兼顾严谨性和趣味性，这已经是绝大部分科普人的共识。但如何才能做到二者兼具，却是件难度颇大的事情。在 20 多年从业基础上，宋英杰发展出了一套自己的科普方法论。

“我把科普大概分成了三类，你能做到其一，那就及格了；如果三类都做到了，那就太精彩了。第一就是问不倒。问不倒就是让问题有一个归宿，能够解惑。第二是随时在。现在是一个移动互联的时代，要随时在线，如果我问你一个问题——明天下雨吗？你 3 天之后回答我，那就没有意义了。科普有一个及时解惑的功效。第三就是特别逗，要有意思。大家都有娱乐精神，烹饪都讲究色香味俱全。你不能告诉大家：我这个特别有营养，但是特别不好吃。”

2004 年，宋英杰应邀以气象主播的身份参加某卫视的直播。他承诺节目中新闻主播可以随时向自己发问，并且不必提前准备好问题。“我一定会被问倒的。被问倒也是一个很刺激的过程，看你如何应答这个事。你是‘问不倒’、‘随时在’还是‘特别逗’，能承担哪一条，就预设了你的科普使命。”

将自己推到悬崖边、千钧一发，却同时看到了陡峭山壁上的葱郁树木。“承诺了之后就开始大量地被动学习。我给自己的要求是能用学识答的，一定用学识答；不能用学识答的，用口才和智慧答。直播的次数多了，自己也有了大量的积累。”宋英杰告诉记者，自己最多的时候一天上 8 档直播节目，悬崖边的生活，很惊险，但也很快乐。

个性化、分众化、N 次化

翻看宋英杰的微博及在各种场合与观众的互动，不难发现他是一位学识渊博，且“萌萌哒”，亦文采斐然的科普专家。

以对“大雪”当天并无雪花这件事情的解读为例，他写道：“降雪，是冷暖空气的约会：如果只有冷空气孤独地来，只是风一阵……只有暖空气寂寞地等，只是雾一场……”将雪花解读成冷暖空气的约会，无比浪漫；隐形中又解释了为何大雪无雪。注意，此条微博发送自“萌主的客户端”。

在宋英杰看来，账号是作者的分身，科普要个性化。可以萌，可以高冷，重要的是要是本人真实个性中的一部分，而不是去做“人设”。“在业内我倡导每个人都可以依照自己的性情，进行个性化科普。不是抄词典、背教材、上课程，而是依照自己的性情进行科普。卖萌挺好玩的，那首先问题是你萌吗？如果说你不萌那是会卖完的。你本身要萌，然后才能去卖萌；你不萌，只是看卖萌挺占便宜的，这不行，一定要贴近自己的性情去做科普。”

回答网友提问如同直播一样，每个问题都可能来得措手不及。“原来的传播是大众化的，现在是分众化的。分众化要求你必须为每个人、每个区域、每个群体量身定做，而不是放之四海而皆准。”网络提供了双向了解的可能，在回答问题之前，宋英杰会去了解下这名网友的基本特征，是什么立场、有什么喜好、与自己是什么关系，从而定制化地回答。“技术赋予了网友提问的权利，也赋予了你观看的权利，那为什么还要用传统的方式去做科普呢？”

得益于技术进步，原来的单向线性传播可以进行双向、多向，甚至N次化的传播。“因为技术赋权，每个人都有评论的能力、转播的权利，也使得这个传播过程有了更多的可能性。好的科普要有能力激发接力再传播，它是流水而不是湖泊。不是水到这了就不动了，而是继续在流动。不仅要传播得更远，也要产生更多新的支流，引发新问题。”

菠萝：写好科普不容易*

温新红

两年前，一本名为《癌症·真相：医生也在读》的书进入大众的视线中，很快受到众多读者的好评，且获多个奖项：第八届吴大猷科学普及著作奖、2015中国好书、第十一届文津图书奖等。

前不久，作者菠萝的新书《癌症·新知：科学终结恐慌》出版，同样没有让人失望，依然是一篇篇好读又专业的文章，现已获得深圳2017“年度十大好书”，并进入“中国好书”十月榜。

菠萝本名李治中，清华大学本科，美国杜克大学癌症生物学博士，现在某制药公司担任癌症新药开发部实验室负责人，业余时间写有关癌症的科普文章。

“写科普和做科研是两种思维方式，并不容易。”李治中表示。对于他是怎么开始写科普，又是如何写的等问题，《中国科学报》记者电话采访了李治中。

从科研转换到科普

《中国科学报》：你的文章微信点击量累积超过千万，可见受欢迎程度。你的文章很好读，这点从标题上也能看出，如“彻底消除癌症”“人类寿命能增加多少”“拼命工作会累出癌症吗”“不吸烟为什么也会得肺癌”等。怎么才能写出让读者愿意读的科普文章？

李治中：我反复强调，科普里面有一个陷阱，意思是说有两种科普，一种是写给读者看的，这是我们的目标；另一种是写给自己看的，作者显示的是自己有

* 本文发表于《中国科学报》2017年12月8日第6版（“读书”），作者温新红为《中国科学报》记者。

多少专业知识，写完后自我感觉非常良好，可这样的文章普通人读不懂也没兴趣读。不幸的是，绝大多数科普是这类。

所以，我认为，科普写作要完全转换思维，即从做科研的思维转换到写科普的思维。

《中国科学报》：你是如何经历过这个转换思维的过程的？

李治中：要自己慢慢琢磨。我最初写得比较专，写得比较全面，一篇文章什么都谈。后来发现做不到这一点，当你写得面面俱到时，大家就已经看不懂了。

后来请一些写科普比较好的朋友指导，和他们交流，并和读者多一些的交流，这样才找到了写科普的途径。

《中国科学报》：请举例谈谈。

李治中：比如写免疫系统是怎么识别癌细胞的，这足以写一本书。我将之简化成警察和黑社会的关系。一个免疫系统就像一个警察，癌细胞像黑社会，警察根据黑社会的外貌等来获取、识别谁是黑社会；同样，免疫系统也会根据癌细胞的特征来识别。

用比喻的方式就是一种转换思维。但用比喻带来的问题是，从非常严谨的科学的角度来看，这样的说法不完全准确。不过对科普来说就够了，因为90%都是这种情况，而大众更能理解。

《中国科学报》：会遇到专业人士的批评吗？

李治中：有。前段时间有人专门写了一篇文章批评我。我有一篇文章提到影星安吉丽娜·朱莉携带了一个遗传性的基因突变，导致她得癌症的概率是普通人的100倍。研究论文上的数据是30～100倍。批评者说这不严谨。其实对普通患者来说，知道会增加很多就足够。

站的角度不一样，看问题就不一样，我自己也要经常转换科研与科普的思维。这或许就是有人说的，好的科普作家不一定是最好的、顶尖的科学家，而科研做得好的人，绝大多数不能成为科普作家。

《中国科学报》：是有这种说法，也有人因此打击做科普的科研人员。你会不会在意？

李治中：这是自己如何看待自己的问题。我的愿望是，做科研时希望做到自己的最好。科研需要很长时间的积累，至于能做到什么程度，也要一些运气。

同样，我也希望科普尽自己能力做到最好。

为患者而写

《中国科学报》：科学研究在不断发展，你如何选择写的内容能够不过时？

李治中：这的确是一个问题。我从最开始打算写一系列与癌症相关的科普文章时，考虑从最简单的开始写，比如癌症是什么、癌症和肿瘤的区别及治疗的进展，我会更专注在那些已公认的研究结论上。对于新颖的观点是点到为止。

《中国科学报》：开始写癌症方面的科普文章是因为这是你的专业？

李治中：有这个因素。2013 年年底，我看到周边一些家人、朋友在传播有关预防癌症、治疗癌症的消息，其中多是伪科学。这时我想到自己的专业知识能派上用场了，写点什么让大家对癌症有更准确的认识。

最初这些文章发在人人网上，读者都是家人、朋友。得到认可后，也随着移动互联网的发展，又将这些文章发到微信圈。

当时没有想那么多，传播出去后反响不错，这些年就一直写下来了。

《中国科学报》：4 年出版了两本书，100 多篇文章，写文章要花不少时间，你是如何安排写作时间的？

李治中：我基本上保持平均一周写一篇的频率。每篇文章差不多要花 10 个小时。每天写 2～3 个小时，晚上 9 点后开始写。

每篇文章看起来没有多少字，但其实我习惯开始写得比较长，内容复杂一些，要花 6～8 个小时，再花 1～2 个小时把文章删短，更简单，确保普通读者能读懂。

《中国科学报》：能不能简单介绍下你写作的过程？

李治中：首先是选题，即写什么，有的是我认为在科学上很有价值的，有的是从后台读者、患者提出的问题中得到。

第二步是收集材料。虽然我是专业人士，但写科普和做科研不一样，写科普不是件容易的事。做科研对某个细节钻得非常深；而科普要求广，因此要读许多平时不太读的英文文章，要了解并熟悉相关的历史，即整个研究领域在过去几十年做过的事情，最后用相对简单、通俗的语言表达出来。有时写一篇文章查阅的英文资料达 20 多种。

《中国科学报》：你的文章中，有的是当下新闻热点事件，有的则是读者的问题，如“菠萝，必须杀光每一个癌细胞吗？”能否谈谈你与读者的互动。读者反馈对你写作有什么影响？

李治中：后台会有很多读者给我写信，说看了我写的有帮助，降低恐慌，更好地认识这个疾病是什么，对自己和家人都有帮助，等等。每次作讲座也会见到很多的患者，都是积极的反馈，让我感觉做这件事比较有意义。

除此之外，还有一点很重要，他们的反馈让我知道现在最值得写的内容。怎么说呢？有些内容从科学角度来看是很有意思，但对患者来说不一定很重要，或者说患者非常关心的东西，其实我们科研人员想不到。

通过他们的反馈，对于他们问得比较多的问题我会作为选题。

《中国科学报》：看来，读者的接受度都很高。

李治中：我做过简单的调查，我的读者群集中在 25～45 岁，一般是高知人士和年轻白领。他们慢慢学会如何看待这个疾病。

读者群中年纪大的人相对少一些，可他们是受伪科学影响最大的人群，类似吃红薯可以防癌的思想，要让他们接受有点难度。

《中国科学报》：现在国内有不少医生写科普书，你和医生的区别在哪儿？

李治中：我做的是药物研究，临床医生天天接触患者，视角会有一些不同。我在美国接触比较前沿的东西多一些，希望给读者带来科学上的也是比较前沿的内容，以及一些新药和新的治疗方法背后的故事。

我认为我们的相同点是，都要站在患者的角度，为患者而写。要放下自己的身段，写患者想看的内容。

《中国科学报》：癌症现在还不能完全治愈，可你这本新书的副标题是“科学终结恐慌”，要表达的是什么？

李治中：癌症的特殊在于，会让人产生极大的恐惧，其科普涉及的面很广，有营养学的，有心理学的，等等。其实我希望读者能了解到的是，如上本书的书名——真相，知道疾病的真相，预防的和治疗的最新进展，不再恐惧。

消灭癌症不现实，治愈所有癌症也不现实。如果用副作用小的治疗方法，把癌症变为慢性病，无论是延长患者生命，还是降低患者心理负担，提高患者生存期的生活质量，都是极为重要的。这就是我对“成功战胜癌症”的定义。

曹则贤：写你读得懂的量子力学*

张文静

提到量子力学，人们总有高深莫测之感。但中国科学院物理研究所研究员曹则贤希望用这本《量子力学（少年版）》告诉读者，其实量子力学的世界并非想象中那样难以接近。

两个“作者序”

《量子力学（少年版）》开篇有两个“作者序”和一篇“补充说明”，连曹则贤自己都笑言“这有点儿荒唐”。

第一篇“作者序”写于2005年，那时曹则贤正计划为自己快10岁的儿子写一本有关量子力学的书。此前已经有日本作者作了有益的尝试，科普作家都筑卓司撰写了《十岁学量子理论——创造现代物理学的巨人们》，虽然那本更像量子力学简史。曹则贤的一些同事也认为，应该有一本给中国少年写的量子力学入门书。“更重要的是，在学习物理的过程中，我常常为那些伟大的发现所震撼，忍不住为那些天才的想法击节叫好。我想对量子力学最好的赞美方式，是让更多人知道量子力学的美妙。”曹则贤说。

没想到，序言写完后，书稿写作却一拖再拖。2007年，曹则贤写下了第二篇“作者序”，“欢迎亲爱的小朋友开始阅读这本书”。可由于诸多原因，直到2016年春，本书的书稿才得以完成。此时，那个快10岁的少年已经长成了大三的学生。

---

* 本文发表于《中国科学报》2017年8月25日第6版（“读书”），作者张文静为《中国科学报》记者。

“推开键盘，只想郑重地对自己的孩子说一声‘对不起’，那活泼好学的小男孩，在他的少年时代到底是没能看到这本少年版的量子力学。”曹则贤不无遗憾地说。

虽然迟了 11 年，但对于更广泛的读者来说，这本有关量子力学的书却来得恰逢其时。如今，随着信息传播时代的来临，量子力学的成果不时出现在新闻报道中，关于量子力学的各种争论也展现在更多人面前。量子力学到底是什么，是很多人好奇的问题。

“量子力学和相对论是 20 世纪物理学的两大支柱。相对论随着爱因斯坦的名字不断地出现在各种场合，为世人普遍知晓；量子力学则似乎一直居于高高的学术象牙塔中。”曹则贤表示，但其实，量子力学离我们并不遥远，它的研究成果已经主导了我们的生活，到处都能看到量子力学改变生活的证据。激光，基于半导体技术的各种电子学，光电子学器件（如计算机、太阳能电池、手机等），还有医用的核磁共振仪，都是在利用量子力学理解物质、改造物质的基础上实现的。“对于今天的少年们来说，量子力学应该是基础知识，而不再是高深的学问。”

曹则贤还想通过这本书纠正“量子力学是物理学领域的革命”的说法。“物理学里没有革命，而是一条绵密的思想的河流，是连续发展的。”曹则贤说，在过去的教学和研究中，他把量子力学创立过程中经典的文献，包括英文、德文、法文等版本翻译完之后，更验证了这种想法。“量子力学创立过程中的每一个想法都是有一定基础的。量子力学到底是怎么创造的、它面对的是什么问题、创立者用了什么方法和工具、他们如何尝试去解决量子力学的问题从而构造量子力学体系的，我很想严肃地去谈谈这些问题。”

戴着脚手架的物理学

正是带着这样的理念，曹则贤在这本书里循着量子力学发展的历史脉络，用关键的人物、物理事件与数学思想，构筑量子力学的知识体系，强调量子力学在经典物理的基础上被创建的过程细节，从而引导读者走进量子力学的世界。

其实这也源自曹则贤自己的困惑。“从 1982 年进入中国科学技术大学物理系算起，近30年的物理学习生涯中，我一直为自己不能很好地理解一些物理概念、不能够早早地建立起正确的物理图像而懊恼不已。”曹则贤说，所以他一直有个愿望，想编一本物理学教科书，把物理学的概念置于其自身发展的历史背景中，看它产生、演化、改进甚至被摒弃的过程，讨论它的发展或应用的可能性。换句话说，就是去看“戴着脚手架的物理学”，而不是只呈现那些“完美”的结果。

于是，在书的开篇，曹则贤就写“宇宙如棋局”，告诉读者物理学家探索量子世界的秘密的过程，就好像一个孩子看别人下象棋，要很久才能记住整个棋盘上一共几个棋子，然后再慢慢琢磨出下象棋的规则，这个过程并不是一蹴而就的。

随后，曹则贤从牛顿用三棱镜发现白色光的七色彩虹分解讲起，通过夫琅和费在太阳光谱中发现暗线的历史故事，讲到了量子力学中的原子吸收问题。接着，他又介绍了普朗克的黑体辐射曲线及对能量量子化的解释。随后，则介绍了爱因斯坦用光量子的观点解释了光电效应的奇特现象。

对于光谱线的强度，曹则贤写到了克拉默斯的努力及克拉默斯建立的那个不太正确的模型。随后，他以一贯犀利的风格评价了海森堡的“半截子论文”——海森堡是在思考光谱线的强度的问题时得到了量子力学的“矩阵形式”的。但整个思维过程海森堡其实自己也是懵懂的。海森堡自己也没有完全想清楚到底是怎么一回事，只是写了一个论文发表出去了，却阴差阳错地成了量子力学的奠基人。

此后，从德布罗意的物质波，到薛定谔得到波动方程的思考过程，从科学史上第一个人为设计的观测量子态的实验——斯特恩-盖拉赫实验，到古德斯密特与乌伦贝克提出的“自旋”的假说，再到泡利对自旋的矩阵描述，曹则贤将量子力学创立和发展过程中的关键人物和事件一一呈现。最后还介绍了量子力学的实际用处，比如说激光与半导体的发明。

“我就是要把科学创造的过程展现出来，包括做对的，也包括做错的。”曹则贤说。

读起来更像是故事

让少年读量子力学，能读得懂吗？对此，曹则贤则是信心满满。在他看来，如今少年的见识和智力远超以往，而且，让孩子们早早接触到像量子力学这样有挑战性的内容，无疑对培养孩子的科学素养是有益的，“但前提是孩子自己要有兴趣”。

曹则贤希望，自己的这本书读起来更像是故事，而不是物理的专业教科书，更不是冷冰冰地向人灌输高深的学问。“当然，用通俗的语言介绍量子力学这样的学问必定有不精确、不到位的地方，因此，本书除了解释关于量子力学初步的、直观的知识外，还将用到一些数学。”曹则贤说，当然，也不能指望小朋友去演算特别难的方程，所以他用了最少量的方程，把重点放在介绍量子力学的实验基础、思想逻辑和应用成就上。

“所有的复杂数学内容你都可以跳过，然后接着看下去。”曹则贤说，孩子们可以通过该书记住一些伟大的名字，那些改变了人类认知的伟大事件及其哲学、方法论的背景，那些不同寻常的大脑里的古怪想法。等他们长大了，就能更深入地理解量子力学的内容，一起经历和理解未来那些激动人心的发现。即使不想成为物理学家，量子理论训练的思维方式仍然有助于他们认识世界。

1938 年，科幻作家杰克·威廉森出版了科幻小说《无边的时间》，故事中说人类的未来有希望和堕落两种可能，选择将由一个男孩作出。他可能会在草地上捡起一块小磁铁，成为一个伟大的科学家；或者捡起一块小石子，成为一个流浪汉。这个故事让曹则贤深有感触：“我们有太多的拥有成为伟大科学家天赋的小朋友，他们需要的只是一块撩起好奇心的小磁铁。我衷心希望，我的这本小书会是这样的一块小磁铁，能撩起许多小朋友对科学的好奇。”

同时，曹则贤也强调，这本书虽然名为少年版，但它并不仅仅适用于少年读者。他希望任何对量子力学感兴趣、想入门的人，无论年龄、知识水平如何，都能从这本书中有所收获。

在曹则贤看来，量子力学是人类天才的精神创造，为的是揭示我们存身其中的宇宙的秘密，它同其他学科一样富有艺术性、创造时的冒险性和美感。“把量子力学描绘成晦涩难懂的、充满怪异符号和复杂公式的、只供科学‘怪物’们理解的怪诞臆造物，无疑是个天大的误会。它不过是人类在过去某个阶段的思想的结晶，不会超过现代人的理解力太远。我也不认为任何一门学科非要装出一副拒人于千里之外的架势不可。”曹则贤说，如果时间和能力允许，他还将继续写作《相对论（少年版）》《热力学（少年版）》《电磁学（少年版）》。

苏德辰：知地质美　更知其所以美*

温新红

10多年的积累，40多万张照片，虽非职业摄影家，却打造出一系列“地质之美”。最近，由中国地质科学院地质研究所研究员苏德辰编著的《地质之美——经典地貌》出版，这是“地质之美”系列科普图书中的第一本，精美高清晰的图片，通俗简练的文字，在国内原创地质科普书中非常少见。

书中收录的国内外著名景区的绝美风光照片，不免让人心驰神往，文字却将读者的关注引向岩石的节理、湖泊的形成、冰川的作用等。“当你看到特别漂亮的自然风景，如果不知道为什么会如此，其实是很遗憾的。如果知道了它们的成因，那会有一种完全不一样的感觉。”苏德辰说，“我倡导知其美，更要知其所以美。”

每张照片都有故事

苏德辰的办公桌上，有两台大屏幕电脑，都是用来专门处理图形的。记者看到电脑硬盘都远远超过普通电脑，D盘3T，E盘8T，F盘8T，加之大容量的移动硬盘，这些空间无疑都是为了储存他那40多万照片的。

《地质之美——经典地貌》中有300多张照片，其中222张是苏德辰拍摄的。因此，在编写这本书时，很是费了一些功夫，他用了一个多月的时间挑选照片。

对着每张照片，苏德辰都能说出一段“故事”。

“这张照片是我独有的。”苏德辰指着一张横跨两个下半页的照片说道，这是

* 本文发表于《中国科学报》2017年3月3日第6版（“读书”），作者温新红为《中国科学报》记者。

一个直径达 10 千米的湖，地点在非洲加纳，是 100 万前一颗陨石撞击地球后形成的坑，后来形成了湖泊，陨石坑中的沉积物保留了百万年来的气候变化记录，成为多学科的研究对象。

10 多年前他去那儿考察时，数码相机还刚刚开始普及，他用小数码相机拍了 4 张照片，之后拼接成一张完整的湖景图。完成后，苏德辰将照片送给加纳本地的一位科学家，“他特别高兴，他与德国、美国和加拿大等国的科学家一起合作研究很长时间了，还没有人提供给他这个湖的完整照片”。

西藏磨西古镇，巨大的冰川漂砾，被当地人敬若神明，他们会绕石转圈，祈求平安。甚至还在一个约有 3 层楼高的大石头上，建了一座小庙。让苏德辰略有些遗憾的是，拍这张照片时离得有点儿远，只能看到庙的外观。

书中照片是苏德辰积累了十六七年的，原本他打算全部用自己的，只是后来发现有些照片的精度不够。于是，就通过科学网及地质公园的朋友征集了一小部分。

“这是澳大利亚的海蚀崖，海水长年侵蚀、拍打海岸，使岩岸崩塌、后退，崩塌的断崖称为‘海蚀崖’，残留下来的岩柱叫‘海蚀柱’，这是最经典的海蚀地貌。我没去过澳大利亚，记得科学网黄智勇曾发过这张照片，就给他发信息，很快收到他发来的照片。”此外，还有如科学网博主陈永金拍的尼亚加拉瀑布，王从彦拍的黄果树瀑布，张红旗拍的露易斯湖、佩图湖，等等，苏德辰笑称这“有点众筹的味道”。

参考文献超过 400 篇

《地质之美——经典地貌》一书共分了 7 个大类，分别是山岳冰川地貌、河流湖泊地貌、喀斯特地貌、海岸地貌、风成地貌、红层及丹霞地貌和火山地貌。

不过，因为目前科学界对地貌没有一个特别权威、统一的分类，苏德辰就基于自己掌握的材料做了以上分类，基本包括了典型地貌。

同一个地貌往往具有多种成因，因此地貌的分类难以统一。比如说位于黑龙江省内的五大连池，主要由最新的火山喷发物填塞、分割了火山爆发前即存在的一个巨大的湖泊之后形成的五个湖泊。从火山的角度考虑，这是典型的火山地貌；

而从水的角度考虑，五大连池又属于湖泊地貌。

因此，“归到哪类，主观性比较强些”。苏德辰表示。

另一种复杂情况是，相似的地貌特征却有截然不同的地质成因，如“形形色色的瀑布”一节，收录了主要的不同成因类型的瀑布：黄果树瀑布是地壳构造运动形成的；镜泊湖、五大连池的瀑布则是火山喷发的岩浆堵塞河道形成堰塞湖，河水从堰塞坝上溢出后形成的火山瀑布；尼亚加拉瀑布是河流经过软硬不同的岩层，河水沿着软岩层长期向下侵蚀形成的。

这本是以图为主的书，文字并不多，对每种地貌都有简练的概括，一些照片下有几句说明。但明显可以看出，每段文字都不是简单生硬地照搬教科书、词典中的概念，信息量大，且通俗易懂。这是苏德辰花了很多工夫再加工的。

“一句很短的话，都是查了几十篇文献归纳出来的。”每写一个定义时，他要把所有涉及定义的经典教科书、地质词典，以及网上的、国外的反复对比，去伪存真，再用比较简单的语言总结出来，实际上，是一个再创造的过程。书后列入的参考文献有 100 余篇，实际上，编写这本书所用的参考文献超过 400 篇。

在选照片时，苏德辰还特别注意能反映地质特征的照片。比如壶口瀑布，汛期因水量太大将峡谷或河道漫住，虽然十分壮观，但他却选了枯水期的照片，这样更能看出周边岩石的状况。可以说，每段文字、每张漂亮照片背后都凝聚了编者的用心。

更美风景在了解之后

“丹霞地貌中的‘丹’指的是红色，而雅丹地貌的‘丹’与红色无关。”“沙丘不仅仅是在沙漠，还会在河流、湖泊中形成。”在采访中，苏德辰侃侃而谈，让人不自觉地对这些地学内容发生兴趣，“你熟悉了那些石头，它就会给你唱歌，你不熟悉它，那就只是冷冰冰的石头。”

“每年冬季，壶口地区气温骤降，黄河水及岩石孔隙和裂隙中的水都会凝结成冰，体积增大 10%，这种现象称为‘冻胀’。”黄河的壶口瀑布除了正常的水流侵蚀作用外，这种冻胀作用加剧了岩石的破碎风化过程，这是形成壶口瀑布的气候因素。而这冻胀概念并不只在这里出现，冰山、冰川，其实也存在冻胀作用，可以反复对照读，举一反三。

从甘孜藏族自治州州府康定至泸定县的公路旁，会发现在周边沟谷中的石头表面布满一层红红的物质，特别是磨西古镇附近的燕子沟，几乎铺满了红色的石头。实际上，这种红色不是风化的结果，而是由一种富含虾青素的藻类造成的。

“不过，研学很热，网上有大量的精美照片，可能比我的更漂亮。但其中不少照片做了后期，特别是还有不少解释错误，经常以讹传讹。”苏德辰告诉记者。

比如张掖丹霞地貌，实际上有三个景区，游客相对熟悉的是所谓的“七彩丹霞”，但“七彩丹霞”并不是典型或者说严格意义上的丹霞地貌，称其为彩色丘陵地貌更为准确。而张掖冰沟丹霞，因“柱状、塔状、城堡状等地貌极为发育”，才是典型的丹霞地貌。而两个景区相隔十几千米。

苏德辰希望，“地质之美”能成为一个引子，读者可以自己去挖掘更多有意思的内容。

链接

苏德辰：我为什么要做科普

尽管如今多方都在呼吁科学家做科普，但是真正要做并不容易。苏德辰做的是沉积学研究，他有做科普的想法和两次切身经历有关。

一次是在国内，几年前，参加科技部“973”项目答辩会期间，一位其他领域的科学家问他，你们打那口5000米的科学钻探会不会把地球打穿？苏德辰只好解释说，5000米的深钻，对于人类来讲已经是比较难为的一件大事，但相对于直径12 800千米的地球来说，不过是在“鸡蛋壳”上打个浅浅的小孔，连蛋壳的五分之一都没有钻透。

另外一次是在德国，他们一行地质学家参观德国的一个陨石撞击坑。旁边一位来参观的普通女游客，凑过来看他们的地质图，并准确地指出了陨石坑。苏德辰很惊讶，以为她也是学地质的，结果她是医生。

这样的对比，让苏德辰感触颇深。对他来说，做科普是一种责任，要将最基础的地学常识整理出来，让其他领域的科学家及普通民众了解地学，喜爱地学。

2008年，苏德辰在科学网开通了博客，算是开始了“科普生涯”。他给博客定的标签是“地学科普与地质灾害”，内容多是与地质相关的内容。在多篇汶川地震的博文中，不仅提到了地震后的惨状，还特别提到震后重建短暂的繁荣、特大泥石流肆虐后几个阶段沧桑巨变的场景。

2015年12月21日，深圳发生了山体滑坡事件。当天，他在科学网发表了博文《本可避免的人祸——深圳市柳溪工业园的“山体滑坡”分析》，指出这场灾难不是自然界的“山体滑坡”，而是人祸。同时，这也让苏德辰再次意识到做科普的必要性，“如果普通民众有基本的地学常识，可以避开，不在这里置业，工厂里工人有常识，也能及早作出反应，避免这场灾难。”

在四五年前，苏德辰“正式”投入科普，打算写一系列地质方面的科普书，并列出了提纲，读者对象是没有或有较少地质学基础的人。2016年年初，苏德辰和石油工业出版社的编辑马新福一拍即合，开始了“地质之美”系列的出版计划。为此他还自费出国3次，4次到广东丹霞山考察。

“做科普需要奉献。”苏德辰表示这不是唱高调，而是真正明白了做科普的意义后的体会。他还告诉记者，未来几年会投入更大精力在科普上，除了图书出版，还会通过其他方式向更多人普及地学。

顾凡及的脑科普事业*

袁一雪

9 月，一本关于脑科学的书籍《三磅宇宙与神奇心智》正式出版。这已经是该书作者第 6 本关于大脑的科普书籍。此外，他还与他人合译了美国神经科学家克里斯托夫·科赫的《意识探秘——意识的神经生物学研究》。目前，他正在翻译美籍印度裔神经科学家拉马钱德兰的《脑中魅影——探索心智之谜》。

这个人就是顾凡及，复旦大学生命科学学院教授。在退休之前，他一直从事与脑科学相关的科研与教学工作，退休后依然对脑科学“恋恋不舍”。

“退休了，时间比较充裕，所以才萌生了做科普作为余生事业的想法。”顾凡及在接受《中国科学报》记者采访时如是说。

科普书籍引导走上科研道路

科普书的写作与撰写教材、讲课并不相同，后者面对的是具有一定基础知识的专业院校学生，前者面对的则是千千万万水平参差不齐的读者。不论面对哪类受众，顾凡及都游刃有余。

这得益于他自小对于科普读物的喜爱，“我从中学时代就喜欢读科普读物，并且由此而走上了科研的道路”。

顾凡及认为，一本好的基础科学的科普书应该将科学性、趣味性和前沿性融为一体。

首先，科学性是科普读物的灵魂，科普读物的内容需要有根据，不是道听途

* 本文发表于《中国科学报》2017 年 10 月 20 日第 3 版（“科普”），作者袁一雪为《中国科学报》记者。

说，更不是伪科学。科普书不仅应该让读者长知识，更应该让读者领悟大师们的治学之道，学会以理性思维独立思考，善于提出问题和解决问题；而趣味则是最好的教师，一本书如果能够引起读者的兴趣，那么读者就会从“要我读”变为“我要读”；前沿性则需要科普书与时俱进，跟上科学的发展脚步，将前沿的科学介绍给读者。

“此外，科普书还应该图文并茂，有时一张好的插图所说明的问题比一页文字叙述更有效。”顾凡及说。

目前，顾凡及已出版或即将出版 8 本图书，其中有 4 本是给公众特别是青少年的，包括《脑科学的故事》和其姐妹篇《脑科学的新故事——关于心智的故事》，以及面对少年儿童的《好玩的大脑》和《心智探秘 101》。

“我希望这类书可以引起读者对脑和心智强烈的兴趣和好奇。所以，在写作的时候，每部分内容不求其全，但每个故事都可以独立成篇。每一篇都从神经科学家曲折的发现故事或一件令人不解的奇事说起，最后从中说明一个科学道理。这就像在浩瀚的脑海边上拾取一个个美丽的贝壳，汇集起来按类排列展示，让观众在赏心悦目的同时，产生对大自然的热爱。”顾凡及解释道。

科普作者也是科学的探索者

在写完《脑科学的故事》之后，顾凡及并没有马上投入下一本书的写作。

“我回忆自己读过的神经科学教科书，里面有那么多的知识。那么，这些知识是怎么得来的？怎么知道这些知识是对的？为什么没有其他解释呢？”顾凡及对记者说。

于是，他找来神经科学史的书籍研读，遇到疑问再找相关的科学家传记读。“不过，神经科学史往往讲不到当代的最新进展，所以还得寻找最新进展的有关报道，甚至诺贝尔奖得主的演讲。”顾凡及一边整理写作思路，一边不断扩充自己的知识储备。

“后来，考虑到读者不一定熟悉有关背景知识，需要把这些材料也综合进去，写成一本书也许是个好主意。”顾凡及的这一思路被 2000 年诺贝尔奖得主坎德尔的一段话"砸实","在想深入研究一个问题的时候，我发现通过了解以前的科学家对这个问题是怎么看的，从而逐渐得出一个比较全面的认识是非常有帮助的。我不但想知道哪些思想路线最后取得了成功，也想知道哪些思想路线最后失败了，并且是为什么而失败的。"

"这一切不正像是一部谜团重重的悬疑小说吗？你还能想出有比揭开脑和心智之谜更难的谜题吗？而且，这部小说到结尾也没有真相大白，还有许许多多疑问有待澄清，许多地方有几种可能的不同解释。"顾凡及得意地说。

正是在这一思路下，顾凡及写出了《脑海探险——人类怎样认识自己》和刚刚出版的《三磅宇宙与神奇心智》两本书。

除了写作，顾凡及还将自己感兴趣的国外书籍翻译过来，如科赫和拉马钱德兰的书。

"我对自己的要求，首先是必须读懂书中的每一句话，而且是放到整本书的大背景下读懂，只有这样才能避免误译。"顾凡及有一次在翻译时碰到一句《哈姆雷特》中的话，虽然翻译了出来，但是自己觉得不理解作者在这里引用是什么意思。于是专门阅读了《哈姆雷特》的剧本，最终理解了这句话的意思，并在译文中加注说明。

科普是"保持青春"的秘诀

"我的一位同事说，幸福并不取决于绝对值，而取决于导数。如果导数大于零就高兴，小于零就痛苦。说通俗点，也就是在某方面有所上升就快乐，下降则痛苦。而科普写作就让我感到自己对社会还有点用，并且能被一些读者所认可，这就让我更加开心。"顾凡及在解释自己对于科普的热爱时说。

在获得精神上满足的同时，顾凡及认为生物学中"用进废退"的原理在大脑的应用中体现得淋漓尽致，"要保持脑的健康，就得动脑筋。科普写作所需要的阅读、思考和写作，就是做脑'保健操'。"

现在，顾凡及正在着手进行第九本科普书《有关脑和人工智能的迷思：一位德国工程师和中国科学家之间的对话》的创作和翻译，该书是与德国退休 IT 工程师卡尔·舒拉根赫夫（Karl Schlagenhauf）合写的。

该书以书信的形式，追踪自2013年年初以来直到2017年年底为止，在脑研究和人工智能研究上的一系列重大事件。例如，欧盟和美国的脑计划及其他一些计划，阿尔法狗战胜李世石等。针对这些公众感兴趣和迷惑的问题进行讨论和争辩，“当然我们并不奢望我们的观点都是对的，或是对所有问题都给出结论。事实上，我们两人甚至在某些问题的看法上也有分歧，我们只是力图以理性思维来思考这些问题，并引起读者的思考，让今后的实践来检验孰是孰非。”顾凡及憧憬着。

舒柯文：边做科普，边学中文*

袁一雪

十年前，舒柯文（Corwin Sullivan）不远万里来到中国，开始了在中国的科研之旅。

十年后的今天，舒柯文自己都没想到的是，他竟然能在中国出版一本中英文双语的科普书——《征程——从鱼到人的生命之旅》，并且该书在2016年获得吴大猷科学普及著作奖原创类的金签奖，还荣获第十一届文津图书奖，被《新京报》评为“2015年度最美的书”，并入选《环球科学》杂志“2015最美科学阅读TOP10”。

舒柯文是中国科学院古脊椎动物与古人类研究所的前研究员。

“那时，我在美国哈佛大学刚刚博士毕业，收到了来自美国大学和中国科学院两份邀请，权衡之下，最后还是中国丰富的古生物资源吸引了我，所以我来到中国北京。”舒柯文在接受《中国科学报》记者采访时回忆道。

来到中国后，舒柯文非常适应这里的生活，“只是没想到北京会有如此多的人口，这是我需要适应的，而且中文也很难学，直到现在我也无法真正掌握”。

从画册到中英双语科普书

“最开始，中国科学院古脊椎动物与古人类研究所只想出版一本与中国古动物馆相关的画册。”舒柯文介绍说。然而，出版方却认为仅做画册，浪费了中国古动物馆的资源。经过双方协商，最终确定了主题——写中国的古脊椎动物进化史。

---

* 本文发表于《中国科学报》2017年5月19日第3版（“科普”），作者袁一雪为《中国科学报》记者。

在接手这本书之前，舒柯文在科普创作上仅局限于科普类文章和新闻报道采访内容，“科普类书籍我从未接触过”。舒柯文一直从事古生物研究，但让他从物种大爆发写到周口店猿人，也是一件庞大的工程。于是，他与中国科学院古脊椎动物与古人类研究所研究员、中国古动物馆馆长王原及当时在读博士生楚步澜联手，开启了写作“征程”。

在写作之初，三位作者就决定将书的主题定为聚焦中国化石记录，尤其提取了脊椎动物演化历史上的重要片段。“因为这个话题既不宽泛也不狭窄。”舒柯文等三位作者经过一番考量后，敲定了整个框架，并且明确了文章展现形式和每章篇幅的字数。

尽管准备工作非常充分，但是舒柯文依然发现书籍完成的时间比预期的时间要长，“因为随着这本书写作进程的加深，组织结构也在不断调整”。

“众所周知，在地球46亿年的历史中，大部分时间都被细菌、水藻等其他的简单有机物统治着。”舒柯文介绍，当地球进入寒武纪，脊椎动物开始出现；到了古生代的中期时，由鱼类进化而来的四足动物出现了，它们迅速发展演化形成多种多样的种类。在接下来的中生代，恐龙是当时的主力军，在经历两次生物灭绝的大灾难后，地球上出现了大量的新物种，也正式进入了新生代，即人类所处的时代。

在进化的过程中，舒柯文与王原、楚步澜精心挑选了15个最具代表性且发现于中国的动物群着重介绍。

从2013年春季到2015年6月，三个人用了两年的时间完成了书籍的创作，因为舒柯文的中文不熟练，所以整本书的初稿由英文写成，再翻译成中文。“每一个篇章一开始都是由大家一起集中讨论，再由我执笔，写完之后王原老师会给出建设性的意见，我会根据意见完善英文，再翻译成中文。整个创作过程都是一边讨论、一边创作。”

写作过程也是学习过程

谈到对于中国科研工作的印象，舒柯文用“amazing”来形容。因为中国化石资源数量庞大，而且，国内科研人员在专业领域的钻研和严谨工作的作风令舒柯文受益良多。

2015年，舒柯文和中国科学院古脊椎动物与古人类研究所研究员徐星等一起去山东省考察，在那里发现了一种小型恐龙的化石。“令人惊奇的是，我们在一堆化石中发现了一根棒状长骨结构，但当时我们都不知道为何小恐龙身上会有如此长的一根骨头。这种类似结构从来没有在其他恐龙当中发现过。”舒柯文带着疑问回到北京。

由于化石标本太过奇特，而且保存得也不够完整，所以舒柯文与徐星等采用了电子计算机断层扫描（CT）和扫描电子显微镜（SEM）等多种仪器对化石进行分析，获取了包括软体组织上保存的黑色素体在内的宏观和微观信息。还分析了化石围岩和化石上的化学组分，最终确认了奇翼龙腕部的棒状结构是翼膜翅膀的关键组成部分。之后，他们联合署名在《自然》杂志上发表了论文，阐述这一发现。

科研工作的严谨同样被舒柯文应用到科普书的写作中。在写作过程中，舒柯文遇到了与自己科研领域相关的内容，写起来驾轻就熟，但也有不熟悉的内容，他就虚心请教相关专家。

“比如，在写作中国北方中生代晚期的一个古生物化石群——道虎沟生物群时，我们并没有花费太多力气，因为王原老师和其他同事在2014年曾经发表过关于道虎沟生物群脊椎动物的论文。”舒柯文回忆说，但是在书籍最后提到的周口店猿人部分，则让舒柯文与另外两位作者犯了难，原因是他们都不是“古人类和哺乳动物”领域的专业研究者。为了不让文章出错，他们一边查阅大量的文献资料，一边虚心请教该领域的同事。

除了保证文章的正确性，舒柯文还希望通过幽默的语言和专业的插图让整本书籍更吸引人。王原曾经评价说：“我特别佩服舒柯文，我见过很多国内学者写的文章，但是没有他写得精彩。不是每个中国人都能把文字写得那么精彩，也不是每个外国人都能把英文写得那么精彩，他很会用类比。”

比如，舒柯文将生态系统中的生态位比作职场职位，那么，生物大灭绝后创造的空位会自然地被那些最早适应的“求职者”所添补。“我相信，这样的比喻可以让艰难晦涩的科学理念在读者脑中有鲜明的表现。”舒柯文说。

未来还会继续与中国交流

5 月中旬，舒柯文接受了加拿大一所高校的邀请回国继续做研究。他说，这只是因为那里提供的副教授的职位让他觉得在科研上可以更上一层楼，如果将来有机会肯定会常回来看看，“因为这里有很多朋友”。同样，他也欢迎同行们前去加拿大交流学习。

至于在国外是否也会继续从事科普工作，舒柯文表示，虽然很难挤出时间从事科普写作，但他会继续坚持。“尽我最大的努力保持与公众沟通的科学！”

2016 年，舒柯文获得吴大猷科学普及著作奖原创类金签奖后，他将奖金中的一部分捐给了一个专门资助恐龙研究的加拿大慈善机构。他说，因为这家机构还资助研究生研究项目和实地考察。“我愿意支持古生物研究，也乐于提供给学生发展成科学家所需要的机会。”

王猛和他的“烤肠医生”*

张文静

在虚拟世界里，有一座烤肠医院，这里有一群长着一副烤肠模样的麻醉医生。他们的日常是忙到飞起、脚不沾地，但偶尔也能坐下来耐心地给你讲讲麻醉的历史。这就是中国医学科学院肿瘤医院麻醉科医生王猛笔下的“烤肠医生”系列科普漫画中的场景。

对付疼痛，有哪些“奇葩”招数

对于现代人来说，“麻醉”二字早已不陌生。但你知道在可靠、安全的麻醉方法发明之前，人们用什么方式来对付疼痛吗？

在系列漫画《图说麻醉简史》中，王猛用烤肠医生的各种形象告诉大家，人类对疼痛的恐惧与生俱来。为了寻求止痛良药，古今中外的人们绞尽脑汁，比如神农尝百草、华佗的麻沸散、曼陀罗等。此外，还有一些脑洞大开的奇葩方法。比如，拜神、催眠、放血、冷冻、醉酒、偷袭、针刺、缩时等。

“这些‘方法’，要么不可控、不科学、不人道；要么致伤、致残。”王猛在漫画配文中写道。为了说明这些怪招有多么不靠谱，王猛还专门在漫画上写了调侃的话。比如，在“拜神”图上写，“古人认为，疼痛是神对人的惩罚；拜神能解除惩罚”；在“催眠”图里加上，“疼与不疼看运气了”；在“放血”一图旁写，“大量失血，人能不昏迷吗？”；在“醉酒”图旁，写“眼睛可能一闭不睁了”；在“偷袭”图旁，写“醒来后可能不认识表了”；等等，让人忍俊不禁。

* 本文发表于《中国科学报》2017年11月17日第3版（“科普”），作者张文静为《中国科学报》记者。

说完不靠谱的方法，接下来，王猛开始介绍现代麻醉的发展历程，从1842年3月30日美国乡村医生朗恩首次将乙醚用于手术麻醉并取得了成功，到1844年10月11日，美国牙医韦尔斯第一次将笑气用于拔牙的麻醉，再到1846年10月16日，美国医生莫顿在麻省总医院公开示范了乙醚麻醉并取得巨大成功。朗恩、韦尔斯、莫顿被后人并尊为现代麻醉奠基人，他们共同开启了麻醉发展史的伟大时代。

随后，王猛还画了几幅图来描绘麻醉发展史上的重大事件，包括：1847年1月英国妇产科医生辛普森首次将乙醚麻醉引入自己的领域，一举开创了人类无痛分娩的先河；1924年麻醉科成立等。

创作《图说麻醉简史》系列漫画，灵感来自于2017年3月30日的美国国家医生节，这个节日正是为纪念现代麻醉奠基人朗恩而创立的。作为一名麻醉医生，王猛深知现在很多社会公众仍对麻醉医学和麻醉医生不了解，所以，“何不趁此机会给大家科普一下呢？”

于是，此后近一个月的时间里，除了工作时间，王猛一心扑在了《图说麻醉简史》的构思、搜集资料和创作上，终于完成了这个系列漫画。“其实画图不难，两三天就画好了，时间主要用在配文上。因为大家只看漫画是很难得到丰富的麻醉史知识的，所以必须要配文。但国内外麻醉史的资料都比较少，很难找，内容还要求必须准确，写作配文花费了很长时间。”王猛说。

烤肠形象从何而来

烤肠医生的形象开始出现在王猛笔下，是在2014年。说起这个形象的塑造，还要归功于他的女儿。

“那时候，我女儿喜欢做黏土手工，正巧有一天我们去公园，看到有人卖烤肠，我就说下次捏个黏土烤肠吧，这个比较简单。后来有一次在家里聊天，孩子说不能出去玩儿不开心，我小时候学过画画，有点儿基础，于是就画了一个戴着墨镜在海滩上晒太阳的烤肠形象送给她。这就是我的第一幅烤肠漫画作品。”王猛回忆说。

漫画画好后，王猛随手把它发在了微信朋友圈里，没想到竟然引来不少评论。“大家都觉得很好玩，很感兴趣，于是我就想能不能接着把烤肠形象画下去，把它放置在更多不同的场景中。”

于是，逛街、旅行、名著、影视、诗词、体育……王猛想到什么就画什么，自然很快也就画到了自己的职业——医生上。他画手术台上的医生正挥汗如雨，画医生们想象着海鲜大餐却只能吃着盒饭的加班状态，画医生与患者之间交流的情景……漫画的细节慢慢也开始变化，从开始时随便找个笔记本就画，到找来专门的本子，画面比例、线条、色彩等也越来越讲究。

虽然没有时间把这些漫画发在微博等更多的社交平台上，更没精力开设自己的微信公众号，只能抽空发发朋友圈，但王猛还是在医院里开始小有名气。

2016 年 12 月，医院举办第一届青年科普能力大赛，王猛获得了一等奖。在 2017 年 9 月举办的第二届中国健康科普创新大赛上，王猛又从数百名选手中脱颖而出，夺得冠军。

“现在大家对科普越来越重视，公众也越来越能接受各种新颖的科普形式。我在比赛中认识的医生，有把医学知识写成歌的，有做成视频的，都很有创意。尤其是医学科普，与人的健康息息相关，更应该引起大家的关注。”王猛说。

展现医生的喜怒哀乐

到现在为止，王猛的烤肠形象漫画已经创作了 200 多幅，其中涉及医学内容的有 30 幅左右。除了发朋友圈，王猛还开始在《生活与健康》杂志、约健康 App 和公众号上开设专栏，发表科普漫画。身边人常劝王猛多画一些，甚至可以自己开办个微信公众号，但王猛说“确实没时间”。

王猛常说，幸亏自己是个表达欲极强的人，否则可能根本做不了科普，因为医生实在太忙。他笑称，“大部分北京的麻醉医生都不知道早晚高峰什么样，因为每天很早就来医院，很晚才走，每天工作时长至少 12 小时，而且这 12 小时里也是连轴转。”确实，在采访过程中，偌大的麻醉医生办公室空空荡荡，几乎没有医生能在座位坐足十分钟，常常是匆匆地来与患者家属谈话，然后又急急忙忙地赶去手术室。

“所以，这就是医生做科普一个主要问题——没办法保证持续性。对于麻醉医生来说，与麻醉相关的科普内容受众也比较小。再加上医学科学在不断发展，科普的医学知识也要不断更新，不能一劳永逸。而且，现在一些医学观点还不统一，如何保证医学知识的准确性和严谨性，也是个问题。”王猛说道，“医生花费十年甚至更多时间掌握的知识，想让公众几分钟内就读懂，这是很难的事情。不过好在现在医生对科普越来越重视，公众的兴趣也在增强，科普的途径和形式都更加新颖、便捷。这让医学科普展现出了蓬勃发展的趋势。”

在“烤肠医生”系列漫画中，王猛不仅画医学知识，也画医生的日常生活。“我就是想告诉大家，医生也是普通人，除了看病，医生也有喜怒哀乐。没治好患者，家属难过，医生心里也难受，有的医生甚至需要心理疏导。我自己也是医生，医生大部分工作时间都是很枯燥的，但他们也有自己的兴趣爱好，也热爱生活。如果医生的生活都没有乐趣，又怎么有动力将患者治好呢？他会积极治疗、帮患者想办法吗？我想把医生的工作和生活状态展现出来，也是希望大家能对医生这个群体更多些了解，多些理解。”王猛说。

“只要有心，总能找到让公众感兴趣的科普方式。”王猛说。

王立铭：用好基因编辑这把“手术刀”*

胡珉琦

刚刚在 2017 年世界读书日凭借自己的科普著作《吃货的生物学修养》获得第十二届文津图书奖，浙江大学生命科学研究院“80 后”教授王立铭转身又出现在了自己的新书发布会现场。《上帝的手术刀——基因编辑简史》是一本有关基因编辑简史的科普书，同时也是王立铭的一个“野心之作”。因为他想讲的，是一个关乎历史和现在，并且连接未来的大话题！

呈现科学发展的逻辑

2015 年 4 月，中山大学副教授黄军在实验室公布了其在人类胚胎中利用 CRISPR-Cas9 技术修改可能导致β型地中海贫血基因的消息。尽管该实验室使用的是存在缺陷、不能正常发育为成熟胚胎的受精卵，且通过了校内的伦理审查，但因为涉及生殖细胞的基因编辑，在国内外迅速引发了不小的争议。

正是因为这一事件，王立铭动念在自己的微信公众号上讲讲基因治疗和基因编辑的来龙去脉，没想到最终引起了湛庐文化图书编辑的关注。

作为一名科学家，王立铭被他的同行称为会用“人话”讲故事的高手，他用堪比小说的语言去呈现一段有关分子生物学的科学史，而不仅仅介绍有关这项技术的知识。

基因编辑究竟是基于什么样的科学发现衍生而来的，为什么科学家认为它是正确的，又在什么情况下人们可能会断然否定它，它究竟有什么用，未来又会往

* 本文发表于《中国科学报》2017 年 5 月 12 日第 6 版（“读书”），作者胡珉琦为《中国科学报》记者。

什么方向演进……

2016 年雨果奖获得者、《北京折叠》的作者郝景芳在评价《上帝的手术刀——基因编辑简史》时写道：一本书有没有给读者留下问题，比它有没有给读者留下知识更重要。

在接受《中国科学报》记者采访时，王立铭坦言，做科普本身并不是为了把具体的科学发现用通俗的方法传播给大众。

“事实上，我本人并不认为大众真的需要了解那么多科学知识。况且，今天的科学已经是一个高度专业化的领域，并不容易被外行理解。但是，生活在这个时代的普通老百姓仍然需要懂得科学，因为科学技术对人类的影响实在是太大太深远了。不理解科学的逻辑会很无助；反之，则可以充满自信地生活在今天这个技术爆炸的世界上。”

因此，他给自己定下的写作方向，恰恰就是科学技术到底是从何而来，对人类有什么意义，又有可能把人类带到哪儿去。“科学发展的逻辑对每个人来说是最重要的，基因编辑正好是处在历史和未来的分界线上。”

什么是基因编辑的未来

“当分子生物对生物大分子的操纵和解析技术达到一定高度时，这门学科就面对着它的终极目标：通过对基因的重新组合改变生物的性状，直到创造新生物……这时，人们惊奇地发现，创造生命实际上就是编程序，上帝原来是个程序员。”

在发布会现场，王立铭不忘向读者分享来自科幻作家刘慈欣的作品《天使时代》里的一段文字。科幻曾是把王立铭带向科学世界的一扇大门，直到现在他都是一个铁杆科幻迷。

科幻讲述的是未来，但其实，科学家本是不喜欢讨论未来的。

“做研究的人都知道，不确定性是很重要的，预测未来往往是一件很不可靠的事。历史上哪怕是最伟大的那些科学家、政治家、科幻小说家讨论未来也常常会被‘打脸’。我当然也不会自作聪明去预测未来。”王立铭说。

不过，依照科学技术的发展逻辑，他在书中还是用了不小的篇幅明确表达了对基因编辑技术演进方向的看法。

他认为，总有一天，基因编辑技术会从特定遗传疾病的治疗扩展到更多的疾病，紧接着就会出现预防型的应用，比如修改非常容易导致恶性癌症的基因BRCA1/2突变。而这个演进的尽头，则是直接对人类生殖细胞进行编辑，让孩子们从出生那一刻起就远离某些疾病，甚至让他们变得更聪明、更美丽。一旦走上这条路，人类就将开始摆脱自然历史留给人类的印记，开始进行自我创造。

技术是中性的，但王立铭并未一味替技术辩护，他甚至用科幻作者的口吻，承认这样的技术应用可能创造一个魔鬼出没的世界。

他理解人们深切的担忧，并指出这项技术应用最严重的后果，将是破坏人类基因的多样性，让人类彻底失去应对未来环境变化的生物学基础；对社会而言，它可能造就永久性的阶级分化，甚至被一些野心家用于大范围地定向改造人类。

基因编辑理所当然需要得到普通人的关注和思考，这不仅仅是科学家自己的事。

与其说伦理，不如用监管

这确确实实是一本科普书，而非科幻或未来学作品。技术应用有风险，但并不必然造就一个黑暗的未来，人们应该警惕而非恐惧新的科学技术的出现。

“青山遮不住，毕竟东流去”，这是王立铭强调的基本观点，他并不回避技术与伦理之间的矛盾问题。

“历史上从来都是科学技术的发展推动社会变革，推动价值观的演化，突破传统伦理。只要一项科学发现是正确的，或者一项技术发明对人们生活有好处，从来没有哪个社会习俗或伦理真正可以阻止它们应用。堕胎、避孕、解剖尸体、试管婴儿都是例子，没有理由认为基因编辑不会是下一个。”

他告诉读者，2017年年初美国国家科学院发布的《人类基因组编辑：科学、伦理和管理》报告，已经首度对基因编辑人类松口了。尽管在报告中，这项技术的使用范围仍然被小心局限在治疗先天遗传疾病，而不是用于改变身高、智商、相貌等属性。

“事实上，单纯禁止科学家合法研究某一项技术，往往会把相关技术研究推向暗处。”因此，他对编辑人类生殖细胞的研究，一方面持开放态度；另一方面也表明，涉及应用于人类自身的技术时，与其诉诸伦理或用舆论一味打压，不如用严格的专业监管和法律约束。

比如，限制关键技术细节的扩散，追踪和控制关键实验设备和原料的流向，加强相关技术人员的训练，规范相关研究和应用机构的工作准则等，能够在很大程度上降低技术进步带来的社会风险。

在王立铭看来，管理制度的成熟应该和科学技术的成熟是同步的。

丛玉隆：显微镜下的追梦人*

张思玮

检验医学，在普通人眼中只是一个“化验员”“技术员”的代名词，即便是一些医务工作者也不免存在偏见。但梳理丛玉隆的学术人生轨迹，检验医学却成为他一生孜孜以求的事业。也正是丛玉隆，才使得检验医学从深藏幕后逐渐走到大众前面，甚至有人把我国检验医学的最近几十年称为“丛玉隆时代”。

丛玉隆，我国著名实验诊断学专家，他最多的时候曾担任中华医学会检验分会主任委员、中国医师协会检验分会会长、解放军科学技术委员会检验医学学会主任委员等 6 个检验领域“主委”。

每当听到有人称赞他“了不起”，丛玉隆总会说：是时代造就了我，是检验医学界的老专家和同行们“捧”起了我。而又有多少人知道，在光环与荣耀的背后，是他的默默坚守、学而不厌、钻研不止、锲而不舍……

《显微镜下追梦人——丛玉隆》一书正是以丛玉隆从事检验医学 54 年的学术人生脚印为寻觅方向，以我国检验医学 50 多年的发展历程为主线，在揭示和呈现丛玉隆学术人生、精神境界和成长脉络的同时，展示和勾勒出我国检验医学的发展历程。

该书的作者袁桂清曾担任《中华医学会杂志》编辑部编审、《中华检验医学杂志》副总编辑、中华医学会杂志社副社长等职务，他与丛玉隆搭档和交往多年，最深的感触就是“丛主任总能给人带来一股正能量，有魄力、有担当”。

---

* 本文发表于《中国科学报》2017 年 5 月 19 日第 6 版（“读书”），作者张思玮为《中国科学报》记者。

从中专生到博士生导师

从玉隆的幼年时代生活艰辛，这激发了他不甘于现状，希望通过自身努力奋斗改变人生乃至家庭命运的斗志。而父亲因病过早去世，又点燃了他内心中从事医学的“火种”，梦想成为解除患者病痛的良医。

初中毕业后，为了减轻家庭负担，从玉隆报考了北京卫生学校。中专毕业后，年仅 19 岁的他被分配到北京市海淀区永定路医院，一干就是 12 年。

1979 年，他考取山东大学研究生，师从著名血液病学专家张茂宏。谈起研究生阶段的最大收获，从玉隆告诉《中国科学报》记者：“过去只关注的是显微镜下的标本，而正确的应该是将检验的标本与临床的患者相结合。”

硕士毕业后，他回到北京大学第一临床医院的检验科工作，并迅速成长为学科带头人。

之后，从玉隆被以“特殊技术人才”的身份引进至中国人民解放军总医院，并担任临检中心主任。从这里，他带领团队开启了国内检验医学的新篇章。

“必须从临床中找到新的课题。”这是从玉隆在进入中国人民解放军总医院检验科后设置的第一个规矩。几年的扎实工作和努力，从玉隆带领科室成为全国检验科的标杆，他自己也担任了博士生导师。

“生活中，总是有着那么几个‘极少数’，他们在惊涛骇浪的历史海洋中驾一叶扁舟为理想而冲锋；他们在小小的花盆中埋下希望的种子，再用不懈的坚持和执着与寂寞浇灌出参天大树。从玉隆就是其中一个。”袁桂清在接受《中国科学报》记者采访时说。

从医学检验到检验医学

可以说，检验专业对临床来说，就是侦察兵，检验人员是临床医生的“眼睛”，要靠侦察兵来发现敌情。

鉴于此，从玉隆提出从医学检验到检验医学转变的理念。这种转变不只是名词之间的颠倒：过去医院检验科只根据接收的检验标本提供检验报告，目标是保证出具的化验单能够准确反映标本的情况，从事的仅仅是检验工作；而现在的检验医学是将检验工作视作患者诊疗的一个重要组成部分，要透过手中试管的标本看到患者。

“也就是说，从过去以标本为中心、以检验结果为目的，向以患者为中心、以疾病诊断和治疗为目的转化。”从玉隆提出的这种理念，得到认可并迅速推广。

这一理念让检验质量成为重中之重。

从玉隆意识到，实施《医学实验室质量和能力的专用要求》（ISO15189），可以帮助国内医院检验科建立标准化的全面质量管理体系。于是，他将ISO15189文件的内涵、过程控制理论、医学实验室全过程及国内医学检验普遍存在的问题四方面结合，创建了“医学实验室全面质量管理体系图”，也被国内外业内专家称为“从氏流程图”。

“过去，国内对检验科没有统一的管理模式，也没有统一的标准，都是各家医院各搞各的，现在大家都知道要提倡检验的过程控制，分析前、分析中、分析后质量控制。”从玉隆说，ISO15189既是对实验室标准化、规范化、国际化的要求，也是体外诊断产业准入的标准。

自此，全国很多三级甲等医院检验科及第三方实验室等机构相继通过ISO15189 认可，“这样才为不同医疗机构之间的检验结果互认提供了保证。”从玉隆号召，检验科要把与临床交流和沟通作为常态工作，向临床宣传检验项目选择、结果解释和质量控制的专业知识，提供咨询服务，找到最直接、最有效、最合理、最经济的检验项目和组合。

从一个人到一批人

从玉隆从科室主任到中华医学会检验分会主任委员，他追求的不仅仅是一个团队的发展，还希望能够培养一批检验人才，带出一支业务过硬的检验人才队伍，引领国内检验医学的学术发展。

曾担任中华医学会检验分会副主任委员的沈霞告诉《中国科学报》记者：“从

主任非常重视对年轻人的培养，搭建体现中青年技术骨干自身价值的平台，培植学术技术梯队。”

从玉隆还为设立检验医师开创先河。过去，我国的检验医学行业只有“技师系列”职称，没有“医师系列”职称。于是，从玉隆从建立我国检验医师岗位、职责定位，到基地培训、基地建设等每一项工作都参与其中。这背后，受益的不仅是全国 20 多万名检验人员，更深层次的受益者是患者群体。

“最终，让检验医师成为临床与实验室之间沟通的‘桥梁’。”从玉隆说，检验医师应该是既掌握检验技术，又熟悉临床工作的复合型人才。

或许，在别人眼里，从玉隆有用不完的能量，但他也是个普通人，也会有疲惫，也会有辛酸，而支撑他在检验道路上一直前行，或许只能归结为两个字：热爱。

印开蒲：穿越百年“对话”威尔逊*

袁一雪

1997年，就职于中国科学院成都生物研究所的印开蒲接待了一批来自英国的外宾。“虽然他们都已经退休了，但是我了解到他们退休之前大多是医生、商人、律师，甚至还有一位是参加过第二次世界大战的飞行员。他们来到中国的目的，就是来看看威尔逊曾经带到西方花卉的故乡。”印开蒲回忆说。到现在他还深刻地记得，那些外宾在行车的路边看到岷江百合时，强烈要求停车并下车将花朵捧在手上深深呼吸的情形。这些外宾临走时送给印开蒲同事的一本由威尔逊侄孙写的名为 Chinese Wilson 的书，让印开蒲对威尔逊这个人产生了兴趣，并对他百年前的行走之路产生了好奇。

这份兴趣与好奇，让印开蒲在之后的20年间，一直追寻威尔逊之路，探访那些与地理、地质、植物、人文相关的过往。

威尔逊1876年生于英国，是著名的自然学家、植物学家、探险家，曾任美国哈佛大学植物研究所所长。1899～1911年，他受英国维奇园艺公司与美国哈佛大学的委托来到中国四川，多次深入四姑娘山、黄龙、贡嘎山、神农架等地考察，采集植物标本和种子，考察野生植物资源，把在这一地区采集到的全缘叶绿绒蒿、岷江百合、黄花杓兰等数百种中国野生花卉引种到了西方国家。1929年，其专著《中国——园林之母》出版，记录了他长期在中国西部从事植物收集活动的经历。

---

* 本文发表于《中国科学报》2017年1月6日第4版（“自然”），作者袁一雪为《中国科学报》记者。

意外重叠的博物之路

在 *Chinese Wilson* 的书中，印开蒲发现，其中刊出的 40 余张老照片中，有四分之三皆是四川的风景。“那些照片将四川拍得真美好。”印开蒲感叹道，“特别是一张四川汉源县的古镇，真是美得无法形容。还有重庆、湖北的一些古镇也都令人神往。”

其中不少地方印开蒲也曾经去过。“但是这些地方看起来既熟悉又陌生，因为经过一百年，景色原貌都或多或少有些变化。特别是现代建筑对于古镇的破坏令人遗憾。”印开蒲声音有些低落。因为与威尔逊一样从事植物生态研究的缘故，印开蒲从照片中看出，“随着西部地区的公路、铁路、电站和矿山等大量基础设施兴建，这 30 多年对环境的影响超过了过去的 100 年”。

印开蒲认为这种变化源自现代人对于古代历史与文化的淡忘与缺失。“有些人甚至问过我威尔逊是不是偷盗了我们的植物。”印开蒲谈及此时有些无奈。他对那些误解的人解释时都会提到玉米、辣椒、土豆、西红柿等农作物，“这些植物都是由传道士或商人从国外带到中国的。否则，在粮食短缺的年代，我国几亿山区群众的口粮又要如何解决？”

对此，印开蒲深深意识到，如果不把过去的历史记载下来，历史很快就会被人遗忘。那时，他就暗暗下了决心要去威尔逊走过的地方去看看，再记录一次老照片上同样地点的风景，给后人一些启示。

于是，同样从事生态工作的印开蒲就开始了征程。他不仅用照片记录，还采用了一套照片重叠的对比方法，研究环境变迁，并在 2010 年出版了以这些对比说明照片为主的书籍——《百年追寻——见证中国西部环境变迁》。“现在很多人都在用这个方法。”印开蒲自豪地说。

除了专业原因，印开蒲自认与威尔逊的个人经历亦有相似之处。在粮食短缺和文化动乱的年代，17 岁的印开蒲被分配到中国科学院成都生物研究所做植物标本采集、绘图、实验员等工作，一做就是十几年。“文化大革命”后，他开始从事植被生态和保护生物学研究，直到退休。“威尔逊也是从十几岁开始就工作了，这点我们俩很像。”印开蒲告诉《中国科学报》记者，“而且，我们有相同的爱好，比如摄影、写作，而且年轻时都吃了不少苦。”

不疯魔不成活

不过，重走之路并不顺利。首先就是经费，印开蒲通过当地政府取得了资金资助，并一路将自己探寻时接受的媒体采访报道随身携带，给目的地的政府领导看。“这样在寻找之时他们会给予一定帮助。”印开蒲说。为了找到照片中的人物的后代，印开蒲也想尽办法：刊登寻人启事、四处探访询问，终于他找到 9 家人的后代，并在同样的地点为他们留了影。

虽然说起来简单，但是能够坚持 20 年，却是常人难以企及的。对此，印开蒲却不以为意，他说这些困难已经习以为常，最让他难忘的还是路上遇到的艰难险阻：地震、泥石流、洪水、塌方、暴风雪……有些人一辈子都没有经历过的自然灾害，印开蒲却经历了不止一次。

2008 年，印开蒲探访到四川丹巴县，只为了攀登上海拔 4600 米的垭口去威尔逊曾经到过的地点拍摄两张照片。在登山前晚，他们借宿在当地人搭建的简易木棚中，10 平方米的地方挤了 6 个成年人和 1 个小女孩。当地人饲养的 4 只藏獒在漆黑的夜里围着木棚打转，这让想起夜方便的印开蒲不敢出门，几乎一夜没睡。由于休息不足，第二天走到海拔 4200 米高度时，已经 65 岁的印开蒲几乎难以坚持。同行的当地林业局带路的一位年轻人劝说他停下休息，并保证一定替代印开蒲拍摄出满意的照片。但是印开蒲坚定地拒绝了这份好意：“我已经走到这里，如果不爬上去自己拍摄就是对历史的不尊重。”他吞下速效救心丸，啃了几小块巧克力，喝下两口矿泉水，毅然起身再次上路，用了两个小时攀到垭口，在与威尔逊百年前站到的位置相同的地点拍下照片。

“我要在被破坏之前记录下来”

“这几十年的环境变化，我要在被破坏之前记录下来。这是我一个生态学家的历史使命。”这是印开蒲在接受采访的一个小时中不断强调的一句话。

在重走威尔逊之路之前，印开蒲就是一个喜爱在大自然中学习的学者。“我记得中国科学院院士、中国近代植物生态学和地植物学的主要开创者之一侯学煜曾经说过，大自然是一部永远读不完的天书。”印开蒲说，“这句话影响了我一生。”

作为一名生态学家，印开蒲也在不断用心行动践行这句话，“虽然现代生物学生态学都在向微观发展，但是我依然认为离开自然的科学很难取得成绩。”他说，“而且，环境变化、资源破坏，对地球家园的保护通过数学公式推导的意义不大。照片对比是最直观的。我想，现在用博物学的方式更能解决这个问题。”

印开蒲曾经在中小学都进行过相关的讲座，原本 40 分钟的讲座被同学们强烈要求延长到两个小时。看着孩子们专注的神情，听着他们发出的欢快的笑声，印开蒲深深感受到孩子们渴望拥抱大自然的心声，他体会到自己的付出是值得的。他希望让更多的人了解大自然进而保护大自然，用一种博物的视角去看待生物，保护生物多样性。

马鸣：天高任鸟飞　鹫类知多少*

温新红

高山兀鹫，猛禽中的巨无霸。在中国，它还有另一个为人熟知的名字——座山雕。兀鹫全身羽毛呈淡黄褐色，向下弯曲的钩形嘴，颈部细长，裸露的头和颈部有稀疏的白色短绒毛，体形硕大，全长 1.1 米左右，体重 10 千克左右，翼展可达到 3 米，多在海拔 2400～4800 米的高原或高山活动，喜欢四处游荡，活动半径达数千千米。

近日，由中国科学院新疆生态与地理研究所研究员马鸣等所著的《新疆兀鹫》出版。令人惊讶的是，这是中国第一部关于鹫类的著作。相对于国外的研究及浩如烟海的资料，中国有关鹫类的文献凤毛麟角，研究尚处在初级阶段。

“几乎是一个空白”

全球鹫类仅存 23 种，中国约有 8 种，所占比例是相当高的。马鸣解释，国内在物种的分类学、形态学等方面是有所发现，可这样的工作在国外都是 100 年前的事，我们才开始做本底调查，稍稍深入的了解都没有，自然也没有什么更深入的研究。

“国内仍缺乏完整详尽的研究鹫类繁殖生物学和种群分布状况方面的著述，甚至一些文章将兀鹫和秃鹫混淆。”马鸣直言，与国外相比，国内鹫类研究几乎是一个空白，这个空白是指深一层次的，比如高山兀鹫什么时候下蛋？小鸟什么时候出窝？一个窝有几个蛋？等等。

---

* 本文发表于《中国科学报》2017 年 4 月 14 日第 6 版（“读书”），作者温新红为《中国科学报》记者。

中国的鹫类“四多一少”，种类多（8 种）、数量多（上万只）、分布省份多（面积大）及存在的问题多；“一少”指文献少，就是说关注度低。1949 年以来，国内开展了几次综合科学考察，有一些鸟类学专项研究，但难以形成气候，在近 70 年的时间里，在新疆曾经从事过野外鸟类研究的人员不足 30 人。《中国动物志·鸟纲》迄今已完成了 13 卷，目前唯一没有完成的就只有“猛禽”一卷。国内还没有一本专门的猛禽杂志。这些都与国外形成巨大反差。

究其原因，马鸣认为主要有几个方面。

第一，经费不足，研究的人力、物力不足，国内做鸟类研究的人相对少，而他们做的多是一些温和的、知名度高的物种，这样专门进行猛禽研究的就更少了。

第二，猛禽栖息地比较特殊，多是远离人迹的高山峻岭，地处高海拔、高悬崖上，危险系数大，观测难度很高。

第三，猛禽位于食物链的顶端，数量稀少，难以寻找，不容易发现，没有研究对象怎么做研究？

第四，所有猛禽都属于国家级保护动物，禁止样品采集、取样、抽血等，过度干扰也是不允许的。

高山悬崖上找窝

2012 年，马鸣申请到国内第一个鹫类基金项目，带领团队开始了新疆兀鹫的研究。他告诉记者，他们遇到的也要解决的第一个难题是找到兀鹫的窝。只有找到了窝，才能将兀鹫锁定、盯住，可以在整个繁殖期里观察和研究兀鹫。

这听起来再正常不过的事，实际操作起来却面临很大的困难。因为兀鹫的窝一般在高山里、悬崖上，不好找也难以接近。

开始时，项目组请了专业的攀岩队帮忙。不过很快发现，攀岩人员为了安全，在悬崖上吊了很多绳索，时间一长，就会造成老鸟不敢回窝、小鸟冻死、饿死等情况。这种对鸟类造成干扰的方式不可取，只能放弃。

后来请了当地牧民帮忙才找到兀鹫的窝。从项目启动开始算，大概用了一年的时间。

“如果算上之前的工作，实际上用的时间应该更长。”马鸣说，早在报项目前，他们就开始收集信息，比如找志愿者做拉网式搜索，通过向导、保护区工作人员及观鸟爱好者了解等，各个方面的信息汇总起来后，他们再到现场去看。加之他们在青海、西藏等地看到过鹫类的窝，有一定的感性认识，并做了记录。在新疆虽然说是另起炉灶从头开始干，但也不是一点儿经验没有。

马鸣告诉记者，鹫有一个特点，做窝会形成一个群落，是成片的，相当于家族。所以，找到一个窝就能在周围找到很多，一个悬崖上就有好几个窝。现在鹫类的窝至少找了上百个，“观察对象就给锁定了”。

找到窝足以让研究人员兴奋，随后的工作也不容易，他们要爬上悬崖到窝里去做观察或架红外相机等，危险时常出现。

一次，在悬崖上，一股大风刮过来，马鸣说自己几乎站不住，差点儿栽下去。而悬崖上锋利的石头，一不留神就会把手割烂，马鸣的手上还有这样的疤痕。3月，他上去时因山体很滑，下不了山，后来是向导拉着他的手扶着他走，“那个惨状——困在悬崖上不敢动，稍微一动就有坠崖的危险”。想起当时的情形，马鸣仍旧唏嘘。

《新疆兀鹫》的著者名单中，除马鸣、徐国华、吴道宁三位主要著者，还列有其他 20 多位著者。他们中多是参与了野外工作的，有当地林业局帮助协调研究团队工作的，有当向导的牧民，有保护区的工作人员，等等。他们当中有蒙古族、维吾尔族、哈萨克族、回族等少数民族工作人员。

“没有他们的帮助，我们寸步难行。”就这些，马鸣还觉得不够，只能将那些帮助过他们的人写到“前言”里。

研究、保护都不能少

《新疆兀鹫》一书 26.8 万字、105 幅插图、22 个表格，全书 9 章，包括新疆猛禽介绍、鹫类的起源与文化、分类与分布、种群数量、繁殖习性、食物与食性、迁徙故事、兀鹫与猛兽（如灰狼、雪豹、棕熊）和有蹄类的关系、面临的困境等。

“考虑国内这方面的知识缺乏，更想把这些内容理顺。”马鸣说。

但这本书不是纯学术专著，是从科普的角度和方式来写的，比如，开篇就介绍了什么是猛禽，这个物种几千万年的进化历史，中外的化石，还有古文中的鹫、鹫类与天葬及逸闻趣事等，可读性比较强。

无论是专业研究的体现还是科普，对马鸣来说，写该书的最终目的都是对“鹫类的保护有一定的影响”。鹫类面临越来越严重的生存问题，数量少到快灭绝的地步，“鹫类的处境”一章中列出了国内外近 20 种造成伤害的鹫类的情形。

第 9 章也是最后一章里，画有一幅金字塔形图，底部是数量最大、种类繁多的草食动物，其次是杂食动物，上面是肉食动物，最上面才是数量少的腐食动物，即鹫类。

“它位于食物链的顶端，从草食动物传播给杂食动物，再传播给肉食动物，最后到腐食动物，意味着它是二次中毒、三次中毒的最终受害者。所以，腐食动物体内积累了所有动物的垃圾、污染物，对物种构成了很大的危险。”马鸣说，因此，希望国家能加大投入，并重视起来。2015～2016 年，他提出拯救“三鹫”倡议，建议在中国重点保护秃鹫、高山兀鹫、胡兀鹫三种不同类型的鹫类，以达到保护所有 8 种鹫类的目的。

“短短四五年，不足以深入了解进化了几千万年的鹫类。鹫类面临的问题很多，写作中不免有遗憾。”马鸣在后记中写道。

马鸣近些年做的都是猛禽的研究项目，从猎隼、金雕到高山兀鹫，接着是秃鹫的项目。他说尚待研究的问题还很多，比如鹫类的进化、分类地位、迁飞动力、繁殖周期、寿命等都不是很清楚。

“这些属于更难做的内容。我们势单力薄，一个团队也只在新疆做了一点点工作，对青海、西藏、云南、四川等地的鹫类都没有研究。所以这本书叫《新疆兀鹫》，不能叫《中国兀鹫》。”马鸣说自己已 60 岁，所以希望有更多的团队、更多的课题组加入进来。

曾孝濂：凝花草树木于笔端*

张晶晶

北京初秋的一个周末，单向空间书店里熙熙攘攘，这里马上有一场新书《云南花鸟》的分享会。活动尚未开始，主角——中国科学院昆明植物研究所高级工程师、著名科学画家曾孝濂的面前就已经排起了小长队，他用毛笔在图书上一一写下自己的名字，和读者聊着那些花与鸟的故事。

此时，书店里售价196元的《云南花鸟》已宣布售罄。排在记者前面的一位男士，直接购买了10套。他告诉《中国科学报》记者："机会难得，给亲人和朋友带的，要请曾老签名。"

无一花无出处，无一叶无根据

《云南花鸟》是曾孝濂的科学画集，包括《云南花》和《云南鸟》。其中，《云南花》收录了包括滇山茶、野百合、网檐南星等在内的91幅作品，附录有16幅作品，包括云南山茶花图选、野生食用菌图选、《云南植物志》插图选及近些年来的一些新作；《云南鸟》中则收录有包括绿孔雀、白鹭、燕雀等在内的112幅作品，附录有14幅作品，包括《中国古鸟类》插图选及邮票选两部分内容。

说到生物绘画，近年来可以说掀起一股小热潮。随着博物爱好者的增多，加上类似《笔记大自然》等书籍的出版，越来越多的人开始对生物绘画感兴趣。那么，到底什么属于生物绘画？它应该遵循哪些基本原则呢？

曾孝濂说："生物绘画有非常悠久的历史，特别是在欧洲，中国古代也有。它

---

* 本文发表于《中国科学报》2017年9月29日第6版（"读书"），作者张晶晶为《中国科学报》记者。

源远流长，是一个受大众欢迎的画种。用现代美术来分类，它应该是生物类的插画，就是插画专业。国外叫植物艺术画、动物艺术画、生态艺术画，国内叫标本画，也有叫植物科学画、动物科学画等。其实称呼不重要，重要的是，所有这些画都有一个非常明确的主题，是以生物物种的本身，或生物物种之间，或生物物种与周围环境的关系为主题的一种绘画。”

这也是曾孝濂总结的生物绘画的第一个特点，主题要与生物物种相关。第二，从绘画手法上看，生物绘画必须使用写实主义的手法，准确地描绘这个物种的分类特征、形态特征，就是这个绘画既有鉴别这种物种的功能，也有单独的审美价值。

“第三，这种绘画要有一定的专业知识的支撑。比方说画植物，在动手画这个植物之前，必须先去了解这个植物的形态特征以及这个植物和它周围环境的关系，如果特征或关系没有把握住，画错了，或是画得不清楚，哪怕素描关系再好、色彩关系再好，也是一个失败的作品。”

第四，生物绘画没有门派之分，凡是写实主义手法，无论古今中外，都可以拿来使用和借鉴。“生物绘画需要博采众长、兼收并蓄、多元共存。创作者在绘画实践过程当中应该不断地总结经验，把它提升为绘画语言，最终形成自己的风格。这是我自己对生物绘画的理解，也是我实践过程当中遵循的标准。”

曾孝濂提出的生物绘画的最后一个特征，是生物绘画绝对不是冷漠再现，而是要热情地讴歌——“一花一鸟皆生命，一枝一叶总关情”。

“画得像不是我们的最终目的，最重要的是要反映这个物种的勃勃生机，这是衡量画作是否成功的一个重要的标准。”

板凳要坐十年冷，文章不写半句空

《纽约客》特约撰稿人格拉德威尔在《异类》一书中提出过“一万小时定律”，为很多人所知：要成为专家，至少需要一万小时的练习。

如果每天工作 8 个小时，一周工作 5 天，那么成为一个领域的专家至少需要 5 年。而曾孝濂已经画了将近 60 年，而且醉心其中、乐趣无穷。

说到最初接触绘画，曾孝濂回忆说，自己 1958 年中学毕业，1959 年就进入中国科学院昆明植物研究所半工半读。当时《中国植物志》编纂工作启动，需要很多插画师，他便被分配到植物分类室，自此开始，从一而终，直到退休。

“当时全中国360多个植物分类学家、164个插图师，全力以赴投入这个工作。”为植物树碑立传的工作一做就是37年，曾孝濂和一百多位同事一起默默奉献、无怨无悔，为《中国植物志》的面世做出了极大的贡献。

将干枯的标本化为纸上的生动形象绝非易事，首先必须遵照标本，其次要熟悉活体特征。这就离不开大量的写生。曾孝濂是当初一起入所的画师中最爱跑野外的人。出野外艰苦，蚂蟥、蛇、毒虫都是常客，有人唯恐避之不及，唯独他求着领导主动申请出野外，哪怕要加班加点地把本来的工作完成。

“每天都在兴奋当中度过，感到造物主的鬼斧神工。热带雨林多层次、多种类，有各种植物、动物、微生物，它们共同组成一个完整的群落。它们互相竞争，也互相依存。经过漫长岁月的磨合，构成一个复杂的生态系统。每一个生命都有自己的位置，犹如一个交响乐队，各自演奏不同的音符，合成一场气势恢宏的天籁之声。人类不是大自然的主宰，也不是清高的旁观者，他们也是其中的一员。当你置身其间，会将所有纠结和烦恼都置之度外。那一段经历对我的生物知识和价值取向起了非常大的作用。”

这份辛苦又孤独的工作在曾孝濂看来却是很有味道。当时他有一个座右铭，就是史学家韩儒林的一副对联——“板凳要坐十年冷，文章不写半句空”。

信手涂鸦一顽童，机缘巧合入画途

在2017年7月举办的第19届国际植物学大会上，植物艺术画展吸引了来自全球诸多与会者和国内观众的目光。78岁高龄的曾孝濂专门为这次大会创作了10幅作品，无一不是好评连连。毫无疑问，生物绘画的“粉丝”将会越来越多，也将会有更多参与者，掀起一股新的热潮。

在《中国植物志》完成之后，生物绘画很长时间处于低谷，很多从事生物绘画的老前辈都不再创作。生物绘画向何处去，面临一个新的机遇和选择。其中有一部分人，比如曾孝濂，走出科研院所，面向大自然，创作了许多新作品，《云南花鸟》中的近两百幅作品都是在这个阶段完成的。但如今却有越来越多的年轻人对生物绘画产生兴趣、投身于此。曾孝濂表示，正是年轻人的热情让自己十分感动，在 78 岁的年纪，仍然愿意多参与这样的分享活动，和年轻人交流。

说到对年轻人的期许，曾孝濂说道："我们这一代人的未竟之志希望年轻人来完成。我是机缘巧合入画途，但现在好多年轻人居然把自己的工作辞掉，投身于植物画，我非常敬佩他们。有了更好的条件和环境，其中很多人已经显示出非凡的才华，我相信下一代肯定比我们画得更好，也比我们进步得更快。"

对于自己的绘画人生，曾孝濂在 2017 年生日时写下小文，言语平实，却令人动容。"信手涂鸦一顽童，机缘巧合入画途，以蜡叶标本为依据，为植物志画插图。世人多不屑一顾，我偏觉得味道足。既要坐得冷板凳，也要登得大山头。时而心猿意马闯深山老林，领略狂野之壮美；时而呆若木鸡静观花开花落，澄怀味象感悟生命之真谛。动静之间寻觅灵感之沃土。以勤补拙，死抠硬磨，练就无法之法。凝花鸟树木于笔端，哄慰自己，也给观者留下些许回味。随意而安，尽力而为，平平淡淡，自得其乐。"

“业余”昆虫学家张巍巍*

张文静

“1986～2017 年，32 年的梦想，今天终于实现。” 8 月 25 日晚，身在日本的张巍巍在微博上写下了这句话。

当天，张巍巍在日本甲州大菩萨岭拍摄到了蛩蠊目昆虫。蛩蠊目昆虫多栖于 1000 多米高山的苔藓、石块下和土中，很难找到。现已知有 29 种，其中中国有 2 种，日本有 6 种。

早在 1986 年 7 月，张巍巍在长白山参加夏令营时就曾尝试寻找这类当时中国尚未记载的神秘昆虫，但没有找到。仅仅一个月之后，中国科学院动物研究所高级工程师王书永发现并记录了中国第一个中华蛩蠊。此后，张巍巍又去长白山找过几次，均没有找到，如今终于得偿所愿。至此，在昆虫纲 30 个目中，张巍巍仅有螳䗛目昆虫尚未拍摄到。

昆虫纲，整个动物界种类和数量最多的一个纲，现在已知约 100 万种，它们的踪迹遍布世界各个角落，仍有许多种类尚待发现。多年来，张巍巍的目光就锁定在这个纷繁绚丽的昆虫世界里。而作为一名自由职业者，他的执着不是为了职业成就，也不是为了养家糊口，只是单纯地为了兴趣，用他自己的话说，“就是为了玩”。

打开昆虫世界兴趣的大门

对昆虫的热爱源自张巍巍小时候与大自然的亲密接触。

---

* 本文发表于《中国科学报》2017 年 9 月 8 日第 5 版（“文化”），作者张文静为《中国科学报》记者。

出生于北京的张巍巍，在四岁时随父母离开北京到山西平定县居住了两年。正是在这两年里，张巍巍见到了比以往认知中更加广阔的自然世界。在他读书的幼儿园后面，就有一个山谷，那是个美丽的动物世界。他经常悄悄跑到山谷里玩，看蝴蝶、飞鸟。

有一次，山里发洪水，山谷里的小溪变成了一条河。这时，张巍巍在草丛中发现了一只飞蝗，他想去抓住它，飞蝗惊飞。逆光中，他看见蝗虫展开了耀眼的金黄色的翅膀，向着对岸飞去。张巍巍惊呆了，他从未见过如此能飞的蝗虫。那段时间，诸如此类的奇异画面让张巍巍打开了昆虫世界兴趣的大门。

回到北京，为了获得昆虫知识，张巍巍开始到处淘书、淘旧杂志、淘邮票，周末骑着自行车到处逛，只要上面有一点儿与昆虫有关的图案或知识，他就想办法买回来。《陕西省经济昆虫图志——鳞翅目：蝶类》《河北森林昆虫图册》等都是他当时淘到的宝贝。

初中时，张巍巍进入北京市少年宫生物小组，有机会接触到了优秀的老师甚至昆虫专家。也是在这里，张巍巍结识了对他影响至深的著名昆虫学家杨集昆。对昆虫世界共同的疯狂热爱，让这一老一少的友谊迅速升温。一个带研究生的著名教授，竟然收了一个中学生弟子。

此后每个月，张巍巍都要花费两个小时的时间到杨集昆家中拜访、学习、查阅藏书、讨论问题。“从杨集昆先生身上，我不仅学到了昆虫知识，更重要的是学到了他永远怀疑、永远探索、不计功利的治学精神。”张巍巍回忆说。

经历生死考验

就这样，张巍巍入了昆虫这个“坑”，直到现在依然沉迷于此，不能自拔。

张巍巍从事过一段时间的昆虫科研工作，虽然后来因种种原因改换了其他工作，但对昆虫的爱好却一直没有放下。相反，他在这个业余爱好上花费了自己大部分的精力和时间。

实际上，张巍巍在业余爱好上取得的成绩却并不“业余”。比如，2011 年，他在雅鲁藏布大峡谷首次拍摄到了墨脱缺翅虫的生态照片，这是中国人第一次拍到这种神秘的稀有昆虫。此后，由于掌握了缺翅虫的生活习性和特征，张巍巍又在马来西亚和印度尼西亚分别采集到了缺翅虫标本，拍到了生态照片，其中一种还是人类首次发现的物种，它因此被命名为“巍巍缺翅虫”。

拍摄墨脱缺翅虫时，张巍巍还经历了一次生死考验。

当时，张巍巍和伙伴们正开着一辆中型面包车沿着雅鲁藏布江边前进。就在雅鲁藏布大峡谷的入口处，他们惊讶地发现在高耸入云的悬崖上，密布着罕见的重重叠叠的城堡，那是著名的黑大蜜蜂的王国。为了记录这难得的奇观，他们决定靠近点儿探访拍摄。

拍摄一开始进行得非常顺利，直到一名摄影师点了一支烟，微弱的烟圈被风吹向上空的岩蜂城堡。随即，微弱的烟火味激怒了敏感的岩蜂，几只岩峰像钉子一样疯狂地冲下来。紧接着，越来越多的黑色岩蜂，瀑布一样飞泻而下。

张巍巍等狂奔而逃，每个人的身后都跟着一大团岩蜂。深入小坡里面洼地的张巍巍成为岩蜂发泄怒火的最佳对象，它们像黑布一样直接围了过来，张巍巍跑的时候几乎看不清楚路。

等到了相对安全的地方，张巍巍的头已经被岩蜂尸体密密包裹住了，还有两个队员也受伤不轻。司机一轰油门就走，总价值数十万元的器材只得扔在原地。

张巍巍后来发现，自己全身中了300多根毒刺，而且集中在头部。三个小时后，进入体内的蜂毒开始产生作用，张巍巍和另外两位队员几乎同时发烧、呕吐，浑身无力。他们当天下午入住医院治疗，经过输液，到了第二天下午总算度过一劫。

经此一遭的张巍巍等，丝毫没有犹豫，立刻动身返回野外，继续寻找缺翅虫。功夫不负有心人，在那次考察的倒数第二天，张巍巍终于找到并拍摄了墨脱缺翅虫，发现了墨脱缺翅虫的新分布点。

对于张巍巍来说，这样的故事并不是孤例。常年在野外的他，对此早已习惯。“尤其这两年，在野外的时间比在家里还要多。”张巍巍说。

因为痛感中国自然博物手册的稀缺，张巍巍等还成立鹿角文化工作室，规划“好奇心书系”，编写《常见昆虫野外识别手册》和大部头的《中国昆虫生态大图鉴》《昆虫家谱——世界昆虫410科野外鉴别指南》等。这些都成为广受欢迎的昆虫博物类图书。

“新时代的博物学家”

2001 年，张巍巍又对虫珀产生了兴趣，并在 2012 年之后开始收藏大量的虫珀。

虫珀是琥珀中最为奇特的品种，包裹了亿万年前的生命体。由于保存大多完好，甚至毫发无损，成为人们窥探远古世界的一扇窗口。

张巍巍最早接触虫珀是在 2001 年。那一年，他在新闻报道中看到，一个昆虫新目——螳䗛目被发现。这个昆虫新目最初发现于波罗的海琥珀中，后来才顺藤摸瓜在纳米比亚找到了现生的种类。

“当时就觉得很神奇。”张巍巍说。于是他就在网上搜索，发现了一枚形态极为近似的波罗的海虫珀，就买了回来。虽然后来证实这仅仅是一枚竹节虫琥珀化石，但张巍巍还是兴奋不已。不过后来，由于波罗的海琥珀毕竟离他的生活太遥远，所以也没有再关注过虫珀。

直到 2012 年，缅甸琥珀开始规模化进入腾冲，也拉开了张巍巍疯狂收集虫珀的序幕。

“凭借多年来对现生昆虫各个类群的了解，我渐渐发现了缅甸琥珀的独特魅力。虽然波罗的海和多米尼加琥珀珀体更加干净透彻，但昆虫种类多数跟现生种类近似。缅甸琥珀则不同，不仅内含物种类繁多，而且很多与现生种类差异极大，甚至闻所未闻！”张巍巍说，“更为特殊的是，缅甸琥珀开采的特殊历史背景，造成了世界范围内对其内含物的研究严重不足，经研究发表的论文少之又少。好在近两年各国昆虫和古生物学者加大了对缅甸琥珀的研究力度，成果如同‘井喷’般呈现。我也陆续跟国内外昆虫和古生物学者展开合作，希望对揭开白垩纪昆虫之谜贡献一点绵薄之力。”

比如，张巍巍与中国科学院动物研究所研究员杨星科团队合作，并于 2016 年 3 月在《冈瓦纳研究》杂志在线发表了研究成果——在缅甸琥珀中发现的一个化石昆虫新目奇翅目。这是中国昆虫学家第一次通过琥珀发现昆虫纲的新目。此外，张巍巍还与其他学者合作，在缅甸白垩纪琥珀中陆续发现多个昆虫新科新属新种等。

2017 年 6 月，张巍巍从自己收藏的数千号虫珀藏品中，精选出 800 多件，编写了《凝固的时空——琥珀中的昆虫及其他无脊椎动物》。全书 2000 多幅图片，差不多均出自张巍巍之手。

在给《凝固的时空——琥珀中的昆虫及其他无脊椎动物》一书写的推荐序中，首都师范大学生命科学学院教授任东评价张巍巍，说他的“这些高质量的学术成果没有从国家拿一分钱，工作目的完全出自于个人的兴趣和对大自然的热爱，是纯科学的。他完全配得上‘新时代的博物学家’这一称号。”

确实，作为自由职业者的张巍巍，没有科研机构的支持，没有项目资金的来源，常常会遇到很多困难。但张巍巍对此却轻描淡写，甚至享受这份难得的自由。“就是玩嘛！”张巍巍说，“我不必完成什么任务，也不受任何限制，就是单纯地追求自己的兴趣，这就够了。”

“土著”鱼“发烧友”罗昊*

张文静

对于很多人来说，中国原生鱼是个陌生的概念。中国原生鱼，泛指中国本土区域以内的“土著”鱼种。中国幅员辽阔，水系纵横，孕育着多样性丰富的原生鱼资源。但它们得到的关注度却不算高，即使在博物爱好者中，喜欢鱼类的也只占一小部分，而且众多鱼友又以偏爱热带观赏鱼者居多。

不过，在国内也有相当一批原生鱼“发烧友”。在他们看来，中国原生鱼自有独特之美，相比热带观赏鱼毫不逊色，值得被大家了解、喜爱。罗昊就是其中一位。

追寻原生鱼的踪迹

提起对中国原生鱼的兴趣，罗昊说，那要追溯到小时候了。

从小就喜欢养小动物的罗昊，形容自己住平房的时候家里跟动物园似的。那时罗昊的奶奶有一个大鱼缸，泥做的那种，里面养睡莲，罗昊就把捞回的小鱼放在里面养。“现在看来大概就是青鳉、麦穗这些最普通的原生鱼了。”

罗昊回忆说：“其实我们每个人都在很早时就接触过原生鱼，只要你拿着抄网去过河边就算。”

十几年前，罗昊迷上了生态摄影。夏天跑到山里拍些花花草草，可在北京一到冬天就只能窝在家里，于是索性就把秋天捞的小鱼养起来，拍两张照片热热身。“当时也没有特别的目标，就是拍最常见的几种，拍完了想知道它们叫什么。可

* 本文发表于《中国科学报》2017年6月16日第4版（“自然”），作者张文静为《中国科学报》记者。

这一查才发现中国原生鱼的资料很缺乏，特别是影像资料，还停留在20世纪五六十年代那种黑白的手绘图上，只看图很难辨别。”罗昊说，所以自己当时也没想过要拍多少种原生鱼，只是想着能拍一种是一种，放到网上让其他爱好者有个参考，别像自己当初查资料那么费劲。

抱着这样简单的想法，罗昊开始了寻找、拍摄中国原生鱼的旅程，直到今天。

这些年来，因为追随原生鱼的踪迹，罗昊走了很多有趣的地方。有时候，在网上看到钓鱼的人发帖求问某种鱼是自己没拍过的，他就会特意跑过去找。为了一睹雷氏七鳃鳗的“芳容”，罗昊前后3次跑到黑龙江省依兰县。为了见到日本纪录片里介绍的三刺鱼，罗昊特意去了一趟日本各务原市的淡水鱼水族馆。“我想，中国游客恐怕都没听说过这个小城市吧！”罗昊笑着说。

这些年，让罗昊印象最深的还数在北京寻找细鳞鲑。为了20世纪30年代的一份记录，他前后用了5年时间走遍了它有记载或可能出现的地方，最后终于在北京市水生野生动植物救护中心朋友的帮助下才得见细鳞鲑的真容。对原生鱼的痴迷曾让罗昊经历身体上的考验。有一次，他去北京郊区找到几条池沼公鱼，这种鱼最怕水温高，所以车上放着冰块，回来路上在京承高速一路开着车窗。结果到家了，鱼活蹦乱跳，罗昊却发烧烧了四天。“可以说追踪原生鱼的脚步带给我非常特别的体验。”罗昊笑言。

有趣的原生鱼

对中国原生鱼的了解越深，罗昊越能感受到它带来的乐趣。

“中国原生鱼中有很多有趣的鱼类。”罗昊介绍说，比如斗鱼，是一种很好看的观赏鱼，它做巢的方式很特别——吐泡泡。雄斗鱼利用吐出的大量气泡做成一个巢，鱼卵在此孵化期间，它一刻也不能休息，要不断吐泡泡来补巢，还要防范可能入侵的敌人。

“鱼类里多是好爸爸，比如中华九刺鱼，北京怀柔是已知其分布地域最南的地方。这种鱼在繁殖期，雄鱼体色会变为蓝紫色，有金属光泽，同时会分泌有黏性的丝状物，粘合缠绕周围的水草做巢，以吸引雌鱼进巢产卵。看来也是先买房再结婚。”罗昊笑着说。

鳑鲏鱼与河蚌有着神奇的合作繁殖方式，罗昊把这称为互相“蚌”助。鳑鲏鱼的颜色如彩虹一般，是“鱼中的中国美人”。到了产卵季节，鳑鲏鱼常常雌雄相伴，在水中寻找河蚌的栖息场所。发现河蚌后，它们将卵子和精子通过河蚌的入水孔产在其外套腔里，受精卵就依附在河蚌鳃瓣间进行发育，直到孵化成幼鱼。河蚌同样如此，将大量的钩介幼虫从出水孔排出来钩附在鳑鲏鱼体的鳃或鳍上。

说到这里，罗昊不禁感叹，其实如斗鱼、虾虎鱼、鳑鲏鱼等都是有着艳丽体色和特殊行为的鱼，饲养的乐趣一点不逊于它们的外国同类。“如果观赏鱼市场上有它们的一席之地，对于物种的保育、环境的保护、当地经济的发展都有好处，这可真的算绿色产业呀！”罗昊介绍说，早前中国市场上的观赏鱼主要是南美和东南亚的品种，也就是大家口中的“热带鱼”。现在，五大洲的鱼类基本都能见到，非洲的三湖慈鲷、美国的卢仑真小鲤、澳大利亚的七彩塘鳢都是很成熟的品种了。“而我国作为鱼类资源的大国，却只有白云金丝这一种比较成熟、稳定的观赏鱼类。中国原生鱼的命运似乎只有两种，沦为被人吃的水产鱼和被进口观赏鱼吃的饲料鱼。各地渔政部门一般也只关注有经济价值的大型鱼类。”

所以，在罗昊看来，拍摄照片是一种向大家介绍中国原生鱼的好方式。罗昊拍鱼有一个原则——还原。“就像写文章的不虚美、不隐恶一样。所以，我最喜欢的反而是自然光，太阳是最好的光源。如果条件不允许，我也会使用 2～3 只闪光从不同角度补光，总之就是模拟自然光的照射角度，追求最自然的效果。”

呼吁对原生鱼更多保护

随着追随鱼的踪迹越走越远，罗昊也会见到一些让他触目惊心的水环境。“好好的一条河被挖得千疮百孔，随便一个化工厂就能消灭一条河，毒、炸、电屡禁不止，豪车遍地的河滩垃圾遍地，每当看到这些场景都会感觉无奈甚至无助。”罗昊说，他小时候姥姥家门外就有条小河，他经常会去钓青蛙，后来上游修了一个小造纸厂，河水自此又黑又臭，没一点儿生机了。“就算后来造纸厂拆除，也过了好久，青蛙才又回来，而且数量少了很多。所以我有时就想，经济真应该停下来等等环境，让它养养伤。”

让罗昊和同伴感到高兴的是，现在水环境和水生动植物的保护已经越来越受到重视。“以北京为例，就确立了 18 种保护鱼类，水生保护部门也正在做放流工作，把原来生活在这里的鱼类再请回来，黑臭水体明显减少了。像褐吻虾虎、唇䱻等在北京分布极窄的鱼，由于水质保持良好，现在种群无忧。”罗昊介绍说，如果说建议，就是希望在以后河道整治时，不要只考虑景观和人类的感受，也应该更多照顾到原生物种的生存。与其种植、引进景观植物，不如就让苇荻生长；与其在河底铺防渗膜，不如留泥引蚌，一样也可以净化水质。“总之是希望鱼类研究部门更多地参与到治理中来，把工作做得更慎重、更细致。”

2017 年 1 月，在“两江中国”原生组织的主持下，罗昊和其他三位同伴共同创作了《中国原生鱼》（第一辑）一书。“我们四位作者各施所长吧！我主要提供了大部分图片。这本书一共收录鱼类 70 余种，都是些常见品种，可以说是抛的砖。因为《中国原生鱼》计划出三辑，后两辑会收录更多种类和稀有种类。另外，由我负责的《中国原生鱼——虾虎特辑》正在编撰中。”说到创作这本书的初衷，罗昊坦言，与最早进行原生鱼类摄影一样，就是深感中国原生鱼类资料的缺乏和杂乱。

“‘两江中国’作为目前国内最大的原生鱼爱好者论坛，会员人数大幅增加，说明关注和喜爱中国原生鱼类的朋友越来越多，我们也想给大家一本严谨的参考资料。希望这本书能让爱好者了解更多原生鱼，让之前不知道的人爱上原生鱼。只是爱好才会去了解，只有了解才能更好地保护。也希望有能力、有愿望的朋友加入中国原生鱼人工繁殖的研究中来，让我们自己河中的小鱼，不再只出现在餐桌上，也有一天出现在国外的水族箱中！”罗昊说。

于凤琴带你探秘滇金丝猴*

胡珉琦

从一名职业记者到野生动物保护者，于凤琴已经经历了 15 年的时间。

这位 2009 年斯巴鲁野生动物保护奖得主，一直和团队志愿者一起深入一线调查，救助野生动物，还用笔和镜头记录了大量以环境保护为主题的文章和摄影作品。尤其是一系列揭露产业黑幕、拯救候鸟的行动和报道，曾引起了强烈的社会反响。

如今，于凤琴是北京绿野方舟团队的负责人，年过花甲依然在为保护野生动物奔波。近三年来，滇金丝猴成为她观察、记录并进行科普传播的重要对象。

2017 年年初，她出版发行了自己的自然笔记——《响古箐滇金丝猴纪事》，讲述了这群我国特有的、栖息地海拔最高的灵长类动物所不为人知的故事。

首次拍摄滇金丝猴野外产仔全过程

2017 年 2 月 21 日，白马雪山国家级自然保护区下起了新年的第一场雪。这场雪对于凤琴意义非凡——三年来，她深入维西县响古箐金丝猴观察点，拍摄了无数照片，独缺一张雪天的。于是，在接到保护区护林员的电话后，于凤琴不顾重感冒，第二天深夜便赶到了那里。

雪后的响古箐一片银装素裹，这让于凤琴异常兴奋。更让她想不到的是，护林员告诉她，一只小母猴正在待产中。这只小母猴在 2016 年有过一段痛苦经历——当时由于初产没有经验，婴猴的脐带被缠绕在树枝上，猴妈妈和其他的

* 本文发表于《中国科学报》2017 年 4 月 14 日第 4 版（“自然”），作者胡珉琦为《中国科学报》记者。

母猴抢抱时，伤及了婴猴的肚子，导致其死亡。小母猴一直抱着婴猴的尸体整整20多天，直到它开始腐烂仍不肯放弃。最后，伴着小母猴悲痛欲绝的嘶叫声，护林员将婴猴尸体拿下，埋葬在了一棵大树下。

于凤琴说，根据科研人员和护林员的解释，滇金丝猴一般是在夜晚产仔，因此，谁也没有目睹过生产过程。可这一认识却被她拍摄的影像资料彻底打破了！

2月24日上午9时许，她跟踪的这只小母猴开始躁动不安。一阵风吹过，雪片落在她手上，意外发现一大滴黏液。原来，树上的小母猴正漏下一些液体。于凤琴根据观察经验判断，这是小母猴腹内羊膜破裂流出的羊水。在此期间，一只雄猴跑来陪伴它、抚摸它，不停为它梳理毛发。

于凤琴紧盯着镜头，大约四个小时后，雄猴先行在一棵大树上找到了一处生产地点，左顾右盼，异常警觉。而后，更多雌性猴子将小母猴围在中间。“它们就像是在为小母猴搭建临时产房。”于凤琴说。

15时05分，小母猴终于成功分娩，小婴猴出生时还连着脐带、胎盘。猴群里的母猴争先恐后想要抢走婴猴，都被坚强的猴妈妈奋力追回，它不停地发出尖叫声。

最后，它咬断了婴猴身上的脐带、胎盘，躲到了另一棵大树上。没有抢到婴猴的母猴似乎仍然不甘心，又追了上来。这时候，猴爸爸仿佛听到了猴妈妈的求救声，赶到它们身边，并且向其他母猴发出了警告。

而猴爸爸接下去的举动，让于凤琴既惊讶又感动。它先是安慰了一下小母猴，然后从旁边的一个树杈上采了一把松萝，喂到猴妈妈的嘴边。猴妈妈抱着婴猴，身体向前一倾，用嘴接住了松萝，微微一笑。

这是世界范围内首次拍摄到滇金丝猴野外产仔的全过程，不仅科研人员、野生动物保护人士格外关注，普通大众也对这群“雪域精灵”产生了好奇。

像人，更“胜”人

当初，于凤琴第一次见到滇金丝猴是在北京动物园。

滇金丝猴是唯一生活在海拔3200～4600米、针阔混交林和寒温性针叶林中的灵长类动物，主要分布在喜马拉雅山南缘横断山系的云岭山脉当中。

2004 年，北京动物园首次从云南白马雪山引进了滇金丝猴。它们那标志性的红色嘴唇一下就吸引了于凤琴。可在当时，已经为野生动物的自由奔波了几年的她，并不乐于看到那些被囚禁的“雪域精灵”。去野外寻找滇金丝猴，成了她的一个心愿。

没想到，这一等就是整整 10 年。直到 2014 年，进入花甲之年的于凤琴独自前往云南滇金丝猴的栖息地。

2008 年，白马雪山国家级自然保护区在维西县响古箐建立滇金丝猴观察点，采用“割猴群尾巴”的分离方式，从响古箐猴群中强行隔离出 120 只滇金丝猴，进行人为正向干预。这么做，是为了让更多的人能够见到滇金丝猴，也方便科研工作者对它们展开研究。

此后 3 年，她只要一有时间就往响古箐跑，拍摄、观察、做笔记。她亲眼看见了科研人员、护林员口中那些鲜为人知的滇金丝猴的行为、家庭关系和社会结构。

于凤琴介绍，首先，滇金丝猴是以家庭为单元划分领地的。每个家庭相对独立，以主雄为家长，实行一夫多妻制。目前，这群滇金丝猴有 8 个相对固定的家庭和一个全雄家庭。

“但是，雄性滇金丝猴做家长的时间一般只有 3～4 年。”她说，这主要是为了避免近亲繁殖。母猴 5 岁以后性成熟，这时它的父亲已经被淘汰出局了，从种群出生的雄猴也不会在本种群娶妻生子。幼年雄猴一旦到了娶妻生子的年龄，就会被赶到外群去参加决斗，争夺其他的家长位置。“这是滇金丝猴自己建立的伦理原则。”

和滇金丝猴的相处，让于凤琴不断惊叹于它们的“智慧”。它们每天要吃 30 多种植物，这些植物被吃下后，会在体内发酵，发酵过程中会产生许多细菌来消化这些食物。如果细菌少了，食物得不到完全消化；细菌多了，则会生病。滇金丝猴想要健康生长，就必须对腹内细菌有一个适量的控制，这就需要它们自行通过食物来调节。护林员发现，它们几天就会吃一种有毒的植物，因为这种植物具有杀虫的功效。

除此之外，滇金丝猴与别的猴子不同，它们必须“跑着吃”，每天换一个地方。据了解，该种群的活动范围大约是150平方千米，每隔两个月它们就能跑完一圈。“正因为它们采用这种生存策略，不仅增加了食物的多样性，还可以让植物轮流休养生息，保证食物来源永续利用。”她坦言，相比这些猴子，人类对环境的利用反而丧失了这种自觉。

“白脸”是一只具有传奇色彩的雄猴，它是这群滇金丝猴中的元老级家长。关于它的情感故事，曾经让护林员和于凤琴都为之动容——“白脸”有一个年长至少10岁的妻子，母猴不知为何失踪过一段时间，其间“白脸”一直郁郁寡欢，到处寻它。后来，“白脸”奇迹般地把它找了回来，从此，它们几乎形影不离。母猴步入老年，生活全凭“白脸”照顾，这在猴群中非常特别。老母猴去世以后，“白脸”一连几天将已经腐烂的尸体抱在怀里。护林员担心这会影响猴子的健康，强行从“白脸”怀里夺下老母猴的尸体。谁料，它一边剧烈摇晃着树干，一边发出悲痛的叫声。

“它们和人类有太多的相似之处，太有意思了！”于凤琴在采访中反复强调。但就目前而言，人们对滇金丝猴的认知和研究才刚刚开始。

“猴保姆”的故事

在响古箐做观察久了，猴子们和于凤琴就不再生分了，它们接受与她面对面的相处，甚至还会跟她开玩笑。

让于凤琴印象深刻的是一只小母猴。每次小母猴看到她摆放三脚架，都会跑过来停留片刻，摸摸三脚架，看看照相机。有一次，它居然手欠打翻了三脚架，直接“葬送”了一个相机镜头。

当然，也有猴子被“耍”的时候。一次，于凤琴和另一只小母猴友好对视了半天，随手递了些杜鹃花给它。谁知，它嚼完后先是“吧唧”了一下嘴，又吐了出来，一副嫌弃的样子。于凤琴试吃之后才发现，原来杜鹃花瓣是苦味的，她当场笑得前仰后合。

即便如此，于凤琴深知，和滇金丝猴情意最深的还是那些常年陪伴它们的护林员。

余建华是白马雪山国家级自然保护区维西塔城响古箐站聘用的第一批专职护猴的护林员，至今已经整整 20 年。他们每天比猴子起得早，比猴子睡得晚，一天将近十六七个小时都在山上。过去，他们每月的工资仅有 180 元，最重要的工作就是及时发现、消除各种盗猎手段。

如今，非法打猎已经大大减少了，他们的工作重点除了保护，还有观察和了解滇金丝猴不为人知的秘密。

现任白马雪山国家级自然保护区管理局维西分局局长钟泰已经在白马雪山自然保护区服务了 35 年，这位被于凤琴称为学者型基层干部的局长。从 1986 年起就和其他科研人员跟踪、研究滇金丝猴种群，对滇金丝猴有着非常深入、系统的了解。

他来到维西分局后，创新了一种管理办法，采用“向滇金丝猴学习管理猴群”的管理模式，把护林员分配到各个猴子家庭中，实行管理。每个猴子家庭配备一正两副 3 位护林员，也称“人家长”，这种“家长”制式的管护，使保护站的管护工作落实到家庭。

他们除了要了解滇金丝猴的生活方式、种群结构、社会关系、婚姻关系，还要细致到每个家庭的组合时间，雄猴来自哪个种群、和哪只雄猴争斗过，母猴接受它的原因，家庭成员中的情感交流如何，雄猴对非己生的婴猴态度如何，母猴什么时候发情、什么时候生产、生产时的相关细节，等等。

他们一年 365 天跟着各自的滇金丝猴家庭在活动范围内移动，同吃同住，每天上山甚至喝不到一口热水。在特殊时期，还要对它们实行特殊照顾。“护林员更准确的身份其实是‘猴保姆’。”于凤琴说，如果少了护林员的帮助，即便是科研工作者，恐怕连猴子都见不到。

尽管这些护林员责任重大，但至今他们每月的工资不过 1200 元。这些年里，于凤琴和每一位护林员还有钟泰局长结下了深厚的友谊，她通过自己和其他慈善组织的力量，为响古箐站捐赠专业的户外衣物和生活用品。让护林员们特别惊喜的是，每一个“猴子家庭”有了一台属于自家的相机，于凤琴培训他们用影像去记录像自己孩子一样的“雪域精灵”。

《响古箐滇金丝猴纪事》不仅是于凤琴三年里的自然观察笔记，同样是对这样一群与自然融为一体的人的记录，并向他们表达敬意。

大猫带你去北京寻兽*

胡珉琦

在多数人眼里，像北京这样的超级大都市早就不存在荒野了！

但是，从 2015 年 11 月一直到 2016 年冬天，有一群自然爱好者偏偏选在了北京寻找野兽。不是一时兴起，而是进行持续的科学的野外监测。

2017 年春节之前，这个名叫 Task Force 010（以下简称“TF010”）的志愿者团队在中国科学院生态环境研究中心举行了一场分享大会，公布他们一年多时间发现的北京的“神奇”动物。

TF010 来自于中国猫科动物保护联盟（以下简称“猫盟”）。猫盟是一家以科学保护中国本土野生猫科动物为目标的民间志愿者组织，2016 年入选了美国国家地理年度探险人物评选（中国区）十大年度提名探险家。

猫盟的足迹遍及了东北、华南、西南等地，他们一直坚持先有监测、研究，再谈保护。TF010 这个在北京成立的特别行动队走的是猫盟一贯以来的路子，先装红外相机，摸清北京兽类的物种多样性情况。

过去，北京曾生活着 40 种野生兽类，有金钱豹，有豺、狼，如今可还有它们的身影？仍然存在的野兽活得还好吗？这群自然爱好者已经有了初步的答案。

深入荒野

如今，北京的常住人口达到了 2100 多万，但这个超级大都市，一半以上的面积都是山地，太行山和燕山在这里交会。残存的荒野也许就在城市人的身边。

---

* 本文发表于《中国科学报》2017 年 2 月 10 日第 1 版，作者胡珉琦为《中国科学报》记者。

猫盟的创始人之一大猫（宋大昭）介绍说，北京的特殊还在于，这个野生动物区系有由古北界向东洋界过渡的特征，很多南方物种和北方草原、山地的物种都曾出现在这里。“这些年来，由于大批观鸟人士持续的观察，北京鸟种记录从200多种上升到现在的480多种。可是，人们对当地野生兽类的观察和了解几乎没有。”

于是，TF010先在北京郊区选择了三个样地调查点，分别是延庆的凤驼梁、怀柔的长哨营及河北小五台山前的湿地，它们代表了三种不同的生境特点，有大片阔叶林、针阔混交林和原生冲积平原湿地。在大量栖息地被割裂、丧失的今天，这些地点可以为一些野生动物提供较好的生存环境。

对于北京的户外爱好者来说，这些地方也许并不陌生，但要想做好观察和监测是另一回事——地形预判、确定野外样线、痕迹搜集、安装红外相机、数据回收、分析评价，这是TF010一整套生物多样性监测的流程。对于普通志愿者而言，学会寻找野兽留下的蛛丝马迹，知道该在哪里安装红外相机，是了解它们的两大法宝。

在城市周边的荒野，除了常见的兔子、松鼠，遇见野兽的概率非常小，多数时间，能够看到的只是它们留下的痕迹，有时甚至是极细微的。大猫介绍说，食肉动物为了做出领地标记，经常会留下刨痕和粪便；有蹄类动物一般会在固定的地方排便；冬天，野兽经过雪地会留下一连串足迹。因此，练就一双善于发现的眼睛，学会分辨痕迹，是TF010一项重要的入门技能。

搜寻痕迹是安装红外相机的重要依据，布设在哪里才最有可能捕捉到野兽的镜头，猫盟对此很有经验。这些年，他们在山西太行山区布设了近100台红外相机，几乎每一台红外相机都拍到过豹子，已有的视频记录达3000多条。

“我们最大的本事，就是用最少的相机拍到最多的动物。”这一点，大猫特别自豪。进了山，只要观察好地形、植被、动物痕迹，他们就能大致判断哪些是野兽的必经之路。

志愿者们想要学到这一招，除了训练自己的眼力，还要把自己想象成野兽，像金钱豹这样的大型野兽不会放着兽道不走而去钻灌木丛。选择相机固定点时，还可以模仿动物行走的身姿，计算高度和步速，从而确定相机是否能够拍得到它们。

每装一台相机，猫盟的固定成员通常两三个月后必须进行一次严格的回访，检查是否有误触发、干扰等情况，根据监测效果决定是否需要调整相机位置。

寻找北京的神奇动物听上去很诱人，可其实是件苦差事。和一般的自然观察活动不同，TF010 需要一年四季反复前往同一个区域，直到所有的新鲜感全都消失。在大猫看来，这么做是为了了解动物在不同季节的完整的生活史。只有通过持续的监测，才可能知道它们生活得到底好不好，从而得到科学的生物多样性资料。“尽管很枯燥，仍能对荒野保持兴趣，这是很重要的事。”

2016 年，一共有 42 名志愿者参与过 TF010 的行动。猫盟希望，未来能有更多的自然爱好者加入生态监测中，培养出更多专业的生态保护者。他们坚信，保护一定是从了解开始的！

野兽的失意

大型猫科动物是生态系统的旗舰物种。如果一个区域的生物圈中存在虎、豹这样的大型猫科动物，就能证明那里拥有一个完整的食物链，生物多样性处在一个健康发展的状态中。

让 TF010 颇感遗憾的是，凤驼梁和长哨营两处监测点 10 台红外相机（丢失两台）一年记录的有效数据显示，可识别的兽类总计只有 16 种！

其中，北京荒野只有一种小型猫科动物——豹猫，而大型有蹄类只发现了西伯利亚狍和野猪。除此之外，是果子狸、黄鼬、狗獾、猪獾、貉、蒙古兔、刺猬、五种松鼠和一种跳鼠。

无论是在非洲、北美洲还是中国的青藏高原，大型有蹄类的壮美迁徙都是满足人们对于荒野想象的最典型的画面。就算在北京，诸如狍子、麝、斑羚、麋鹿都曾经是这里的定居者。

可这次调查两处监测区域都只拍摄到一只公狍。尽管狍子在北京的记录一直存在，种群数量却始终无法提升。常被误以为“家族兴旺”的野猪，在镜头里同样“形单影只”，除了 2015 年冬季拍摄到 4 只，其余都是独个。

“在任何一片荒野，如果不见了有蹄类动物，实在是一件让人心痛的事情。”

大猫直言。大型有蹄类动物的锐减直接导致该区域大型猫科动物的缺位。

小型猫科动物豹猫虽然在两处检测地点都有出现，在凤驼梁还拍到了小豹猫，证明生活在那里的它们存在繁殖行为，可能拥有一个小型种群。但长哨营的情况并不乐观，很多适合豹猫活动的地点没有它们留下的痕迹。大猫的总体感受是，与山西有金钱豹的地方相比，豹猫的拍摄率要低得多。

不过，让 TF010 有些意外的是，貉在北京荒野的出镜率很高。在凤驼梁，从春天苏醒直到再次冬眠，都有它们一家活动的身影。貉是比较少见的遵循“一夫一妻制”的小型肉食动物，过去在北京的记录较少，对它们生活史的了解和研究也比较缺乏。大猫希望，通过对它们的持续监测，可以进一步了解幼年貉独立、扩散、繁衍生息的过程。

“总体来说，北京荒野整个食物链的顶端已经彻底消失，生物多样性远远达不到健康状态。”大猫指出的主要原因人们也并不陌生，就是栖息地的丧失和碎片化。

主要的兽类没有足够的连续独立的生境，可供种群繁衍，它们甚至需要和家畜争夺领地，这也导致了人兽冲突的发生，村民会对豹猫、猪獾进行报复性猎杀。团队还注意到，由于大型肉食动物的缺位，家狗成为影响小型野生动物生存不可忽略的因素。此外，北京的盗猎现象依然存在，致使野生动物种群数量难以增长。

华北豹能否归来

在未来的 3～5 年，TF010 希望能够进一步扩大生物多样性的调查范围，覆盖北京所有郊县，并且保证每个区域至少持续一年以上的监测活动。事实上，这与猫盟的核心任务——华北豹保护也有着密切的关系。

中国唯一特有的金钱豹亚种——华北豹历史上曾广泛分布在太行山—燕山一带，这正是它被命名的地方。可在过去二三十年间，极少有人能在山里看到这种顶级猫科动物。现在，关于华北豹所有的一手资料就是来自于猫盟。

猫盟在山西太行山区找到了华北豹残存的种群，小五台则是在河北唯一拍到野生华北豹的地区。对猫盟来说，暗藏的最大心愿就是让豹子从太行山南部一路向北，从山西跨过河北直至回到北京。只有种群有效地扩散、壮大，才能保证这个物种生生不息。

但现在的猫盟还远远下不了这个结论。由于缺乏完整的监测网络，山西和河北的华北豹种群是否存在扩散、交流的现象尚且不得而知，如果它们的迁徙存在可能，那么重要的扩散廊道可能在哪儿是猫盟需要了解的关键问题。在大猫看来，相对于山西到河北，从河北到北京的路段，高速公路和大型村庄的阻隔作用更甚，豹子面临盗猎的危险也更为严重。而到了北京，如何保证它们拥有足够的栖息地和食物，也是决定它们能否回归的重要因素。

目前看来，这个计划困难重重，但在大猫眼里，豹子对环境的适应能力非常强大。“豹子是封闭生境的物种，哪怕是人为造出一些可以隐蔽的地方，它们也可以通过。”

“不管是五年、十年、二十年，只要基于科学的监测和研究、分析，我们能够找到适合它们的、可恢复的生境和通道空间，持续地做好保护和恢复的工作，华北豹的回归就不会只是一种妄想！”大猫说。

黄泓翔：希望能做一个改变者*

张晶晶

一夜之间，黄泓翔爆红于网络。一篇题目很长的文章——《去非洲当卧底，央视却为他拍纪录片，冒着被报复的风险，29岁的他只想改变全世界对中国的偏见》在朋友圈刷屏，四个短句精准抓住了黄泓翔经历中最为惊心动魄的部分，同时也抓住了阅读者的视线。这个有着各种刺激经历的“90前”年轻人，迅速成为新晋“网红”。

这位本科毕业于复旦大学、研究生毕业于美国哥伦比亚大学的高才生，究竟为何一门心思地扎根非洲呢？

要采访到黄泓翔并非易事，今天在北京，明天有可能在非洲，后天很有可能要准备去南美。近日，在短暂到访北京的时间里，在紧张的会议和演讲之中，黄泓翔终于找到些许空闲，接受《中国科学报》采访。

人生履历中不可缺少的一环

生于广东省的黄泓翔个子不高，非常瘦，但眼神及谈吐却有着不容置疑的镇定与从容。与“你来自广东，那你一定什么都吃”的片面印象不同，黄泓翔从小就是个动物爱好者。他告诉记者：“我天生就很喜欢各种动物，看不得市场上宰杀动物。如果遇到家人要吃某些动物，也一定会坚决阻止。而且有一件事我到现在也分不清是做梦还是真有其事，好像某个亲戚要吃什么动物，我给警察打电话来着。”

---

* 本文发表于《中国科学报》2017年11月3日第4版（“自然”），作者张晶晶为《中国科学报》记者。

本科从复旦大学新闻专业毕业之后，黄泓翔前往美国哥伦比亚大学攻读国际发展专业硕士学位。在哥伦比亚大学，黄泓翔体验到了与国内完全不同的校园氛围，大家谈论的主题不是考证、就业、房子、车子，而是要做些什么、给这个世界带来怎样的改变。而欧美同学那些在第三世界国家进行公益服务的丰富经历，也让他颇为羡慕。

“经常有人问我为什么名校毕业不找份高薪工作？干吗在非洲跑来跑去、做危险辛苦的野保工作？但在我的同学里，这再正常不过。”对于许多美国常春藤名校的学生来说，前往贫困落后地区进行志愿工作，是人生履历中不可缺少的一环。

而做一名记者的职业理想也慢慢发生了改变，以孙中山作为人生榜样的黄泓翔开始觉得，与其手握笔杆子去报道世界，不如真正动手去改变些什么。

走，到非洲去

2013 年年初，此时的黄泓翔即将从哥伦比亚大学毕业。此前已经多次前往拉丁美洲和非洲进行学术调研的他，非常希望能够找一份合心的工作。此时南非金山大学一个“中非报道项目（*China Africa Reporting Project*）”的招聘广告吸引了他，这个项目要求应聘者有 3～5 年工作经验，但并未写明项目的具体内容。虽然当时还没有工作经验，但黄泓翔决定试一试。简历发送之后不久便收到回复通过审核，此时他才知道这是一个深度参与非洲野生动物保护的调查记者岗位。

参与这个项目后，他开始对非洲的象牙、犀牛角走私贸易有了更进一步的了解，也以调查记者的身份撰写了数篇相关报道。

以色列野生动物保护专家奥菲尔循声而来，向黄泓翔发出邀请。作为 LAGA 野生动物法律执法组织（*LAGA Wildlife Law Enforcement*）的一员，奥菲尔的主要工作是通过各种各样的卧底调查员跟走私犯接触，让走私犯带着象牙和犀牛角见面交易。走私犯只要一拿出象牙，警察就会出现，将其逮捕。

奥菲尔发出的邀请正是请黄泓翔做这样一名卧底调查员，毕竟他的亚洲脸更容易让走私犯放下戒备。黄泓翔很快答应了奥菲尔的请求，成为一名卧底调查员。他接受了相关的培训和演练，学习如何扮演一名来购买象牙的商人。这其中有很多技巧，但也有很多无奈。比如，在抓捕一名乌干达大走私犯之前，奥菲尔递给黄泓翔的防身武器竟是一瓶辣椒喷雾。

这是入围第 89 届奥斯卡最佳纪录片奖的纪录片《象牙游戏》中黄泓翔最令人印象深刻的片段之一。纪录片中，他的紧张一览无余。虽然这并不是他第一次参与卧底抓捕行动，但是一触即发的紧张局面仍然让人倍感紧张。

就像总有人问“为什么要去非洲”这个问题一样，也总有人问“做卧底你不害怕吗”。黄泓翔对这个问题显然早已失去了兴趣，对这个问题的答案除了前文提到的对动物的喜爱之外，便是“非我还谁”的责任感与使命感。

在答应《象牙游戏》拍摄邀请时，黄泓翔提出的唯一条件就是要露出自己的脸，尽管这可能给他带来危险，同时也意味着他无法继续做卧底。露脸的理由并无其他，只是希望能让世界看到，中国人同样热爱动物，同样有对自然和环境的担当。

让非洲更了解中国

2016 年 4 月 30 日，肯尼亚政府在内罗毕国家公园进行了史上最大规模的象牙焚烧活动，向盗猎者宣战。现场有诸多媒体和野生动物保护人士参加，黄泓翔当天也在现场。一位国外记者提出要采访他，黄泓翔爽快答应，但记者的问题却让他有点儿出乎意料。

“这次焚烧象牙的活动会让中国人意识到不应该购买象牙吗？”“通过这个活动你想告诉中国人什么？”“你觉得中国的青少年看到了这个活动之后，会督促他们的父母不再购买象牙吗？”这些问题显然带着对中国人的偏见，而这显然是黄泓翔所不能接受的。他据理力争，试图说明并不是每一个中国人都购买象牙。

初识黄泓翔的人，都表示出乎意料。这样的片面印象让黄泓翔感到伤心。他认为，中国企业和中国人要走出去，除了高层沟通之外，类似非政府组织这样的民间力量的输出也同样重要。

带着改变世界的理想，2014 年 4 月，黄泓翔和伙伴们成立了致力于帮助中国青年走进非洲等发展中世界的平台——中南屋。这是历史上第一家由中国青年在非洲成立的关注中非关系可持续发展的社会企业。

中南屋关注中国企业走出去、中非关系、野保公益三大话题，总部分别设在肯尼亚内罗毕和中国上海，提供学术调研、游学、义工旅行、实习等项目，推动中国青年走进非洲。英国灵长类动物专家、联合国和平大使珍妮·古道尔是黄泓翔的忘年交，她欣然答应为中南屋担任指导委员。

希冀做一名改变者的黄泓翔和伙伴们如此定义自己的工作："我们的愿景是承担公共外交的使命，建设中国与世界之间的桥梁，推动中国人融入世界。我们的使命是为中国的青年人提供走进非洲等发展中世界的机会。"

已经有很多中国年轻人通过中南屋获得了全新的世界观和价值观，而这样的交流注定会带来许多改变。如黄泓翔所言："有更多的中国青年人走进非洲，不仅可以获得自身的成长，同时也可以让全世界看到中国年轻人的思考与努力，改变那些固有印象。"

李理：为了留住画笔下的它们*

袁一雪

李理是黑豹野生动物保护站的创始人，也是站长。2000 年，李理以一己之力创立了黑豹野生动物保护站，只为了保护拒马河流域的黑鹳。

在那之前，李理的专业是国画，几乎没有接触过动物保护工作，全凭一腔热情开始动物保护。“我成立保护站的时候，我爸觉得我是在玩儿。”李理告诉《中国科学报》记者。

不希望绘画对象只留存在纸上

李理投身动物保护工作的起源也离不开他的美术学习经历。

“我在美术学院学习时，曾经好奇为何我国本土没有狮子，官员却在大门前用石刻狮子作为看门护院的避邪物呢？”带着好奇心，李理查阅了图书馆的资料。他发现，我国曾经也拥有过很多动物物种，只是后来由于种种原因有些物种几近灭绝。

“我不希望我的绘画对象最后只能留存在纸上。”有了这样的想法，李理毅然从美术学院辍学，开始动物保护的生涯。

2000 年，李理在拒马河流域发现了国家一级保护动物——黑鹳的踪迹。“当时我们只发现了三五只，得知这种禽类非常珍贵后，决定在拒马河流经的十渡镇建立保护站。”李理回忆道。

保护站的名字，李理将其定为“黑豹”。“因为豹子给人们的印象是独来独往，

---

* 本文发表于《中国科学报》2017 年 9 月 29 日第 4 版（“自然”），作者袁一雪为《中国科学报》记者。

迅速出击，也难以觅得行踪。黑豹则是豹子黑化变异的物种”。于是，颇具神秘特色的黑豹就成为动物保护站的名字。

保护站登记的地址是李理名下位于十渡的一栋别墅，启动资金也由李理自掏腰包，甚至他自己出资购买了通信器材、摄影器材、越野车等一系列保护站需要的设备。但当这些专业的设备拿到手时，李理有点儿懵：红外线照相机、轨道记录仪、全球定位导航仪……这些仪器都怎么用？“我从未接触过这些仪器，以前也没有接受过相关培训。”

一边摸索着保护动物的工作，一边学习仪器的使用、招聘志同道合的员工……李理在保护站的工作充实且忙碌。

李理发现，作为旅游名胜区，拥有喀斯特地貌的十渡堪称北京的“小桂林”，又因为毗邻拒马河，所以来十渡的游客多会选择戏水、漂流，有些甚至还会在河边擦车。“这些行为干扰了黑鹳觅食。所以，黑鹳在十渡地区的数量一直不多。”

为了改变当时的状况，李理带领其他工作人员将拒马河流域中黑鹳的活动区域划分开，成立保护地，进行重点保护；再让工作人员在区域范围内排班巡护。“我们的工作主要是看有无人为干扰黑鹳的活动，它们的食物是否充沛，栖息地有没有受到威胁等。”李理介绍说。

但是，自成立到2005年，黑豹野生动物保护站一直没有其他资金支持，“那是我们最窘迫的5年”。即便如此，李理也从未想过放弃保护站。他想起自己的“画家”身份，又拿起画笔，用水墨画勾勒他看到的、想到的一切，并开设画廊卖画。令他没有想到的是，这些画作受到了一些人的喜爱，并最终成为保护站资金的重要来源。

“我的绘画灵感从自然中感悟，我再将感悟所得去回馈自然。”李理说。

从非专业到专业

有了资金来源，保护站走上正轨。然而，对于李理来说，专业理论知识依然缺乏。在一次会议上，他偶遇中国科学院动物研究所副研究员解焱。经过深入接触，解焱了解到李理的动物保护工作并非“花架子”，而是脚踏实地地干实事，便开始培训黑豹野生动物保护站的工作人员。“解焱老师为我们提供培训和考试的机会，并让我们开始接触东北虎、扬子鳄、藏羚羊等物种的保护工作。”李理不无感激地说，“是解老师将我们带入环保大家庭，让我们从非专业人士变为专业的动物保护人士。”

在不断的学习中，黑豹野生动物保护站的队伍也在壮大。“现在我们的工作人员有来自农业大学、林业大学的博士生，也有专业人士加入我们。”李理自豪地说。

2010 年，李理带领工作人员首次拍摄到了黑鹳巢穴俯视图片，被各大媒体争相报道。但在令人惊叹的照片背后，黑豹野生动物保护站工作人员的付出却几乎被人们忽略了。“当时，我们想知道悬崖的鸟巢中幼鸟的数量。”李理解释说。为了不妨碍黑鹳给幼鸟喂食，他们派出两组人马，一组攀岩寻找鸟巢数幼鸟，另一组则监测黑鹳何时回来给幼鸟喂食。“我们用步话机联系，一旦监测组发现黑鹳回巢就会发出信号，攀岩组会原地待命，直到黑鹳离开才会继续行动。”李理说。他们用一天的时间攀到鸟巢附近，为了不影响黑鹳下次喂食，只用 10 分钟就拍摄完成。

类似攀岩的冒险，对李理来说就像家常便饭，而虫蛰、蛇咬、摔伤、划痕，甚至与死神擦肩而过，这些遭遇也都没有令李理萌生退意。“我相信人在做天在看，我们做的是保护动物的善事，老天会保佑我们。”

飞向更远的天空

在解焱的引领下，黑豹野生动物保护站的工作也走出了拒马河，向其他区域外延。“我们就像雏鹰一样，在补充理论知识后，趋于成熟，并且飞向更远的天空。”李理打了个比方。

“我们现在有五个站点，其中四个都在拒马河流域，第三个就设立在密云官厅水库。”李理说，“我们在密云水库和官厅水库都有候鸟迁徙项目。”

因为密云水库与官厅水库是候鸟南下越冬休憩调整的一站，之后它们才会飞往天津、鄱阳湖等地。“每年到了鸟类迁徙的时间，这里总能看到铺天盖地的鸟群，有大天鹅、灰鹤等雁鸭类。”李理介绍说。大量的候鸟也吸引了人类的目光，所以，黑豹野生动物保护站在这里的项目主要以监测和处理野生动物与人之间的关系为主。

不仅在北京，李理的动物保护之旅还蔓延到全国，与世界自然基金会展开合作。“也是解老师建议我们可以对外开放保护站，让更多人了解动物保护工作。”李理听从了这一建议，在 2014 年正式将保护站对外开放。前来保护站参观的不仅有动物保护志愿者，也有公司组织员工到这里体验生活。“我们教给这些人如何通过粪便和脚印追踪野生动物，同时让他们亲身体验巡护员的工作。”

经过 17 年的努力，李理在动物保护领域“玩”出了名堂。“我希望更多人想到北京的时候，不仅联想到雾霾、堵车，还会想到有这么多的野生动物也爱北京，与我们共存。”李理说。

逐星人高兴*

张晶晶

8 月，世界最大的天文学会太平洋天文学会公布了 2017 年各类奖项获奖名单，乌鲁木齐市第一中学物理教师高兴获业余天文成就奖。该奖项被誉为天文学领域非职业天文人士各类奖项中的“奥斯卡奖”，而高兴是第一个获此殊荣的中国人。

据介绍，该奖项自 1979 年开始颁发，每年评选一位在天文学观测或技术领域做出贡献的非职业天文人士。历年获奖者中有发现 21 颗彗星的大卫 • 列维（David Levy）、日本小天体轨道专家中野主一等。

在此之前，高兴曾获得过埃格 • 威尔逊奖，该奖项由国际天文学联合会（International Astronomical Union，IAU）授予，表彰在彗星发现上卓有成就的国际业余天文爱好者。此外，高兴还是世界上发现新天体类型最多的天文爱好者。

“劳模”的乐趣

高兴是一名不折不扣的逐星人，圈内人将高兴称为“劳模”，辛勤的劳动收获了累累硕果。迄今，高兴发现了彗星 C/2008 C1（陈-高彗星）、彗星 P/2009 L2（杨-高彗星）及彗星 C/2015 F5（斯万-星明彗星），还有约 40 颗超新星，1 颗本星系新星，近 10 颗位于 M31 和 M33 的新星，4 颗掠日彗星及近百颗小行星。

新疆的夜空干净清澈，能见度极高，这给了高兴上佳的观测条件。结束学校一天的课程之后，他便匆匆往家赶，晚 8 点准时打开望远镜准备观测。通过远程

* 本文发表于《中国科学报》2017 年 10 月 20 日第 4 版（“自然”），作者张晶晶为《中国科学报》记者。

操纵星明天文台的望远镜，获得数据，然后分享给天文爱好者QQ群里的朋友们进行分析、追踪。在采访中他告诉《中国科学报》记者，在过去的一个月里，他只有两天没有进行观测，而这样日复一日的观测，每天都要持续到凌晨三四点钟。

记者问他如何能保持这样高强度的工作时长，他回答说“因为热爱”。“首先，我是个精力比较旺盛的人；其次，我在做自己喜欢的事情，根本不会觉得累。再者，如果我不开工，那么他们（天文爱好者）就都干瞪眼了。没有数据供给，他们就没法玩儿了。”高兴会将每晚巡天拍摄的照片分享给两个QQ群里的1600多名天文爱好者，由他们来搜索未知天体。

从1990年开始，高兴就成为一名天文“粉丝”，常利用业余时间进行天文观测。语速极快的他自称比较情绪化，而夜空让他感觉平静——浩渺的天空很容易让人感受到自身的渺小，进而逃离生活中的琐碎日常。

高兴从小爱研究黑洞和相对论，高一当上学校天文组组长。每年8月英仙座流星雨爆发，他就和几位同学相约看流星，直到天亮。到乌鲁木齐市第一中学当老师的第二年，他就成立了学校的天文小组，经常和学生一块上山观测。冬夜的乌鲁木齐最低温度到-30℃，大家跪在雪地上冷得发抖却兴致勃勃，守着望远镜找星星，有时眼睫毛甚至会冻到目镜上。

自建天文台

高兴给女儿起名叫“伊星”，谐音铱星，因为“铱星是天上最亮的星星”。铱星是美国铱星公司在20世纪末发射的用于手机全球通信的人造卫星，这几十颗“星星”在地面上用裸眼观测并不容易看到，但是铱星表面有三块极其光亮的铝天线，像镜子一样能将阳光反射到地面，在地面形成几千米宽的一条光带。光带扫过的地方，观测者会看到铱星很快变亮……

天上一颗星，地上一个人。星星总是凝结着人们美好的愿望，对于高兴而言，星星里还蕴含着责无旁贷的寄托。

周兴明是高兴十分尊敬的前辈，也是国内业余天文界的领航人，他从20世纪80年代开始观测彗星，发现了63颗SOHO彗星和1颗SWAN彗星。同为新疆人，两人经常来往。

2004 年 7 月 29 日，周兴明前往福建开会，高兴专门去送他。不想车站一别却成永别。7 天后，周兴明因车祸去世，享年 39 岁。高兴将周兴明的骨灰连夜送回周家，当他看到周兴明的电脑键盘上 Page Up 和 Page Down 按键都已磨出了一个坑时，无比动容。他把周兴明的电脑收藏夹带回去研究，下定决心继续前辈的业余天文发现之路。

2006 年，高兴长期参与的一个搜索近地小行星的国际巡天计划突然中止，切断了其发现近地小行星的途径。建一个私人远程控制天文台的想法在他脑海中酝酿，尽管这在国内闻所未闻。

最终，他成功申请到新疆南山天文台一处建筑的水房顶上的空地。那里地势高，适合观测。有了地方，又借助互联网的力量，几个月下来，他就琢磨出了远程控制程序。进入施工环节，经费又成了问题，盖一个圆顶天文台至少要十几万。怎么省钱呢？他决定继续自力更生——自己建！结果证实，他确实不是一个很好的建筑工人，因为建完了发现不行，只好拆掉重新建。

折腾了一年，占地 6 平方米、拥有可开启的平板屋顶、有 3 架望远镜的“纯手工”天文台终于落成。取名“星明天文台”，以此纪念周兴明前辈，同时也企盼每个观测日都有好天气。

不过，如此辛苦得来的 1 号观测站，在高兴看来却是有点儿遗憾，因为由白色彩钢板组成，远远望去，“跟厕所一样，不太好看”。

2 号观测站选址的时候，他选定了一个斜坡，一个平底坑一挖就是半年。那时，一到周末，他就拿着十字镐上山挖坑，底下全是石块，挖起来很是费劲。有时他带学生上山观测，学生一闲下来，他就凑上去：“没事干啊，帮我挖下坑。”一些天文爱好者甚至从全国各地坐火车来帮忙挖坑。2011 年，占地 6.25 平方米的观测站 2 号也落成了。

落成后，星明天文台主持开启了业余巡天项目星明巡天计划（XOSS），目前有河内新星搜索计划（NSP）、彗星搜索计划（CSP）、超新星及小行星搜索计划（SASP）三个子项目，专门进行各天体的搜索发现，几乎每个晴夜都进行观测。同时，向大众开放远程控制平台星明公众遥控天文台（XPRO），只要向天文台申请，在天气和设备条件允许的情况下，任何人都可以使用它进行自己感兴趣的观测拍摄。

共享天文

谈到能够发现如此多星星的缘由，高兴回答说秘诀有三：一是掌握合适的方法，二是很好的运气，三是投入大量的时间。

他解释说，国内天文爱好者在方法掌握上仍有短板，日本相对领先。“方法是不外传的，要自己钻研。我也是读了很多资料，研究方法，自己做探索实践，如果证实可行，就写篇文章分享给大家。”

高兴有两颗以自己名字命名的彗星，同时也有一颗以自己名字命名的小行星。依据国际天文学联合会的惯例，彗星可以直接以发现者的姓名命名，而小行星不能，但发现者有提议命名的优先权。2014 年 1 月 20 日，由我国知名业余天文学家叶泉志和中国台湾鹿林天文台台长林宏钦共同发现的 2006GE 小行星被命名为“高兴星”。他们进行提议后，国际天文学联合会通过了这一提议，宇宙中正式有了一颗“高兴星”。

谈到未来的工作规划，高兴表示自己希望能往专业天文研究领域发展，在学术上取得成绩。同时，作为一名天文爱好者、一名老师，也希望能够将天文介绍给更多的普通人，让他们领会天空的美妙，参与巡天。

“我把这叫作共享天文。新疆有很好的天空资源，我希望北京、上海、广州的朋友们也能看到美丽的星空。现在科技这么发达，可以直接远程遥控我的望远镜。我正在做这个事情，也希望建更多的天文观测基地。”高兴说。

袁硕："知识型网红"是怎样炼成的*

张文静

提到博物馆讲解员，人们脑海中的印象大多是穿着统一的工作服装、说着标准的普通话、讲着千篇一律的解说词……但最近，一位叫作袁硕的中国国家博物馆讲解员却颠覆了人们的认知。

风靡网络的博物馆讲解员

"智人在征服世界的过程中，遭遇过强有力的劲敌——尼安德特人。尼安德特人有多强壮？他们居住的山洞经常是从熊那里抢来的。"听到这样的讲解，现场观众忍不住笑起来。3 月 24 日晚 7 点，北京的气温很低，外面下着小雨，但观众还是将"博物旅行"平台的场地坐得满满当当。他们来到这里是为了听袁硕讲《进击的智人》。

《进击的智人》可能是很多人开始了解袁硕，或者说袁硕的网名"河森堡"的入口。2017 年 3 月初，袁硕正是凭借着在"一席"平台上这个主题的演讲视频风靡社交网络。其实，这个演讲视频的录制早在 2016 年 12 月就完成了。那天，北京大望路附近一处小剧场里挤满了 200 多名观众。这是 2016 年"一席"的最后一站公开演讲，袁硕被安排在 12 名演讲者之后压轴出场，成为"一席"的第 449 位演讲者。他在这个题为《进击的智人》的演讲中，用一口略带北京腔的普通话，不疾不徐地讲起人类祖先征服自然的故事。没想到，风趣幽默又干货满满的讲解让袁硕一下子火了起来。

---

* 本文发表于《中国科学报》2017 年 3 月 31 日第 5 版（"文化"），作者张文静为《中国科学报》记者。

其实，在此之前，袁硕已经在网络上有了名气。

2016 年 7 月，袁硕就在知乎上以“河森堡”为名，开始做收费的直播课程。仅用半年时间，袁硕就被网友列为“在知乎不能不知的 40 位历史大神”之一。

2016 年 11 月，袁硕又应邀参与录制电视节目《一站到底》，他在节目中展现出的极为丰富的知识储备和极富个人特色的性格，再加上良好的个人形象，让他成为不少人心目中的“男神”。

此后，在保证日常工作质量的同时，袁硕额外的工作越来越多。这些天来，连续几天晚上，袁硕都在各个平台上有演讲，包括腾讯视频的《演说家》、第四届知乎“盐 Club”等。28 岁的袁硕，如今微博粉丝数已超过 48 万，知乎关注者超过 14 万，被网友们称为“国博现今最有价值的活宝”。

摸索一套自己的讲解方法

在出名之前，袁硕度过的是五年默默无闻的时光。

2011 年 7 月，毕业于首都师范大学软件工程系的袁硕，凭借着丰富的文史知识通过考核，成为国家博物馆第 1997 号员工，开始在国家博物馆从事讲解和文化普及工作。但最初的工作并不顺利。

在国家博物馆，刚进馆的新讲解员都被要求背讲解词，并在一个月后进行现场考核。国家博物馆的“古代中国”与“复兴之路”都是常设展览，其中，“古代中国”展览的讲解词大约 8 万字。为方便记忆，袁硕经常走到国家博物馆地下一层 1.7 万平方米的展厅，对照着 2520 件文物，边看边记。但在现场考核中，他还是遇到了尴尬。“刚开始有很多观众跟着我，可是我说得磕磕绊绊，讲到朱元璋货币改革的时候还忘了词。我听到有人悄声议论，‘这个讲解员讲得不行呀！’最后，只有一对情侣出于礼貌听完了我的讲解。”袁硕回忆说。

这次经历让袁硕重新思考了自己的工作，他开始想，如何在背诵讲解词的同时，把文物的故事讲解得更加精彩。

于是，袁硕开始从知网上下载很多论文，买了很多书，扩充自己的知识面。还去其他博物馆，听那里的讲解员讲，看看他们有什么讲解技巧。“有一次我去一家博物馆，说需要一名讲解员，他们都愣了，都不知道怎么收费。给我讲完后，那个讲解员跟同事说遇见一个怪人，不但老问问题，还帮着维持秩序。”袁硕说。

后来，袁硕摸索出一套自己的讲解方法，就是把很多抽象的东西具体化。“比如，特洛伊战争的起因是为了争夺世界上最美丽的女人海伦。那怎么形容海伦美丽？我就这样讲，当时战争打了十年，特洛伊的大臣苦不堪言，但见到海伦后，大臣都说，再打十年也值得。”袁硕举例说，“再比如，讲内战时国民政府超印法币，造成通货膨胀，国民经济处在崩溃的边缘。通货膨胀多厉害？我就讲在面馆里吃面都得快点儿吃，吃慢了价格就涨起来了。”

就这样，袁硕开始有了自己的讲解风格，也渐渐得到了一些肯定。

后来有一次，国家博物馆的一位领导要去给北京十二中的学生讲课，但上课时间跟一个重要的会议冲突。于是，领导找到袁硕说：“你不是私下开发过一些专题课程吗？你去讲吧！”袁硕去学校讲完课之后，效果出乎意料的好，学校的老师和同学都问他后面还有没有别的课程。其实，袁硕当时并没有准备其他课程，但他觉得要抓住这个机会，就立即回答：“有，还有。”就这样，他去讲了第二节课、第三节课，形成了之后的系列课程——“进击的智人”“命运之路”“天启四骑士”。这些课程内容也为以后袁硕在互联网平台上的讲解打下了基础。

为观众讲解实实在在的“干货”

对于博物馆讲解员来说，首要工作就是记下大量的标准解说词。解说词不但已经将内容固定下来了，而且连讲解员讲到哪个文物应该站在什么位置、手放在哪里都规定好了。

但在袁硕看来，有些解说词的内容很没有意义。“比如讲这个茶杯，说它造型优美、线条流畅、气质端庄，体现了我国劳动人民的智慧。这句话没错，但是其实什么也没说。如果只是按照标准模板背下来讲，那就是人肉背词机，观众问问题也会不知道如何解答。”袁硕说，“还有更差的讲解员是讲得很庸俗。有一次在一个馆里，讲解员非要让我看门口的石头像什么，我实在看不出来，最后他硬说那是个‘吉’字，说‘这叫开门大吉’。”袁硕要为观众讲解的，是实实在在的“干货”。

比如，讲解青铜器，如果只是背讲解词，内容可能就是“您现在看到的这件青铜爵，造型美观大方，体态端庄，气势非凡，体现了我国古代劳动人民的伟大智慧，是我国青铜铸造史上不可多得的艺术精品”。“但有‘干货’的讲解会告诉观众，青铜是铜、锡、铅三种金属的合金，殷商时还没有酒精蒸馏技术，所以当时贵族会喝一种小米酿的米酒，米酒和含铅的青铜器接触后会产生一种甜味的醋酸铅。在殷商的甲骨文中，也记载了不少贵族出现过头疼、体弱、视力下降、无法生育等身体问题，这些都是类似铅中毒的症状。故有专家据此推测，殷商贵族可能和罗马贵族一样也出现过严重的铅中毒问题。”袁硕说。

相比于感性的描述，袁硕更喜欢在讲解中增加自然科学的证据。“比如先秦，特别是石器时代的历史，因为处于文字诞生以前，所以如果想要还原这段历史，必须依赖自然科学、地理、生物、化学，这些东西是可以证伪的，说得清道得明。这也是我特别喜欢石器时代的原因，那是属于自然科学的领域。”袁硕说，“比如太平洋地区的一些岛屿有吃人的风俗，当地人的解释是分享亡者的灵魂，但这种说法是文化层面的，无法证伪。更有说服力的分析是，由于地理条件限制，岛屿环境无法规模饲养牲畜，当地人自然不会白白浪费人体中丰富的蛋白质。”

这种偏好也可以从袁硕的网名中得见。他给自己起名“河森堡”，就是因为海森堡是量子力学的主要创始人。“现在量子力学就是人类认知的边界，他以一己之力把人类的认知边界拓宽了。如果他的知识是大海，我就是小河。所以给自己起名叫‘河森堡’。”

当然，如今在收获赞誉的同时，袁硕也受到一些争议。比如，说他的讲解词带有强烈的个人色彩，有“一家之言”之嫌。对此，袁硕认为：“科普是这样，如果大家看到袁硕说得有意思，对人类学感兴趣了，回去查阅资料，发现还有另外一种说法，获得了新的知识积累。这种领进门的目的达到了，我就很满足，尽到了职责。”

从魏文峰到“魏老爸”*

胡珉琦

两年前的夏天，一个自称“魏老爸”的杭州父亲写了一封给全国家长的公开信。他说：我们无法改变别人，但我们可以改变自己。我们无法改变商业规则、改变企业，但我们有选择良心企业、良心产品的权利，我坚持推荐良币。在保卫孩子、家人远离有毒有害产品的斗争中，我们每个人都不是看客……

两年里，魏文峰创立了“老爸评测”，根据欧盟化学品注册、评估、授权和限制法规（REACH 法规）和其他发达国家消费品安全监测标准、评估准则，对市售产品进行调查检测，帮助广大家长发现生活中看不见的化学品危害。

民间的监管补充力量

2015 年 8 月，上小学的女儿开学在即，需要家长包书皮。从事了十几年化学物品检测的魏文峰敏感地意识到，带有一股子刺鼻气味的自粘性包书膜“有问题”。他打开包装壳发现，它们是典型的无商标、无企业地址、无联系方式的“三无”产品。

于是，魏文峰在杭州一些学校门口的小店搜集了 7 种类似的书皮，花费了近 1 万元，寄去位于泰州市的国家精细化学品质量监督检验中心做检测。结果让他十分震惊，这些透明的书皮含有大量的多环芳烃和邻苯二甲酸酯。

多环芳烃是国际公认的强致癌物，而邻苯二甲酸酯是增塑剂，对孕妇及生长发育期的儿童是有影响的。在国外，邻苯二甲酸酯被禁止用于孕妇和儿童使用的产品。

* 本文发表于《中国科学报》2017 年 8 月 25 日第 3 版（“科普”），作者胡珉琦为《中国科学报》记者。

“我就是搞检测的，以前我在实验室里检测了很多东西，总以为那些不合格的东西都是别人在用，自己是不会中招的。”

然而，魏文峰也坦言，中国的消费品市场巨大，企业数不胜数，现阶段国家对化学品的检测标准无法做到面面俱到，监管也不可能滴水不漏。想要直接推动国家标准化管理委员会修改检验标准是极其复杂的事。

他最终选择花 10 万元围绕“毒书皮”拍了一个短片，短短几天，点击量就上了千万级，众多媒体转载了这个视频。全国各地的父母和学校都开始意识到小小书皮里的安全隐患。

更让他意想不到的是，几个月后，上海市和江苏省对书皮市场进行了专项抽查，并且在标准中增添了这两项毒害化学物的检测。

原本只是为了保护女儿，但“毒书皮”事件并未就此结束。“毒书皮不能用了，但书还要包，怎么办？”许许多多的陌生家长给魏文峰留言。

他尝试着跟书皮生产厂家沟通，按家长们的需求，用聚丙烯等食品安全级的原材料来做书皮。尽管成本高，但 5000 份样品一月之间就售罄，这也让厂家彻底转变了思路。

与此同时，魏文峰在圈子里也有了新的称呼——“魏老爸”，女儿的同学这样叫他，更多的是未曾谋面的家长也这样称呼他。

“老爸测试”

“毒书皮”事件后，许多家长便对这位专业人士寄予了“厚望”，希望他继续检测孩子身边的化学品。2015 年 8 月，魏文峰自掏腰包，用 100 万元资金正式注册了“老爸评测”公司，并且离开了自己五六年前便创立的一家化学品安全毒理评估的顾问公司。

他把家长们推荐的日常需求品送去检测，分析数据，撰写微信公众号文章，还帮着寻找合格的好货，忙得没有任何空闲。没过多久，魏文峰检测发现，一家幼儿园的跑道含有二硫化碳等有毒物质，“毒跑道”事件又引起了全社会的关注，许多外地学校主动来邀请他去做检测。所幸的是，这件事推动了各地有关部门重新修改了标准。比如，深圳教育局重新起草了《合成材料运动场地面层质量控制标准》，明确提出了合成材料面层施工严禁使用汽油及含苯、甲苯、二甲苯、二硫化碳、二氯甲烷等溶剂的规定。

魏文峰告诉《中国科学报》记者，人类现有的化学品种类已达到 1.3 亿种，但明确危害的才不到区区 1000 万种。“化学品的毒性测试非常昂贵，时间又很漫长，大多数企业并不愿意这么做。”

他希望，“老爸评测”能让更多的人远离已知的有毒有害化学品的伤害，但这不意味着任何检测发现的有毒害化学品都是洪水猛兽。

他说，事实上，化学品的毒性是与它的浓度密切相关的，若判断一个产品是否真的存在安全隐患，需要明确其中具有毒害物质的最高限度。因此，“老爸评测”测试的每一种物质含量都需要对照国际上已公开发表的动物实验结果，做到有理有据。这是一项需要专业能力和经验才能完成的工作。

在这两年里，“老爸评测”检出了孩子们使用的铅笔、橡皮多环芳烃超标；桌垫、文件袋增塑剂均爆表；发现固体胶中存在大量游离甲醛；认识到护眼灯不一定真的护眼；研究分析不锈钢保温杯的成分工艺……魏文峰蹲守在不同的检测实验室研究产品，追着工厂改善工艺生产安全产品。

从 2016 年开始，“老爸评测”还发起了甲醛仪爱心漂流项目，免费接力使用专业的甲醛测试仪器，记录并分享装修经验。截至目前，已检测出 3000 多间甲醛超标房间。

在很多人眼里，魏文峰俨然成了一位“国民老爸”。

众筹+自我造血

8 月 11 日 23 点 23 分，魏老爸的微信弹出了一条信息，是一笔用作打赏的 1 万元订单。这样的巨额打赏并不是他第一次收到。

就在“老爸评测”成立的第一年年底，魏文峰就面临着生存危机，前期投资的 100 万元很快便被昂贵的检测项目“烧”完了。他告诉群里的家长，“也许只能走到这儿了”。而最终让公司起死回生的，也正是那些天南海北的家长们。

在他们的支持下，魏文峰发起了众筹。仅仅一个多小时，“老爸评测”就筹到了来自112位家长的200万元资金。他们没有人要求任何回报，只是希望用这些资金去检测更多的产品，购买更多的检测设备。

在此之后，还有487位家长众筹了甲醛仪，3690位家长进行了打赏，众筹所得检测费共计64.5万元。

这是一次绝对信任的尝试。“‘老爸评测’所做的，早就超过了我最初想做的。我只是被一群无条件信任我的陌生人推着走到了现在，很多次都是他们在指引我。”魏文峰说，这是此前从未体验过的奇妙感受。

从2015年至今，“老爸评测”的家长群从1群到20群，“粉丝”从0到31万，检测产品也从书皮到了食品、电器、家具……

也是在家长们贡献的集体智慧下，“老爸评测”开启了“自我造血”的功能。他意识到，检测公司要么依靠企业活着，要么依靠消费者活着。依靠前者很难有公信力，因此，他只为消费者服务。魏文峰开起了微店，专门推荐亲测的优质产品，拒绝一切人情、广告。

最大的一次投入是，应家长们对放心大米的需求，魏文峰专门到了东北五常“稻花香”核心产区承包了200亩地，并事先对土质、水源进行了检测。为了确保每一批米都是好米，他开发了一套“老爸云质控系统”，在种植、售卖过程中，不停地进行滚动抽样检测，监督大米质量。结果，第一年14万斤大米销售一空。

如今，公司的运营不再必须依靠家长们的众筹，但是它仍然因家长的需求和智慧而存在。魏文峰说，“老爸评测”的检测对象及好货推荐最初都来自于各个家长群的讨论，团队负责搜集建议并作出选择。

“这不是一个冷冰冰的商业项目，而是一个火热的互惠组织。‘老爸评测’来自于普通的老百姓，也只会回到老百姓中。”

徐永清：为一座山峰写史作传*

胡珉琦

地理景观也可以像一个人那样被写成传记，这是地理科普写作中一个独特的类别，其中最被人称道的就是20世纪德国著名传记作家埃米尔·路德维希的《尼罗河传》。《珠峰简史》是国内作者第一次尝试讲述一座山峰——珠穆朗玛峰（以下简称“珠峰”）的前世今生。

著名登山家马洛里曾被问及为何要登珠穆朗玛峰，留下了一句登山界最广为流传的名言——因为它在那里！人类对世界最高峰的探索持续了几个世纪，至今它仍是一片神圣的秘境，没有人能够道尽它的全貌。

国家测绘地理信息局测绘发展研究中心副主任徐永清曾亲身参与并报道珠峰高程复测，与珠峰的“日久生情”，让他接连为珠峰书写科普作品。这一次他另辟蹊径，决定为一座山峰写史作传。《珠峰简史》通过科学与人文“两栖”发掘，建构起了一个自然力量和人类奋斗相交织的宏伟故事。

与珠峰“日久生情”

2005年5月22日上午11点08分，国家测绘局登山测量队登顶珠峰，并竖起了测量觇标。这是我国对珠峰高程的第五次测量，也是迄今对珠峰高程最为精确的测量。时任中国测绘宣传中心副主任、中国测绘报社副社长的徐永清正是此次珠峰高程测量活动的一员。

在5100米珠峰大本营工作近两个月，徐永清浪漫地形容与珠峰一起的日子

* 本文发表于《中国科学报》2017年4月7日第6版（“读书”），作者胡珉琦为《中国科学报》记者。

是“耳鬓厮磨”“亲密相处”。可事实上，每一位参与活动的人都逃不过来自自然的严酷“洗礼”。头晕、呕吐、失眠不足挂齿，登顶队员尽管没有重大伤亡，但也付出了雪盲、冻伤甚至昏迷的代价。

就在测量任务圆满完成、队员们启程回京途中，徐永清在航班上心动过速，心跳达到每分钟200多次，经停成都时紧急就医。他回忆说，那是生平第一次被抬上担架抢救，也是第一次清清楚楚体会到“生死一线”。

对每一位亲历者来说，珠峰测量已经远远超过了科学研究的意义，那段时光指引着他们感受和探索生命的价值。

从此，徐永清成了珠峰持之以恒的拥趸和传播者。他相继写作出版了《珠穆朗玛峰测量记》《登峰造极·珠穆朗玛峰测量记》。

2015年5月，在巴尔干半岛索菲亚城的一个商场里，他发现了美国《国家地理》杂志的一期特刊《珠峰的呼唤》。这本汇聚了一批登山家和学者文章的文集，从登山、历史、科学多个角度诉说珠峰的故事，只为纪念美国登顶珠峰50周年。异乡人对珠峰如此尊崇，让徐永清十分感慨。

事实上，2015年正值国家测绘局复测珠峰十周年。他意识到，过去在自己笔下的珠峰仍然限于科学研究的一般对象，严肃、单调。可珠峰是“活着”的，生命的历程从来不是单一的，而是多样的、立体的。

他有了一个大胆的想法，为一座山峰写史作传！

徐永清决定从多种不同的视角，全面、系统地描写珠峰，写作前的准备工作千头万绪。一次偶然的发现，他从旧书网淘到了科学出版社1974年后陆续出版的一套整整八大本的《珠穆朗玛峰地区科学考察报告（1966—1968）》。

中国科学院西藏科学考察队历时3年对珠峰进行了地质、地理、气象、测绘和高山生理等多学科的综合科学考察，并且详尽总结了考察成果。他们在非常的年代里取得了非常的科研成果，让徐永清备受启发。

“可惜，这样的皇皇巨制几乎没有人了解和熟悉。”把《珠峰简史》进行到底，也是徐永清决定向前辈们致敬的方式。

写作的过程就像“滚雪球”

《珠峰简史》几乎与以往任何描写珠峰的作品都不同，它横跨科学与人文，涵盖了珠峰的地质演化、地理地貌、气候气象、测绘测量、生物活动，还有史诗传说、史迹遗存、族群人种、登山探险等。

徐永清坦言，尽管架构复杂、内容庞杂，写作的过程却并没有读者想象的困难。“因为打从一开始就没想过给自己定那么大的目标。”他说，“成稿的结果是像滚雪球一样滚出来的。”

对他而言，写作本身就是对珠峰再次一探究竟的旅程。不同的是，这一次他带着更多未知领域的问题，学习、发掘、再学习、再发掘。因此，《珠峰简史》就是作者一个个“出乎意料”的发现串联起来的。

珠峰的形成过程在很长一段时间内都是地质界的热门话题，现在已经明确，它是由印度板块与欧亚板块撞击升腾而成的，理论依据正是 1968 年法国地质学家提出的板块构造学说。

就在阅读文献的过程中，徐永清发现，早在 1943 年 11 月至 1945 年 2 月，正值盛年的中国地质学家黄汲清在重庆北碚的防空洞里完成的经典著作《中国主要地质构造单位》，就对新生代以来的造山运动作出了解释，称其为“喜马拉雅运动”，这正是与板块构造学说相类似的概念。

“在那个年代，中国科学家能对如此宏大的地质命题作出重要的论述太不容易了！”他希望，这段历史也能被国人知道。

测绘测量本是作者最熟悉的部分，他常说，人类认知珠峰的历史从某种意义上说就是一部测绘史。可是，关于珠峰的“处女测”，很多年来，被普遍认为是 19 世纪英属印度测量局完成的说法并不正确。实际上，珠峰始测可以追溯到 300 年前清朝康熙年间。

由于当时在华的传教士将欧洲的测绘技术传入国内，并且出于国内政治、军事对于测绘的需求，勤奋、好学的康熙亲自主持、策划了第一次遍及全国的大地测量，所使用的测量仪器大部分是利用西方技术制造的国产仪器。经过整整十年，一项重大科学成果诞生——《皇舆全览图》。这是一份全国性地图，也是中国人有史以来对珠峰的第一次测量和地图绘制。

2005年在珠峰的经历，让徐永清认识了一群夏尔巴人。他们在登珠峰这方面经验非常丰富，也多亏有了这些高山协作人员，才使得登顶有了最重要的保障。然而，这支崇拜高山的神秘族群究竟从哪儿来？他们的祖先是谁？

现今的夏尔巴人散居在尼泊尔、中国、印度和不丹等国边境，有史料记载，他们最早是在500年前从青藏高原东部迁移过来的。不过，学者对于这个族群的准确来历有着不同的看法，一种观点认为其源于藏族，有的称其为党项羌一支，还有的说是西夏后裔。在书中，徐永清也试图去寻找一个答案。

真实而感性的故事

地理景观也可以像一个人那样被写成传记，这是地理科普写作中一个独特的类别，其中最被人称道的就是20世纪德国著名传记作家埃米尔·路德维希的《尼罗河传》。在路德维希笔下，这条世界上最长的河流有着跳动的脉搏、流淌的血液和燃烧的灵魂，它构成了一部充满生命激情的史诗作品。

这一类型的文本在国内非常少见，《珠峰简史》是国内作者第一次尝试讲述一座山峰的前世今生。对一位科普作者来说，除了科学的成分，如何把珠峰漫长的演变历史中真实、感性的故事生动地传达给读者，是最大的挑战。

巧合的是，徐永清在进入测绘测量领域之前，有着多年媒体工作经验。正是得益于记者时期的经历，他拥有对文字的敏感及对故事的挖掘能力。

比如，蓑羽鹤的故事就堪称壮美。

有人说，珠峰是鸟儿飞不过的高山，但是每年却有5万多只蓑羽鹤在那里进行着地球上最艰难的迁徙。

临近珠峰，漫天的蓑羽鹤开始不断上升飞翔。快接近峰顶时，忽然，一股强大的气流从山峰上席卷而来，阻挡了它们的去路，蓑羽鹤只好原路返回。它们相拥在山腰稍作休憩，等待时机。这样的状况一直反复发生，可它们一直没有放弃。遗憾的是，鹤群中有四分之一的成员无法回到南方，它们有的被冻死，有的在飞翔中因体力不支掉进雪山，还有的落入金雕的利爪……

比鸟类的迁徙更波澜壮阔的恐怕是人类征服珠峰的历史。

徐永清特别讲述了一位与西藏和珠峰爱恨交织、纠缠不清的人的故事，他就是 1904 年率领英军入侵西藏的军官弗朗西斯·荣赫鹏。荣赫鹏曾经组织了英国登山探险队对珠峰的三次历史性攀登。然而，这三次攻顶均告失败，后两次还分别损失了 7 名背夫和两名登山队员。

“直到今天，攀登珠峰仍是人类膜拜大自然最虔诚的神圣仪式，仍然是人类探索精神与冒险火花具有独创性的体现方式。因为，山仍在那里。”

夏笳："稀饭科幻"的探索*

张文静

对于国内的科幻迷来说，夏笳并不是个陌生的名字。

夏笳，本名王瑶，2004年还在北京大学物理学院读本科时，她就在《科幻世界》杂志上发表了短篇小说《关妖精的瓶子》，并获得当年中国科幻最高奖银河奖的最佳新人奖。后来，夏笳进入中国传媒大学攻读电影学硕士学位，之后在北京大学中文系读博士，目前在西安交通大学任教。

与此同时，她的科幻写作一路高歌猛进，成为六次获银河奖、四次入围全球华语科幻星云奖的响当当的美女作家。最近，这位美女作家出版了她最新的中短篇科幻小说精选集《你无法抵达的时间》。

16个不同阶段书写的故事

一天，物理学家麦克斯韦的实验室里出现了一个不速之客。那是个神通广大又忠厚笨拙的妖精，妖精讲述了自己与历史上一个个物理学家打赌却不断遭遇失败的经历，他想在麦克斯韦这里扳回一局，最终却仍只能甘拜下风。这是夏笳创作的《关妖精的瓶子》中的情节。

从阿基米德的杠杆，到爱因斯坦的光波，再到薛定谔的猫，一连串物理学史上的奇闻轶事被巧妙地串联进这个小故事里。故事的核心则是关于传说中的"麦克斯韦妖"及对热力学第二定律的精彩演绎。

故事的灵感来自夏笳复习"热力学与统计物理"这门课时冒出的想法。2004

---

* 本文发表于《中国科学报》2017年12月1日第6版（"读书"），作者张文静为《中国科学报》记者。

年，凭借这篇处女作，夏笳一举成名。这篇作品也被收录到此次出版的新书《你无法抵达的时间》中。

除了早期的《关妖精的瓶子》《百鬼夜行街》外，《你无法抵达的时间》这本小说集还收录了夏笳近几年发表的《龙马夜行》《晚安忧郁》等，还有 2015 年发表在《自然》杂志上那篇著名的《让我们说说话》，总共 16 篇。将这些不同阶段的作品串联起来，读者或许可以从中窥见夏笳创作风格演进的历程。

夏笳早期的作品主要围绕某种意象或情绪产生，譬如《永夏之梦》中的时间旅行者与永生者在世界末日道别，或者《汨罗江上》中的 X 与故人之间永隔一江水。

“那时因为不太懂得怎么将一个故事展开，所以往往只写一个瞬间，或者一些松散的片段。”夏笳说。

读完电影学硕士之后，夏笳开始学习一些编剧技巧，并尝试将故事讲得更漂亮一些。所以，在写《百鬼夜行街》时，她尝试着按照起承转合的四幕剧结构来创作。在写《你无法抵达的时间》时，则仿照电影的叙事结构，用一种反差、一对冲突，来制造叙事动力和人物弧线。

2014 年，夏笳博士毕业，她对科幻的理解和创作风格又发生了变化，开始将科幻视作“一种跨越边疆的思维方式”。这个世界由许许多多犬牙交错的“异世界”构成，每个“异世界”都有迥然不同的规则和语言。“科幻作家需要凭借超越常人的好奇心、勇气与洞见，跨越可见或不可见的边疆，在不同的‘异世界’之间建立桥梁。”

“模糊本身就有意思”

夏笳的作品从来都不是“硬核科幻”，与之相对，和她一同出现的往往是“稀饭科幻”的标签。

何为“稀饭科幻”？它最开始就是句玩笑话。

上高中时，夏笳开始在作文课上写科幻小说。因为深爱雷・布雷德伯里的《火星编年史》和特德・姜的《巴比伦塔》，她写出的故事有点儿边界模糊，像科幻，又有点儿像诗和神话。一位朋友在她的作文本上留下评语，称其是比软科幻还要软的“稀饭科幻”。没想到，这种风格在此后不断引起媒体的兴趣和读者的争议，进而成为夏笳不得不反复思考、阐释和回应的问题。

由于害怕争议，夏笳一度想放弃“稀饭科幻”的说法。但现在，她更愿意从正面的意义来看待它。

“稀饭科幻”代表了一种“探索边疆的好奇心”。“而这种好奇心和探索性本身就是科幻的一种内在精神。我觉得，在科幻发展过程中并没有所谓的一个真正的传统或核心，而是不断发展变化的。因为中国科幻本身比较边缘和弱势，所以有些读者会焦虑，觉得你写的作品不像科幻，会不会冲淡科幻的身份，科幻作者会不会慢慢都流失了。但我认为，在作者认真写作、对质量有要求的前提下，这种混杂性对科幻创作还是有积极意义的。”

正如《关妖精的瓶子》在获得银河奖时得到的评语一样：“篇幅不长，颇有意趣；典故、知识、隐喻融合在一起，耐咀嚼，有韵味；算不算科幻？模糊；但模糊本身就有意思。”

探索还将继续

在《你无法抵达的时间》一书里，夏笳认为最能代表其“稀饭科幻”风格的作品就是《龙马夜行》。这篇小说原本是送给好友、美籍华裔科幻作家刘宇昆的生日礼物。

2012 年，夏笳结识了刘宇昆。他们开始相互翻译对方的作品，这也成为一段友谊的开始。经由刘宇昆的热心帮助，夏笳的故事陆续在英文世界发表，更进一步被转译为其他语言，也不断得到来自各国读者的反馈。此后，夏笳多次出国参加世界科幻大会等活动，“开始接触到一个更加宏大的世界”。

在这个过程中，夏笳亲身感受到中国科幻逐渐融入国际的过程。“中国科幻的国际交流一部分开始于一个意外，那就是刘宇昆这个中介。”夏笳说，“另外的推动力则来自于中国科幻创作者开放的态度。近些年，中国科幻创作者和科幻迷越来越多地走出国门，去参加世界性的科幻活动。从一开始的语言和文化不自信，到现在主动承担更多服务角色、组织自己的宴会活动等，中国科幻人越来越多地活跃在国际舞台上。”

“另一方面，过去欧美科幻群体也是比较封闭的，只关心本土作家，对外国科幻作品不会表现出更多的兴趣。但近几年来，出现了美国科幻奇幻编辑、出版人尼尔·克拉克和意大利科幻作家弗朗西斯科·沃尔索这样对外国科幻作品感兴趣的人，他们也扮演了文化桥梁的角色。”夏笳说。

作为一个女性科幻作家，夏笳也愿意将女性视角融入科幻创作中。与其他传统的科幻作品相比，夏笳小说一个突出的特点就是女性主人公居多。“长期形成的科幻写作范式，更加强调其中的认知部分。在这种范式下，女性总是扮演着从属性甚至破坏性的角色。但在今天的技术语境中，仅用主客二元认知范畴来处理问题，显然是不够的。你还需要有共情的能力，能达到一种交流和理解，而这正是女性的优势所在。在这个意义上，我希望给女性角色赋予更多正面的意义，不把科技和情感对立起来，而是寻找认知和共情之间的平衡关系。”

夏笳说，她对这种探索性科幻作品的创作还会一直持续下去。

郝景芳：把世界带到孩子眼前*

张晶晶

说到郝景芳，很多人的第一反应都是刘慈欣之后的雨果奖得主、清华大学"学霸"这样的标签。按照时下流行的说法，她也是位"斜杠青年"，在不同的领域拥有不同的身份，她是一名作家，也是一位经济学家，在生活中也是一位妈妈。

郝景芳的女儿名叫晴晴，除了"景芳"之外，在写一些和儿童教育相关文章的时候她会署名"晴妈"。而最近，"景芳"和"晴妈"联合有了个大动作——童行计划。

开启公益梦想

《北京折叠》让很多人认识了郝景芳，而这次获奖也给她心中期待已久的公益梦想打开了通道。

还在清华大学读大三的时候，郝景芳曾去甘肃省武威黄羊川支教，三周的时间里，她和伙伴们一道给初二的孩子们上课。像所有大家熟知的情节一样，孩子们很喜欢这些支教老师，在他们要走的时候送礼物，甚至追在车子后面。然而，不久双方就失去了联系。

"只知道，孩子们初中毕业就陆陆续续外出打工了。"郝景芳回忆说。

但有一天她突然接到一个电话，是当年支教班上一个女孩子打来的。她告诉郝景芳自己考上了高中，却要被送到天津给老人做保姆。女孩在电话里哭泣："我不想做保姆，我想读书。"

---

* 本文发表于《中国科学报》2017 年 11 月 17 日第 5 版（"文化"），作者张晶晶为《中国科学报》记者。

惋惜不已的郝景芳去到天津，把女孩接出来送回家，并说服女孩的家人，让女孩读了幼儿师范学校。女孩毕业后成为一名老师，从小学教到中学，还担任了班主任。

一个人的人生自此改变。“她结婚的时候我还去武威参加了婚礼。”郝景芳说，自己为女孩开心，但也有很多难过，那些去打工的孩子们呢？他们过得怎么样？

这样的经历和思考也影响了她之后的就职选择。从清华大学经管学院博士毕业之后，郝景芳入职中国发展研究基金会，其中一个主要原因就是基金会有很多项目是在做贫困儿童公益。

在各地调研的过程中，也有很多让她倍感难过的时候。她在湖北见到一个留守儿童，四岁半的男孩，非常可爱，爸爸妈妈长年在广东打工，爷爷奶奶不识字。家里没有任何童书和玩具，只有一本识字手册，没有人教，男孩每天翻来覆去地看，最后把家里竹子的墙面上全都用粉笔写满了字。

“那个时候，我好想帮他做些事情，可什么都做不了。”并不优厚的薪水让郝景芳很多时候感到力不从心，只能更加努力地去做好本职工作。

“穷则独善其身，达则兼济天下。”在获得雨果奖后，有越来越多的活动找到郝景芳，其中某个原本被她拒绝的广告，成了她开启公益梦想的契机，“它帮助我开启了我的整个社会实验”。

探索共享教育

郝景芳如此描绘自己心中的梦想：“我想把更多、更好的教育资源，带给全国所有孩子；我想拉下教育的门槛，让每一个孩子都有机会聆听智慧的声音。”

“童行”谐音“同行”，郝景芳对《中国科学报》记者解释说：“一是希望父母跟孩子同行，是一种同伴关系；另外，也希望全天下的小朋友都能够携手同行，谁也不要掉队。”从 2017 年 4 月公众号上线以来，粉丝量稳步增长，而 10 月发布的新计划让更多人了解到了童行计划。

童行计划探索共享教育，通过直播间的方式让各界“大咖”们与孩子面对面，用最通俗的语言与全国的小朋友分享思想、智慧、知识和经验。

在未来一年里，将有25位嘉宾通过童行计划与小朋友见面。在这份嘉宾名单上，人工智能专家李开复、科幻作家刘慈欣、中国科学院动物研究所博士张劲硕、中国科学院国家天文台研究员陈学雷等都赫然在列。

郝景芳告诉记者，在分享嘉宾的选择上，主要遵循以下三个标准："一是在领域内的重磅'大咖'，二是要有博爱精神，三是愿意和小朋友交流。"

除了直播间分享，童行计划还将免费推出由优秀教研团队开发的3～6岁通识启蒙伴读课；也将有老师将这些内容和理念带到童行书院驻点，给留守儿童带去科学及艺术的启蒙。

"教育本身就是一种公益。"在郝景芳看来，真正可以共享的东西有两类，一种是不会因共享而减少的、人类公共的东西，比如阳光、空气；另一种是不但不会因共享而减少，反而可能会因共享而增加的东西，那就是人类的精神产物——思想、观点、经验、智慧。

"童行是一场对共享教育的实验探索。"郝景芳介绍说，童行未来会继续邀请各行业杰出人士加入，在直播间分享经验与智慧。同时，也会创设童行平台，鼓励"达人"父母，分享自己的教育经验和智慧，相互赋能。

把大大的世界送给小小的人

嘉宾名单推出的童行书单同样也吸睛无数，这个书单针对3～6岁孩子，分大龄和小龄两个组，每个组50本。书单分为5个部分，涵盖五大哲思问题：我是谁、我在哪里、我如何了解世界、世界什么样、世界的过去与未来。

这样的命题让很多人感到意外，毕竟这是许多成年人也不曾想过或不曾想明白的题目。

"我们相信孩子都是科学家，孩子也都是哲学家，他们对这些大问题往往有着成年人没有想到的独到见解，也相信，他们从小对这些问题的好奇和思考，会引领他们进入广阔人生。"

在每一个哲思大问题下面，设有孩子们感兴趣的25个主题。以第一辑"我是谁”为例，就分为人类、人体、食物、衣服四个主题。“人类”主题下共有四本推荐读本，小龄组的推荐读本为《我来自火星》《爷爷的爷爷的爷爷》，大龄组的推荐读本则是《精彩过一生》《人山》。

郝景芳介绍说：“《爷爷的爷爷的爷爷》是一本关于遗传进化的书。很少见到能把人类起源和遗传进化用这么有趣的方式展示的书，以小见大，从孩子个体出发，讲了有关全人类的大问题。这种讲法让孩子很有代入感。每一代爷爷的传承，一直追溯到上古时期的猴子，也是人类起源和进化的最形象说明。”

郝景芳的女儿晴晴今年 3 岁，为人母亲，她也不停思考女儿应该获得怎样的教育。而答案是她希望女儿拥有在学校课业之外更高远的视野，“我希望女儿从小就能看见世界的样子”。

要做到视野开阔，绝非所谓的要从小走遍世界之类，想象中的世界同样可以极大地开阔视野。而阅读正是打开这种视野的简单且高效的途径。

“阅读既是孩子理解这个世界的方式，同时也是建构这个世界的方式。不是每个父母都能带孩子到世界去，但我们可以把世界带到孩子眼前来。”

郝景芳告诉记者，童行书单的设计初衷正是这样一份能够打开全景视野的通识启蒙书单，“让孩子将小我与世界甚至时空链接，我们想带孩子看见自然风光，看见城市人文，看见历史过往，也看见自我人生”。

第三篇

缤纷科普景

一本杂志和科普创作的沉与浮*

胡珉琦

《我们爱科学》《科学天地》《科学与文化》《知识就是力量》……还有多少人记得，在 40 年前那个知识匮乏的年代里，那些给了普通老百姓憧憬和幻想未来机会的科普杂志。其中，一本名叫《科普创作》的杂志的风格显得格外不同，它不但发表科普作品，同时也刊出了大量科普政策解读、理论研究和作品评论。

遗憾的是，那段岁月持续的时间并不长。大多数科普杂志很快被商品化浪潮所淹没，《科普创作》一样无法幸免。

时局变迁，二三十年之后，繁荣科普创作，提升国民科学素质，上升到了国家战略高度。《科普创作》在经过整整 25 年之后正式复刊回归，让那些曾经历过“科学的春天”的人，别有一种感怀。

只是，随着社交自媒体时代的来临，科普创作的平台和渠道早已大大拓宽，作为一本严肃、传统的科普杂志，它为什么需要存在？它还能做什么？

一个少年眼中的科普春天

对于今天的青少年来说，高士其这个名字恐怕鲜有知晓。但在 20 世纪 70 年代，周恩来称，他的名字就代表了中国科普！

1979 年，11 岁的尹传红第一次认识了这个名字。他还记得，那天中午，母亲下班回家，一边从自行车上把菜取下来，一边对着他喊：“我给你买了一本书，高士其写的，《你们知道我是谁？》。”《你们知道我是谁？》是人民文学出版社为

* 本文发表于《中国科学报》2017 年 9 月 15 日第 1 版，作者胡珉琦为《中国科学报》记者。

高士其新出的一部科学诗和科学小品集，书名就是其中一首科学诗的题目。

同一时期，除了高士其，尹传红还知道了深受高士其写作影响的叶永烈。叶永烈的《小灵通漫游未来》在 1978 年由少年儿童出版社出版，它是我国“文化大革命”后出版的第一本科幻小说，面市以后立刻引起了轰动，一下子就印刷了 300 万册。

在尹传红眼里，叶永烈在科普领域简直就是“十八般武艺”样样皆通。他创作的科学小品文、科幻小说，文理交融，笔触流畅，让尹传红十分痴迷，他几乎把所有能找到的署名“叶永烈”的图书或文章全都读了个遍。

不仅如此，出生在南方小城柳州的尹传红，还是学校同龄人中少有的能够接触到像《现代化》《少年科学》《我们爱科学》《知识就是力量》等这些科普杂志的孩子。也正是因为阅读这些杂志，让他“遇到”了日后对他人生、事业产生了重大影响的美国科普巨匠和科幻大师阿西莫夫。

他说，这得归功于他的工程师父亲。

尹传红记得，当时父亲在工厂一个月的工资只有 38 元钱，但却舍得花差不多整月的工资，为孩子们全年订阅科普、文艺类杂志。每天一吃过晚饭，父亲还会拿上一张唱片，领着一双儿女，到有电唱机的邻居家听学英语。

很多年后，尹传红在阿西莫夫回忆父亲的一篇文章里读到这样的话：他不让我阅读他出售给别人的那些杂志，因为他觉得它们会扰乱我的思想——然而，他让我阅读科学幻想杂志，因为他尊重“科学”这个词，并且觉得它们将会诱导我成为一名科学家——他是对的。

尹传红曾特意将这些文字打印出来给父亲看。可在当时，年幼的他并不知道父亲这么做到底有着怎样的契机。

将近 40 年前，正是改革开放的开端，整个国家处于拨乱反正、百废待兴的阶段。1978 年 3 月，时任国务院副总理的邓小平在全国科学大会开幕式上作重要讲话，提出了“科学技术是第一生产力”的论断。时任中国科学院院长的郭沫若，在大会上发表了著名讲话《科学的春天》。

1979 年 8 月，中国科学技术普及创作协会（1990 年更名中国科普作家协会）成立时，胡耀邦、邓颖超等党和国家领导人莅临会议，这在今天几乎是不可想象的事情。

这些领导人的讲话和行动不仅极大地鼓舞了知识分子，也直接推动了科普创作的繁荣。全国各地科普类杂志纷纷复刊、创刊，给了生活在知识匮乏年代里的普通老百姓得以憧憬未来的机会。

凭着《十万个为什么》《小灵通漫游未来》成为科普创作“明星”的叶永烈，在20世纪70年代末到80年代初的短短几年中，集中创作了几百万字的科普、科幻作品。

除此之外，叶永烈也给全国遍地开花的科普杂志撰写创刊评论，湖南的《科学天地》、浙江的《科学 24 小时》、四川的《科学文艺》、上海的《科学生活》、天津的《科学与生活》、安徽的《科苑》、云南的《奥秘》、福建的《科学与文化》……近80岁高龄的叶永烈在接受《中国科学报》采访时，张口就能说出这些名字。

第一次也是最后一次

《科普创作》也是在那个时候出现的，它由中国科学技术普及创作协会主办。尹传红第一次接触这本杂志，是升入初中三年级那年。

“阅读大量的科普文章和科幻小说，一方面，增进了我对科学的理解和兴趣；另一方面，也让我渐渐地爱上写作，萌生了从事科普创作的念头。有一阵，我特别好奇，想知道那些优秀的科普、科幻作品究竟是如何写出来的。”尹传红说，《科普创作》最大的不同在于，它既有作品观摩也有评论文章，这对正在学习、尝试科普创作的年轻人来说是很好的指引。

叶永烈记得，《科普创作》正式创刊以后，曾就《小灵通漫游未来》专门组织了一次作品评论活动，邀请作家、编辑，还有美术编辑，对这本书的主题思想、意义、科学内容、体裁、写作技巧、美术设计等方面进行了多方位的讨论。这些内容，连同叶永烈的《〈小灵通漫游未来〉写作经过》一文，都被刊发在了1980年第1期杂志上。此后，他还接受过杂志的长篇专访，发表过自己对科幻小说的看法。

事实上，当年的《科普创作》还常常能邀请到大科学家撰写文章。中国科普作家协会首席顾问、中国科普研究所首任所长章道义，在他回顾《科普创作》创办历史的文章中就曾提到，1979年试刊号，开篇的两篇文章分别是由当时科学界非常有影响力的人物——中国科学技术协会代主席、北京大学校长周培源院士和中国科学技术协会院副院长钱三强院士撰写的，前者写的文章题目是《迎接科普创作的春天》，后者写的文章是《为提高中华民族的科学文化水平作出贡献》。

让尹传红印象深刻的是，著名科学家钱学森先生曾在杂志的一篇文章中提到，理工科学生的文字表达能力不足。他认为，“大学生毕业时除了要交一篇毕业论文，还要有一篇科普文章。研究生应该要完成两个版本的硕士或博士毕业论文，一个是专业版本，一个是科普版本。”

这些科学大家、知名科普作家身体力行，表达对科普的关爱，给了科普创作界，也给了像尹传红这样的学生读者以很大的激励。

于是，每个双月的某个日子，他总要到传达室询问杂志到了没有，生怕它被别人拿走。到天津读大学后，他还曾专门去过一次杂志社编辑部，购买早年出版的《科普创作》。至今，尹传红还把它们完完整整地收藏着。

大学二年级时，尹传红尝试着给《科普创作》投过两篇科学小品文，尽管当时没被刊用，但因为收到了编辑吴定潮、张传达的回信，丝毫不觉得沮丧。

作为业余科普创作者，尹传红的名字第一次出现在《科普创作》上有些戏剧性。那是在1992年4月，他大学毕业两年后成为一名科学记者。一个偶然的机会，他从新华社一位同行的口中得知，他最喜爱的科普作家阿西莫夫前两天辞世，即在第一时间联系了《科普创作》的编辑，并为杂志撰写了一篇关于这位重要人物的悼念长文。尹传红成了最早在国内报刊报道这则新闻的记者。

只是让他无法预料的是，《科普创作》就在当年年底宣布停刊，持续近十年的科普黄金期逐渐走向低谷。大多数科普杂志只是昙花一现，更让人遗憾的是，像叶永烈这样的知名科普作家早早因为环境变化而受到“挤压”，彻底离开了科普创作界。

破冰，再升温

叶永烈和科普界的破冰之旅发生在5年前的中国科普作家协会第六次全国代表大会上。当时，他参加了“科普创作论坛”，并且喊出了“让科学流行起来”

的话语。他再次感受到了来自对科普创作事业的诚意。

在 2016 年“科技三会”[①]上，习近平总书记指出，“科技创新、科学普及是实现创新发展的两翼，要把科学普及放在与科技创新同等重要的位置”。这次讲话也被看作是又一个科普创作春天的到来。

在中国科普作家协会和中国科普研究所的推动下，《科普创作》时隔 25 年，在 2017 年 8 月正式回归。中国科普作家协会党委书记、中国科普研究所所长王康友认为，利用协会科普创作人才资源，搭建科普创作交流平台，《科普创作》不应缺席。2017 年正值《叶永烈科普全集》正式出版，受到编辑部的邀请，他也将《叶永烈科普全集》札记发表在了复刊的第一期杂志上。

而对尹传红而言，在这长长的 20 多年时间里，少年时期所知所读的知名科普作家、科幻作家，他几乎全都认识并打过交道，有的还成了忘年交。他也从一个《科普创作》的小读者，成为中国科普作家协会常务副秘书长，复刊后《科普创作》的编委会成员，并在第一期上发表了一篇介绍叶永烈的文章。

时局变迁，给了《科普创作》第二次机会。不过，在如今的社交自媒体时代，科普创作、交流的渠道和环境显然与 40 年前有着巨大的不同。

“为什么仍然需要这样一本杂志？我们能拿它做什么？”中国科学院院士、中国科普作家协会理事长周忠和在采访中脱口而出，“就是通过评论引领科普创作的发展，让那些有远见卓识的思想脱颖而出。”

这与叶永烈所寄予的希望不谋而合，“作品展示可以少，但必须立足于评论，培植年轻的科普创作人才”。

事实上，这也反映出了当下科普创作事业的一个现实问题，有关科普创作的理论研究比较匮乏，缺少高屋建瓴的思想指引。

“虽然每个创作者有各自的创作技巧和创作历程，但要是没有了理论指导，就有可能陷入盲目。比如，当年的科普创作者在内容类型上曾做过很多积极的尝试，科普小说、科普相声、科普剧、科普小品・散文・童话、科学诗，甚至科普美术，形式非常丰富多样，时至今日，这样的探索后继乏人。”尹传红说道。

---

① 即全国科技创新大会、中国科学院第十八次院士大会和中国工程院第十三次院士大会、中国科学技术协会第九次全国代表大会。

因此，王康友也表示，《科普创作》将首先面对科普创作者、科学家群体，研究各个学科分类的科普创作规律，提供如何进行科普创作的建议和启示，无论是在科学性、文学性、艺术性还是思想性上。特别是，他还提到，迫切需要研究和探讨互联网时代如何做好科普的融媒体创作，才能面向更广大的普通受众。

此外，无论是周忠和还是王康友，都不约而同地指出，要想真正促进科普创作能力的提升和建设，光靠政府是不够的，还需要培育市场，把市场做大。“市场的推动会促进科学普及效果提升，只有消费者参与进来，才能促进更多、更优秀的科普作品创作出来，满足更多人的科普需求。”王康友说道。

大自然寻声记*

张文静

11月1日，钢琴演奏家、歌唱家刘萤萤制作的单曲《万物》在iTunes、YouTube、Spotify、Amazon等音乐和视频平台首发，覆盖全球60多个国家和地区。与刘萤萤以往的音乐作品不同，这首单曲展现的是非洲大草原的声音奇景。她将西方古典音乐的经典旋律、人声与几十种野生动物和大自然声音融为一体，体现着对自然保护的关注。

声音是最具感染力、最能引起情感共鸣的方式之一。音乐和声音艺术与自然声响的结合，为人们提供了思考人与自然关系的另一个维度，而每一位自然寻声者都有着自己的故事。

刘萤萤：用音乐为野生动物发声

闭上眼睛，用耳朵来感受非洲大草原的生命图景。

在那里，野生动物正经历着一年一度的大迁徙。清晨，鸟儿开始鸣叫，大象踩着沉重的脚步从远处缓慢走来，狮子张开大口吼叫，野牛和野鹿在草原上飞奔……它们长途跋涉，已经很久没有喝到水了。突然，它们在前方发现了水源。它们开始兴奋起来，伴随着激昂的非洲鼓点，小象开始玩耍，奔向它的妈妈，野兽的嘶吼声、鸟儿的鸣叫声和非洲儿童的玩耍叫喊声夹杂在一起，似乎是对生命的庆祝。狂欢过后，草原又开始渐渐回归平静，野生动物的旅途仍在继续，在日落中，它们的身影慢慢消失在地平线。但在非洲大草原，野生动物艰苦而快乐的

* 本文发表于《中国科学报》2017年11月24日第1版，作者张文静为《中国科学报》记者。

生存和繁衍将周而复始、永无停止……

这就是《万物》用声音描绘的生命故事。

音乐家刘萤萤，另一个身份是著名作曲家刘炽的女儿。拥有这样一位创作出《让我们荡起双桨》《我的祖国》《英雄赞歌》等作品的父亲，刘萤萤走进音乐世界也成为顺理成章的事情。9 岁时，刘萤萤开始在农村的土炕上学钢琴，先后接受过朱雅芬等钢琴家的教导，后来考入美国克利夫兰音乐学院和伊斯曼音乐学院，取得博士学位后在美国大学任教。

除了音乐之外，家庭给刘萤萤的另一个重要影响就是对自然的亲近感。20 世纪六七十年代，刘萤萤跟随父母在农村度过了 9 年的时间。孩童岁月，刘萤萤印象最深的就是家里养的各种动物，除了鸡、鸭、鹅，还有 20 多只安哥拉长毛兔。刘萤萤经常给兔子梳毛，妈妈给捻成线，织毛衣、织手套。不知是刻意为之还是巧合，刘炽给三个女儿起的名字都与自然有关——长女刘燕燕，次女刘云云，三女刘萤萤。

刘萤萤一直喜爱动物。获得第一份工作后，她立刻养了一只花猫，因为喜欢瑞典著名男高音歌唱家约西・毕约林（Jussi Bjorling），刘萤萤唤这只小猫为 Jussi，这只猫一直陪伴了她 13 年。

2001 年去墨西哥旅行时，刘萤萤和丈夫跟随《美国国家地理》杂志的研究人员坐上一条小船，去深海采集鲸的声音。那一刻，她听到了鲸的鸣唱声。“那是直达灵魂深处的声音，我一辈子也忘不了。”也就是在那一刻，刘萤萤开始在旅行时格外关注野生动物。

六七年前，刘萤萤夫妇去阿拉斯加旅行。在那里，她看到两只小熊跟着妈妈，熊妈妈抓到一条鱼，小熊想要吃却吃不到，发出的叫声让刘萤萤动容。后来，从当地人口中她才知道，原来由于冰川融化，导致水母泛滥、三文鱼减少，阿拉斯加的动物正在面临挨饿的威胁。

后来，应《新旅行》杂志的邀请，刘萤萤与美国摄影家斯科特・赖利（Scott Riley）一起来到塞舌尔群岛，探访了传奇人物布兰登（Brandon），布兰登在那里买下了一个生态环境特别糟糕的荒岛，在那里种树，恢复原有的生态环境。那里还有一只叫作乔治（George）的陆龟快乐地生活。

这些经历让刘萤萤深感触动，她感受到了保护自然的危急，也看到了人类作出努力之后的美好。她觉得自己必须要为此做点什么。

“一个音乐家能做什么呢？”刘萤萤问自己。她得出的答案就是，做出有冲击力和感染力的自然音乐作品，唤起公众对自然环境和野生动物保护的情感。

2016年，刘萤萤建立了明音公益组织，用音乐展现自然之美，为野生动物发声。明音公益组织的首个作品就是名为《魂归》的音乐专辑，《万物》是其中的首发单曲。

如何将音乐与自然声音和谐共融，刘萤萤与制作人来来回回商量了几个月。那些天她不停地弹，不停地唱，最后选出了8首古典音乐旋律，加入自己的咏唱，再将它们与购买版权得来的自然声音融合在一起。《万物》用到的是舒伯特的《圣母玛利亚》。同时，她还购买了100多个非洲野生动物视频，用这些素材剪辑出了5分钟的《万物》视频，可以配合音乐一起播放。

“音乐能够唤起人的情感和共鸣，而只有首先影响人们的内心感受，才能改变思维和行动，去保护野生动物，与自然和谐共存。这是音乐艺术能做的。”刘萤萤说。

丁铨：别让猿声就此“啼住”

对于致力于长臂猿保护的自然摄影师、缤纷自然纪录片工作室导演丁铨来说，自然声音或许有着更为具体的科学含义。

从2016年到2017年，在高黎贡山地区拍摄纪录片《天行者》期间，丁铨几乎每天都与天行长臂猿的猿鸣相伴。

长臂猿是哺乳动物里有名的“歌唱家”，尤其喜欢清晨鸣叫，每次持续15～30分钟，最远可以传播到2千米之外，这也是它们的一种特有行为。

“长臂猿鸣叫有时是为了宣示自己的领地，有时是为了寻求伴侣，还有时是为了和伴侣一唱一和，显示夫妻关系的稳固，唱到最后节奏越趋同，表明它们的感情越好。”丁铨说。

丁铨喜欢模仿长臂猿的叫声，放开嗓子在山间一吼，还能引来长臂猿与他遥相呼应。对于不同属的长臂猿的鸣叫声，丁铨也能分辨得出来。“白眉长臂猿的叫声偏高亢一点，冠长臂猿的叫声尾音则会更加悠扬。于是当天气变冷时，听到拖着长长尾音的猿鸣，就会让古人有种悲伤的感觉。比如‘风急天高猿啸哀’，现在的研究表明，其中的猿就是冠长臂猿。”丁铨一边模仿猿鸣，一边解释说。

“研究表明，当时长江流域确实分布着冠长臂猿。但随着森林的消失，从400年前开始，长江流域就已经没有长臂猿的记载了，如今国内只剩下海南、广西和云南地区还存在少量的长臂猿。猿在传统文化中占据着重要地位，但现在很多课本中的长臂猿都被错画成猕猴了，想想还是有点儿悲哀。”丁铨说道。

对于现存的长臂猿来说，猿鸣是它们能够得到保护的一个保证。因为科学家和保护者正是常常通过循着叫声来找寻长臂猿的。

但长臂猿的不幸也在某种程度上源自它们悠扬的鸣唱声。“它的叫声太能引起偷猎者的注意了。”丁铨记得，中山大学生命科学学院教授范朋飞曾跟他说，大概 10 年前，当他刚开始研究长臂猿时，曾在高黎贡山地区一个叫大塘的地方建立了研究站，简陋的棚子刚搭好不久，他就突然听到同时发出的四声枪响。自此之后，他在那里再也没有听到过猿鸣，也没找到长臂猿。三个月的等待无果，范朋飞最后只好放弃了这个研究站。“当时偷猎者应该摸清了长臂猿的习性，四个人同时开枪，以防先打一枪之后其他长臂猿逃走。”

在高黎贡山，长臂猿常被称为黑猴，这让丁铨有些不解，因为成年雄性长臂猿是黑色的，但成年雌性长臂猿是黄褐色的，为什么人们只记得黑色呢？了解之后才知道，因为偷猎者根据猿鸣来跟踪猎杀长臂猿，黑色的成年雄性长臂猿要保护家人，就会让雌性长臂猿带着小猿先往前走，后来被打下来的长臂猿往往是雄性，所以是黑色的。

拍摄《天行者》时，丁铨他们跟拍两群已经习惯化的长臂猿，一群是由四只长臂猿组成的家庭，另外一边则是一只孤猿。“与那只孤猿配对的公猿在十多年前被打死了，由于它现在处在孤岛之中，最近的其他长臂猿也有30千米远，它找不到伴侣了。有一次我们拍摄时看到，长臂猿家庭在鸣叫时，那只孤猿也加入进来。看着家庭和鸣和孤猿鸣叫的对比，挺心酸的。”丁铨说。

其实，长臂猿是森林里的旗舰物种，也是一片森林是否健康的标志，由于猿鸣较容易被监测到，所以长臂猿悠扬的鸣叫声，某种程度上可以当作森林状况的“警笛”——如果猿鸣消失了，也意味着这片森林不再健康。

正是由于猿鸣的独特作用，丁铨每次参加科普活动时都会给观众模仿一段，这让很多观众印象深刻。“通过这种方式来引起公众的兴趣吧！”丁铨说，“也是提示我们，不要让自己陷入《寂静的春天》中描绘的那个令人生畏的无声世界。”

李星宇：亚马孙寻声之旅

同样是将自然声音做成艺术化的表达，独立音乐人、声音空间设计师李星宇的方式则不太一样，他更喜欢只用纯粹的自然声音，通过剪辑产生戏剧感，讲述自然中发生的故事，探索人与自然关系的思考。

录音工程专业出身的李星宇，一直对声音着迷。旅行时，录音机是日常标配，交通工具的声音、城市街道里的声音、人们聊天时的细语、街头乐队的鼓噪，都被他收进录音机里。自然声音当然也在其中。他在印度尼西亚录万隆下雨的声音，在法国普罗旺斯录风吹过薰衣草田的声音，在美国黄石录湖水潺潺的声音，在南美洲录伊瓜苏大瀑布的翻腾声。2016 年夏天，他将聆听自然的触角伸到了亚马孙热带雨林。

其实他最初去亚马孙的想法很简单，就是想寻找一片寂静。“我们现在接收的信息太多了，过于嘈杂，那时觉得亚马孙是最遥远、最自然的地方，应该也是最安静的地方。可是去了那里才发现，跟自己预想的完全不一样。”李星宇说，“相反，那里是自然界最吵的地方。虽然吵，但那里的声音很和谐，身处其中，人的内心是安静和舒服的。”

2016 年 8 月，李星宇发起了“亚马孙寻声计划”，与其他四位同好，揣着众筹来的 30 万元，来到了亚马孙雨林的入口城市玛瑙斯，见到了事先联系好的当地向导安东尼奥。他们租了一艘船，带足半个月的吃食，沿河向距离玛瑙斯 220 千米的雅乌自然保护区驶去，然后顺流而下，一路采声。用李星宇自己的话说，“人间蒸发了 15 天”。

茫茫雨林里，自然声音的丰富超乎想象。李星宇几个人背着录音设备，走到哪里录到哪里，途经声音异常丰富的地方，就干脆把录音设备扔在密林里，晚上就让录音机在那里静静地待着，录取一些只有晚上才能听到的声音。不管录音机扔在哪里，神奇的向导安东尼奥第二天准能给找回来。这在密林中并不容易。雨林中的路，前后左右看起来差不多，普通人的认路技能基本失效，一旦迷路很难走出去。

雨林中的危险，迷路只是其中之一。猛兽、蚊虫、温差，随时都可能让他们处于生命险境。一天晚上在外露营时，安东尼奥一脸坏笑地让李星宇看来了什么不速之客，竟然是好多条鳄鱼。尽管如此，回想那 15 天，李星宇却觉得那趟探险之旅太值得了。

在亚马孙，李星宇第一次听到了树懒的叫声："就像吹口哨一样，那是树懒在呼唤配偶。"李星宇还录到了蚂蚁的声音，这让安东尼奥都大呼惊讶，说从未注意过蚂蚁还能发出声音。

回到北京，李星宇开始有时间认真地听这几百个小时的素材。他发现，其实雨林中的每一种声音都有自己的频率区间——虫鸣在极高频区，鸟鸣在中高频区，哺乳动物占据着中频区，环境与气候等背景声则通常处在低频区。而在 1000～4000 赫兹的中高频区，出现了一片"寂静区"。没有任何一种生物或环境发出的声音，会长时间保持在这个区域。这里是专门供雨林中动物交流的，绝大部分动物在这个音频区发出警示、求偶、社交等重要的声音信号。

"在热带雨林里，每一种声音都好像有自己的位置。但是人类的声音却常常不遵循这些规则。我作了个大胆的假设，人与自然在声音上出现了对立。这些声音可能会毁掉动物的沟通频率，导致它们听不到天敌的声音，找不到配偶，这对它们来说意味着灭绝的危险。事实上，中国长江流域的白鳍豚如今濒临灭绝，就与人类在长江制造的噪声太大、毁坏了它们的沟通频率有很大关系。"李星宇将这种对人类与自然关系的思考，装进了"亚马孙寻声计划"的第一张专辑中，并将它命名为《自然的法则》。

《自然的法则》完全采用纯粹的自然声音，按照生命演化的顺序，从水声开始，逐渐加入昆虫、鸟类、哺乳动物的声音，然后用一场暴风雨隐喻人类的出现，接着再用噪声将大自然的声音一点点取代，水流声逐渐消失了，虫鸣、鸟鸣、哺乳动物的声响慢慢退去，直到最后完全变成噪声。

如同他喜欢的声音艺术家克里斯·沃森和生物声学家伯尼·克劳斯那样，李星宇希望通过自然声音的剪辑，讲出一个能引起人们思考的自然故事。接下来的两张专辑，一部是名为“未尽之旅”的声音纪录片，李星宇在其中加入了人类活动的声音，比如他们在雨林中划船、徒步、对话的声音，甚至还有对人与自然关系的探讨对话。第三张专辑则是纯音乐，中文名叫“永恒与未知”。“对自然的认识仿佛永远没有尽头，探索未知充满了科学性，也充满了浪漫的想象。我们想把这些故事和想法融入音乐旋律。”李星宇说。

短视频：碎片化时代的科普“小餐”*

张文静

随着最近雾霾天气的持续，短视频《$PM_{2.5}$ 的自白》又在社交媒体上被频繁转发。视频以动画形式呈现，用 $PM_{2.5}$ 的口吻讲述了其入侵、损害人体的过程及人体应对 $PM_{2.5}$ 的本能反应。

近年来，随着移动通信的发展，各类短视频层出不穷，其中，科普类的短视频也在不断出现。用通俗轻松的语言和丰富有趣的动画形象将某个科学知识讲出来，这种科普形式越来越受到人们的欢迎。

几分钟讲清楚结核病

短短几分钟的时间，能讲清楚结核病是怎么回事吗？短视频《微杀手》做了这样的尝试。

视频中，结核杆菌化身武学奇才“全球不败”，凭借杀人绝学“随地吐痰”独步武林。该视频告诉大家，这个生活中常见的“武器”，占地仅为 0.0004 平方米，里面却住着大约 5000 万个细菌。除了介绍与结核病相关的数据外，该视频还讲述了一些冷知识，比如如今世界经济论坛的举办地达沃斯竟然最初是作为结核病的疗养胜地火起来的，又如肖邦、契诃夫等文艺人士都是因结核病去世的。“少年，你的节操掉了”等网络流行语也不时出现。

《微杀手》创作于 2012 年，由北京明恩文化传媒有限公司与比尔及梅琳达·盖茨基金会（以下简称“盖茨基金会”）合作完成。该公司创始人赵家煦告

* 本文发表于《中国科学报》2017 年 1 月 6 日第 5 版（“文化”），作者张文静为《中国科学报》记者。

诉《中国科学报》记者，当时为了进行“世界防治结核病日”的系列宣传活动，盖茨基金会找到几家公司进行策划。赵家煦的一个想法引起了盖茨基金会的兴趣。“我说不管什么类型的宣传，把坏掉的肺拿出来给人看的时代已经过去了。现在是一个讲道理、讲故事的时代，你要从一个高大上的机构变成能与受众平等聊天的人，要把我的事情讲给你听，而不是告诉你应该去做什么，这个姿态必须要变。他们觉得这个想法不错，我们的合作也就开始了。”赵家煦说。

科普短视频的制作并不是一个简单的过程，因为其中涉及的科学知识必须要准确无误。于是，赵家煦等找到中国疾病预防控制中心和北京大学等机构的专家，寻求内容支持。赵家煦负责策划、列出框架，请专家填充科学内容，然后赵家煦等再据此提出问题，请专家解答。“我还专门找了一本书来看，那是国内研究了一辈子肺结核的一位老教授写的，我在书中看到了很多在网上找不到的信息。可能看完一本厚厚的书，其中只有一条信息能最终用到视频中，但这项文献搜集工作是必要的。”经过反复交流，最后由赵家煦的团队形成脚本，再制作成视频。短短三分钟的视频，整整做了一个月，预算达到一分钟几万元。“这样的时间和资金成本，可能也是科普视频制作的一个门槛。”赵家煦说。

除了《微杀手》之外，赵家煦的团队还与盖茨基金会、世界卫生组织、中国人口福利基金会、中国青少年发展基金会等机构合作，制作了关于艾滋病、阿尔茨海默病等内容的科普短视频。

移动网络时代提供便利条件

“当下国内的信息传播环境，为短视频发展提供了一个良好的条件。”赵家煦说，“放在十年前，智能手机还没这么发达；放在十年后，可能我们已经有了新的信息接收方式。当下的移动网络时代，正是短视频发展的好时机。”

据赵家煦介绍，短视频产业的发展开始于 2008 年，那一年，美国一个数据可视化的动画短视频《十分钟了解次贷危机》在 YouTube 上火起来，让各个社交网络平台注意到这种业态的存在。“这个短视频的制作者是一名设计师，他在和一个金融业的朋友闲聊时，得到了很多有意思的信息。他记录下来，回去后运用各种动画形象制作了这个短视频，后来被大量传播。国内的短视频发展相对较晚，我们在 2011 年开始做，是比较早的一批。”

在赵家煦看来，短视频这种形式有个特点，就是可以把很复杂、很死板、很无聊的内容变得简单、有趣，“让你吃着火锅，逗着乐就把知识学了”，这也是它可以作为一种科普新形式的优势。

“就拿结核病来说，给你个三万字的科普文章，或者是四分钟的动画视频，你会选择哪一个？可能大部分普通人会选择短小精悍的短视频。现在大家的时间越来越碎片化，当你在公交车上、挤地铁时，或者在餐厅里等待上菜的时候，只有几分钟的时间，我想你更愿意选择一个小视频来填补你的时间。”赵家煦说。

短视频还被当作对科普图书的补充。图书品牌“未读”就在其微信公众号上配合图书内容每周发布短视频，其中包括一些科普类图书和视频。最近，“未读”就以《太空之眼——哈勃望远镜 25 年太空探索全记录》一书的内容为基础，制作了一个几分钟的短视频。“我们从这本书，还有英国广播公司（BBC）的纪录片《宇宙时空之旅》和讲述哈勃望远镜的电影中寻找素材，最终呈现出这样一个展现宇宙奇景的视频，很受欢迎。”未读视频的负责人大弦告诉记者，“科普类短视频的受众反馈都不错，平均能获得两三万的阅读量，最多时能超过五万。”

“应该利用好这个风口”

如今，国内的科学机构也越来越重视科普短视频的制作。早在 2015 年，科技部与国家互联网信息办公室、中国科学院就组织了一场全国优秀科普短视频推荐活动，收到参赛作品 201 部，并最终评出 50 部优秀作品。这些作品包括中国科学院国家天文台制作的《500 米口径球面射电望远镜（FAST）》、上海市气象科技咨询服务中心制作的《一个云宝宝的自述》等。

“在国外，金融类和社会热点类的短视频已经形成了相对完整的体系，但科普类还未形成。在国内外，现在都还没看到专门制作科普短视频的公司或机构。”赵家煦说，“在这个短视频快速发展的时代，科普工作者确实应该利用好这个风口。”

在赵家煦看来，一个优秀的科普类短视频，要能在前几秒就迅速抓住观众的注意力。

“现在大家在手机上看信息，耐性很低，不感兴趣就一直往下刷。所以，短视频要一上来就给你‘干货’，把最重要的信息放在最前面，不要铺垫。那些对于人们至关重要却容易被忽略或比较难理解的内容，恰恰是短视频可以跟进的机会。科普类短视频可以多用数据，而不是只讲形容词。标题也要吸引人，让受众有兴趣点开。”赵家煦说，“既然是科普，就要做到通俗、易懂、接地气。我们制作短视频的标准是，从 8 岁到 80 岁的人群都能看懂。视频中可以有调侃，可以有幽默，但我们从不会预设观点。我只负责把东西端上来，至于是好是坏，让观众自己去作判断。”

“当然，短视频只有短短几分钟的时间，不可能像科普书或纪录片一样把科学内容讲述得那么详细和深刻。它的作用更多的在于增加人们对某个科学问题的认识，让受众有兴趣去做更多了解。”赵家煦说。

当科学成为纪录片主角*

胡珉琦

上个月，北京卫视纪实频道在黄金时段播出了一部记录中国科学院南海海洋研究所科学家黄晖和南海珊瑚礁生态修复故事的纪录片《守护南海珊瑚林》，中国科学技术协会科普部还特别为它召开了一次新闻发布会。在纪录片总导演、著名的电视科普人赵致真看来，他们的故事绝对配得上这样的“隆重推出”。

不过，在这个视频时代，绝大多数科学家的事迹在荧屏上基本是湮灭不彰的。“朱光亚先生去世后有关部门想做个纪录片，却难以找到视频资料。南仁东先生刚刚离世，没来得及为他拍一部片子。很多著名科学家都是在去世时才赢得媒体一瞥。”这是赵致真的遗憾。

“如果后来人翻检我们留下的文化遗产，竟然少有科学家的身影，他们会不会失望和困惑？”

柔情女儿打理南海生态

看过纪录片《守护南海珊瑚林》的人会觉得，这是个孤独又动人的故事。

故事的主角之一是神秘的南海珊瑚礁。大多数国人从未到过那里，不曾见识过那形貌奇异、色彩斑斓的珊瑚。大自然历经亿万年的鬼斧神工，才造就了那样的海底世界。

珊瑚不是植物也不是石头，它是一种海洋动物，依靠体内虫黄藻的光合作用存活。在全球 3.6 亿平方千米的海底面积中，珊瑚礁只占 0.2%，但却是 25%海洋

* 本文发表于《中国科学报》2017 年 10 月 13 日第 1 版，作者胡珉琦为《中国科学报》记者。

生物的庇护所。渔业、油气资源与它们的生存息息相关。

近 20 年来，海洋环境破坏，污染加剧，再加上过度捕捞、盗采，无数珊瑚虫变成了累累白骨，生态系统遭到毁灭性打击。中国南海拥有全球 2.57%的珊瑚礁资源，位居世界第八，它的命运也并未有所不同。

黄晖和南海珊瑚礁的连接从 20 年前就开始了，尽管在她看来是一次误打误撞，但自从从事了珊瑚生物学及珊瑚礁生态学研究工作，她便一天也没有停下过。

从 2002 年起，她组建的团队发展至今已有将近 30 人，绝大多数成员的年龄都在 40 岁以下。很多人问黄晖，她究竟做的是什么。她不喜欢回答珊瑚礁三维结构生态修复、造礁生物增殖技术这样的“行话”，她总说，自己就是在海底“植树造林”。

珊瑚礁被称为海洋中的热带雨林，这座森林的框架生物是造礁珊瑚，它们的确具有很多植物特性。因此，珊瑚礁的生态修复技术与陆地上的植被恢复很相似。

简单说，首先要培育幼苗，把小的断肢养成“小树”，然后栽到海床上。珊瑚是附着生物，不能直接在水层中生长，就像树木需要土壤，移植之前需要进行基地改造。可惜，珊瑚的生长速度不能和树木同日而语，生长最快的先锋种鹿角珊瑚，1 年大概能长 10 厘米。

不仅“树木”的生长速度不同，海底作业的进程自然也会放慢很多。每一次深潜，每一次用沉重的工具敲击、固定，都要耗费工作人员巨大的能量。如果遇上风浪的破坏，已完成的进度有可能直接清零。正是因为海上项目的特殊性，所以，这样的方法不可能像在陆地一样大规模推广，只能以点带面，集中建立示范区。目前，在建的有些示范区已经达到了百亩规模。

黄晖的团队里，参与野外调查和作业的女生很少，每年平均在海上漂 3～4 个月，多的时候还会超过半年。她自嘲，只有她这样“皮糙肉厚”的“女汉子”才受得了。

还有很多人问过黄晖，海上研究有多困难？她总是笑着说：“想那些干吗？”海上研究最怕遇上复杂多变的海况，黄晖坚持从不冒险。但每次遇到不得不返航的时候，她只是心在滴血，“那都是钱呐！”

在南海海底进行“植树造林”的工程已经持续了 10 年，但对生态系统的恢复来说不过只是一个开头。“再有 10～20 年，也许我们可以看到一些真正的改变。”黄晖讨厌有人夸大她的工作，可同时她也坚持在自己的世界里保有一份乐观的心态。

黄晖说，自己还不算太老，现在不到 50 岁的年纪，至少还可以再干 10 年。更何况，她现在还是个颇为“吃香”的女导师，不少慕名前来的年轻学生加入她的团队，和她一样，真心喜爱并且享受这份事业。

“小概率事件”

这部电视纪录片得以拍摄其实特别偶然。

2016 年年底，中国科学院和中央电视台承办的 2016“科技盛典”邀请到赵致真作为评委。可要从 100 多位候选人中选出 10 位成为年度最具影响力的十大“科技创新人物”，老先生犯了难。

560 米口径球面射电望远镜（FAST）、霍尔效应、人工智能、长征火箭、神舟飞船、“天宫”空间站……取得这些举世瞩目的重大成就的科学家无疑应该荣登榜巅，但有时候，研究的价值是不能简单用大小来衡量的。

“很想让她评上，却眼看在第一轮就出局了，难免心怀怏怏。”来自中国科学院南海海洋研究所的女科学家黄晖的故事让赵致真格外在意，他用“柔情女儿打理南海生态”总结她的事迹。尽管素昧平生，但赵致真竟然有种愧对和辜负的感觉。

出于职业的本能，赵致真决定把这个故事做成片子。但在进行的过程中，老先生也怀疑过是否是自己太过冒失。

挤出来的 30 万元可贵的资金，还有一个从来没有过水下拍摄经验的团队。因为买不起也租不起设备，他们只能购置基本器材，突击学习潜水知识。黄晖团队尽管全力配合，但出海舱位非常紧张，随行人员一再压缩。对于一部海洋纪录片来说，这样的摄制组实在有些“寒酸”。

已经年过七旬的赵致真没能去到现场，但为了这部纪录片的撰稿，之前对珊瑚的知识基本为零的他，一切从头学习。老朋友说他是“出傻力气，用笨办法，做科学的苦工”，可他拍摄的那么多科学片子，哪一部不是这样做的。

“《守护南海珊瑚林》属于急就章和短平快之作，不是哪个方面需要提升的问题，而是需要全面提升。”在接受《中国科学报》的采访中，他这样评价自己的作品。

那么，科学圈对赵致真的评价又是什么？

他花了20多年的时间投身科教影视，他创办第一个全国性大型科普电视栏目《科技之光》，拍摄科普电视片，他还做科普理论研究，撰写科普丛书，他是获得有“科普界诺贝尔奖”之称的意大利普里莫·罗菲斯国际科普奖的中国人……李大光说，如果没有赵致真，中国就不会有专业科普电视的起步。这个学中文出身的电视科普人，在科学圈享有很高的声誉。

但让中国科学院大学人文学院教授李大光遗憾的是，“《守护南海珊瑚林》的出现与赵致真一样，是个小概率事件，主要依靠个人努力，而不是中国科普影视界有规律性的、有保障的、可持续发展的产物”。

科普影视是一项“公益事业”

科学与影像的结合并不是一个新话题，直到现在，已经不会有人怀疑这么做的价值。

“文章用白纸黑字写得再形象生动，也要靠读者想象来重构和再现情景。影像却能让人‘百闻不如一见’，甚至用航拍、显微镜、动画特技延伸人的感官，信息量大得多。记者的摄像机是观众的眼睛，你去到哪里，观众也就身临其境。这是其他媒体无可比拟的。而科学领域就是纪录片选题的一座宝库。”赵致真说。

世界上最早的传统的科教影片在20世纪初就已经出现了。而很多人有所不知的是，在那个年代，中国同样出现了一位教育电影界的重要人物——时任南京金陵大学理学院教授魏学仁先生。尤其是1936年，他赴日本北海道拍摄的彩色影片《日食》，在国际上都获得了重要奖项。

李大光回忆，20世纪70年代，中国的电影院在播放正片之前常常会有一段“加片”，都是些五六分钟的科教短片。电影作为当时非常有效的媒介之一，传播了大量直观生动的科学知识，影响了很多人。

可在技术发展的今天，视频时代已经到来，但科学、科学家的事迹却在荧屏上基本湮灭不彰，即使有人千辛万苦拍摄出少量的科学片，还要为播出大费周章。赵致真坦言，这关乎社会价值取向和市场选择的问题。

但在李大光看来，这样的选择并不会自然而然地发生转变。科普影视的传播效率永远无法和新闻、娱乐、电视剧相比拟，这在任何一个国家都是如此。可为什么观众仍能看到英国广播公司（BBC）、国家地理频道（NGC）、日本放送协会（NHK）每年出产大量科学类纪录片，还有《万有理论》《模仿游戏》《世纪天才：爱因斯坦》这样大制作的科学家传记电影、电视剧。“因为这个市场是需要支持和培育的。当电视、电影承担科学传播、教育的功能时，它是一项公益事业。”

李大光曾经详细研究过，早在 20 世纪 60 年代，美国国家科学基金会（NSF）就将支持科学电视节目作为基金会资助的重要项目，每年投入大量经费。基金会还建立了“外聘顾问”基金评审制度，多数情况下邀请的都是科学教育领域的专家担任评委。这些“外聘评委”遵守平等、客观和准确的评审原则，为科学教育电视节目的投资奠定基础。

基金会未必会为所有支持的项目给予百分之百的经费支持，有可能提供项目所需经费的一部分。其余的经费需要由项目组织者从其他渠道寻找，包括企业、私人基金会和其他政府部门等。比如，在美国很有影响的“神奇学校汽车”电视节目就是由美国国家科学基金会、微软家用电器公司、能源部和纽约卡纳基公司共同赞助的。

美国航空航天局（NASA）与美国国家地理频道也都在不断改进科学技术教育节目的播放，这些重要的措施使得美国的科学技术电视节目在世界各地广泛传播，并且具有世界性的影响。

有了持续的投入，提升了节目和影片的质量，反过来它们也能从市场取得丰厚的回报。但中国并未出现这种良性互动的大环境。

“只有形成国家稳定支持的机制，才可能真正让科普影视释放出活力，而不是依靠有限的个人和几次偶然的成功。”李大光说。

“而有了资助，经费的投放是否合理，能不能都用在刀刃上，去支持真正干活的人做有价值的事，也是问题。”赵致真直言，“当前科普项目的申报、评估、监管、验收都还缺乏严格合理的制度和规范，造成科普经费的旁落和浪费，投入产出比很不相称，也是应该引起足够重视和改革的方面。”

看《机智过人》触科学温度*

张晶晶

8月25日晚8点，国内首档原创聚焦人工智能的科学挑战类节目《机智过人》在中央电视台综合频道播出。该栏目由中央电视台和中国科学院共同策划推出，旨在通过体验式的互动唤醒人们的科技好奇心，用最顶尖的人工智能科技成果展现未来，探求人与人工智能能力边界及探索两者之间关系的可能性。

继《朗读者》《见字如面》兴起荧屏"文化热"之后，《机智过人》《我是未来》《加油！向未来》等节目火热推出，科技类节目俨然成为又一类荧屏"爆款"。

悬浮观众席未来感十足

8月中旬，在位于河北省廊坊市的大厂影视小镇，《机智过人》正在进行紧张录制。尽管已经在之前的媒体报道中看到过其未来感、科技感十足的舞台，但当记者真正亲眼看到的那一刻依然觉得十分震撼：白蓝主色调的舞台科技感十足，锥形观众席"居高临下"，借助视错觉实现的"悬浮"与照片相比更加震撼，与科幻大片中的星际议会颇为相像。

《机智过人》总导演陈齐艺在接受《中国科学报》记者采访时表示，形式上的创新是在着手进行节目创作时考虑的重点之一。"人工智能首先体现的就是一种未来感，在形式感上面必须要有所突破。比如悬浮观众席，光是材料我们就讨论了很久，反复到工厂推敲；还有一个非常现实的问题——观众席的承重，舞美设计师尚天宝专门为此去请教了建筑学家。"

---

* 本文发表于《中国科学报》2017年8月25日第1版，作者张晶晶为《中国科学报》记者。

节目中“机智见证团”成员之一的演员江一燕，在接受《中国科学报》记者采访时表示，最初节目组找到她时，一见到舞美设计图她就非常兴奋，觉得特别有未来科技感。而她也亲邀自己长期支教的广西山区的孩子来到节目现场，与人工智能进行一次“亲密接触”。

除了在形式方面的创新之外，《机智过人》在内容层面也进行了大胆尝试。制片人张越向《中国科学报》记者介绍说，节目筛选了近30项代表了人工智能领域最高水准的项目，在《机智过人》中接受超强人类的检验。“这其中有微软带来的、出版了个人诗集《阳光失了玻璃窗》的‘少女诗人’小冰；有清华大学团队带来的、旨在探寻人工智能在文学创作能力的边界和可能的‘九歌’；还有科大讯飞带来的、跨越语言和文字障碍、辅助人快速理解声音模拟机器人小飞等。”

而在嘉宾方面更是阵容强大，有中国科学院院士、图灵奖得主姚期智，德国汉堡科学院院士、中国科学院深圳先进技术研究院认知中心主任张建伟，中国科学院光电研究院研究员、北斗导航系统科学家徐颖，还有世界排名第一的围棋棋手柯洁，篮球明星林书豪，羽毛球冠军鲍春来等，他们从各自不同的角度来检验和分析人工智能。

陈齐艺介绍说，节目中人工智能项目要接受超强人类的检验，如果通过检验，视为“机智过人”，晋级人工智能年度盛典；如果没有通过检验，视为“技不如人”，能否晋级人工智能年度盛典由机智见证团和人工智能权威专家来进行最终评定。

当科学触电荧屏

在2017年中央电视台和地方卫视的各档大型科学综艺节目中，都有中国科学院这支科研“国家队”的身影。当科学触电荧屏，有哪些神奇的化学反应发生？

中国科学院科学传播局局长周德进向《中国科学报》记者介绍说，中国科学院与《机智过人》节目组的合作始于2016年4月，已经有一年多的时间，并且是全方位深度合作。“我们先后在西安、深圳、武汉、上海、北京这5个科技创新核心区域进行路演，组织专家团进行项目评定和筛选，邀请权威专家参与节目录制。”

面对下半年的电视荧屏“科学热”，周德进表示这并不出乎意料。“在满足了生存的基本需求之后，人类就会开始追求精神层面的目标，比如文化，比如科学。现在刚好是大家开始对离生活相对比较远的科学感兴趣的时候了。”

作为自己的电视首秀，姚期智院士从收到《机智过人》节目邀请之初就表现出了极大的兴趣及关注。即便一天的录制时间超过 12 小时，已经七十多岁的他依旧兴致勃勃。聊到为何选择参与《机智过人》，姚期智告诉《中国科学报》记者：“我们希望有一种科普方式能够让大家在看到的时候感兴趣，甚至看过之后自己希望去参加这些活动，去找寻一些资料；同时在他们将来，尤其是年轻学生在选择职业的时候，给他们一个可能性，鼓励他们从事这方面的工作。”

在姚期智看来，电视是做科普的一种好方式。“我在国内也看到过很多电视节目，譬如一些历史节目，我自己看了以后都感觉对于某一个时代的历史有了更深的了解。所以我觉得电视媒体，可以让人觉得一个事情非常有趣、灵活，悄无声息地让大家思考。我觉得如果能够把教育做得那么有趣的话，对于提高全民科学素质会是一个非常了不起的事情。”

如何才能成为一档好的科普节目呢？“第一点是要有趣味；第二点一定要准确；第三要有一些非常好的科学家，能够让年轻人、学生感觉亲近，并不是只有‘超人’才能做科学家。”姚期智总结道。

对于科普节目严谨性与趣味性之间的平衡，周德进表示，面对不同的人群需要不同的策略。“这就像吃药，给小孩子吃的药一定要是甜的，给大人吃的药可以直接一点。面向大众的科普节目不妨做得更甜一点，更有趣味性。”

机智过人还是技不如人

要将严谨的科学语言翻译为大众喜闻乐见的电视声画语言，这绝非易事。张越介绍说，《机智过人》节目最初定位于人与机器的对抗，当时设想是“强强对抗、硝烟四起、非常刺激的这么一种感觉”，但后来主创们发现事实并非如此。

“通过大量对人工智能项目及专家的采访，我们发现，它的发展一方面远远超过我们的想象，一方面远远没有达到我们的想象。所以我们就变换了一种方式，虽然仍然采用人机对抗的方式，但展现的其实是人和人工智能有什么不同，而不是说谁更厉害。”

陈齐艺强调说，《机智过人》真正想要展现的是一种比较，“人工智能有它的方法，人类有自己的智慧，它们是不同的，而且可以互相借鉴、学习。”而这也确实是吸引国内顶尖人工智能团队和各行各业的精英人群参与节目的重要理由。

据介绍，8 月 25 日首播的项目是来自人脸识别“国家队”云从科技的人脸识别项目“御眼重明”，对它进行检验的超强人类是山东省公安厅刑侦局物证鉴定研究中心高级工程师林宇辉。此前，林宇辉曾因为“章莹颖案”嫌疑犯成功画像而备受关注。“御眼重明”与林宇辉进行三轮“比试”，看到底谁拥有真正的“火眼金睛”。

相较结果，《机智过人》更希望展现的是过程。除了说明人工智能能做什么，更希望以浅显易懂的方式解释是如何做到的。对比人是怎么做的，通过碰撞得到启发。

陈齐艺解释说：“这种较量其实就跟柯洁与阿尔法狗（AlphaGo）下棋一样，人工智能有自己的方式方法，而人是可以从中学习的。人类用什么方式、机器用什么方式，那这两者之间将来会不会发生化学变化？人类智慧其实也只开发了很小的一部分，通过一定方式或许也可以促进人类智慧的一种提高。”

作为与人工智能有当面较量经历的人类，柯洁对于人工智能与人类之间关系的展望或许更具参考性。他在采访中对《中国科学报》记者表示：“我觉得未来人工智能一定能带领人类迈入一个新的文明。人类会因为人工智能而变得美好，而不是像很多科幻大片中假想的人工智能威胁论，人工智能会统治人类、灭绝人类，我觉得这个是不太可能的。因为人工智能没有理由去灭绝人类、统治人类。就算机器觉醒了，统治人类、灭绝人类这种事情对它们来说可能没有意义。它觉醒的意识和人的意识可能是完全不同的，思维方式也完全不同，不能拿我们的思维来套机器的思维。”

对于人与人工智能的未来，柯洁持乐观态度：“未来什么都有可能发生，完全有理由相信，未来会因人工智能而变得更加美好，我也希望能变得更加美好，因为我们是不断前进的人类。”

充满人的温度

新世界的打开方式有很多种，比如五百多年前哥白尼用“日心说”改变人类对天体运行的认知，比如哥伦布在大航海时代里站上新大陆的土地，又比如文艺复兴时代的达·芬奇、米开朗琪罗用划时代的艺术创作，激发全人类对美和自由的追求……

如今，这些领域随处可见人工智能的身影，它们改变人类对机器行为的认知，也重构整个社会的运行方式。作为《机智过人》“机智见证团”的嘉宾及《加油！向未来》的主持人，撒贝宁见过并体验过非常多的顶尖人工智能项目，在他看来，未来社会很有可能取决于算法的胜利。“谁掌握更先进的算法，谁就有可能掌握这个世界上最宝贵的资源。如同以前的工业革命一样，人工智能能够把人类从目前的体力和脑力劳动当中慢慢抽离出来，能够让我们去做自己想做的事情。但是当人工智能到达一个临界点之后，就和现在很多人担心的一样，如果有一天人工智能有了自主学习、自主思考、自主判断的能力之后，它会不会想要去改变些什么？我觉得如果到那一天，人类一定要有办法平衡人工智能的利和弊，如果利弊失衡而又没有有效控制手段，个人觉得是一个很难想象的画面。”撒贝宁说。

不过，当下的人工智能显然并未成长到如此强大，尽管它们正以超出摩尔定律的速度成长。在采访过程中，记者能深刻感受到的一点，并且也得到了节目组诸多导演印证的是，科学家们面对自己研发的人工智能，犹如亲生孩子一般地珍爱。面对没能通过检验、技不如人的结果，甚至有研发人员眼眶含泪。

中国科学院光电研究院研究员、北斗导航系统科学家徐颖此次也是“机智见证团”中的嘉宾之一。面对不尽如人意的结果，一向冷静的她也变得非常感性，甚至在后续采访中哽咽。她指出，每一个科学家都追求尽善尽美，也希望自己拿到大众面前的成果是美好的。但事实上，任何事物诞生之初都不可能尽善尽美。

“就像自己的孩子一样，你一定是希望它盛装打扮之后，以非常完美的角度出现在大众的面前，但现实往往是还没来得及梳妆打扮，素颜就出来了。科研人员的失落感其实不是来自于‘我尽到我的全力，但我还是没有做好这件事情’。从科学的角度上来讲，你很可能不是世界上最顶尖的科学家，你做的技术也并不是世界上最先进的技术，所以你会失败。这种失败科学家是可以接受的，毕竟科学家们一直在追求更高、更尖端、没有被探索过的技术。但对于科研工作者来讲，不太能接受的是，这个事情我可以做得很好，如果你给我时间。”徐颖对《中国科学报》记者解释说。

科学家及科学，都并非冷冰冰，而是充满了人的温度。正如制片人张越所言："我们想通过节目表达，人工智能离我们并不远，就在我们身边。在非常多的科研项目里，人工智能其实是最不高冷的，它最有人的温度，离人也最近。"

科普基地升温旅游大市场*

袁一雪

下一个假期，如果你在朋友圈中晒出在贵州黔南500米口径球面射电望远镜、中国科学院青岛海洋科考船、甘肃酒泉卫星发射基地等科普基地的旅游照片，一定会甩晒海边度假、晒农家乐烧烤几条街的……

科技馆、海洋馆、植物园……在刚刚过去的“五一”小长假，短途的科普场馆游受到了追捧。

“在雨林植物馆里有来自美洲、非洲和亚洲的热带植物，这里有常见的热带名树椰子、槟榔，有世界三大饮料可可、咖啡和茶，有调味佳品胡椒。在沙漠温室有被称为‘有生命的工艺品’的肉质多浆植物——仙人掌。”“绞杀现象是热带雨林的一道奇特景观，更是热带雨林典型的生存竞争案例。”一位年轻的讲解员正带领一众游客游走在中国科学院华南植物园（以下简称“华南植物园”）温室群景区，每到一处，便停下来细细讲解。在众人或新奇、或探究的眼神中，科学知识就这样润物细无声地沁入心底……

这位讲解员并非专业导游，而是华南植物园在读的博士生余倩霞。小长假期间，她的工作忙碌而充实。上一个小长假，也就是清明节期间，华南植物园日接待量超过了3万人。

小长假火爆起来的类似科普基地不只是植物园，各省市的科技馆、海洋馆和博物馆也成为不少旅游、科技爱好者的热门选择。旅行平台数据显示，在2017年的清明节期间，客流避开了热门的景点景区，反倒是广州长隆野生动物园、香港海洋公园、上海科技馆、常州中华恐龙园、成都大熊猫繁育研究基地、武汉海

* 本文发表于《中国科学报》2017年5月5日第1版，作者袁一雪为《中国科学报》记者。

昌极地海洋公园等成了热门景区景点。

得天独厚的资源

华南植物园里导游们的导师是华南植物园园艺中心副主任廖景平，他自 1992 年就开始在华南植物园工作，如今专职负责植物园的科普工作。“华南植物园是全国植物园中是最早对外开放的植物园，也是最早开展科普旅游工作的，1959 年国庆节就开始对外开放了。”廖景平在接受《中国科学报》采访时说。

廖景平现在所在的部门是科普旅游部。作为一个成熟的科普基地，华南植物园将植物按照专科专属进行细分，每到一个园区都有不同的景色和植物类群，详细的解说牌和专业的导游让游客在赏景的同时了解不同的植物故事。不定期的临展和科普活动的举办，更是吸引了不少游人来此接触大自然。

“我们的讲解队伍中不仅有老专家，还有博士导游。”廖景平颇为自豪地说，如此强大的专业讲解团队在其他科普基地并不多见。为了提高游客的兴趣，园区的“导游们”各个身怀绝技，从植物分类到植物探索的发展趣闻，再到人与自然的和谐共处，皆“口到擒来”。

谈及专业导游，绕不开另一件令廖景平自豪的事：华南植物园与中国科学院西双版纳热带植物园一起率先设立了科普专业的研究生。这一专业的设立，让华南植物园从不缺乏导游资源，堪称“学历最高的导游团体”。

除了高水平的讲解工作，廖景平也利用“互联网+”的形式，带领同事们不断更新科学网上名为“新花镜：琪林瑶华”的植物科普博客，在网络上传播科学知识。“新花镜”的博客名取自 20 世纪 80 年代“中国植物园之父”陈封怀出版的一本名为《新花镜》的画册，该画册收录了华南植物园 100 多种园林花卉。这本画册与清朝出版的《花镜》遥相辉映。廖景平希望将老一辈的精神进行传承，于是将博客定名为“新花镜：琪林瑶华”。

现场讲解、网站宣传、不定期展览……每一个来到和网上参观华南植物园的游客都颇有收获，对植物乃至人与自然的关系产生了新的认识。因为科普工作开展得有声有色，华南植物园先后被评为“全国青少年科技教育基地”“全国科普教育基地”“植物学与环境教育基地”。2016年，华南植物园还入选了广州科普一日游的景点。

华南植物园并非是科普基地上的一枝独秀，廖景平曾对全国191所植物园做过调查，许多植物园都在依托先天的优势——比如科普素材、讲解人员等——“耕耘”科普。

从场馆到旅游景点的“转身”

因为设施齐全、环境整洁，又能学习知识，植物园、海洋馆等场所，成为很多家庭出游特别是亲子出游的首选。而为了避开人山人海的热门景区及周末、三天小长假短期选择家门口的出行地，科普基地越来越“火”。

但南开大学旅游与服务学院旅游学系副主任陈家刚在接受《中国科学报》记者采访时，对使用“旅游”这个词还是有点儿纠结。陈家刚认为，仅是短途的场馆游很难被界定为旅游，或者应该更准确地称其为“休闲”。

在我国旅游出版社出版的《旅游概论》一书中，旅游被定义为“在一定的社会经济条件下产生的一种社会经济现象，是人们以游览为主要目的的非定居者的旅行，和暂时居留引起的一切现象和关系的总和”。

“旅游首先要产生地理位置的空间变化，其次要有消费过程。但是近距离甚至一地的科技馆、海洋馆之旅算不算旅游，还是休闲活动，界限很模糊。”陈家刚解释说，“所谓的科普之旅其实也是我国现有的不完善的带薪休假制度下的产物。”

但陈家刚认为，科普旅游属于特色旅游的一种，是旅游市场日渐成熟、逐渐细分的结果。

其实，并不局限于科普场馆，更加丰富多彩的科普旅游也多了起来。2016年11月，北京市旅游发展委员会、北京市科学技术委员会主办的2016年京津冀科普旅游活动启动，26条科普之旅一日游线路和6条两日、三日游线路，把京津冀的科普游景点串了起来。2017年3月，国家旅游局、中国科学院联合发布了“首批中国十大科技旅游基地”，贵州黔南500米口径球面射电望远镜、中国科学院西双版纳热带植物园、湖北宜昌长江三峡水利枢纽工程、中国科学院南京紫金山天文台、中国科学院青岛海洋科考船等入选。

一些嗅觉灵敏的旅行社也推出了科普旅游线路。天马国际旅行有限责任公司北京德胜分社副总经理石尤自两年前开始组织这样的旅游线路：去酒泉了解航天工程，去营地进行自然探险，去奶牛场参观牛奶的生产过程……

还需精耕细作

作为科普旅游的策划者，石尤认为，科普旅游有别于普通的走马观花似的旅游：首先，每一条科普旅游的线路主题都要经过精心策划，不同的主题针对的人群不同；其次，景点线路相较于大众式的旅游行程，要少而精，不能偏离主线，甚至购物点都要精简；最后，就是需要专业人士领队，才能让科普之旅做到“货真价实”。

因为目前并没有针对导游进行的专业科学知识的培训，所以具备极高科学素养的专业导游在社会上并不好寻觅，石尤选择了与专业的科研院所或厂家合作。“我组织游客，合作方负责场地安排和提供专业。”石尤告诉《中国科学报》记者。但令他颇为遗憾的是，目前很多好的科普资源都掌握在专业科研院所、高校、政府手里，出于涉密、管理等原因，都没有对外开放。即使有些开放，也都没有发挥出应有的作用，“例如一些植物园、动物园，都没有很专业的讲解员。”

而且，“如果配备专业人员带队，其吃住行及劳务费其实都是均摊在每位团员身上的，这样无形之中就会比常规团贵，再加上没有购物、自费项目等补充，高昂的价格会让客户望价兴叹。”石尤坦言。

对此，作为科研机构的工作人员，廖景平有着自己的理解：“专业的讲解适合人数较少的情况。如果人数较多的旅行团前来，很可能无法专注倾听讲解内容。”

尽管有困难，陈家刚却认为旅行社与科研机构的合作势在必行，因为“旅行社因为经济利益驱使组织的旅游自然以游客为主，希望吸引游客的眼光。但专业的科研结构等专业性虽强，市场敏感度却不高。”他进一步建议说，旅行社应该找准自己的市场定位，特别是科普旅游线路针对的特殊人群，“目标越准确方能更长久”；其次，要与科技馆、博物馆等专业机构进行合作，不断延伸新的主题。而专业机构也应该尽可能地发挥特色，多做市场调研了解市场需求，更新展览内容。

或许早已经意识到了这一点，华南植物园一直不断将花卉主题按照季节进行调整，同时开设了一些教育课程。“2016 年，我们设计了中小学和家庭的专门的园艺课程，还针对大学生推出了植物课程体系。”廖景平介绍道。这也让华南植物园从 2003 年 30 万人次的旅游人数在 2011 年翻了 3 番，达到 100 万人次。

“科普旅游任重道远，不论是工作人员还是管理者，都需要投入更多的精力，发掘传播内涵，科普旅游的工作者要善于发现美，善于表述美，培养公众欣赏美，提高公众的科学素质，让浮华世界变得宁静一些，让他们享受自然。到了植物园的自然环境，无须奔走，静下心来聆听花开的声音和虫鸟的鸣叫。”廖景平感慨道。

带着发现的眼睛，让生活慢下来，这样的旅行方式说起来容易，做起来却很难。“科普线路是全新的旅游形式，需要政府及相关部门、旅行社或其他机构、客户共同培育。”石尤也给出了建议。政府多引导、扶植，多开放资源；旅行社也不能只注重眼前的利益，而是要肩负起提高全民科学文化素质的责任。

除了组织旅游的机构和企业需要准备，渴望旅游的人也需要为自己的旅行做一些计划。陈家刚建议，自己做出游计划，首先要找到自己的兴趣点，如果没有特别的兴趣点，那么跟随新闻热点进行旅游也是不错的选择。比如，如果对我国航母下海的新闻感兴趣，不妨去天津滨海航母主题公园游玩；或者借着天舟一号上天的“东风”，选择航空航天的博物馆了解一下我国的航空航天事业。“对于更高级的旅游计划则可以按年计划，通过一年的几次活动完成同一个主题。”陈家刚说。

“希望游客也不要只盯着团费，想着出国游，祖国的大好河山都还没见过，只想着去日本买马桶盖，去美国、欧洲买名牌产品。”石尤表示，“特别是带小孩子旅游，在孩子的眼中，三亚的海与马尔代夫的海有什么区别？寓教于乐才是最重要的。”

走，跟着“学者导游”去旅行*

袁一雪

最近一年，与学者旅行的方式悄然走俏，并收效不凡。它们或是由旅行社作为组织方，邀请学者合作；或是学者自己组队去旅游，其主题与学者本身的研究领域密不可分，游客们则可以更深层次地了解旅游线路厚重的历史。

英国哲学家弗朗西斯·培根曾经说过：对青年人来说，旅行是教育的一部分；对老年人来说，旅行是阅历的一部分。

可惜，因为生活节奏加快，旅游画风突变。从优哉游哉的游山玩水变成了点到即止的与景点合影，该如何满足心灵的需求呢？自助游、自驾游的逐渐兴起，让旅途又变得丰盈，让心灵也得到了净化，进而成为更多人的选择。

其实，让旅行变得充实也可以与大师同行，通过他们的讲述获取更多知识。特别是近日收视率极高的《中国诗词大会》，更是将文化与科学的主题旅游推向新高潮。相应的，旅游市场也出现了不少跟着唐诗去旅游的帖子。

那么，这种旅行方式到底有何魅力，又如何成功地演绎为一场心灵之旅呢？

读万卷书不如行万里路

2016 年 5 月 9 日，“游读会：追寻大师思想，跟随岳南先生《南渡北归》——台湾深度游读活动”在台北正式开启。这是游读会以“南渡北归”为主题开启的第二次征程。早在 2015 年 7 月，这一活动就邀请《南渡北归》作者岳南带领大家重走学术大师们在抗日战争爆发后“南渡北归”之路。

---

* 本文发表于《中国科学报》2017 年 2 月 24 日第 8 版（“生活”），作者袁一雪为《中国科学报》记者。

《南渡北归》是岳南在2011年发表的作品，包括《南渡》《北归》《离别》三部曲，全景描绘了抗日战争时期流亡西南的知识分子与民族精英多样的命运和学术追求。按照书中描写，“七七事变”后，平津沦陷，北京大学、清华大学、南开大学等大学南渡西迁，先后在长沙、昆明及蒙自办学。因此第一次选择的路线是自北京清华园出发，沿途经过长沙、昆明、蒙自、大理、李庄、成都之后，到达南京，并在南京大屠杀纪念馆、南京博物院进行深度游读。

岳南一路选择陈寅恪、闻一多等大师们当年驻足、歇息、生活、工作和战斗的地方停留，进行现场讲解，钩沉当年大师与脚下这片土地的感情及生活的种种细节。2016年的活动则是2015年活动的延续，岳南带领众人继续追随着前人的脚步，寻找《离别》中提到的学者在我国台湾生活的印记。

“南渡北归”的主题旅游曾一石激起千层浪，作为主办方，游读会创始人赵春善告诉《中国科学报》记者，最开始他们只是想拍一部关于南渡北归的纪录片：“在筹备拍摄的过程中，我们觉得如果采用一人讲述拍摄的手法不够生动，于是萌发出让作者岳南带领一队人前去挖掘、讲述，让旅行变得更有意义。”

如今，赵春善带领团队主推的便是学者带队的旅行。中国、外国，欧洲、亚洲、非洲……只要有故事的地方，他都能找到契合点：“现在的游读会每次旅游都有一个主题，由学者带队进行的是深度游。这些学者既有科学家，也有原创作家、教授，还有音乐家、画家、导演等原创思想者加入，进而让这场文化或科学的旅行变得独一无二。”

独特的旅行方式自然会让参与者获益良多，甚至吸引了老“驴友”的注意力。

蒲武就是一名拥有十几年经验的老“驴友”，在经历了跟团游、自助游、自驾游，有计划的出游和无计划的“说走就走”之后，还曾一度以导游作为职业。在他眼中，景色渐渐失了颜色，迷惘中，他参加了一次与学者一起走的旅程，从此爱上了这种旅游方式。“我以前的旅行大部分是因为好奇，没见过的风景想见见，没尝过的美食想吃吃，但旅游产品同质化严重，世界已经越来越小，想要出去走走的冲动好像也越来越小。直到我参加了一次学者带队的旅行，一下就被吸引了，因为可以‘跟着大师一起旅行’。”蒲武在接受采访时这样告诉《中国科学报》记者。

学者领队优势更多

文化、探索、考证，每一种跟随学者的旅行主题都令人受益匪浅，而这种旅行方式较之普通的跟团游最大的特色就是，学者们总会带人们从另一个角度认识世界。

蒲武加入学者旅行队伍，最开始是被学者的讲解吸引，填补了自己的知识盲区。当时他因为好奇，报名参加了一次在北京的“红楼深度游”，带队的老师是鲁迅文学院原副院长王彬。

“我小时候曾听父辈说：‘少不看《水浒》，老不看《三国》，男不看《红楼》，女不看《西厢》’，大概是觉得看了红楼学的都是闺中儿女的情态吧，我自己也这样想。但那次的旅行却颠覆了我的想法。”蒲武说。

当游览了曹雪芹纪念馆、景山公园曹雪芹故居后，蒲武在这些老地方既看到古树苍苍，也看到新花绽放，当历史的落叶遍地，却唤起新时代的绿芽萌发。“我听着王彬老师慨叹曹公坎坷一生的苍凉、体味着黛玉葬花的情愁，确实有一种打开了一扇门的感觉。”蒲武回忆说。

“我们安排的学者带队路线往往是普通旅游团几乎不会碰触的空白地带。”赵春善介绍说，“团员们到了目的地，要让他们有更深的体验，品尝当地最具特色的小吃，哪怕吃不惯，也是一种体验。住宿的地方也尽量选择贴合旅游主题的特色旅店，或许今天住的是酒店，明天入住的就是冰洞。”

一直致力于研究旅游发展战略、旅游开发与规划的广东财经大学地理与旅游学院副教授、博士吴开军在接受《中国科学报》采访时点评道：“学者带队可以充分发挥其知识优势，为团队游客带来一般导游不能完成的对文化旅游产品的探究和充分的文化体验，从而获得精神上的满足。”

蒲武对此也感触颇深。他认为，学者带队的旅行方式令参与者感受最深的便是文化传承。“谈到文化传承，有些人觉得有距离感，但文化其实就在我们身边，就在那些自然景观、建筑、园林、宗教、民俗、雕塑、绘画、音乐还有文学作品里，大师能让我们离这些更近。”蒲武说道，“而且，一般学者安排的行程都不是商业意义上的旅游景点，没有摩肩接踵的人流，也没有商贩熙熙攘攘的气息，静一点，慢一点，远方的风景都在等我们！”

未来旅游市场

如今，中国经济步入新常态，中国旅游业也出现了井喷式的发展，旅游业的三大市场发展很快，尤其是境内游和出境游。而随着中国旅游步入大众化时代，旅游者的旅游活动也出现了分化，出现了新的旅游需求，旅游有效供给和需求多样化、个性化之间的矛盾不可避免地产生。“在这样的时代背景下，旅游产品的供给随着需求的发展也更加丰富，其中就包括学者带队的旅游方式。这种细分市场主要表现在线路的设计上和其他的不同。”吴开军认为。

不过，因为不走寻常路，不涉及购物环节，所以，这样的旅游费用自然比普通旅行团要高，甚至有的学者带队的旅行团会实行只包括住宿与行程费用、吃饭AA制的方法。对此，浙江大学管理学院旅游与酒店管理学系副教授周永广认为，虽然看起来费用高，但实际上其他旅行团的购物、推荐自费项目等也都存在高收费的问题，由此也催生了自助游与自驾游。“其实，目前最主流的方式还是自助游与自驾游，但因为一些人开始期望收获更多，才有了更多的旅行方式。”

吴开军也认为，顾客的需求会越来越多元化、个性化，所以旅游供给也会迎合这种需求。

“未来的旅行还是应该给游客更多的自由空间。这就要求网络的发达，这里不仅指互联网的发达，还包括交通道路网。只有选择更多，才能让旅游更接近其本质——心灵之旅。当然每个人所求不同，因此旅游的方式与目的地也不尽相同。”周永广总结道。

科普漫画：严肃地搞个笑*

袁一雪

科学工作必须是严肃的，但科学普及的传播形式却随着传播媒介的进步不断进化着。漫画、动画、直播等创作形式如雨后春笋般纷纷冒出头，这些新鲜的科普模式受到了不少人的追捧。譬如，微信公众号“混子曰”就在谈笑间让你迅速“get”到“高大上”、晦涩难懂的科学知识。

2016 年年初，“混子曰”的主笔——“二混子”陈磊就借助引力波的“春风”发布了漫画《引力波就是，你俩还没开打，杀气就喷了我一脸》，以幽默的画风、插科打诨式的语言，将高深的引力波概念变得通俗易懂，发布当日便获得了“10 万+”的阅读量。

这并不是陈磊第一次出手描绘科普，早在“混子曰”创号之初，“STONE 历史剧”与“STONE 汽车台”就撑起了整个公众号，历史大事、汽车科普，都以漫画形式信手拈来，“二混子”也在一组又一组漫画中收获了不少粉丝。

而这种画多字少的表述方式，与人们印象中以字为主、大部头的科普书籍形象不符，却较之后者更易让人接受。在我国当下的科普类图书市场，将严肃的科学知识通过“不严肃”的手段加以演绎的方式，正悄然掀起一股热潮。

不严肃的表达与严肃的科学

中国科学院大学建筑研究与设计中心教师吴宝俊曾在 2014 年翻译过一本美国的科普漫画书籍《爆笑科学漫画——物理探秘》，这本书入选了 2014 年“全国

* 本文发表于《中国科学报》2017 年 2 月 17 日第 1 版，作者袁一雪为《中国科学报》记者。

优秀科普作品”及“中国科学院优秀科普作品”。吴宝俊认为，快节奏的生活让看书成为一件奢侈的事情，图多字少的漫画形式迎合了当下利用碎片时间抽空学习的特点，“过去人们总认为漫画是给孩子看的，而且漫画的表现手段对于科学来说不够严肃，但显然这两种观点到今天都已被推翻了。首先，很多漫画的读者群就是成人，而不严肃的内容反而越来越受欢迎，这算是时代烙印。”吴宝俊在接受《中国科学报》记者采访时表示。

这种时代烙印在“混子曰”中体现得更为淋漓尽致。2015 年，屠呦呦获得诺贝尔生理学或医学奖的消息传来，人们的视线瞬间被理想与情怀、国家科研制度等吸引，几乎忘记了屠呦呦倾尽毕生精力的研究——青蒿素。

陈磊抓住了这一契机，马上着手了解青蒿素的制备过程与药效。这对于工科出身的陈磊而言并不容易。在查阅了大量资料，并确定了每格漫画的内容后，在“STONE 小知识”栏目中推出《屠呦呦对疟原虫做了什么？》。开篇一幅少林铁头功撞裂一堵墙的漫画，表示出陈磊“墙裂”的兴奋，然后他从疟疾谈起，进而讲到疟原虫，再引入青蒿素，阐述杀毒的原理。这组漫画在“混子曰”微信与微博公众号一经推出，就激起千层浪。有位标注医学领域的微博博主留言说：“我已经是你的‘脑残粉’了，最近一直在模仿和研究‘混子哥’你的画风和科普模式，膜拜膜拜！”也有文科生写道：“写得特别好，生动有趣，连我这种‘文科狗’也明白了。”甚至还有一位幼儿园教师评论：“如果做成视频，小朋友也可以看哦！”

这也让陈磊在科普界一炮而红。对此，吴宝俊对陈磊有着高度评价：“目前从事绘画设计的人员往往缺乏理解再创作的过程。一般绘画者并不愿细致地了解某个概念后再绘出。”

对于将高深的概念讲解得深入浅出的过程，陈磊自己也承认“相当耗费时间”。陈磊告诉《中国科学报》记者，“这一般会经历至少两周，因为包括学习、整理、创作几个部分，每一个部分的要求都很高。”陈磊继续解释说，科普漫画最难的部分，在于真正理解“用户至上”的产品理念。创作是一项感性的活动，它很容易使创作者陷入自我旺盛的表达欲之中，而忘掉了你的创作是给普罗大众的，只有大家都能读懂的才叫好的科普，“所以我的理解，科普漫画最难的部分，是知道如何把握读者需求中的度”。

这个度的平衡点在于艺术创作与严肃的科学知识间的拿捏。中国科普研究所助理研究员王大鹏就在接受《中国科学报》记者采访时表达了相同的意思："科普漫画的关键问题在于如何创造出兼具科学性和艺术性的科普漫画，科普漫画的创作需要更多的技能，不仅要有科学性，还要有艺术性。"

陈磊对此也颇有感触："科普漫画是一个具有稍高门槛的创作形式，它需要具备一定的艺术创作能力，同时也需要比较强的科学素养和学习能力，最重要的是严谨的科学态度，只有在这中间取得一个很好的平衡，才能创作出好的科普漫画作品。更重要的，它的本质是传播知识，在趣味性方面远不如故事漫画、小说甚至电影电视这类纯文学创作，受到的关注注定不会很高，所以创作科普漫画，是需要耐得住寂寞的。"

在《爆笑科学漫画——物理探秘》一书的翻译过程中，吴宝俊也曾纠结过到底是使用网络语言，让整本书看起来更诙谐幽默一些，还是严肃地对待这些专有名词，"我与编辑进行了几番讨论后，还是决定采用比较严肃的直译方式"。不仅如此，吴宝俊还建议编辑排版时保留英文，"这样人们在看到物理故事时，还能顺便学习物理的专业词汇，一举两得。"

原创科普漫画仍需努力

纵然有一些国内原创科普漫画令人眼前一亮，但横向对比图书市场中畅销的漫画科普图书，大部分均来自国外的翻译类书籍，而且多半归类少儿读物。国内有些出版社出版的漫画科普甚至只针对 3～6 岁的低幼儿童。

对于漫画只是儿童专享的认知，中国科普研究所科普创作研究室主任、中国科普作家协会秘书长陈玲也觉得有些无奈："我认为，对于科学传播来说，不论是普通的科普书还是科普漫画书，其本质并无不同。很多人对科普漫画有直觉式的误会，以为它是给小孩子看的。其实不然。日本就把漫画按照年龄分为三个等级，3～12 岁、12～18 岁和 18 岁以上，且以成年人为对象的漫画几乎占到日本漫画产值的一半。"

这种对科普漫画刻板的定位，直接决定了国内科普漫画的创作者对于受众的定位狭窄，进而导致很多创作者对于科普漫画创作情绪不高，原创科普漫画较少。“而且，我国科普漫画的‘说教’痕迹较重，尤其是当科普成为漫画的创作目的时，不可避免地会有说教色彩，导致内容牵强、真实性差。”陈玲补充道。另外，漫画内容与科普脱节的现象也时有发生。

中国科普研究所博士姚利芬正在从事科普漫画的相关研究。她认为，与国内漫画相比，发展比较成熟的国外市场中，欧美科普漫画作家思考的重点是如何引发读者的好奇心，并且强调科学含量和实用价值；日本、韩国的科普漫画则长于以丰富有趣的故事情节吸引读者。对比之下，“我国目前的科普漫画在内容上仍然过于拘谨，较多地停留在‘如何正确地传达知识’的层面上，在如何启发读者的好奇心方面仍然需要学习。”姚利芬认为。

为了激发科普漫画创作者的积极性，中国科普作家协会正在计划开展优秀科普漫画推介及资助。“我们鼓励会员进行科普漫画的创作，也希望更多的美术工作者加入漫画创作的队伍中来。”陈玲介绍说。她同时推介了荣获 2016 年中国科普作家协会评选的“第四届优秀科普作品奖”的一部金奖作品——由接力出版社出版的《酷虫学校科普漫画系列》。它以酷虫学校为背景，讲述了各类昆虫在校园里发生的各种各样新奇幽默的故事。通过一个个生动可爱的昆虫形象，将枯燥的科学知识与风趣幽默的漫画相结合，真正做到了寓教于乐。

未来科普将更有趣

“其实，科普漫画在我国有很长的历史，很多科普作家都创作过很优秀的科普漫画，比如著名漫画家缪印堂。近年来，随着媒介形式的不断丰富，科普漫画再次引起了人们的关注，特别是借助于以微信公众号为代表的自媒体平台，很多科普漫画重回公众的视野之中。”王大鹏解释说。

作为科学知识的一种传播方式，不论是漫画还是文字，其目的均为科学普及。只是目前身在读图时代，这种文字加图片的形式，“不同于纯文字带来的枯燥、晦涩和经常出现的表达不准确，会让信息变得更加清晰，理解成本变得更低，同时也很有趣”。陈磊认为。“所谓一图胜千言，科普漫画相较于纯文字形式的科普来说，更直观，更具有吸引力。目前是读图时代，更是注意力经济时代，科普漫画通过科学与艺术的完美结合更好地吸引读者的关注，使其接受科普漫画传递出来的科学内涵。”王大鹏补充道。

现在，吴宝俊也因为翻译了《爆笑科学漫画——物理探秘》，预备成为科普漫画行业原创作者的一分子。在中国科学院大学建筑研究与设计中心的工作，让他认识了一批批来自全国各地的优秀设计人才。吴宝俊将这些人才集结：“我们最近正在与中国科学技术协会合作，以图画的形式解释百科词条。”

不过，在吴宝俊眼中，科普漫画形式虽吸引人，但并非科普传播的最终方式，甚至已经不能成为最佳方式。当未来成为现在，虚拟现实（VR）、增强现实（AR）强势来袭，这些高科技的新媒介将很快被纳入科普传播的媒介中，公众的选择也变得更加多元。到那时，“如何满足广大公众的各种科普需求是关键问题，供给侧改革已经成为人们耳熟能详的一个热门词汇。从这个角度来说，首先应该有一种利于科普作品产生和传播的环境，让公众在需要的时候能够获得无所不在的科普信息，同时也应该针对不同的需求层次创造出不同的科普作品”，王大鹏展望道。

科普从“宝宝”抓起？*

袁一雪

刚刚过去的这个“六一”儿童节，你是不是忙着选购图书送给孩子？海量的图书一定让你挑花了眼。图书如何挑？有什么门道？儿童原创图书现状如何？本报记者以儿童科普书为例，采访了几位业内专家。

2015 年，脸书（Facebook）创始人扎克伯格在脸书上发布了家庭照。照片中，扎克伯格的妻子怀抱几个月大的女儿，扎克伯格则坐在一旁，手捧一本《给宝宝的量子物理学》，并配文说：“这是我为读书之年准备的下一本书——《给宝宝的量子物理学》。它实际上与基辛格提出的世界秩序有关，即如何建立全世界的和平关系。这对于我们想为孩子们搭建的世界很重要……”

扎克伯格的一席话，立刻将人们的目光吸引到《给宝宝的量子物理学》一书上，特别是给一个几个月大的孩子读如此高端的科普书，这让望子成龙、望女成凤的家长们趋之若鹜。

《给宝宝的量子物理学》的作者是加拿大物理学家和数学家克里斯·费利（Chris Ferrie），同时，他还是三个萌娃的爸爸。因为自己从事物理与数学领域的研究，所以他认为应该早点儿把原始和奇妙的物理世界介绍给孩子们。于是，便有了这套书的问世。

这不是克里斯·费利第一次出版儿童类科普读物，《物理学入门》《给宝宝的光学物理》《给宝宝的牛顿物理学》均出自他之手。

继给低龄儿童阅读的物理学之后，《宝宝学编程》《宝宝学口算》等书籍也如雨后春笋一般充斥了学龄前儿童的图书市场。

---

* 本文发表于《中国科学报》2017 年 6 月 2 日第 1 版，作者袁一雪为《中国科学报》记者。

只是，将小学甚至大学、研究生阶段的内容提前传授给学龄前儿童甚至是怀里的宝宝，是为启蒙教育开启了一扇高大上的门，还是埋下了拔苗助长的隐患？

不可拔苗助长

评估一本书是否超出了孩子的理解范围，首先要弄清楚在不同年龄段人对世界的认识及对知识的理解能力形成的过程。

中国心理卫生协会青少年心理卫生专业委员会副主任、华中师范大学心理学院教授郑晓边在接受《中国科学报》记者采访时，对幼儿数理逻辑能力认知的规律给出了说明：1 岁时，幼儿处在数理启蒙阶段，能够初步感知数的概念，但并不理解；两岁半左右的幼儿开始注意到数量的变化，通过直观感知多和少；3～4 岁的幼儿开始有了抽象的数的概念，会点儿 6 以内的数；4～5 岁的幼儿则能够利用一一对应确定等量关系，判断物品的多少。按照这一规律，5 岁以前的儿童如果智力发展正常，那么只能初步了解数的概念，并可进行点数，这与通过算式计算的数学相差甚远，遑论需要抽象思维的物理学。

作为中国科学院物理研究所毕业的研究生，中国科学院大学建筑研究与设计中心教师吴宝俊不看好将物理学等抽象知识作为早教的一部分：“数学的知识体系是层状结构，从数字到方程再到代数，存在递进关系。同理，物理学的知识也是这样，学习物理要先理解底层的概念。比如动能、势能、速度、质量、动量，才能为之后理解更高深的概念打下基础。但是，量子物理学中的内容并不适合 6 岁以下儿童，成人也不应该仅将其中的一些概念提出来普及给孩子。这些概念和定义对孩子理解物理并没有助益。”“幼儿成长到 5～6 岁时才开始建立基本的守恒概念，学习整体和部分的关系，明白了加减法的真正含义。”郑晓边补充道。

2012 年 10 月 9 日，我国教育部就为防止和克服学前教育“小学化”现象，颁布了《3—6 岁儿童学习与发展指南》。其中在描述该年龄段儿童需要达到的目标时提到：应初步感知生活中数学的有用和有趣，感知和理解数、量及数量关系，感知形状与空间关系。

有研究甚至表明，过早的抽象学习，会阻碍孩子认识真实的世界，丧失很多在真实世界中的体验和思考。“一些在幼儿阶段背诵了很多唐诗和记忆了不少加减乘除口诀的孩子，进入小学后不一定表现出数理学习上的优势，有时会降低课堂学习的兴趣。人的成功取决于一生的艰苦努力。‘拔苗助长’的传统古训是值得家长们牢记的。”郑晓边提醒道。

还应因材施教

当然，千人千面，智商发展也并非教科书式地呈现在每一个人身上，智力超常或异常聪明的孩子渴望更多知识时，需要有人引导。中国科普作家协会秘书长陈玲告诉《中国科学报》记者，在参加会议时看到有小学生与科学家讨论《三体》，“讨论的内容甚至涉及物理学的前沿研究，而这些研究对于孩子来说无疑是难以理解的。但是当他们有需要了，就应该有人满足他们的好奇心”。

吴宝俊也并不反对给智力超常的孩子提供更多的知识，“比如让初中的学生接触高中的数学、物理，高中生则学习微积分”。因为，现在的教学材料是以普通儿童和青少年智力发育为标准的，特别是数学和物理学科的教材介绍的是最基本的概念，但恰恰科普书和高一级的教材弥补了这一缺陷。

“当孩子有自己主见的时候，家长们不妨听取他们的意见，由他们来选书，用他们自身的内在驱动力引导阅读可能事半功倍。我认为好的少儿科普图书首先要知识准确，其次要启发思考，再次要有意思、有用、有趣。”上海译文出版社编辑丁丽洁给出了这样的建议。

郑晓边也表示，根据孩子的兴趣购书。如选购音乐、美术方面的书，或与动物有关的童话、科普、故事类图书等，选择与孩子生活息息相关的书，使之印象深刻。此外，要选择适合孩子年龄段特点的书籍，比如幼儿读物应该以图为主，图文并茂才能更好地引导儿童完成从图画形象到文字符号的过渡。“在选择绘本的时候，图画内容简单具体有趣，解释文字正确优美，朗朗上口，句型短而顺，有助于幼儿学好语言。”

至于选择进口书还是原创书籍，吴宝俊认为，没有必要迷信进口，也不必要过多迷信专家。家长要对孩子的智力发育有正确的判断，因材施教方能助力孩子成长。

你与海底的距离，只隔一个 VR*

张文静

对于大部分人来说，海底是个无法亲身到达的神秘世界。但现在借助虚拟现实（VR）技术，科学家让你足不出户就能身临其境，感受真实的海底世界。

走进真实的海底世界

你与西太平洋海底之间的距离，可能只隔着一个 VR 头盔和一副手柄。

戴上 VR 头盔，你就“来到”了位于青岛的中国科学院海洋研究所科考专用码头上。你“登上”的科学号科考船正在缓缓驶出码头。抵达海域后，你的耳边会响起一个声音，向你介绍此次航行会有哪些工作任务。这时，你可以进入科学号的深海缆控潜器（ROV）操控室，这里的大屏幕上正播放着真实的深海科考影像。你可以通过手柄指挥 ROV 的行进，引导它前后左右运行，浏览海底地形地貌，并操控 ROV 机械臂开展深海生物和岩石取样、原位探测等科学研究和实验。这些操作与科学家在海上的科考实景一模一样。

这样的情景得以实现，是基于中国科学院海洋研究所的科学家们制作的两套海底 VR 展示系统，包括了面向科研用途与科普用途（即中国科学技术协会虚拟现实科技馆“龙宫探宝”项目）两个部分。对海上科考实景的再现是“龙宫探宝”项目的一个板块，该项目的另一个板块是海底探秘活动互动体验，包括西太平洋雅浦海山、南海冷泉和冲绳海槽热液三种场景。

“在海底热液场景，体验者可以观看热液区生态群落的情况和地形地貌，观

* 本文发表于《中国科学报》2017 年 3 月 24 日第 5 版（“文化”），作者张文静为《中国科学报》记者。

察‘海底黑烟囱’喷发热液硫化物，可以利用手柄抓取探针测量热液窗口的温度。热液区有着丰富的深海生物，你还可以通过机械臂等采样装置采集样品。”中国科学院海洋研究所科普办公室主任刘洋介绍说，在海山场景，体验者可以操控ROV进行海底浏览，观测海底地形地貌，并完成海底沉积物样品采集和海绵、珊瑚两种生物样品采集任务；南海冷泉场景则包括甲烷气体采集和铠甲虾抓取等任务。

科研用途的海底VR展示系统包括一个面积约达25 400平方米的海底地形图，图中包含冷泉喷口和大量贻贝、铠甲虾的生长和分布情况，及科学家布放的深海着陆器、海底原位生物培养装置和诱捕装置等。

“海底VR科研系统也可以面向公众进行科普活动。”中国科学院海洋研究所高级工程师栾振东介绍说，“与主要面向中小学生的‘龙宫探宝’相比，这套科研系统更偏向于向高中生及以上程度的体验者介绍海底生态环境、海洋研究的现状等内容。”

“龙宫探宝”项目最早有望于2017年5月在国内部分科技馆亮相，两套系统也会在国内一些展览中向公众展示。

必须保证内容的科学性

在这套海底VR展示系统背后，是近年来我国科学家取得的大量深海科考成果。

2016年，科学号科考船搭载的发现号深海缆控潜水器，在南海海底执行“深海近海底理化条件的现场观测与分析”项目的三个潜次调查中，距离海底3米左右航行，采集了超过200G的调查资料，包括海底地形、地貌等，拍摄了57万余张高清照片，正是这些庞大的科考数据，为海底VR展示系统奠定了厚实的基础。那个面积达25 400平方米的海底地形图，就是由这57万多张高清图片经过数据处理、拼接制作而成的。

“当时，无人潜水器下潜是国内首次利用了搭载的近海底地球物理探测系统、三维激光影像系统与国产长基线定位系统配合作业，因此每张照片都有精确的水深和位置信息。”栾振东说，所以，在海底VR系统中的任何一个点，使用者也能精确识别其水深、位置和底质类型，这对未来实际科学考察过程中生物和地质样品采集、深海原位设备布放、拖网调查区域的选取和生物定量研究方面都有着重要的实用意义。

“同时，对于科普体验者来说，他们戴着 VR 头盔所看到的海底环境都是完全真实的，包括高清的海底碳酸盐岩和生物的分布情况、冷泉喷涌的场景等，与人搭乘潜水器下潜看到的场景是一样的。”栾振东说。

“龙宫探宝”项目虽然考虑到趣味性等原因，加入了一些虚拟的内容，但其科学性也是最受重视的。“系统中所有的深海生物都请海洋分类学研究专家进行了鉴定，地形地貌请海洋地质学专家做了鉴定，虚拟科考船上的 ROV 机械手的抓取形态、船的构造等都请了相关专家一一确认。”刘洋说道。

海底 VR 展示系统的科学严谨性得以实现，离不开科研人员与 VR 技术人员之间的反复沟通。“‘龙宫探宝’项目制作开始时我们也走过弯路。”刘洋说，“一开始，技术人员做了一个版本，深海场景美轮美奂、晶莹剔透，有很多漂亮的鱼类，光线也非常充足，但科研人员一看就否定了，因为真正 200 米以下的深海环境是没有光线的，深海生物也并不是都五颜六色的。所以这一版被完全推翻重做。就是这样一点点沟通磨合，才能保证最大限度地还原真实的海底世界。”

让海洋科考资源活起来

在刘洋看来，VR 技术是非常适合与海洋科普相结合的。“VR 技术引导人们以探索发现的视角来对深海环境进行感性的体验，使用过这套海底 VR 展示系统的人们都说非常震撼。”

近年来，中国海洋科考不断取得丰硕的成果，这为海洋科普提供了庞大的素材库。

“过去我们看到的很多深海影像资料，包括奇特的物种和地貌等，都是国外拍摄的。这几年，随着蛟龙号、科学号等科考船有了潜入深海的能力，我们才能拍到这么多珍贵的影像。而且，我们科学号上的 ROV 摄像头是世界上最高清的，拍摄的影像效果非常震撼。这为海洋科普累积了丰富的资源。”刘洋说，同时，现在很多人对我国的海洋科考装备、科考工作和研究成果等还不了解，海底 VR

系统也给了人们近距离接触海洋科考工作的机会。

在栾振东看来，VR 技术也许很快就不能满足需要了，今年他们计划把海底 VR 展示系统中的一部分内容改造成增强现实（AR）版本。“到时体验者可以不用戴头盔，也不同拿手柄，系统能够自动识别人的手势，人与系统的互动将更为轻松、灵敏和准确，深海生物对光线等条件变化的反应也能更好地得到体现。”

在海底 VR 展示系统中，不仅深海生物等得到了真实的展现，连海底环境中的污染物也被真实还原。“比如，我们在深海中发现了玻璃瓶子等，在系统中也标记为‘器物’，告诉人们即使在人类活动如此稀少的地方还是有污染物存在，提醒大家要保护深海这片净土。”栾振东说。

在刘洋看来，这几年，随着国家对海洋战略的重视，海洋科学研究的投入在逐渐增加，科普活动也比以前更加丰富。但与全民科普的空间探测研究等相比，海洋科普还远远不够。“目前，我国的海洋研究在近海生态、深海探测、装备研究等方面都取得了很多成果，怎么将这些资源转化为科普产品，还需要更多人员、资金和时间的投入。比如，科考船出去后，是否也可以将船上的科考实验、科考生活通过直播连线展现给公众，各种科普形式都可以考虑。”

刘洋和栾振东在接受采访时均表示，此次的海底 VR 展示系统只是将海洋科考资源转化为科普产品的一次尝试，未来还会融合更多研究成果，继续开发相关的科普资源。

镜头里的中国生态故事*

张文静

在远离城市的茫茫大山中，在茂密繁盛的原始森林中，有一群人在记录着自然界正在发生的故事。他们追逐着树上攀缘的金丝猴，注视着空中的飞鸟。镜头之内，他们讲述着中国的生态故事；照片之外，他们展现着对于生态保护的思考。他们的工作，叫作生态摄影。

瞬间定格

一道白影闪过。陈建伟的神经立刻警觉起来。作为一名生态摄影家，几十年的拍摄经验告诉他，这可能是在高黎贡山捕捉到白鹇影像的一次千载难逢的机会。

高黎贡山位于青藏高原南部，4000 米以上的垂直高差造就了这里极为壮观的垂直自然景观和立体气候，茫茫密林中蕴藏着丰富多样的动植物资源，使这里成为具有国际意义的陆地生物多样性关键地区。

高黎贡山中有白鹇，很多科研考察人员、摄影师都知道，可奇怪的是，白鹇的完整照片却从未在此被拍摄出来。白鹇是山中的精灵，跑起来速度很快、很敏捷，在浓密的原始森林中，要想找到好的拍摄角度，实在是不容易。

现在，这样的机会被陈建伟碰到了。

时机只有短短一瞬间，陈建伟近乎本能地抓着相机，在预判白鹇的运动方向之后，果断按下了快门。“咔嚓咔嚓”，相机连拍了七张。之后，白鹇消失得无影无踪。陈建伟松了口气，翻看刚才拍下的照片，有的没有尾巴，有的没有头。还

* 本文发表于《中国科学报》2017 年 2 月 10 日第 5 版（“文化”），作者张文静为《中国科学报》记者。

好，其中有一张照片，完整地显示了白鹇的所有特征，并且有着很好的构图和拍摄角度，并反映了高黎贡山原始森林的环境背景特征。这张照片，成为迄今在高黎贡山唯一捕捉到的白鹇影像，它为高黎贡山存在白鹇物种提供了重要的科学证据，具有极高的科学价值。

机会总是留给有准备的人。大自然留给生态摄影师的机会，往往都在转瞬之间。镜头定格的背后，是他们多年深入野外的观察经验、对所拍物种的熟悉认知及常人无法想象的艰辛历程。

“生态摄影首先要求拍摄者具有丰富的生态学知识，这样才能捕捉到真正具有科学价值的内容。”陈建伟告诉《中国科学报》记者，“拍摄者还必须善于与大自然打交道。我们的拍摄常常是在原始森林、荒郊野岭中，会遇到各种各样的挑战，包括蚊虫叮咬、野兽出现、迷路和恶劣天气等。同时，还要有过硬的摄影基本功。机会来了的一瞬间，你根本无法预料动物是从哪个方向出现的、哪里是最佳的拍摄角度，背景、光线等因素都不可捉摸。所以，必须对拍摄对象有预判能力，有了机会才能够抓住。”

生态摄影

生态摄影的理念是陈建伟在国内最早提出来的。在他看来，生态摄影是一种能够将艺术性、科学性和思想性完整结合起来的摄影。

这个理念萌芽的产生始于 20 世纪八九十年代。那时的陈建伟刚刚大学毕业被分配到原林业部调查规划设计院担任林业调查队员。为了给野外调查提供科学证据和资料，他开始拿起相机在广阔自然中拍摄。

此后，一直到担任原林业部保护司副司长、国家濒危物种进出口管理办公室常务副主任等职，摄影始终在陈建伟的工作中起到了重要作用。他在主持全国荒漠化调研时，很多专家不相信西藏也出现了荒漠化。陈建伟拿出照片，显示冬天的雅鲁藏布江水位下降，大片沙地裸露出来，流沙甚至爬到山坡上，才让专家们信服。具有浓厚科学性的照片，让陈建伟的观点更具说服力。

近些年来，国内的环境问题压缩性、集中性地爆发，森林破坏、水土流失、空气污染、物种消亡等情况不断出现，环境问题成为制约国家发展的最重要因素。一直身处环境工作前沿的陈建伟对此很敏感。他意识到，对一张照片的价值评判背后，显示的其实是人们的认识角度。

“认识的角度不一样，得出的结论完全不同。”陈建伟介绍说，比如，一张照片反映了围海造田，如果从扩大粮食产量、增加耕地面积的角度，那应该褒奖；如果从开发滩涂、破坏了鸟类栖息地的角度，就应该反对；又比如，现在青海湖为了美观，为了吸引游客，开垦了周边的一些草地种起了油菜花，拍摄出来的照片确实很漂亮。但这种把高海拔牧区植被移开的做法，使得当地裸地增加，风一来沙就起。现在青海湖里已经大量沙化，油菜花的未来就是沙丘。“拍摄出来一张照片，你到底想要告诉人们什么，这就是摄影的思想性。”

“艺术性是摄影的天然追求，科学性是生态摄影的基石，思想性是生态摄影的灵魂，这就逐渐构成了生态摄影理论的完整链条。”陈建伟说，生态摄影要讲生态故事，要能反映物种与物种之间、物种与环境之间的关系。它包含的范围很广，既包括自然生态摄影，比如拍摄动植物，也包括社会生态摄影，更多地反映人与自然的关系，比如开矿对自然保护区的影响，水污染、大气污染环境中人的生存状况等。“从更高的层级来讲，生态摄影就是生态文化在摄影艺术中的具体体现，它反映了生态文明社会中人们对生态关系的认识。”

科学意义

如今，生态摄影正在发挥着巨大作用。

在 2010 年之前，世界上记录在案的金丝猴共有 4 种，包括中国境内的川金丝猴、滇金丝猴、黔金丝猴和分布在越南的越南金丝猴。2010 年以后，研究者在中缅边境一带发现了一种毛色全黑的金丝猴新种。2011 年 10 月，在近一年的走访调查和野外蹲守后，高黎贡山国家级自然保护区的森林管理员六普首次拍摄到了这种后来被命名为怒江金丝猴的新种照片，这为世界第五种金丝猴在中国的存在提供了重要证据，也是世界上首次记录了怒江金丝猴在野生状态下的影像资料，具有极高的科学意义。

“尤其是在国内生态环境剧烈变化的当下，及时保留下这些生态影像资料太重要了。你的一张照片，很可能就成为再也见不到的历史了。”陈建伟说。

拍摄猴子很不容易，这一点陈建伟深有体会。他向记者介绍了在高黎贡山拍摄怒江金丝猴的情况，“那里不但山高坡陡，还非常寒冷，路上都是雪。之前护林员发现了怒江金丝猴的踪影，跑得很快，他们已经跟了七天。我们上山之后，在风雪交加中又跟了七天，结果还是没拍到。这种落空的情况很常见，尤其在国内，野生动物更难拍。”

野外拍摄的过程更充满了常人无法想象的艰险。陈建伟就有几次绝处逢生的遭遇。有一次，他背着很重的器材在山上探路，路边就是万丈悬崖，他只能抓着手腕粗的树桩往前挪动。突然间，树桩断了，人一下子掉了下去。好在下面有棵很粗的树，陈建伟身子一斜，抱住了树桩，才没掉下去。还有一次，陈建伟从山坡上滚下去，多亏同行的护林员在身后扑住了他，才转危为安。

一幅优秀的生态摄影作品，需要摄影师付出长时间的、异常艰辛甚至冒着生命危险的代价，但他们自身的生存状况却并不尽如人意。“在国内，生态摄影作品产生的多是社会效益，而不能像国外一样产生较高的经济效益。大家对生态摄影师劳动的尊重还不够，他们面临着知识产权保护不足等种种问题。我想现在国内只靠生态摄影来生活的摄影师可能不足 30 人。”陈建伟说。

虽然国内现在能够真正称得上生态摄影师的人数还不多，但是随着社会文明程度的提高，关注生态保护的全民意识在加强，生态摄影已经逐渐被社会所接受，越来越多的摄影人走上了生态摄影的道路。陈建伟很高兴地看到，集合了国内外优秀生态摄影师的团体正在不断涌现，包括“自然影像中国”、影像生物多样性调查所（IBE）、“野性中国”、黑豹野生动物保护站、中国猫科动物保护联盟（“猫盟”）等。陈建伟也在搭建平台，他发起了“自然影像中国”，集合了很大一批中国优秀的自然生态摄影师和一流的科学家，还担任了中国林业生态摄影协会的会长。他希望社会、公众更多地关注生态摄影，要鼓励更多的摄影人、年轻人参与到生态摄影的活动中来。“中国太需要这些人了，世界也太需要了。”陈建伟说。

给植物打造一座“诺亚方舟”*

胡珉琦

2017年10月，中国科学院五大核心植物园之一、总规划面积达639平方千米的秦岭国家植物园在秦岭北麓正式开园。它不仅是中国，也是目前世界上面积最大、植被分带最清晰的植物园，它的出现吸引了公众的目光。

事实上，随着生态文明建设的重要性被提到前所未有对外关系的高度，植物园也比以往任何时候都备受关注。有调查显示，在中国，每年都有1～5座甚至更多的植物园正在兴建中。然而，作为一个植物保护和环境教育的重要场所，植物园能否真正履行它的使命，必须通过时间、经验和技术的长期累积来检验。开园对一个植物园而言，只是一个阶段性的开始。

20年迎开园

秦岭国家植物园曾经是老主任沈茂才的一块心病。从1998年他还在担任中国科学院西安分院、陕西省科学院副院长起，就开始酝酿并且提出要建设秦岭植物园。此后的两年里，相关专家经过十多次的园址科考和论证，终于得到了陕西省人民政府的立项支持。

秦岭从全世界范围来讲，都是生物多样性突出的代表区域之一，它是我国南北方地理和气候的分界线，也是我国极其重要的生态屏障区。但在20世纪七八十年代，植被破坏非常严重，尤其是在保护区以外的园址地，乱伐、乱开矿、挖沙的现象比比皆是，生态环境已经相当脆弱。

---

* 本文发表于《中国科学报》2017年11月17日第1版，作者胡珉琦为《中国科学报》记者。

从目前规划的秦岭国家植物园范围来看，它包括了海拔480～3000米的平地、丘陵、山地这样一个完整的立体生态系统，其中还涵盖了25条河流水系。如今，公众可以在植物园就地保护区看到河流两旁成片的密林，其实是在2000年以后，植物园筹建者发动当地老百姓，一棵一棵栽种出来的。光是这样的植被恢复就持续了十几年。

当时，沈茂才还作了一个非常重要的决定，说服当地政府关停植物园区域内的5座水电站。他告诉《中国科学报》记者，后期已经关停2座，其余3座将来也会退出。

建设这样一个巨大面积的国家植物园，是一项投资巨大、牵涉面很广的系统工程。沈茂才还记得，有同行在各种会议期间调侃过他，植物园开园遥遥无期。

2006年，陕西省政府、国家林业局、中国科学院、西安市政府达成联合共建的决定，秦岭国家植物园建设规划才真正取得突破性进展。2007年，项目正式动工建设。

尽管如此，在欠发达地区投建一项生态工程，资金永远是最突出的问题。当年，为了解决土地流转问题，沈茂才想尽了各种办法。最后通过固定分红和效益分红相结合的创造性举措，才从老百姓手中租到了植物用地。

2014年，沈茂才退休。直到2017年秦岭植物园开园，他等了近20年。

目前，秦岭国家植物园生物就地保护区575.31平方千米，以原生境保存为主，现有物种1380余种。迁地保护区的物种保存主要以试验苗圃和专类园方式为主，现收集物种1500余种。一期基本完成了“一河两场三湖四馆六区十八园”建设。

不过，沈茂才也表示，植物园一期工程的任务还是完善基础设施、服务设施的建设，以物种资源收集为主，大部分专类园的打造还只能满足开园需要的一个基本框架。“这对一个植物园来说，只是一个开始。”

多是“半成品”

一个植物园开园，并不意味着它正式建成了，它只是看上去有了一个植物园的模样。事实上，它也许仅仅是一个植物园的“雏形”而已。

中国科学院华南植物园主任、国际植物园协会（IABG）理事、国际植物园保护联盟（BGCI）国际咨询委员会委员任海向《中国科学报》介绍，与大众一般性的认知不同，物种保护并不是植物园出现的动机。相反，早期植物园的建立充满了“利用植物”的功利主义色彩。

早期建立到现在仍很知名的植物园大都是从种植园开始的，主要是引种和培育经济植物、药用植物或稀奇植物。其中，最典型的例子就是在 1876 年，英国皇家植物园邱园把从亚马孙流域获得的橡胶树种子育苗后带到新加坡植物园，该植物园研发了相关技术，再在东南亚、南亚的一些殖民地进行种植，这一尝试最终影响了世界工业化格局。茶叶、可可、橡胶、烟草这些影响世界经济发展的植物，其最早的引种和科学研究都是在植物园完成的。

直到 20 世纪 70 年代以后，生物多样性迅速消失引起了科学家的关注，植物园才特别强调植物保护功能。它必须收集活的植物，并对这些植物进行档案记录管理，使它们可以用于科学研究、保护、展示和教育。

如今的植物园最重要的工作之一就是收集和展示活植物及标本，通过迁地保护、育种等手段保护资源植物，尤其是那些珍稀濒危物种。也正因如此，植物园才被称为植物界的“诺亚方舟”。

目前，国际上知名的植物园收集的植物，邱园有 3.5 万种、美国密苏里植物园有 3 万种、纽约植物园有 2.5 万种……要知道，达到这样的规模，它们分别经过了 250 多年和 100 多年的发展时间。再比如中国的两个万种植物园——中国科学院华南植物园和中国科学院西双版纳热带植物园，也已经存在了半个多世纪。

任海解释，这是因为植物园引种、迁地保护、种质资源管理等有着非常复杂且严谨的科学规程，它必须要经历一个漫长的过程。

“举个简单的例子，在植物园里的任何一种植物、一粒种子，甚至是一个组织培养器官都必须来源明确、身份清楚，并且为它们制作详细的‘出生证’，包括采集地、采集时间、材料性质、采集者等信息。”他说，这就意味着，一个真正的植物园需要拥有一个强大的信息登记管理系统，而且记录和观测积累的时间越长，科学研究价值才越高。

对于植物园来说，物种引进只是第一步，还需要栽培、繁殖，帮助它们存续下去，才是有效的保护。可很多时候，它们来自不同的生境和生态位，想要在植物园环境中正常生长发育、繁衍后代并不是一件容易的事。

比如，有一种世界上最小、最稀有的睡莲——卢旺达睡莲，在野外几近灭绝，它们最后的一些样本被带到了邱园。可是，它们的种子会发芽，幼苗却总是不能成活，就连最有经验的濒危植物拯救专家都一直拿不出好办法，这意味着这个物种可能会永远地消失。最后，科学家靠着一个不可思议的方法，把睡莲从水里挪到了盆里生长，才有了它们存活的奇迹。

有了物种资源，就能对这些植物展开科学研究。植物园涉及的研究内容包括生物技术、气候变化、保护生物学、遗传学、生态学、园艺学、分子遗传学、植物育种、繁殖生物学、分类学、多样性保护等。科研产出包括了论文、报告、出版物、期刊及数据库等。在他看来，一个缺乏科学研究支撑的植物园是没有灵魂的。目前，世界上许多著名的植物园不仅科研队伍和实力雄厚，而且在科研上独树一帜，已经形成了自己的风格和特色。

除此之外，他也提到，植物园与社会最重要的连接点是科学普及。植物园必须通过环境教育，帮助公众理解科学，培养他们的环保意识，进而影响他们的行为。这就要求植物园必须具有策划、执行环境教育的职能部门，有专门从事教育的团队，有计划地、定期地、持续性地举办各种科普活动，推出各种科普产品，提升科普设施建设。

任海认为，如果从这个角度去定义一个植物园，或者用这些标准去衡量一个植物园，那么，很多已经存在的植物园都还只是一个“半成品”。

使命和愿景

从经典的、综合性植物园的功能定位就可以看出来，它和一般的城市公园、森林公园或自然风景区是明显不同的，采集、引种、驯化、保护、科研、推广利用植物，以及科普，一个都不能少。

对于一个植物园来说，它所存在的大部分时间都应该用来实现和不断拓展这些功能，事实上这完全是没有止境的。

不过，人们也许很难意识到，植物园在履行这些职责方面是否能够做得出色，很可能在它启动之初就已经决定了。

“从单纯地建造一个植物园的过程来看，确立定位目标和规划设计才是最耗费时间和成本的关键内容。”任海指出，“科学合理的规划是一个植物园建设的基础和根本，它是植物园的筹建者需要不惜血本去完成的工作，但从目前看来，这些前期的投入往往不能被人容忍。因此，也是植物园建造时最容易犯错的部分。”

一个植物园的建设，无论大小，都必须想清楚自己存在的价值和意义，在这个时间和空间里究竟为什么要建造一个植物园。一个植物园寻找自己的使命和愿景的过程，也是它未来向公众塑造自己独特形象的开始。

比如，2006 年中国科学院西双版纳热带植物园在景东新布局亚热带植物园，它处于季风常绿阔叶林与半湿润常绿阔叶林的交错地带，也是河谷季雨林向季风常绿阔叶林过渡区。由于特殊的植物地理区系，景东亚热带植物园的定位就是重点立足中国亚热带特色植物类群，坚持物种保存、科学利用与科普旅游相结合，成为具有明显区域特色，在国内外有一定影响的植物园。

在此之后，需要制定详细的可行性研究报告，来阐述建设一个植物园的必要性。在具体操作过程中，一个关键的部分就是要进行多学科的现场评估。

尽管景东亚热带植物园同样由于地处偏远的不发达地区，面临资金难题，但是，中国科学院西双版纳热带植物园正高级工程师、景东亚热带植物园副园长胡建湘介绍说，新园在选址、可行性研究等各项前期工作中仍然不计代价地去完成，目前已按照各项规划和建园要求，完成了园区选址、总体规划和一期修建性详细规划等工作。这个过程所花费的时间已有 10 年。

在具体的建设规划中，不但涉及基本的规模大小、功能区划，重点在于它最具特色的部分，收集什么样的植物种质资源，如何展示（即景观的营造）。

胡建湘认为，植物的收集和多样性展示，除了注重科学性，从一开始就要把科普教育主题融入其中，还需要有很高的美学追求，自然需要与艺术相结合。同时，它需要反映植物园所在地方鲜明的地域特征。这就要求在实地调查阶段，除了核心的地理层面，还需要进行历史、文化的考察，使景观的营造不仅有自然的，还有历史的、文化的、社会的符号意义。而这恐怕是国内很多植物园所欠缺的地方。

此外，引进人才的策略、管理制度的制定、可持续运营方案的设计都是建设规划中所要包含的内容。

不是一蹴而就

2000 年以后，国务院、建设部（住房和城乡建设部前身）多次在一些文件、通知中提出要求，加快植物园的建设步伐。特别是在今天，生态文明建设的重要性被提到前所未有的高度，植物园也比任何时候都备受关注。但同时，任海也有些担忧地表示，有的地方植物园仅仅是为了完成上级要求，从当年的城市公园简单地改变了一个身份而已。

无论何时我们都不能忘记，一个真正的植物园的建成绝不是一蹴而就的，而是在科学合理的、滚动发展的规划下，一步一步推进，通过时间、经验、技术长期累积形成的。即便是在拥有植物园建造悠久历史的发达国家，它们的生存和发展尚且遇到很多问题。

任海向《中国科学报》介绍，最近，全球最大的植物保护国际组织国际植物保护联盟就如何定义一个成功的植物园，调研了全世界 116 个植物园，结果十分引人关注。

首先，只有 78%的植物园制定了发展战略规划，这其中又只有 60%拥有详细的目标及在执行过程中的各项指标设定。

在植物园最核心的功能——植物收集保育方面，发达国家植物园能做好物种登记管理监测的不过 50%～60%，而在其他地区，这个比例大概只有 20%。“有的植物园尽管号称物种保存数量规模很大，但是大部分物种资源是得不到有效管理的，甚至是物种登记。”任海表示。

在科普教育方面，60%的植物园所做的工作是泛泛的、象征性的，而真正能达到让公众理解科学目的的，只有不到 40%。

科研领域的调查结果更让人沮丧。只有近 10%的植物园曾经取得过真正有影响力的科研成果，31%的植物园有自己的出版物（包括期刊）。任海透露，现在，中国科学院华南植物园每年发表的 SCI 论文数量在全世界的植物园界都是名列前茅的。但是，真正与植物园收集保育的物种紧密相结合的研究也还不多。

国际植物保护联盟的调研反映了一个客观事实，即全世界多数植物园还没能真正有效地执行对植物多样性的保护和自然环境改善的使命，使公众最大限度地认识到植物多样性的价值及它们所面临的威胁并采取行动。那么，对于国内这些仍然年轻或正在兴建中的植物园来说，时间大概是最微不足道的。

缤纷自然岂无“猿”*

张文静

它们是森林中的精灵，最喜欢在树冠上自由地穿梭、跳跃；它们也是生存状态堪忧、亟须保护的物种。在中国，它们是和人类亲缘关系最近的灵长类动物——长臂猿。

为了守护中国仅存的不到1500只长臂猿，一些学者和动物保护人士正在努力着。他们对长臂猿进行长期观察和研究，探索保护的模式，也记录下长臂猿的声音和影像，让更多人看到和了解长臂猿的生存状态。他们希望，这些长臂猿在镜头中的身影，不会成为人类对这个“近亲”最后的记忆。

孤独的小猿一家

从2016年到2017年，九个多月的时间里，很多清晨，丁铨都是伴着长臂猿美妙的叫声醒来的。那时，作为缤纷自然纪录片工作室导演的丁铨，正在高黎贡山地区拍摄天行长臂猿的纪录片《天行者》。

10月28日，在北京动物园举办的“长臂猿日识长臂猿”活动上，《天行者》的片花被播放出来，里面天行长臂猿灵动的姿态、独特的生活习惯和令人触动的生存故事立刻吸引了很多观众，特别是小朋友的注意。

当初为何决定要拍摄这样一部长臂猿纪录片？缤纷自然纪录片工作室总导演陈欢在现场介绍说，这要从2016年说起。

2016年，陈欢结识了大理白族自治州生物多样性保护与研究中心（云山保护）

* 本文发表于《中国科学报》2017年11月17日第4版（“自然”），作者张文静为《中国科学报》记者。

的团队成员，这才了解到原来在中国生存着离人类亲缘关系最近的动物——长臂猿。从云山保护理事、自然摄影师董磊那里，她听到了一个让她深受触动的故事。

董磊告诉陈欢，他拍摄野生动物已有很多年，但自己也是直到 2011 年才在云南看到了野生长臂猿。一次，他在高黎贡山自然公园看到了一只小猿，特别吸引他，他为小猿拍摄了很多照片。后来董磊才知道，这只小猿出生在 2008 年，与他自己的孩子一样大。从那时起，他就想用照片记录长臂猿的生活。

“他告诉我，那只小猿其实生活在一个很幸福的四口之家，有爸爸、妈妈和弟弟。但随着它慢慢长大，它却无法拥有自己的伙伴，也找不到自己的伴侣。因为小猿一家好像生活在孤岛上，因为它们的栖息地呈现严重的碎片化，它可能一辈子都见不到其他同类，也许那只小猿和它的弟弟将是这个家族中最后两只小猿了。这个故事很牵动我。”陈欢说。

对中国人来说，长臂猿是既陌生又熟悉的一种动物。说熟悉，是因为我们幼时在李白的《早发白帝城》中领略过“两岸猿声啼不住，轻舟已过万重山”的情景；说陌生，则是因为时至今日，我们很多人也没有一睹长臂猿风采的机缘。

“这也是我们团队希望记录中国长臂猿生存现状的原因，希望通过我们的努力，可以让更多人了解长臂猿，进而加入保护长臂猿的行动中。”陈欢说。

“秀恩爱”的长臂猿

很多人可能并不清楚长臂猿到底是怎样一种动物。长臂猿不是猴子，没有尾巴，它们和猩猩家族的四种一起组成类人猿。类人猿是和人类亲缘关系最近的灵长类动物。

长臂猿多生活在亚洲的热带和亚热带原始森林的树冠顶层，几乎不下到地面活动。“猿如其名”，它们以手臂长而闻名，也以“臂行”为主要运动方式。它们多为一夫一妻的家庭结构，当然也有例外，比如冠长臂猿属就有“一夫二妻”的家庭结构。长臂猿长到七八岁成年，母长臂猿 3～4 年生一胎，猿妈妈要照顾宝宝到 2 岁左右，教它们选择栖息地、寻找辨别食物、躲避危险等。

《天行者》记录的天行长臂猿是中山大学生命科学学院教授范朋飞发现的新

种。拍摄长臂猿并不容易，因为它们常在树上飞快地行走、跳跃。为了捕捉到它们的生活场景，摄影师经常要携带着笨重的摄影器材，时而长时间蹲守观察，时而迅速跟上长臂猿的脚步，吃饭、睡觉只能抽时间对付一下。

虽然辛苦，但丁铨乐在其中。因为在拍摄天行长臂猿的过程中，他和团队成员发现了长臂猿很多有意思的生活场景。

“比如，长臂猿是一种典型的树栖动物，一般不轻易下地，但我们在拍摄中竟然很幸运地捕捉到了一只长臂猿下地的瞬间。它从树上跳下来，到地上迅速地抓了一把土，又飞快地跳回到树上。”丁铨兴奋地说。

丁铨等也拍摄到不同毛色的长臂猿。“长臂猿一生要经历两次毛色的变化，半岁左右经历一次，到七八岁性成熟的时候又会经历一次。”丁铨介绍说，“不同种的长臂猿毛色变化是不一样的。就天行长臂猿来说，刚出生的小天行长臂猿，不论雌雄，毛色均为淡黄色，半岁左右其毛色开始逐渐变化，到一岁左右就基本全部变成黑色；雄性毛色此后将一直保持黑色不再变化，雌性到七八岁性成熟时会逐渐变成黄褐色。这也是非常有意思的。”

在拍摄过程中，丁铨等还发现，长臂猿吃浆果的时候，会挑选看起来成熟的浆果，用手捏一下，确认熟了之后再摘来吃。“慢慢接触下来，你会发现它们非常可爱。”丁铨说，因为活动范围大，长臂猿在森林里还是非常高效的种子传播者。

除了“秀智商”，《天行者》里还记录下了一对长臂猿夫妻“秀恩爱”的情景。一天，长臂猿“丈夫”看到“妻子”独自坐在树枝上，看起来有点儿忧伤，便过去陪伴它，抚摸它，理理它的毛。“很幸运，这温馨的一幕被我们捕捉到了。”丁铨说。

别让“猿口”继续下降

其实，别看天行长臂猿的生活这么温暖自在，它们的生存现状并不乐观。

“中国的长臂猿有 3 属 6 种，其中现在野外还能确定存在的有 4 种，全部数量加起来不到 1500 只。”云山保护执行主任阎璐说。

是什么威胁着长臂猿的生存和繁衍？阎璐介绍说，人类对森林的侵占使长臂猿的栖息地大面积消失，它们因此失去了适合生存的家园。保留下来的仅存栖息地又被公路、农田、水电设施、村寨等割裂为破碎的孤岛，不同群体间基因交流受到阻隔，近交衰退威胁上升，造成后代生存力减弱、繁殖能力降低。加上长臂猿成年期较长（7～8 年），繁殖间隔长，繁殖率低，“猿口”增长缓慢。且迁出的长臂猿很难形成新的家庭群，限制了种群的扩大和繁衍。“另外，人类的偷猎仍是长臂猿面临的极大威胁。同时，对长臂猿的长期忽视，也造成了对它们的研究和保护力度都较低。”

与面临威胁的生存状态相对的是，长臂猿保护又极为重要。因为长臂猿是森林里的旗舰物种。

旗舰物种，是保护生物学中的一个术语，指能够吸引公众关注的物种。旗舰物种能在地区或世界范围之内吸引公众对其保护行动进行关注，常用于宣传用途，通常是某些特殊生态系统的标志。旗舰物种不仅能够使这些物种受到更好的保护，也能连带保护那些影响力较小且鲜为人知的受威胁物种。

“长臂猿还是一个健康森林的标志。另外，长臂猿生存的森林生态系统是我国生物多样性最为丰富的地区，保护长臂猿就像撑开了一把保护伞，间接保护了生活在同一区域的其他生物。同时，长臂猿是人类的近亲，对长臂猿生态、行为、社会结构、意识等方面的研究是打开了解人类自身大门的钥匙。在中国，长臂猿又是和人类亲缘关系最近的动物，在传统文化中具有举足轻重的地位。”阎璐说，“我们希望，通过更多人的努力，让我们的子孙后代还能听到长臂猿动听的歌声。”

遥望星空60年　探秘宇宙一甲子*

张文静

1957年9月29日，北京天文馆正式开馆。这是中华人民共和国成立后最早修建的一座大型科普场馆，也是当时亚洲大陆第一座大型天文馆。

60年后的今天，北京天文馆已经成为集展览、讲座、培训等于一体的天文科普中心，伴随着一代又一代人领略苍穹之美、探索宇宙奥秘的梦想。

天文梦开始的地方

北京市西城区西直门外大街138号，曾是北京天文馆馆长朱进少年时无数次经过的地方，那时的他还没有想到，未来这里将与他有着千丝万缕的关系。

在朱进的印象里，那时候的北京天文馆前面有着窄窄的街道，与今天的样子不太一样。

时光倒回60年前的今天，这里热闹非凡。

1957年9月29日上午，在新建成的北京天文馆前广场上，举行了盛大的开幕典礼。典礼结束后，600多位中外来宾进入大厅参观，在天象厅观看了“到宇宙去旅行”的星空表演。从1957年国庆节起，北京天文馆面向公众正式开放。

天文学家李元曾在回忆文章中写道：“我国想建立天文馆，已经是很多年的梦想了。”

1929年中央研究院在国立天文陈列馆（即北京古观象台）的发展报告中这样批道：“若论宣传天文起见，则德国蔡司厂之天象仪，美妙无比，但价值过昂，处现在

* 本文发表于《中国科学报》2017年9月29日第1版，作者张文静为《中国科学报》记者。

状况之下尚谈不到。”此后，高鲁、张钰哲、陈遵妫、李珩等现代中国天文学的先驱者纷纷撰文，介绍和宣传有关天象仪和天文馆的知识，呼吁中国天文馆的诞生。

1954年，中国驻前民主德国使馆向外贸部门反映说，前民主德国的蔡司天象仪是一种科学普及教育仪器，德方对中国有贸易差额，建议购买天象仪，作为一部分外贸补偿。同年9月，北京天文馆被批准筹建，并由中国科学院负责办理。中国科学院从年度经费中调剂200亿（人民币改革前的旧币）作为建馆经费。北京天文馆由此建立。

说起与北京天文馆的渊源，朱进印象最为深刻的是1982年春节期间，刚刚入学北京师范大学天文系的自己，与其他身在北京的天文系大学生被邀请到北京天文馆参加活动。“那时天文馆举办的是类似现在的创新大赛的活动，我还记得王绶琯先生坐在第一排，还为获奖的孩子颁奖，其中包括樊晓晖，那时的他还戴着红领巾。”朱进回忆说。如今，樊晓辉已经成为美国亚利桑那州立大学天文系教授、知名的观测宇宙学家。

1994年，北京天文馆开始讨论新馆改造方案。1996年，已在中国科学院北京天文台（后改为中国科学院国家天文台）工作的朱进，与沈良照、李竞两位天文学家一起来到北京天文馆参与讨论，并提出意见。

但在朱进看来，北京天文馆真正对自己产生重要的影响，还要到2002年9月自己被调来任馆长之后。那时，学习天文学10年、从事天文学研究工作11年的朱进，开始专职做天文科普，对天文学及天文馆的认识，也有了重要的转变。

“原来，我对天文馆智能的理解是，鼓励更多青少年喜欢天文，为他们以后从事专业的天文研究工作打下基础，也就是要培养未来的专业天文学家。但当馆长之后，跟公众有了更多交流。也与其他科技馆、博物馆的工作人员经常探讨天文馆到底应该干什么、它对我们到底有何影响等问题，才渐渐体会到，天文馆对于每个人都会有重要的影响，对公民素养的提高有着重要的意义。”朱进说。

立体的天文科普

“经过60年的发展，如今的北京天文馆承担起了国家天文科普中心的职能，凡是与天文科普和教育相关的领域，凡是公众对天文科普方面的需求，我们都在尝试去做。当然，由于人手和时间有限，现在做得还很不够，未来需要更加努力。”朱进说。

现在的北京天文馆包含 A、B 两个馆，有 4 个科普剧场。A 馆的天象厅是我国（港、澳、台除外）最大的地平式天象厅。B 馆在 2004 年年底正式建成开放，内有宇宙剧场、4D 剧场、3D 剧场 3 个科普剧场，还有天文展厅、太阳观测台、大众天文台、天文教室等科普教育设施。

“除剧场节目外，我们还会经常举办展览、公众科学讲座、重大天象发生时的观测活动、开放望远镜观测等，主办《天文爱好者》杂志，组织全国中学生天文奥林匹克竞赛，组队每年参加三场国际天文奥林匹克竞赛。另外，还进行教师培训，开设天文班、天文学校等。”朱进介绍说，目前挂靠在北京天文馆的组织还有中国天文学会普及工作委员会、中国自然科学博物馆协会天文馆专业委员会、北京校外教育协会、北京天文学会等。“我们与这些组织一起联手在更大范围内组织天文领域的科普人士，推动科普活动。”

“北京天文馆是个综合性的天文科普中心，活动类别很多，覆盖的观众层次也比较广泛。”多次参加北京天文馆活动的中国科学院国家天文台研究员苟利军介绍说。

2015 年，苟利军受邀来到北京天文馆举办讲座，讲解他参与翻译的科普书《星际穿越》中的内容，这是他与北京天文馆的第一次“亲密接触”。前段时间，苟利军又前往北京天文馆举办以“穿越平行宇宙”为主题的讲座，整个会场坐得满满当当，又另加了不少座位。今年又到北京天文馆为天文奥赛参赛者做辅导。

在苟利军看来，天文馆做天文科普的优势就在于呈现方式更加立体。“很多奇妙的天象，能够通过模型、视频等让观众亲眼看见，这对激发大家尤其是孩子对天文的兴趣、增加对天文现象的理解很有好处。”苟利军说道，“尤其是北京天文馆的球幕电影，不仅展现天象，还介绍背后的原理知识，受到大家的喜爱。”

在美国有学习和研究工作经历的苟利军，自然也光顾过一些美国的天文馆。“在宾夕法尼亚州立大学所在地有个专门的天文馆，在纽约、华盛顿等大城市，天文馆则更多是放在综合性的博物馆或科技馆中。比如，华盛顿有个非常有名的航空航天博物馆，凡是涉及太空的东西在这里都有呈现，内容非常丰富，比如哈勃空间望远镜的模型，是当时发射时没用上的备用版，后来就送到了博物馆中。国外有这个传统。还有火星车复制品，按照真实的1∶1等比例建造。”苟利军介绍说。

北京天文馆走过60年，确实在很多人心中埋下了热爱天文的种子，很多到北京天文馆参观过的孩子，喜欢上天文并在以后从事了天文学研究或其他学科的研究工作。“比如参加奥赛的孩子，现在有很多就在学天文学。”朱进说，“北京大学科维理天文与天体物理研究所首任所长林潮，就是在1957年9月刚开馆时最早一批参观的孩子之一，参观完北京天文馆后迷上了天文，后来在天文学研究领域取得了重要成就。”

天文科普热度攀升

2016年，英国《自然》杂志的天文编辑访问中国科学院国家天文台时曾说起，孩子对两类事物是非常感兴趣的，一是头顶的天空，二是远古的恐龙。这让苟利军印象深刻。“其实，绝大多数孩子对天文都是感兴趣的，因为日升月落、满天星辰与我们的日常生活密切相关，又奇妙无比。如果在这时候他们能够得到正确的引导，就可以在他们心中埋下更多科学的种子，让他们了解天文现象背后的原理，知道这并不是什么怪异的现象，而是宇宙运行的规律。”

近几年，随着国家政策对科普的倾斜，越来越多的年轻人参与科普，天文科普的热度更有提升。

“过去几年，北京天文馆参观人数每年都有20%左右的增长。2016年来北京天文馆参观的达到82万人次。”朱进介绍说，“但不是每个人都有机会来到天文馆，所以仅靠天文馆来做天文科普是不够的。近些年来，我一直呼吁让天文真正走进中小学的课堂，让更多的孩子有机会接触到天文。目前，在北京已经有二三十所学校将天文课作为一门课程；天津一些学校也开设了天文课；在青海省海西州德令哈市，全市所有的六年级学生都要上天文课，这里是中国科学院紫金山天文台青海观测站和德令哈天文科普馆的所在地；在500米口径球面射电望远镜（FAST）所在的贵州省黔南州平塘县，教育部门也在推动中小学的天文教育，2017

年9月已经开始有学校开设了天文课。”

在朱进看来，与国外相比，中国天文科普的特色就在于天文科普与教育的结合，这方面国外开展较少。“但我国在专业天文学家参与科普这方面，特别是前些年，差距还比较大，因为国内一直是把专业研究与科普分开的。这些年情况有了很大的好转，包括天文科普在内的科普工作越来越受到重视。以前我们有一批老天文学家科普做得非常好，现在有很多年轻一代的天文学家，包括很多在国外有研究工作经历的科研人员，都很重视天文科普。”

在苟利军看来，目前国内天文科普存在的问题还在于很多科学家没有受过专门的写作训练，擅长写研究论文，却不太清楚如何写作兼具科学性和可读性的科普文章。“所以，科学家与记者或作家合作共同写作科普文章，或许是当前一种比较好的方式。”

在如今的网络时代，天文科普也有了更多样的形式。在中国科学院国家天文台的很多次讲座中，苟利军都尝试用直播的方式传播出去。“我们能邀请到很多世界顶尖的学者，就希望最前沿的东西让更多感兴趣的人看到，而且这些直播等网络平台操作起来也很便捷。”苟利军说，当然网络信息也非常繁杂，给天文科普也带来一些挑战，所以还是推荐大家选择较有公信力的平台，比如“中国国家天文”“天文爱好者”“漫步宇宙”“easynight”“科普中国”“科学大院”“果壳”等微信公众号。“图书方面，《带我去太空——一部幻想与现实交织的宇宙飞船史》《星际穿越》《宇宙信息图》《暗物质与恐龙——宇宙万物的互联》等都不错，还有《天文爱好者》《环球科学》《中国国家天文》等杂志，感兴趣的人都可以关注。”

在朱进看来，网络时代的来临对天文馆来说，既是巨大的机遇，也是挑战。“现在很多天文领域的新发现，我们都可以很快、很方便地知道。在网络天文科普方面，北京天文馆还有很大的尝试空间，也希望更多专业、热心的科普人来共同参与。”

馆长推荐

公众科学讲座：每月第三个星期六下午3点，北京天文馆都会开办一次公众讲座。其他时间有时也会安排，平均每月两次。讲座嘉宾有专业的研究人员，也有资深的天文爱好者，涉及领域较广，推荐大家关注。

《奇妙的星空》节目：北京天文馆剧场上演的节目大部分是原创的，也有少量引进的。看家节目当属《奇妙的星空》，这是在球幕的环境里模拟我们在夜晚野外中真实的感受，介绍四季的星空等内容。对于想要入门的天文爱好者来说，观看《奇妙的星空》节目是不错的选择。

《天文爱好者》杂志：天文学最有意思的是最新的天文发现，而这些写进图书时可能已经过时了。《天文爱好者》杂志会把近期全世界天文领域的新发现、近期将会出现的一些重大天象等告诉大家。了解最新的发现，加上自己的亲身观测，是接近天文更好的方法。

“科普翻译界”的一股清流*

胡珉琦

从2016年春天到2017年年初，中国科学院古脊椎动物与古人类研究所的一个学生翻译小组，先后出版了两本科普读物《演化》和《化石——洪荒时代的印记》（以下简称《化石》）。这是番号为“大头大脑”的小团队在两年里，除了科研之外，干得最热火朝天的一件事。这是他们作为“菜鸟”级翻译选手接受的最初挑战，即为了向经典科普作品致敬，也为让更多读者了解古生物学这门古老的学科。

从《演化》到《化石》

骨骼，对于古生物学者，或许意味着一切！十年前，由法国生物学家让-巴普蒂斯特·德·帕纳菲厄和自由摄影师帕特里克·格里斯合作出版的一本通过现生动物骨骼讲述生物演化历史的科普读物《演化》，在法国一经出版，就收获了无数的赞誉。

来自于7家不同博物馆（主要是法国国家自然历史博物馆）的两百多个标本，在半年内被修复、组装或重装、拆除金属支架。帕特里克把它们置于黑色背景前，让骷髅呈现出雕塑的感觉。最终，那一幅幅充满了极简主义风格的黑白照片，让从事古生物学研究的专业人士都惊叹于它所传达出的动物骨骼最迷人和优雅的一面，也迫使读者重新去思考艺术与科学之间的界限。

2015 年，一次偶然的机会，该书到了中国古动物馆社教部主管邢路达的

* 本文发表于《中国科学报》2017年3月17日第6版（“读书”），作者胡珉琦为《中国科学报》记者。

手上。巧合的是，邢路达的本科第一专业正是法语。除了摄影作品本身带来的震撼外，该书的文字风格也让他找到了一点儿熟悉的感觉。而这种感觉，对国内读者而言，可能是陌生的。

“长久以来，法国都给我们一种浪漫而充满激情的印象。但是，法国也是历史上理性思潮的重要策源地。从这本书的写作中，我们看到它的文字非常简洁、直白，但又不失严谨，强调逻辑。读者无须纠结于各种词汇，而是直达作者的想法。它不讨好读者，却能给读者一种舒适感。”邢路达说，最终应允翻译这本书，也是因为它和目前国内的许多科普作品的写作风格非常不同。

由于出版时间紧迫，译者由一人变成了三人，新加入的胡晗和王维都是中国科学院古脊椎动物与古人类研究所的在读博士，彼此本就是无话不说的老友。

他们近乎疯狂地，用了两个月时间，完成了这部20多万字作品的翻译工作。2016年春天，该书正式出版，立刻成为艺术、科普领域的一股清流。

有了自己的第一个“作品”，也培养了默契，三人翻译小组就算正式成立了。他们翻译的第二本书是由著名古生物学家理查德·福提撰写的古生物学入门综合指南——《化石》，首版于1984年问世，第五版中译本在2017年年初上市。

“翻译科普作品，必须保证内容的绝对准确、严谨。那么，译者就仅仅作为一个转述者，思维、表达都要求尽可能与作者保持一致。只有这样，才能达到让读者与作者直接交流的效果。”相对于科研中的原创工作，这不是件让人爽快的事。

热爱文学的胡晗会拿村上村树激励自己。“为什么职业作家仍要坚持翻译这项工作？相比于原创，它没那么‘烧脑’，同时又会锻炼你的文字、你的逻辑，快速学习优秀作品的写作。”

像做科研那样做翻译

作为科普翻译界的“菜鸟”，三人小组的一个突出特点就是，强迫症外加完美主义的持续性发作，这也给他们自己带来了很多麻烦。

其实《化石》早在2014年就到了邢路达手上，但到最终完稿花费了近两年时间。该书不仅内容专业，而且涉猎面极为广泛，几乎涵盖了化石和古生物学研究相关的所有学科领域。要完成一本近似教科书级别的科普图书的翻译工作，对于还处于学习阶段的小组成员来说绝非易事。

所以，邢路达做的第一件事就是放下《化石》，改去阅读所有古生物地史类教科书。

“同一个单词，出现在矿物学和地球沉积学中，可能有着不同的含义。如果不阅读各自领域的教材，你绝不可能知道它们的区别。同时，学习前人是如何翻译的，这也是很有必要的准备工作”。

让翻译小组几近崩溃的是，《化石》中出现了100多个古生物学领域的拉丁名。要知道，这些名称动辄出现在几百年前的文献中，此前没有中译名。为了找到词源，并尽可能准确地翻译，他们参考了大量古生物学词典及相关的研究文献。遗憾的是，唯独留下了一个疑源类，陆续查找了一个月，还是没能找到对应的译名，最后只得音译。

事实上，他们并不确定读者是否真的在意这些古生物名词到底叫什么，甚至不知道什么样的人可能打开这本书。

“一本真正出色的科普作品就像一座好的博物馆，能吸引不同年龄、层次的人群去参观、学习，他们能有不同的收获。”

王维是团队里的“小达尔文”，自小热爱博物学，他的科学启蒙很多来自科普图书。“孩子们第一次看到的词汇，会是他们印象最深刻的，所以，每一个名字都很重要。”这种朴素的想法影响他至今。如果是专业人士，内容更应该经得起他们的检验。

因此，三人小组自觉地拿出做科研时的严苛态度。

体现在《演化》中，读者可能会注意到，在原文以外，译者做了大量译注。只要文中涉及科学性内容，他们就会查阅所有相关的研究历史及最新的研究进展，从而对部分概念、数据等进行更新与说明。初出茅庐的他们，甚至还因为一个小小的细节跟原出版社纠错“死磕”。此外，考虑到前人翻译的习惯和中国读者的阅读习惯，他们还对一些名词进行了使用说明，以便大家能在同一套用词体系中交流。

种种做法给翻译本身带来了大量额外的工作量。可对他们而言，这不是一份朝九晚五的工作，而是一份“作品”。更何况，自认为“变态”的工作方式，也让他们的知识量在短时期内得到了扩充，这绝对是意外的收获。

当然，在这个过程中，他们也得到了前辈的倾心帮助。比如《化石》的审校，中国科学院古脊椎动物与古人类研究所研究员王原提供了多半的译者注及许多中肯的修改意见。

“大头大脑”的由来

一本图书三位译者，翻译小组被问到最多的问题就是，如何保持文风的一致性。不过，这对知识背景、阅读背景一致，甚至审美和价值观都很接近的朋友来说，并不困难。技术上的处理，无非就是及时传阅和调整，剩下的靠默契。

事实上，团队工作的模式不仅没有影响翻译的完成度，还让翻译过程本身乐趣不断。

胡晗印象最深的就是和编辑敲定《演化》章节标题的那一天。四个“话痨”在一起“头脑风暴”，那些天马行空的想法满是笑点。

比如“五纲的崩塌”前身是“五纲的崩溃”，“爱而后已”脱胎于“死了都要爱”，“硕大的头颅”最初想法是“大头大脑”。最后，“大头大脑”还被确定为 4 人小组的番号。

工作完成之后，“大头大脑”小组专门组织了一次海洋馆之行，仅仅是因为《演化》的翻译涉及了很多海洋生物。从书本到现实，他们的心境好像回到了童年时第一次见到这些生物的兴奋和惊喜。

不仅如此，在翻译第二本书《化石》的书名时，也多亏了“大头大脑”小组的献计献策，才有了让他们彼此满意的结果。

邢路达介绍说，*Fossils:The key to the past* 改写自著名地质学家莱伊尔《地质学原理》中的名句——“The present is the key to the past”，它论述了地质学研究将今论古的基本思想，一般直译为“现在是打开过去的钥匙”。那么，书名准确的翻译应该是《化石——打开过去的钥匙》。但过于平白的表述，并不符合翻译小组的预期。

直到有成员提到了著名翻译家郑克鲁先生在2000年译过的一本书《化石——洪荒世界的印记》。郑先生是法国文学史的重要研究者，邢路达并不陌生。“既然难以保持原标题对莱伊尔的致敬，我们在翻译上对郑克鲁先生致敬也未尝不可。”

他解释，“the key to the past”一语双关，既是指我们打开过去奥秘大门的钥匙，也是了解远古生命演化的关键。将其翻译为“洪荒时代的印记”，反映了第二层含义。“洪荒”指的是史前时代，正是化石所解读的那一段历史。

脑科学家们的“烧脑”之作*

胡珉琦

宇宙之中，大脑，大概可以被认为是人类已知的最复杂、最精细的体系。解开认知、思维、意识和语言之谜，是人类认识自然与自身的终极目标。21世纪是脑科学的世纪，理解大脑的结构与功能成为当前最具挑战性的科学问题。为此，美国、欧盟和日本先后启动了大型脑研究计划，而中国也并不打算落后，即将启动自己的“脑计划”。

为了让公众更加关心和理解脑科学研究，中国科学院神经科学研究所（以下简称“神经所”）的一群脑神经科学家合力撰写了一本科普图书《大脑的奥秘》，帮助读者去探寻脑科学领域的热点问题。

从科研到科普

近30篇文章，20多位科研人员和学生共同撰写，《大脑的奥秘》是神经所出版的第一本书籍，也是专门写给大众的普及性读物。他们知道，公众对于理解自然现象有着极大的需求。

神经所研究员王佐仁认为，除了大脑本身充满神秘之外，人们对健康的需求越来越多，对脑疾病的关注自然也越来越多，例如，帕金森氏症、阿尔茨海默病、抑郁症、自闭症等。认识这些神经疾病的原理，可以帮助他们了解康复和预防发生的办法。

该书执行副主编曹发华告诉《中国科学报》记者，近年来，神经所的研究人

* 本文发表于《中国科学报》2017年9月22日第6版（“读书”），作者胡珉琦为《中国科学报》记者。

员已经在脑功能、脑疾病和脑技术方面积累了许多重要的学术研究成果，但对普通公众来说，很难有机会系统地了解科学家们的这些发现。

于是，2015 年 10 月，神经所启动了该书的策划。曹发华从全所 30 多个研究组召集“写手”，从研究生、博士、博士后到副研究员、研究员，均有参与。他们先各自确定文章选题，编委会再根据这些主题制定全书的框架结构。

曹发华表示，由于科学家只能在研究之余进行写作，组稿工作花费了近 1 年半的时间。其间，她还邀请了几位有写作经验的“老手”跟科普“小白”分享他们的心得。而为了保证稿件的准确性，负责相关研究的科学家和编委会成员还对每一篇文章都进行了严格的审核。

如何讲述大脑的奥秘

《大脑的奥秘》共分为四个部分，分别是“脑发育与脑结构”“脑功能”“脑疾病”“脑技术”。

为了激发读者的兴趣，作者们挑选的主题首先尽可能与老百姓的日常生活产生关联。比如，怎样的环境才能让大脑变得更聪明；脑袋是否越大越聪明；四肢发达，一定头脑简单吗；控制大脑，你能做到吗；脑疾病都有哪些治疗方式；脑机接口、脑起搏器究竟是怎么设计的……

此外，他们还用文字“再现”了一些科学家研究过程中设计的意想不到的实验。

“悟空显身手，对镜贴花黄”就展示了科学家是如何利用照镜子这一日常生活中常见的行为，来研究自我意识的。在此基础上，研究人员还进一步延伸出“标记测试”“橡皮手效应”“灵魂出窍”等实验来考验被试。

再比如，为了用进化上与人类尽可能相近的生物来构建自闭症动物模型，科学家第一次尝试改造了一只猴子，让它患上自闭症，并进行行为学分析，最终找到了一个新的潜在自闭症致病机制。

神经所所长蒲慕明曾经说过，科学发现的历史常常被忽视，甚至被扭曲。可实际上，知道科学发现是怎样产生的比知道这个发现更重要。

值得一提的是，在《大脑的奥秘》中，作者们也非常重视将历史上重要的也是最基础的脑研究发现的来龙去脉仔细道来。有揭秘“记忆求索之旅”的，有讲述神经医疗历史谜案的，还有人工神经网络开发中的天才故事，等等。

通过该书，科研人员并非给出读者们确切的答案，他们阐述了自己尚且有限的认识，同时也告诉了读者他们所不能理解的。也许，知道什么是未知的比知道已知的更重要。

“小试牛刀”

事实上，如今各种媒体平台已经有了很多有关脑科学的信息，为什么仍然需要《大脑的奥秘》？

蒲慕明表示，最主要的目的就是保证文章有较高的可信度。并且，在追求行文流畅、浅显易读的同时，尽最大可能避免误导读者。

不过，集合这么多位一线科学家写作科普文章，本身就不是一件容易的事情。他说，科普文章的关键，是如何把一个科学发现或概念简化而又不失真，做到信、达、雅兼顾。而科学家在实验室里工作，最重要的准则就是严谨诚信，如果为了“达”“雅”而不能兼顾“信”时，就会碰到如何把握分寸的问题。

对他们而言，写科普文章确实比写学术论文困难，其过程挺“烧脑”的。蒲慕明认为，这也是一件具挑战性且有意义的事情。“能把与自己科研相关的问题，写成让自己的孩子或父母也能看懂，且有所收获和体会的文章，也是一大乐事。”

神经所研究员仇子龙在接受《中国科学报》记者采访时也表示，尽可能通俗还要生动地解释那些专业的科学研究，这样的写作对于大多数研究人员来说都是不擅长的。

“这是我们的第一次尝试，在通俗度上还没有完全达到大众认可的程度。”他坦言，《大脑的奥秘》也许更适合有一定知识背景的学生或对脑科学感兴趣的读者。但这不妨碍脑神经科学家们继续写下去，因为，对大脑的探索远没有穷尽，他们想要说并且值得说给大众听的故事太多了。

“自然观察”：让科学数据有力量*

胡珉琦

中国的濒危物种都生活在哪里？过得怎么样？还有多少活着？一直以来，由于缺乏公开、完整的数据图景，这个疑问始终困扰着国内保护生物学工作者。

近年来，随着越来越多的民间机构参与到“自然观察”的行动中，用科学的方法监测、搜集数据渐成趋势，保护生物学工作者试图联合他们的力量，去回答那个疑问。

2016 年，山水自然保护中心、北京大学自然保护与社会发展研究中心、中国猫科动物保护联盟（以下简称“猫盟”）、上海辰山植物园、“荒野新疆”和中国观鸟组织联合行动平台（朱雀会），共同发起了“自然观察”项目。2017 年 5 月，他们将现阶段找到的答案编写成了《中国自然观察 2016》，正式向社会发布，一并公开的还有那些拥有知识产权的原始数据。

多数濒危物种活得不好

根据山水自然保护中心“自然观察”项目顾问顾垒的介绍，《中国自然观察 2016》评估的对象是 1085 个濒危物种的保护状况，包括了《国家重点保护野生动物名录》《国家重点保护野生植物名录》中的全部物种，以及《世界自然保护联盟濒危物种红色名录》中所有受威胁的中国物种，评估的时间段是 2000～2015 年。整个评估过程是由大量志愿者阅读已发表的 14 788 篇文献，从中提取出所需的有用信息。

遗憾的是，根据团队设计的四个评价标准——种群数量变化、栖息地变化、保护地覆盖、有效信息，在这 16 年里，1085 个濒危物种的保护状况变好的只有

* 本文发表于《中国科学报》2017 年 5 月 26 日第 4 版（“自然”），作者胡珉琦为《中国科学报》记者。

102 个，而变差的有 738 个，剩下的 245 个甚至没有足够的打分信息。

除了一些“明星”物种、旗舰物种，野马、白鲟和白鳍豚被认为已经野外灭绝，四川苏铁等物种的野生个体数量小于 100，但并没有什么有效的保护行动。还有黄胸鹀，从无危被吃到了濒危……

顾垒表示，濒危物种所受到的最主要威胁是生存环境的改变和丧失，尤其是作为生物多样性水平最高的陆地生态系统的森林。因此，森林的变化也是观察的对象。

他们采用了德国的一套名为“全球森林观察”的遥感数据，通过卫星照片可以获取 2000～2014 年全球各地树木分布的信息，从而追溯森林的变化情况。

“总的来说，这些年里全国森林面积下降了 3～4 个百分点，森林变化最剧烈的省份都位于中国南方。”顾垒介绍说。2000 年前后，中国的天然林保护工程和退耕还林工程相继启动，从分析结果来看，这些国家级工程并没有让中国的森林总量增加，但是也许减缓了森林减少的速度。

而《中国自然观察 2016》指出，更迫切需要社会关注的是，现有的濒危物种保护体系存在很多漏洞。

首先，自然保护区作为中国最主要的公立保护地，对濒危物种的分布区覆盖却严重不足。截至 2015 年，1085 个物种中只有 66 个物种栖息地被保护区覆盖超过 5%。

濒危物种的自然分布并不均匀，在有些地方格外集中，这样的地方叫作“热点”。《中国自然观察 2016》的一个重要内容是发现了一些新的“热点”。而在全国水平上，这些“热点”被保护区覆盖的比例只有 3.15%，尤其是环渤海黄海地区，只有 1%左右。

此外，对于大多数的濒危物种，基础信息都是匮乏的。在 1085 个物种里，只有 454 个物种有足够用于计算机模拟的栖息地分布信息。

更重要的是，《中国自然观察 2016》发现，科研对保护实践的贡献其实相当有限。因为在 1085 个物种里，只有 556 个物种是被研究过的，另外 529 个物种完全没有相关的研究论文。被研究过的文献也主要集中于明星物种或有经济价值的物种，且大多数研究是在养殖场和实验室进行的，真正来自野外的只占少数。

民间力量是重要补充

不过，顾垒指出，与之形成对比的是，民间机构收集的基础数据成为非常重要的补充。

《中国自然观察 2016》用于物种评估和“热点”分析的数据里，小部分是山水自然保护中心和北京大学自然保护与社会发展研究中心的积累，大部分则是在合作伙伴的帮助下收集到、由民间自然爱好者记录的分布点信息。

以栖息地模拟效果最好的濒危鸟类为例，用于模拟的 13 000 个分布点中，只有 300 个来自科研文献，其余全部来自民间收集。

朱雀会在 2016 年以“濒危鸟种通缉令”形式，展开全国范围的重点关注鸟种的记录收集。共开展了 15 次濒危鸟种调查，共有 541 人在 2124 个观测点发布记录，覆盖了所有省市，记录了 1197 种鸟，还发现了极危鸟类青头潜鸭新的繁殖地。

猫盟的工作弥补了中国野生猫科动物，尤其是豹的分布信息空缺；“荒野新疆”关注着乌鲁木齐周边和天山地区的雪豹种群，还获得了近些年来国内首个亚洲野猫活体的记录。

除此之外，民间建立和管理的保护地也起到了重要的作用，包括自然保护小区、公益保护地、私人保护地和其他类型的社区保护地，等等。比如，江西婺源县建立的第一个自然保护小区，由于顺应了当地群众保护周边自然环境的要求，很快在婺源县乃至全国得到推广。现在，全国已经有超过 5 万个自然保护小区。

在民间机构的协助下，通过社区和政府机构之间签订保护协议形式而确定的社区保护地，进行可持续发展的、环境友好型的生产模式实践，也对本地环境的保护起到了显著的成效。

保护的世界因参与而不同

就在《中国自然观察 2016》报告发布的时候，“自然观察”平台已经将自己拥有知识产权的原始数据一并公开；来自合作伙伴的数据，也在获得授权的前提下，以适当的方式公开。公众可以在遵循相应使用原则的基础上，看到它们。

北京大学保护生物学教授、山水自然保护中心主任、北京大学自然保护与社会发展研究中心执行主任吕植说，关于搜集数据、共享、分析，进而回答保护的问题，这个想法由来已久。“在保护生物学中，我们通常很难回答一个问题：某个物种的生存状态究竟怎样？保护是否有成效？因为我们手里没有完整的数据图景。而这项工作光靠官方科研机构、科学家个人去完成，是非常遥远的事。”

而近年来，全球各地蓬勃兴起了公民科学家队伍，其中一些人利用业余爱好，掌握了严格的科学方法，投入精力和时间，搜集并分享数据，用于研究和政策制定。在吕植看来，至少在这一方面他们的工作并不逊于科学家。

在国内，吕植更习惯于称他们为自然观察家。正是有了这样的基础，《中国自然观察》系列报告的发布才得以实现。

“不过，作为一个科研工作者，决定公开这些原始数据的确是经过一些挣扎的。”吕植在回应中说，如何让这些科学数据更有力量才是最重要的。“我们只有拿出来让更多人看到，进而思考保护的策略，才能让数据真正转化为保护的成效。”

“事实上，一个物种分布点的信息，也许远不足以使科学家发表一篇论文，但是仅仅让更多人知道它们在那里，就有可能给一个物种争取生存的时间和空间！”吕植表示。

2017 年 3 月，“野性中国”在红河上游的河谷——绿孔雀的最后一片完整的栖息地里找到了它们的身影。因为那里处于戛洒江一级水电站的淹没区，民间机构和大量公众都参与到了呼吁拯救最后的绿孔雀的行动中。

绿孔雀的结局至今仍然难料，但至少它们一定不会像更多濒危物种那样，在公众毫无知觉的情况下就消失殆尽。

中国科学院生态环境研究中心研究员曹垒一直从事的是鸟类的宏观生物学研究，她告诉《中国科学报》记者，物种保护从来就不是靠科学家的一己之力可以实现的，它必定是科学家和民间力量深度结合的产物。未来的趋势是，全民参与数据搜集，科学家提供方法和指导，分析数据，共同探讨制定保护的策略，回馈社会。

“保护的世界会因你们的参与而不同，这也是我们希望更多人了解‘自然观察’这项行动最重要的意义。”曹垒说道。

同时，《中国自然观察 2016》发布机构也呼吁其他持有类似信息的政府部门、研究机构和民间组织也向社会公开，让这些信息在自然保护实践中发挥真正的价值。

第四篇

艰难科研路

百年寻“它”：新种长臂猿发现纪实*

胡珉琦

故事的开始是在 1916 年 3 月，美国自然历史博物馆派出了一支探险队，从香港经福建进入云南，一路往西，采集动植物标本。1917 年 4 月 8 日，罗伊・查普曼・安德鲁斯（Roy Chapman Andrews）和他的夫人伊维特・博勒普・安德鲁斯（Yvette Borup Andrews）在高黎贡山红毛树（地名）采集到一只成年雄性长臂猿标本。这只长臂猿最特别的地方，就是那两条白白的眉毛，他们将其鉴定为白眉长臂猿。

一个世纪后的今天，这只长臂猿有了新的身份，它被确定为一个完全独立的新种——高黎贡白眉长臂猿，也叫天行长臂猿。

但是，让科学家担忧的是，人类才刚刚认识它们，就有可能很快失去它们。因为，目前它们在高黎贡山的种群数量只有 100 多只，片段化分布又非常严重，完全处于濒危状态。

50 万年前，它已成了它

在生物学界，普遍认为对人类的表亲——灵长类动物的认知已经达到了一个比较成熟的水平，任何一个全新的发现，无疑都是激动人心的。这也意味着，发现过程本身非常艰难。

1967 年，澳大利亚分类学家科林・格罗夫斯第一次提出，白眉长臂猿拥有两个不同的亚种。他把伊洛瓦底江的最大支流亲敦江作为这两个亚种的地理区隔，以东的是东白眉长臂猿，以西的是西白眉长臂猿。

从外观特征看，东白眉长臂猿的成年雄性具有两条明显分开的白色眉毛，下

* 本文发表于《中国科学报》2017 年 2 月 24 日第 1 版，作者胡珉琦为《中国科学报》记者。

颚上经常有白毛，阴毛为白色，成年雌性四肢颜色比身体其他部位颜色偏淡；而西白眉长臂猿的成年雄性白色眉毛不能截然分开，中间有白色毛发相连，下颚上白毛较少，阴毛为黑色或灰色，成年雌性四肢颜色与体色相近。2006 年，世界自然保护联盟灵长类专家组会议认定它们之间的差异已经达到了两个独立物种之间的水平。

不过，在此之前，科学家所能依照的分类学证据只是白眉长臂猿的标本，而且数量非常有限。直到现任中山大学生命科学学院教授范朋飞在野外第一次遇见它们。

过去十几年，范朋飞从中国科学院昆明动物研究所，到大理学院，再去中山大学，却始终没有离开过长臂猿。他是国内对分布在中国的所有 3 属 6 种长臂猿全部进行过野外调查的第一人。

分类学并不是范朋飞的主要研究方向。那时候的他无法想象，自己可能遇上一种全新的长臂猿物种。对他来说，发现高黎贡白眉长臂猿完全是个意外之喜。

从推测到证实

范朋飞第一次见到东白眉长臂猿是在 2007 年，此后，他一直在高黎贡山持续观察和研究白眉长臂猿的行为、生活史。他隐约发现高黎贡山的白眉长臂猿不同于典型的东白眉长臂猿已经是 2010 年以后的事了。

经过不断的积累，团队在高黎贡山地区总共拍摄到了十几只来自不同种群的东白眉长臂猿的野生个体照片。他们这才确认，该地区的长臂猿外形特征与典型的东白眉长臂猿不一样。

范朋飞说，虽然都有着标志性的白色眉毛，但高黎贡白眉长臂猿的眉毛并没有东白眉长臂猿那么厚重。雄性高黎贡白眉长臂猿的下巴上没有和眉色配套的白胡子，而雌性高黎贡白眉长臂猿的白眼圈也不像东白眉长臂猿的那么浓密。

这些普通人眼里无疑会被错过的细节，对科学家来说却是重磅证据。范朋飞推测，它们可能是一个新种，只是仅有这些形态学的证据还不足以支持这个想法。

于是，一方面，他开始着手联络中国科学院昆明动物研究所的导师蒋学龙和师弟何锴，由他们从分子遗传学角度搜集证据；另一方面，研究团队在全世界范围内搜寻现有的白眉长臂猿标本，做更为详细的对比。

来自国际同行的帮助，为团队的研究提供了尽可能多的标本证据，科林·格罗夫斯甚至提供了50年前最初描述东白眉长臂猿的所有原始记录。

最终，来自分子遗传学的分析结果让这个推测彻底变成了可靠的结论。让科学家感到意外的是，尽管两者之间的外形差异不那么显著，但这个物种与典型的东白眉长臂猿在大约49万年以前就已经分化了。

“要知道，它已经远远超过了某些亚洲灵长类类群的分化时间！”范朋飞兴奋地解释，在亚洲的灵长类中，这个时间尺度也是比较长的了。比如，白头叶猴和黑叶猴的分化时间是在三十多万年前，怒江金丝猴和滇金丝猴的分化时间不过二十几万年。

研究人员表示，这两种白眉长臂猿的分布很可能是以伊洛瓦底江的源头之一恩梅开江为界的，高黎贡白眉长臂猿主要分布在恩梅开江以东的高黎贡山，这也是它模式标本的产地。

磨人的“习惯化”过程

关于科学家为什么没能第一时间就发现高黎贡白眉长臂猿的不同，他们的确很认真地解释过。

范朋飞说，野生动物根本不可能乖乖地让你整天对着它们观察、拍照，这不难理解。即便是表亲，聪明又敏感的灵长类也不会给人类任何“优惠”，一紧张，它们就会迅速逃跑。因此，所有的观察都基于该动物能够熟悉科研人员的存在，相信他们不会威胁到自己。这个过程也被称为习惯化。

可要想习惯化灵长类是一件非常磨人的事，长臂猿更难。蒋学龙坦言，这项研究周期很长，可能很久都没什么成果。

“因为长臂猿种群里的个体数量非常少，而且它们整天挂在高高的树冠上。”他说，很多针对灵长类的习惯化过程会采取投食或半投食的方法。比如猴群，它们不仅家族庞大，且可以适应地面生活，食物吸引可以加速它们对科研人员的熟悉。但长臂猿无法地面活动，根本没有投食的可能性，况且，投食可能对灵长类的行为产生影响。所以，直接跟踪是唯一的办法。

说起来，范朋飞对于灵长类的习惯化还是很有经验的。2003 年，他就跟随导师蒋学龙第一次接触到长臂猿。

蒋学龙从 20 世纪 90 年代初就开始和国际灵长类科学家一起在无量山研究黑冠长臂猿。一直以来，长臂猿被公认为有着特殊的“一夫一妻”制的社会结构，但在 90 年代末，蒋学龙研究确认了黑冠长臂猿是“一夫一妻”和“一夫二妻”这两种社会结构共存的物种。这项研究至今都还没有终止。他告诉《中国科学报》记者，黑冠长臂猿的社会结构比我们过去认为的还要复杂，且原因尚不清晰。

此后三年里，范朋飞和导师在无量山成功习惯化了世界上第一群西黑冠长臂猿。可即便如此，团队刚接触高黎贡白眉长臂猿的前三年，收获并不大。直到 2010 年，他们才在高黎贡山东坡习惯化了第一个种群。

“其实也没什么成功的秘诀，无非就是和它们共同生活，又不干扰它们。”事实当然没有范朋飞说的那么轻松。他们每天比森林里的这些家伙起得早、睡得晚，只要它们开始活动，科研人员就坐在树下静静地观察，它们到哪儿，科研人员就跟着去哪儿。日复一日，坚持不懈。

为了搜集尽可能充分的信息，团队还要寻找不同的种群。这一点，当地老百姓也不得不佩服他们，因为野生长臂猿个体实在太少见了！

科学家主要依靠的方法是跟踪长臂猿的鸣叫声。范朋飞解释，长臂猿简直就是哺乳动物里的“歌唱家”，尤其喜欢清晨鸣叫，叫声响亮，这也是它们的一种特有行为。“雄性这么做，有的是为了宣示自己的领地，有的是告诉雌性自己仍然单身，还有的是为了和伴侣一唱一和，以显示夫妻关系的稳固。”时间久了，科学家可以判断长臂猿各种叫声代表的含义。除此之外，他们也会通过定位长臂猿喜欢吃的食物、过夜的地点寻找它们。

让范朋飞有些遗憾的是，有一个从 2012 年 3 月一直跟踪到现在的种群，整整 5 年了，依然没能被彻底习惯化。“这可能是因为这个群体曾经遭遇过人类的伤害，让它们印象深刻，所以它们对人极其不信任。后续成功的可能也比较渺茫了。”

其实已处“极危”

就在1月11日《美国灵长类学报》(*American Journal of Primatology*)正式在线刊登了这项重要的科研成果之后一周，几位来自世界各地的著名灵长类科学家在《科学》子刊《科学进展》(*Science Advances*)发表了一篇长文《迫在眉睫：世界灵长类的灭绝危机》，农业扩张、森林采伐、交通设施建设、盗猎这些因素让60%的灵长类动物直接面临灭绝风险，75%的灵长类种群数量不断下降。高黎贡白眉长臂猿当然也不能幸免。

实际上，此前全世界4属16种长臂猿已经全部列为《世界自然保护联盟濒危物种红色名录》。由于高黎贡白眉长臂猿成为独立的新种，生存状况就需要重新评估。

目前，高黎贡白眉长臂猿的种群数量只有100多只，生存状况非常不乐观。

这么说，是因为范朋飞发现，这种长臂猿的栖息地海拔跨度很大，甚至包括海拔2700米的森林。作为一种热带地区的物种，高海拔的冬天对它们来说是很严酷的考验。

高黎贡白眉长臂猿依赖果实为生，可在海拔越高的地方，食物的季节性越强。高黎贡山的冬季甚至会下起雪米，没有果实，它们只能改吃树叶。

这也直接导致了这个物种的繁殖周期要比其他生活在热带地区的长臂猿更长。范朋飞指出，一般而言，雌性长臂猿两到三年就会繁殖一胎。但根据在高黎贡山的观察，这里的长臂猿四到五年才繁殖一胎，有的甚至更久。

再加上，长臂猿通常都是“一夫一妻”制的社会结构，种群数量增长本身就比较缓慢。综合这些因素，他认为这个物种特别容易受到环境的威胁。

目前，科学家并不能确定高黎贡白眉长臂猿这些特殊的生活习性究竟是什么原因导致的，除了主动适应的可能，范朋飞怀疑，这也许是被迫迁移的结果。由于人类活动的不断干扰，高黎贡白眉长臂猿只得放弃自己所熟悉和习惯的栖息地，退而求其次。

这也是他目前最主要的研究方向，生态环境因素如何影响动物的行为、社会结构等。而这些研究的目的，最终是为了转化为保护——知道它们最喜欢生活的地方，才能了解需要保护的栖息地范围；知道它们最喜欢的食物类型，才能有针对性地保护森林里关键的食物资源；知道那些隔离的小种群之间是如何进行基因交流的，才能发现怎样建设和保护那些关键的廊道……

最让范朋飞感到担忧的是，高黎贡白眉长臂猿的一个主要种群分布在中缅边境一带，是在国家级自然保护区以外，不加控制的人类干扰将严重影响到它们的生存。

"希望借助这次新物种发现的契机，让更多人关注这个物种，我们也建议将高黎贡白眉长臂猿的受威胁等级至少从'易危'提升到'濒危'。事实上，仅从中国境内的数量来看，高黎贡白眉长臂猿已经处于'极危'状态。"

范朋飞告诉《中国科学报》记者，高黎贡山地区的长臂猿研究只是开始，除了持续观察、监测习惯化的种群，研究团队正在计划对中国境内分布的所有高黎贡白眉长臂猿重新进行一次普查。此外，2015 年，他还和几个朋友一起创立了大理白族自治州生物多样性保护与研究中心（云山保护），开展各种科普传播工作。他们期待更多人能够理解，保护长臂猿这样的濒危旗舰物种，最终是为了保住与人们生活息息相关的西南原始森林生态系统。

当被问到是什么让他对野外研究如此痴迷时，范朋飞回答，是珍妮·古道尔的《黑猩猩在召唤》启迪了他。那些树冠上愉快的"歌唱家"仿佛就在向他召唤，让他永远心存希望！

只为留住江中那一抹“微笑”*

袁一雪

3月，春意盎然，在我国第一大淡水湖鄱阳湖都昌水域，长江江豚2017年迁地保护项目正式启动，8头江豚被迁移至湖北的“新家”。这是长江江豚拯救行动计划发布后我国首次实施大规模保护江豚行动。

3月29日，中国科学院水生生物研究所（以下简称“中科院水生所”）副研究员郝玉江博士结束了近半个月的江豚迁地活动，拖着疲惫的身体，带着活动成功的兴奋回到工作单位。在接受记者采访时，不时的咳嗽声和略显沙哑的声音，都是这次活动辛苦的证明。

郝玉江告诉《中国科学报》记者，这次活动始于3月8日。得到通知后，郝玉江与同事们经过几天的准备，于 12 日来到江西省鄱阳湖的都昌水域。经过 5天的挑选，他们在这里选择了包括6头雄性和2头不在孕期和哺乳期的雌性在内的8头成年江豚，分别运至位于湖北省的何王庙（湖南华容集成垸）故道长江江豚自然保护区和石首天鹅洲保护区。而这两次往返总共 2000 余千米的运输又花费了5天的时间。

这次的迁居活动属于由湖北省农业厅牵头进行的长江江豚拯救行动计划的一部分。“这个行动计划主要包括江豚的就地保护、迁地保护和人工饲养繁殖等几个主要方面。”郝玉江介绍道。8头江豚的成功迁居为这项计划的开启迈出了坚实的一步。

---

* 本文发表于《中国科学报》2017年4月7日第1版，作者袁一雪为《中国科学报》记者。

被蚕食的栖息地

“迁地保护的主要目的是通过将部分长江下游的江豚个体引入长江中游，以增加长江中游保护区江豚的遗传多样性。”郝玉江告诉记者。尽管更换了生活环境，但研究人员并不担心，认为鄱阳湖的江豚会很快适应这里的新环境。他们还在其中一头江豚身上安装了卫星跟踪设备，希望可以实时监控江豚在新环境中的生活情况。

江豚与大熊猫一样憨态可掬，其吻部短圆，看起来就像一直在微笑。但这种生活在长江流域的水生哺乳动物却不像大熊猫那样广受欢迎，至少以前在当地渔民眼中颇受歧视，被称为“江猪”，渔民认为遇之不祥。多种原因也导致了江豚的数量远远低于被人们悉心呵护的大熊猫。

中科院水生所在 2006 年的科考中发现，长江江豚只剩下 1800 头左右。“其中长江干流中生活着 1000 多头，其他主要生活在鄱阳湖和洞庭湖。”郝玉江解释说。但在 2012 年，科考队员们发现，生活在长江干流的江豚数量已经锐减到 500 头左右。虽然在鄱阳湖中的江豚数量基本保持稳定，整个江豚种群的数量却只剩下 1000 头，而且年均下降速率高达 13.7%。因此，《世界自然保护联盟濒危物种红色名录》在 2013 年将长江江豚调整为极度濒危物种。

中科院水生所长年考察结果也显示，鄱阳湖水域约有 450 头江豚，且相对保持稳定。随着长江干流水域江豚数量的锐减，鄱阳湖种群成为目前长江江豚最大的自然种群和最重要的江豚种质资源库。因此，鄱阳湖又被称为长江江豚最后的“避难所”。

从事长江豚类保护工作 30 余年的安庆师范大学生命科学学院教授于道平亲眼见证了江豚的“没落”。他从 1985 年就被分配到自己的故乡铜陵，参加了当地环保局举行的白鳍豚迁地保护工作，从此跟长江豚类保护打起交道。“20 世纪 80 年代，至少在铜陵江段，我们见到 20 头以上的江豚集群是常见的事。但现在，已经很少能看到 10 头以上的江豚集群了。”于道平不无遗憾地对《中国科学报》记者说。

所有威胁江豚生存的因素源头都指向人类。人类的船只虽然方便了运输，但是噪声之大令水中的生物无法忍受。“如果通过声学设备监测长江水下声信号，收集到的声音是非常嘈杂的。”郝玉江告诉记者。而江豚在水下主要依靠其特有的声呐能力来探测环境，强烈的环境噪声会干扰江豚回声定位能力，可能会使它们不能正常躲避过往船只，甚至被螺旋桨打中身亡。

不仅是噪声，一些不法渔民在捕捞作业时使用的有害渔具，如迷魂阵、滚钩等，不仅使江豚的饵料生物锐减，还可能直接伤害到江豚。郝玉江就曾经听一个渔民谈及曾在一个迷魂阵中发现 5 头死亡江豚的案例。

再加上长江沿岸城市发展、工厂排放、码头建设及沿岸的农业面源污染，致使大量的化学物质进入长江。“持久性污染物，例如有机氯农药、重金属等，很难在环境中降解，会沿着食物链逐级富集，江豚位于长江食物链的顶端，体内的持久性污染物容易积累很多。尽管由于污染直接造成江豚死亡的案例不多，但毫无疑问，其各组织器官中富集的各种污染物会对它们的免疫系统和生殖系统造成显著影响。”郝玉江解释道。

在江豚经常出现的另一片水域——长江口，上海海洋大学教授、鱼类研究室主任唐文乔也在一直观察着江豚。他发现每年的 3～5 月长江口鱼汛形成时，海江豚就会集中出现，种群数量较多，但随之带来的死亡事件也频繁发生。“近 5 年我们已经收集到 90 余头江豚遗骸，主要死因是被网具缠住窒息而亡。”唐文乔告诉《中国科学报》记者。

而且，因为各类水利工程建设、挖沙和高密度航运等，江豚的合适活动空间减少，“交通事故”频发。“更为可恶的是，长江中大功率的电网捕鱼，使江豚无处安身。”唐文乔说。

别再重蹈白鳍豚的覆辙

“与人类只在地球上生活了几千年的历史相比，白鳍豚和江豚都已经在地球上存在了 2500 多万年，它们才是地球或者说长江真正的‘原住民’。”郝玉江说，“我希望更多的人意识到，长江是我们的母亲河，是人类与所有长江生物共同的家园。为了保护水生生物的家园，人类不应该一味地追求经济增长，而应该更多地考虑如何持续长久与生物共存。”

令人欣喜的是，现在已有越来越多的人加入保护江豚的队伍中，他们的愿望只有一个——不愿江豚再重蹈白鳍豚灭亡的覆辙。

白鳍豚与江豚同属于鲸目，共同生活在我国的长江流域。尽管人们不断呼吁保护白鳍豚，白鳍豚却还是在 2007 年 8 月 8 日被宣布“功能性灭绝”。虽然，“功能性灭绝”在理论上仍不排除有少数生物个体存在，但其数量过少，已低于一种生物存在和繁衍的最低限度，最终灭绝只是时间问题。

“现在，很多志愿者和环保人士依然不愿相信白鳍豚已经消失的事实，他们一直在寻找，渴望有一天在某片水域再寻觅到白鳍豚的踪影。尽管我也为他们的行动所感动，但客观讲，能够再次发现白鳍豚的可能性已经非常渺茫。”郝玉江遗憾地说，“接下来，我们更重要的工作就是不让长江江豚成为第二个白鳍豚。”

于道平曾经并不清楚什么是濒危物种保护，更不知道什么是白鳍豚。“不只是我，整个铜陵市政府部门对这个物种也是知之甚少。”于道平回忆说。当时南京师范大学副教授周开亚首开先河，向兼任铜陵市政协副主席的铜陵市环境保护局总工程师过宁扶介绍了白鳍豚保护工作的重要性后，立刻得到了过宁扶的支持。随后，铜陵市将位于铜陵大通镇上一个拥有十几个职工的国有养殖场无偿捐献出来进行白鳍豚保护，在此基础上，逐渐发展成今天的铜陵淡水豚国家级自然保护区。

遗憾的是，由于 20 世纪对白鳍豚的保护资金和技术上的短缺，白鳍豚的迁地保护工作一拖再拖，到真正下定决心去捕捞白鳍豚时，却再也寻觅不到白鳍豚的影踪。痛定思痛后，于道平义无反顾地加入江豚的保护工作中。在他的多方协调下，安庆西江长江江豚救护中心于 2014 年成立，并且成功救治了 5 头江豚。不过救护中心的职能只是让江豚得到暂时寄养和治疗。2016 年秋天，于道平通过进一步的协商，把整条西江“承包”下来，建立可容纳几十头江豚的迁地保护区。

中科院水生所在湖北石首的天鹅洲长江故道建立的长江江豚的迁地保护区是我国建立的第一个长江江豚类迁地保护区。1990 年，中科院水生所首次在那里引入 5 头江豚进行试养，被证明是开展长江江豚保护的一个理想场所，江豚不仅能够在这里健康生长，也能够进行自然繁殖。

经过 25 年的建设和发展，长江江豚迁地保护区中的江豚种群数量进入快速增长阶段。据中科院水生所 2015 年考察统计，生活在保护区内的江豚数量已经超过 60 头，每年的增长速度超过 20%，预计 2017 年保护区的江豚数量可能会超过 80 头，逐渐接近其环境容纳量。之后，该保护区分别于 2015 年和 2016 年向新建的湖北监利何王庙（湖南华容集成垸）故道迁地保护区和安徽安庆西江保护区输入 4 头和 2 头长江江豚，天鹅洲故道江豚迁地保护种群已经在逐渐成为长江江豚迁地保护的种源输出地，并成为长江江豚迁地保护区的管理示范区。

"天鹅洲故道江豚迁地保护种群建立和逐渐发展的数据给了我们信心。我们发现在保护区内，成年雌性江豚的妊娠率几乎为 100%，证明江豚种群自身的繁殖能力还是非常强的，只要为它们提供足够的不受人类活动干扰的空间，它们种群的自然增长会很快。"郝玉江表示。

鉴于天鹅洲故道长江江豚迁地保护取得的成绩，在农业部长江流域渔政监督管理办公室的推动下，又新成立了湖北监利何王庙（湖南华容集成垸）故道和安徽安庆西江两个江豚迁地保护区。据中科院水生所监测确认，2016 年已经有 1 头小江豚在何王庙故道成功繁殖。

这些迁地保护种群的建立，为长江江豚的保种工程增加了保障，也为这个物种的永久保护带来了希望。

江豚保护依然任重道远

不过，在于道平眼中，保护江豚的工作真正落实的部分远不如媒体和社会呼吁的多。早在 20 世纪八九十年代，于道平就四处奔走，只为在西江建立江豚迁地保护区。直到 2016 年，安庆师范大学与中国水产科学研究院淡水渔业研究中心合作，从长江中捕获 7 头江豚，才开启了安庆西江长江江豚迁地保护工作。

这其中的原因，于道平有自己的理解："就经济状况而言，我国是一个发展中国家，过去 40 年，政府出台了许多航运规划、港口规划、水利规划等，但没有一部长江生态保护规划。"显然，经济建设一直是各级政府的中心工作，而长江流域又是经济建设的主阵地，在长江中任何建设项目都是合情合理的。"对于很多地方政府官员而言，濒危物种保护之类的社会公益活动实质上是与经济开发相悖的。”于道平惋惜地说。在这种背景下，长江豚类的保护自然要为经济建设让步，迁到长江故道，仅仅为了保种。

“由于长江豚类是生活在大江大河中的哺乳动物，迁地保护技术难度大、投入成本高，因此这项工作也一直举步维艰。改革开放以来，社会行为与个人行为都沾上唯利是图的功利主义，人文关怀与生态文明一直未受重视。”于道平坦言。

与20世纪周开亚与过宁扶的通力合作相比，现下无论是媒体宣传还是社会舆论，都大加宣扬环境保护和濒危物种保护的重要性，很多政府官员都会大谈这项工作的重要性，但是相应的工作开展却艰难百倍。“这不能不说是这个时代的悲哀。”于道平表示。

即便面对这样的情况，于道平、郝玉江、唐文乔等奋斗在保护江豚第一线的科学家依然没有放弃努力。唐文乔曾经为江豚寻找过更好的栖息地，“我曾察看过三峡水库的一些库湾，水质很好，饵料鱼类丰富，人类活动的影响也较小，很适合江豚的生存。可以在一些库湾的外口拦网，作为江豚的迁地保护区，甚至可以将整个水库作为保护区”。

于道平也认为，尽管长江江豚保护工作一直曲折艰难，但终于迎来曙光，即长江共抓大保护的历史机遇。同时，他提出几点建议。首先，人们要吸取白鳍豚迁地保护实践活动的经验与教训，从技术层面支撑江豚迁地保护工作；其次，农业部明确的长江江豚迁地保护作为工作重点已在沿江各省份全面展开，其中有许多技术工作需要不断创新与完善，确保这项工作顺利进行。

“从事长江豚类保护工作30多年，最大的感悟是领导中国人民建设事业的是伟大、光荣、正确的中国共产党，同样的道理，中国的生态文明建设离不开党的政策和党的领导，十八大把生态文明建设写入党章，长江生态环境会好转的，长江江豚不会灭绝的。”于道平自信地说。

时光隧道中的“翼龙伊甸园”*

胡珉琦

翼龙是曾经的陆地霸主——恐龙的近亲，地球上第一类飞向天空也是唯一绝灭的飞行脊椎动物，在生物演化史上有着特殊的地位。科学家想要深挖翼龙的演化故事，只能依赖它的化石。

不过，因其飞行的需要演化出纤细中空的骨骼，翼龙化石保存非常困难，数量十分稀少，而它的蛋和胚胎化石更是罕见。

经历了12年时间，中国科学院古脊椎动物与古人类研究所汪筱林团队在新疆哈密戈壁大漠的白垩系地层中，抢救性地采集了一件超过200枚翼龙蛋、胚胎和骨骼化石三位一体保存的标本，其中16枚翼龙蛋含有三维立体（3D）的胚胎化石。

这是全世界首次发现的3D翼龙胚胎。科学家还透露，这一标本下伏岩石中还没有完全暴露的翼龙蛋，数量可能更大，推测可达300枚。

一亿年前，新疆哈密曾是不折不扣的“翼龙伊甸园”。

三维立体保存隐藏的秘密

世界上首枚3D保存的翼龙蛋和首次发现的3D翼龙胚胎，它们最特别的地方就是保存了三维立体形态。

不过，在翼龙的近亲恐龙那里，情况却大为不同。汪筱林解释，三维保存恐龙蛋不是一件难事。首先是因为它的蛋壳很硬，而且它们往往被保存在砂岩、砾岩

* 本文发表于《中国科学报》2017年12月15日第3版（“科普”），作者胡珉琦为《中国科学报》记者。

里，这样的岩层是由松散的粗颗粒堆积物组成的，成岩压实作用相对细粒沉积物而言不高，岩石的孔隙度较大，可以是储水或储油层，蛋壳受到的挤压也不那么严重。发现的翼龙蛋是在有大量泥岩砾屑的砂岩层中，砂岩层形成于高能环境，成岩过程中的压实会使蛋壳强烈变形。所以，它们能够立体保存下来，需要极大的运气。

科学家为什么想要三维立体保存的翼龙蛋和胚胎化石？因为只有接近原来真实状态的立体结构保存，才能帮助他们一探翼龙在早期发育阶段的秘密。

如今，中国的科学家不但知道翼龙蛋是呈对称的椭圆形，长约 6 厘米，宽为 3 厘米，蛋壳是由一层薄的钙质外层和厚的壳膜内层共同组成的双层结构，和现生一些爬行动物比如锦蛇的“软壳蛋”非常相似，这一次，他们更是找到了一些很有趣的翼龙胚胎发育特点。

中生代的空中霸主在还是宝宝的时候，到底有多强悍？过去，汪筱林和周忠和等依据在辽西发现的世界上第一枚胚胎化石的研究，认为翼龙应该是早熟的物种。也就是说，宝宝们在破壳后就有可能自主进食，可以飞翔，而不依赖于父母的照顾。可是，根据哈密翼龙的胚胎化石证据，结论却不完全一致。

在一个唯一保存有头部骨骼的胚胎化石里，科研人员对下颌进行了修理和电子计算机断层扫描（CT），没有找到牙齿的痕迹。实际上，牙齿通常比较坚固，更容易保存为化石。他们认为，在胚胎发育晚期还没有出现牙齿，是因为牙齿萌发更晚。所以，他们推测，哈密翼龙在刚孵化出壳之后可能没有牙齿，它们就像那些闭着眼、“嗷嗷”待哺的鸟宝宝，还需要鸟爸爸妈妈的精心照料。

这方面的证据并不是唯一的。在胚胎骨骼保存相对最完整的一件标本里，科研人员发现，哈密翼龙胚胎的股骨已经完全发育，具有了与亚成年或成年个体一致的股骨头和明显收缩的股骨颈，这意味它们在孵化后具备了在陆地上行走的能力。但与此同时，其左右两侧的肱骨却还没有发育完全，不具有弯曲的三角肌脊，而这一结构是翼龙附着于与飞行相关的胸肌的位置。另一件胚胎标本也显示，对翼龙抬升翅膀具有重要作用的肩胛骨发育也不完全。这些都说明，翼龙宝宝不是生下来就会飞的。

不过，虽然翼龙胚胎发育并不像之前认为的那么早熟，但它的骨骼生长发育的速度还是让科学家大为惊叹。科研人员选取了哈密翼龙的两枚胚胎和数件幼年到接近成年个体的长骨进行研究，他们发现，不管是在什么阶段，翼龙的骨组织类型都代表了快速的骨骼生长速度。

风暴记录“翼龙伊甸园”

在古生物学领域，科学家在前期要花费大量的时间去发现、采集和修理化石。汪筱林特别强调，发现化石和研究化石本身不是一回事。

所谓“发现”，不是找到化石这么简单。2006 年，汪筱林带领科考队第一次发现在哈密地区存在大量翼龙化石，直到 2008 年和 2011 年才在野外找到三维立体保存的翼龙蛋和胚胎。在此期间，他们进行了大面积的野外踏勘调查工作，目的是要详细了解化石的分布范围、富集程度和埋藏规律，以及如果保护这些重要化石及其遗址，对保存状况不好的，也就是已经暴露地表风化破碎的头骨等进行抢救性采集。没有这些基础工作，按图索骥，仅凭运气可发现不了重要化石。

也正是在这个过程中，科学家领略到了哈密翼龙动物群的惊人之处。汪筱林介绍，哈密不仅有大量的翼龙化石，还有大量恐龙化石，只是目前还未针对恐龙化石进行详细的野外工作。这些化石赋存地层的面积可达数千平方千米，其中翼龙化石的富集面积就有六七十平方千米，每一平方米至少有一个翼龙个体。翼龙数量如此巨大，还有翼龙蛋和胚胎，汪筱林才把那里称之为“翼龙伊甸园”，在全世界都是独一无二的。

在白垩纪，哈密的土地上究竟发生了什么，才有那么多翼龙化石聚集在此？研究人员也不禁好奇。

通过沉积学和埋藏学的观察，他们发现，这些翼龙化石全都来自含有红色泥岩砾屑的灰白色湖相砂岩中。过去，科学家已经知道翼龙常在湖泊、浅海边上空飞翔，以鱼类为食。所以，那里一定存在一个面积巨大的湖泊，曾经温暖湿润，植被繁茂。

汪筱林说，这些化石及泥质砾屑的分布是杂乱的，有的长轴不是水平的，什么角度的都有，呈菊花状构造，只可能是一种高密度重力流的沉积记录。陆地上的洪水和泥石流、海洋和湖泊风暴（浅水）及浊流（深水）都会产生高密度流。

但是，化石富集层的泥质砾屑不是通过水流从盆地外源搬运而来的成熟度较高而稳定的砾石，它是来自盆地自身内源的极不稳定的泥质砾屑。而且，地面的水流也不可能卷入带走天上飞的动物，因此，不可能是泥石流或洪水导致它们死亡的。

他认为，翼龙在当时很可能经历了多次异常残酷的湖泊风暴事件。强烈的风暴经过翼龙在岸边产卵的巢穴，将天上飞翔的、岸边产蛋的翼龙及它们的蛋卷入其中。经过短距离搬运，漂浮聚集后被快速埋藏，富集埋藏在风暴形成的泥质砾屑的高能沉积中。

这也就能解释，为什么翼龙的骨骼化石非常分散，但每一块骨骼都是完整的，甚至那些牙齿和头骨、下颌都完好地关联着。“当年，活着的翼龙被风暴卷入，带着被撕裂的皮肉生埋的。”汪筱林说。

用研究带动保护和发展

汪筱林团队在哈密地区的工作已经持续了 12 年时间，仅仅于 2014 年在《现代生物学》、2017 年在《科学》发表两篇重要论文，但却影响广泛。

“在我手里能出多少成果不重要，重要的是能给当地留下一份完整重要的自然遗产，给后来人创造持续开展研究的机会和环境。”汪筱林说。

团队对研究成果的发表有意拖延滞后，而且至今没有表明详细的化石地点，就是为了彻底摸清化石的分布规律和保存状况，明确它的科学意义，让当地政府意识到这个区域的科学价值、合理开发利用价值及保护的重要性和紧迫性，“如果不这么做，准确地点一旦广为人知，就可能遭到人为干扰和破坏”。

现阶段，除了研究，中国科学院古脊椎动物与古人类研究所积极响应国家“一带一路”战略，支持西部大开发，并加大科研投入力度，2015 年与哈密市政府签署战略合作协议，协助地方政府申报哈密翼龙国家地质公园和遗址博物馆。同时，还在哈密博物馆举办世界上最大的翼龙化石展览“飞向白垩纪——中国翼龙展”，进行科普和文化宣传活动，并在新疆维吾尔自治区科学技术协会等地方相关部门的支持下，在哈密设立了院士专家工作站和中国科学院古脊椎动物与古人类研究所哈密科研科考基地等，协助地方政府和主管部门对这一重要的自然遗迹进行有效保护，为他们合理开发提供思路、想法和发展规划。

汪筱林认为，不忘初心，牢记科学家的使命，“研究好、保护好、利用好这一重要的自然遗产，造福地方人民，造福子孙万代”。对当地的回馈同样是科学家义不容辞的责任和义务，他的团队将继续深入哈密戈壁，为实现这一目标而努力工作。

“雅女蛇”艰难破壳路*

胡珉琦

过不了几天，世界上最美的“雅女蛇”就要第一次从人工繁殖箱体里破壳而出了。在它们被发现的近一个世纪里，人们有幸看到的个体不超过 30 条。它就是被列入濒危物种的横斑锦蛇。

如果不是中国科学院成都生物研究所的科学家有史以来首次成功的人工繁殖，这种珍稀蛇类在国内几乎已经被人遗忘。但在国外，它可是很有人气的物种。

横斑锦蛇之所以被称为世界上最美的蛇之一，是因为它暗绿色的体表上，分布着一条条像黑珍珠项链一样的斑纹，非常漂亮。它的拉丁学名中，就有“珠链”的意思。

然而，这种蛇类生性安静，神出鬼没，人类很难见到它们的真容。三年前，中国科学家第一次捕获了它们的野生活体。直到近两个月前，它们才终于成功配对，并产下蛇卵。

终于寻到你

1929 年，美国动物学家史丹吉在中国四川雅安首次发现了这种蛇，命名为横斑锦蛇，并将它的标本带往美国。在此后的半个世纪里，人们再也没有发现过它们的踪迹。

一方面，是因为横斑锦蛇的保护色不易被人发现；另一方面，也是更重要的原因，是它们生性太安静，活动极其隐蔽。要不是科学家在三年前捕获了活体横斑锦蛇，仔细观察，人们还不清楚它们的生活习性。

* 本文发表于《中国科学报》2017 年 9 月 22 日第 4 版（“自然”），作者胡珉琦为《中国科学报》记者。

中国科学院成都生物研究所副研究员丁利向《中国科学报》记者介绍说，横斑锦蛇是典型的半穴居动物，每天绝大部分时间都躲在洞里不出来，只有凌晨时间才出来短暂活动。“这种蛇无毒，移动速度不快，因此，防御能力比较弱。选择这个时间出洞，大概是可以避开小型食肉动物和猛禽这些天敌的攻击。”

但这还不是横斑锦蛇最特殊的地方。玉斑锦蛇、日本土锦蛇是横斑锦蛇的近亲，它们的生活习性较为相似。最大的不同在于，横斑锦蛇对栖息地的海拔高度有非常严格的要求，必须保证在 1500～2700 米的高度，而且，这样的高度还得属于山体的低坡。这也意味着，它所分布的地区一定是在那些高海拔的大山里，气温比较低，并非大多数蛇类适宜的环境。

这也给寻找横斑锦蛇的科研人员出了不小的难题。丁利介绍，20 世纪 80 年代，曾经出现过横斑锦蛇被捕获的记录，但都不是活体记录。中国科学院成都生物研究所唯一拥有的标本，也是在路边被轧死的个体。

这样一来，有关横斑锦蛇真正分布和活动的地理信息就非常模糊。科研人员找遍了所有文献、资料，但都只是些大致的天气、环境描述，可参考的内容很有限。

三年前捕获横斑锦蛇，是因为当时启动了“芦山地震后小种群动物调查与恢复保护项目”。可事实上，为了编制当地的动物志、物种图鉴，研究人员早在 10 年前就开始大范围排查，希望能得到这种物种的活体照片。在此之前，谁也不知道它们在野生状态下的样子。

2014 年 7 月，丁利根据资料里仅有的蛛丝马迹，不断缩小搜索范围，他在喇叭河自然保护区整整寻找了一个多月，才发现了疑似蛇洞。蹲守了几天，终于抓到两条亚成体的横斑锦蛇，正好可以配对。

科研人员进一步研究发现，横斑锦蛇的分布范围很广泛，从四川西南一直可以延伸到秦岭南侧的陕西佛坪国家级自然保护区一带。但是，丁利指出，由于对海拔高度很苛刻，它们所喜欢的落叶阔叶林地带不会呈连续分布的状态，再加上它们的活动面积不过 1 平方千米左右，其实际分布点是非常破碎化的。

艰难的人工繁育

在这次人工繁育前，中国珍稀蛇类的人工繁育一直停滞不前，甚至鲜有人研究。

“这是因为，20 世纪 80 年代，国内的科研人员在繁育蛇类的过程中几乎没有成功的案例。于是，大家产生了一种误解，野生蛇类是无法在人工饲养环境中繁殖的。”丁利告诉记者。

最先打破这种认知的是国外的科研人员。玉斑锦蛇、莽山烙铁头这两种具有国际知名度的中国蛇类，被德国、俄罗斯和美国的动物园、科研机构人工繁育成功。丁利感叹，德国的团队为了繁殖玉斑锦蛇花了整整 11 年。

正是得益于他们的研究，丁利的团队从这些实践中找到了人工繁育最关键的要点。“人工饲养的蛇类，在它们性成熟、交配之前，必须要有冬眠的过程。而且冬眠时的温度、光照得恰到好处，否则它们根本不会发情，也不可能交配。”

可到底什么样的温度和光照才是适宜的，冬眠的时间需要保持多久，仍是未知数。因此，这三年来，丁利反复摸索，直到找到那个最佳的环境。

横斑锦蛇被养殖在一个超大空间的温控室内。冬季，研究人员多次去往横斑锦蛇的栖息地，掘地 1 米，测量它们冬眠时洞穴的环境温度作为参照。最初，研究人员不敢将温度调至太低，以防它们冬眠后无法苏醒，功亏一篑。最终他们发现，12℃左右是它们冬眠的最佳温度。然后，再模拟、给予自然环境下四季变换的光照条件。

除此之外，对于生性敏感的横斑锦蛇，研究人员每次接近它们都万分小心，生怕惊扰到它们。“实际上爬行动物都有这样的特点，当它们脱离野生环境，很容易患上‘压力综合征’。”丁利解释，当这些动物受到惊动，产生压力，身体免疫系统很容易崩溃，整个新陈代谢都会出现问题，一不小心就“牺牲”了。团队在对玉斑锦蛇进行试验性繁殖的过程中，就常常发生不明原因的死亡。因此，横斑锦蛇能成功产卵，不亚于一次历险。

科研人员费尽心力繁育这样的珍稀蛇类，不仅仅是为了保存物种的基因资源，对于爬行动物而言，这种方法也是保护种群数量的有效手段。

丁利表示，在水产领域，为了发展生态渔业，会采取人工增殖放流的方法，而恢复、扩大爬行动物野外种群数量，有时也可以借鉴这样的做法。

“这是因为爬行动物在人工繁殖后很快可以独立生存，是最适宜放归野外的一类动物。它们不同于大型哺乳动物，放归的成功率很低。”理论上，只要它们赖以生存的环境还在，人工繁育的个体就可以回到自然中去。

此外，科研人员需要尽快对横斑锦蛇展开摸底调查，找到分布范围内确切的分布地点，对整体的野外种群数量进行估算。同时，有机会采集更多的野外样本，通过分子遗传学的手段，分析种群演化的过程。这对科学家来说非常重要。

丁利认为，横斑锦蛇所在的横断山脉是生物多样性的热点地区，它的活动范围有限，完全依赖于所在山体的环境。因此，它可以作为该地区生态环境的指示物种。它的种群演化伴随着栖息地的变迁，科学家可以从中了解现今分布区破碎化格局形成的历史过程，乃至整个横断山脉的环境演变过程，甚至还能解锁这种变化的未来趋势，预测其对其他濒危物种分布格局可能产生的影响。

针对性的保护策略

在针对横斑锦蛇三年的调查研究之后，科学家还有一个有意思的发现。他们证实了一个此前的推论：横斑锦蛇与野生大熊猫的分布区域高度重叠。

为什么它们与大熊猫同域分布，目前科学家还没有找到答案。一种观点认为，大熊猫作为该地区的旗舰物种，对它的有效保护，会对横斑锦蛇起到“伞护作用”。不过，这却成了丁利担忧的地方。

《大熊猫国家公园体制试点方案》目前已经正式获得国家批复。届时，四川、陕西、甘肃三省的野生大熊猫种群高密度区、大熊猫主要栖息地、大熊猫局域种群遗传交流廊道合计 80 多个保护地都会被整合划入大熊猫国家公园，总面积达 27 134 平方千米。

大熊猫国家公园的目标是对区域内整个生态系统进行完整保护，并不仅仅针对旗舰物种。可随着大熊猫国家公园的项目建设，是否同样能为横斑锦蛇带来保护？

“我们发现，在横斑锦蛇的栖息地内，已经受到了部分基础设施建设的影响。”丁利坦言，由于横斑锦蛇对环境要求十分严格，活动范围又非常有限，打草尚可惊蛇，更何况是一些建设项目？事实上，哪怕是非常小范围的建房、修路，都可能对它们产生致命的威胁。

生态系统的完整保护不仅仅是一个大而无当的概念，不同的物种有各自不同的生存特点和规律，需要制定不同的保护策略，而这些小型的爬行动物很容易受到忽视。

但这不意味着对它们的保护毫无出路。科研人员正在抓紧为这些极小种群的爬行动物提供有针对性的保护策略，并在大熊猫国家公园的项目建设过程中积极协调方案。

丁利希望，能在整个生态系统不同类群的动物中都选择一些有代表性的物种，以兼顾它们之间的保护投入和关注程度。

如果物种的栖息地无法得以保全，再成功的人工繁育也一样无法改变它们的命运。

东方白鹳遭遇气候危机：退耕还湿才是最有效对策*

胡珉琦

又到了每年湿地水鸟从南方越冬归来，在北方繁殖的季节。在东北三江平原的自然保护区内，专家们忙着给珍稀的东方白鹳筑巢，好吸引它们“落户”。

半个多世纪以来，这种湿地水鸟的种群数量锐减，一方面是受土地利用变化的影响。而最近科学家发现，气候变化对这一物种生存的影响正在逐渐增强。如果全球气候持续变暖，东方白鹳栖息地的时空分布会如何变化？是否能够找到适应性对策从而有效地保护它们？

湿地水鸟是湿地生态系统健康的指示标

湿地是地球上重要的生态系统之一，它为20%的已知物种提供了生存环境，有“地球之肾”的美誉。在中国，东北地区是国内湿地资源最为丰富的地方，它主要包括三江平原、松嫩平原的沼泽、湖泊、湿草甸，以及遍布于大兴安岭、小兴安岭、长白山的森林湿地等。

大量的湿地水鸟生活在那里，其中有丹顶鹤、白头鹤、东方白鹳、黑鹳、中华秋沙鸭这样的珍稀物种。它们有的筑巢繁殖，有的将此当作迁徙路上的绝佳驿站。

有越来越多的普通民众、爱鸟人士来到湿地观鸟，湿地旅游项目也因此变得热闹起来。事实上，除了观赏价值，湿地水鸟，尤其是大型珍稀水鸟对湿地本身

* 本文发表于《中国科学报》2017年5月12日第4版（“自然”），作者胡珉琦为《中国科学报》记者。

有着重要的生态价值。

根据中国科学院东北地理与农业生态研究所副研究员、湿地生态与环境重点实验室负责人郑海峰介绍，湿地水鸟是湿地生态系统健康的指示物种，它们在维持湿地生态系统平衡中发挥了重要作用。

在一个湿地生态系统中，大型珍稀水鸟是其中的顶级群落类型，在整个食物链中主要充当着掠食者的角色。它们会优先选择鱼类为食，有时也以鼠、蛙及昆虫为食，抑或是以植物种子、叶和草根为食。它们的生存状态良好，也意味整个湿地生态系统的完整性。

同时，对于湿地植物来说，水鸟在湿地植物繁殖和演替过程中发挥着中介作用，它们可以携带植物种子，帮助植物扩散、繁殖及演替。

中国分布有湿地水鸟 264 种，长嘴高脚、黑白羽翼、体态优雅的国家一级保护动物东方白鹳，就是大型湿地水鸟的典型代表。郑海峰说，每年的 3 月，它们从南方越冬归来，春天正是它们的繁殖季。繁殖地主要集中在三江平原的洪河、兴凯湖、珍宝岛、挠力河和三江等自然保护区及松嫩平原的扎龙自然保护区。

不过，东方白鹳生性敏感，还有些孤僻，不喜欢集群，对生活要求颇为“挑剔”。它们需要优质的天然湿地来提供充足的食物，还需要周边有环岛林提供筑巢的树木。它们不但要远离人为干扰，就连巢与巢之间都要有适当的空间距离，以保证“私密性”。

在过去的半个世纪，东方白鹳曾经历过严重的生存危机。20 世纪六七十年代，它们每年繁殖近 1000 只。但到了 20 世纪八九十年代，种群数量锐减，个别保护区每年仅有 2～3 对繁殖，被国际自然保护联盟定为濒危种。郑海峰告诉《中国科学报》记者，在国家相关生态环境保护政策的背景下，东方白鹳种群数量有所恢复。

人为干预和气候变化的双重压力

东方白鹳的生存状况之所以经历巨大转变，是受到人类活动和气候变化的双重影响，栖息地质量严重下降。

郑海峰说，与 1990 年相比，21 世纪初，东北地区天然湿地丧失 57 000 余平方千米，其中大部分丧失的天然湿地被转化为农牧用地。以三江平原为例，与 20 世纪 90 年代相比，目前天然湿地的分布下降了 50%以上，其中人类活动的贡献率接近 40%。

这并不难理解，因为农业活动是三江平原天然湿地减少的主要原因。沼泽湿地大面积减少，破碎化程度加剧，尽管人工湿地面积大量增加——水稻田是人工湿地的重要组成部分，但由于东方白鹳这样的大型湿地水鸟对人为干扰非常敏感，很难适应越来越趋向于机械化作业的水稻田。对大型水鸟而言，适合生存的栖息地严重缩水。

不仅如此，郑海峰提到，还有相当部分自然湿地是受到气候变化的影响而消失的。而且，在国家施行湿地保护项目的政策下，土地利用变化对湿地水鸟的影响会有所下降，而气候变化的影响就可能逐渐增强。

实际上，排除人为干预，气候是控制湿地消长最根本的动力因素。中国科学院东北地理与农业生态研究所对三江湿地消长与气候环境变化关系的研究指出，三江平原湿地的变化与气温变化呈负相关，与降水、湿度变化呈正相关。气温持续上升，降水减少，湿度下降，就会制约湿地发育，使湿地面积减少。现在，曾经气候“冷湿”的三江平原已经趋向于“暖干”。

郑海峰表示，值得注意的是，全球变暖在北半球高纬度地区最为凸显，升温速度最快，所以，生活在北半球中到高纬度地区的生物也被认为是受气候变暖影响最明显。

退耕还湿才是最有效的适应性对策

于是，中国科学院湿地生态与环境重点实验室的研究团队，想要了解在未来气候变化的情景下，东方白鹳在三江平原的空间分布究竟会如何变化。

他们利用无线卫星跟踪定位技术与 RS/GIS 结合，最大熵的物种分布模型，以及专家决策，分析得到东方白鹳的适宜性生境。根据联合国政府间气候变化专门委员会（IPCC）和中国科学院湿地生态与环境重点实验室自己设定的不同的气候变化情景，他们计算得到的结果是，到 2050 年，A1B 气候变化情境下，东方白鹳的适宜性生境面积将减少 9362 平方千米；线性变化情景下，适宜性生境面积将减少 6889 平方千米。

东方白鹳适宜性生境面积的减少，主要对这种湿地水鸟的筑巢地和觅食地会产生显著影响，进而导致东方白鹳种群数量降低。

不过，相较于绘制湿地水鸟空间适宜性及其在未来气候变化情景下的适宜性空间，郑海峰认为，最为重要的研究是如何提出正确的适宜性管理策略去应对未来气候变化，并核算应对气候变化的有效性。

现在，每到东方白鹳繁殖的季节，自然保护区内的保护专家有一项重要任务就是人工筑巢，招引东方白鹳前来“落户”。这种做法国内科学家最早是于 20 世纪 80 年代末在吉林莫莫格国家级自然保护区开始实践的，至今在三江平原的自然保护区内已经累计建有人工巢 300 多个。

郑海峰告诉《中国科学报》记者，“人工筑巢”是应对未来气候变化的策略之一。根据他们的研究，这种方法可以提高东方白鹳适宜性生境面积两倍以上。但这并非是最佳选择。

栖息地是东方白鹳回到自然、保证种群繁衍的基础，因此只有直接改善现有生境，让它们符合东方白鹳的生存要求，才能从根本上保护这一物种。

因此，建立自然保护区，退耕还湿，才是研究团队认为的最有效的适应性对策。前者可以提高适宜性生境面积 6 倍以上，后者甚至可以提高适宜性生境面积 10 倍以上。

“这表明，东北三江平原仍存在创造东方白鹳适宜性生境的潜力。但作为重要的商品粮产地，它与生物多样保护之间始终存在博弈。”郑海峰最后说。

“许昌人”挑战人类起源说*

胡珉琦

2007年12月17日是河南省文物考古研究所在许昌灵井遗址发掘的最后停工日期。整整三年，考古队发掘出了几千件石制品和动物化石，唯独没有人类化石。

考古人员很清楚，全世界范围内的古人类化石实在太稀少了，发现它们除了要有技术，还得靠直觉和运气。

幸运的是，这一次他们的运气相当不错——几乎是在停工的前一刻，他们找到了一些淡黄色骨头，表面光圆。更重要的是，一侧边上已清楚地显露出了骨缝，这只可能是人的化石！

就这样，“许昌人”戏剧性地出现了！

但是，这个发掘地点位于自流井附近，埋藏文物、化石的地层长期被积水浸泡，尤其到了夏季，泉水加上雨水，导致这里积水更多而无法挖掘，只能等待。河南省文物考古研究所研究员李占扬带着考古队经历了7年之久才等到继续发掘的合适条件。

直到2014年，考古队一共挖掘了45块古人类头骨碎片，经过科研人员的测年和复原，它们被拼接成两颗较为完整的人类头骨，年代为距今10.5万～12.5万年。

2017年3月3日，美国《科学》杂志发表了这项成果——《中国许昌出土晚更新世古人类头骨研究》，在全世界范围内引起了轰动。因为这个发现找到了“许昌人”是中国古人类与尼安德特人交流并向现代人过渡的证据。中国境内古人类连续演化的证据链又增添了非常关键的一环。

李占扬告诉《中国科学报》记者，全世界对于东亚地区的人类演化一直知之

* 本文发表于《中国科学报》2017年3月24日第1版，作者胡珉琦为《中国科学报》记者。

甚少，以至于它一直被主流学界所忽略。“许昌人”的出现，终于使得国际学者的目光转向了中国。东亚的人类进化可能比之前人们所想象的要复杂得多，甚至可能存在与其他地区不同的演化模式。

一种新的古老型人类

人类化石被挖掘出土之后，当务之急就是要确认它的年代。

针对“许昌人”的这一关键任务落到了北京大学地表过程分析与模拟教育部重点实验室，它是目前国内测年领域的权威。

实验室周力平教授的研究组应用最新的光释光测年技术，从沉积物中分离出石英和钾长石两种矿物，尝试了多种测量方法，最终获得了精度很高的光释光年龄数据——“许昌人”的化石年代被确认为 10.5 万～12.5 万年前。

要知道，这一时期是现代人起源的关键时期，这个时期的化石也是第一次在中国境内被发现。而这一结果也得到了国际同行的认可。

“许昌人”头骨化石出土时已破裂成碎片，而这些碎片是与同时出土的动物化石混合在一起的。研究人员先要从一堆零散的碎片中挑选出人类化石，总计 45 片。经过鉴定，这些头骨碎片代表了 5 个个体，其中 1 号和 2 号个体相对比较完整。

接下去最重要的是，要把这些化石碎片像拼图一样拼接起来，看看“许昌人”到底长什么模样。

于是，中国科学院古脊椎动物与古人类研究所研究员吴秀杰的研究组采用形态观测、高清晰度电子计算机断层扫描（CT）、手工及三维虚拟复原等手段，对“许昌人”头骨进行了复原，他们还分别制作了 1 号和 2 号人头骨虚拟及实体的复原头骨及颅内膜。

这一过程整整持续了两年，足见它的繁复。

然而，复原的结果让研究人员大感意外——他们在对“许昌人”头骨形态特征、测量数据、脑形态、脑量、颅骨内部结构等特征进行细致研究之后，发现“许昌人”不是早期现代人，不是尼安德特人，不是海德堡人，也不是直立人。这是一种新的古老型人类，目前无法将其归入任何已知的古老型类群之中。

吴秀杰在接受《中国科学报》记者采访时表示，这些头骨呈现出了早期现代人、东亚中更新世直立人及欧洲尼安德特人的混合特征。

首先，“许昌人”的脑颅在扩大，其中一个头骨的颅容量达到了约1800CC，而且他们骨壁变薄、颅形圆隆、枕圆枕弱化、眉脊厚度中等，这意味着“许昌人”的头骨有纤细化的趋势。“这些恰恰就是早期现代人的特点，由此可以说明，‘许昌人’出现了向现代人演化的萌芽。他还有可能就是华北地区早期现代人的直接祖先。”

此外，“许昌人”头骨穹隆低矮，脑颅中矢状面扁平，最大颅宽的位置靠下，有短小并向内侧倾斜的乳突。吴秀杰表示，这些特征是东亚本地古老型人类，比如周口店直立人、和县直立人等也具有的特征。因此，她认为，从更新世中、晚期，东亚古老型人类可能具有一定程度的连续演化模式。

有意思的是，研究还发现，“许昌人”与欧洲的古老型人类尼安德特人之间存在基因交流的可能性。因为他具有与典型的尼安德特人相似的两个独特性状：一是不发达的枕圆枕、不明显的枕外隆突伴随其上面的凹陷。另外，内耳迷路的模式，前、后半规管相对较小，外半规管相对于后半规管的位置较为靠上。

不过，“许昌人”DNA提取并没有取得成功，也就无法从分子遗传学层面分析他的基因构成，从而精确推测它与已知的古老型人类或现代人的亲缘关系。

“即便如此，通过现有的化石证据可以肯定的是，东亚更新世晚期人类演化比过去学界认为的要复杂得多。在10万～20万年前，东亚地区可能并存着多种古人类群体，不同群体之间有杂交或基因交流。”吴秀杰说。

“非洲起源说”对“多地起源说”

这个研究结论重要，是因为它与现代人起源有着千丝万缕的联系，尤其是东亚人起源，这是个长久以来总是被忽视的区域问题。

一直以来，关于现代人的起源有两种观点长期对峙，一种是非洲起源说，一种是多地起源说。前者支持所有现代人都是由从非洲走出的智人进化而来的，他们在不同地区替代了本土的古老型人类而成为霸主；而后者则认为，直立人在各个地区都独立进化出了智人。

吴秀杰说，尤其是在非洲和欧洲，现有证据证明非洲起源说的确更占上风。

截至目前，科学家发现的最早的现代人，即所谓智人的化石出土于埃塞俄比亚奥莫—基比什和赫托遗址，时间为 16 万年前。南部非洲边界洞和克莱西斯河口洞的人类化石也早于 10 万年前。2011～2014 年，在我国湖南道县发现的 47 颗完全类型的现代人牙齿化石，使得学术界对以往认为的早期现代人在距今 6 万年左右抵达东亚大陆的假说产生了怀疑。

现今在欧洲发现的最早的现代人，为 2015 年在以色列西加利利地区 Manot 洞穴发现的距今 5 万年前人类头盖骨化石，与晚期的尼安德特人生存的时间重叠。此外，欧洲发现的距今 3 万年左右的克罗马农人的形态学证据表明，克罗马农人与尼安德特人很不一样。比如，他们的脸比较短且扁平，鼻子虽然比现代欧洲人更宽，但比尼安德特人要小巧。另外，考古和体质两方面的证据表明，他们是外来的，无论是生活方式还是创造的文化都与本地的尼安德特人不同。他们曾与尼安德特人共存，但不是尼安德特人的后代。

得益于分子遗传技术的发展，非洲起源说所能依靠的还不仅仅是人类化石的直接证据。

其中著名的例子就是“夏娃理论”。美国伯克利大学的几位科学家利用线粒体 DNA 只有母体遗传，因而追溯过程最后会导向一位单一的女性祖先的特点，根据已知的线粒体 DNA 突变速度的计算，认为所有婴儿的线粒体的 DNA 向前追踪，最后追到大约 20 万年前生活在非洲的一个妇女，即所谓的“夏娃”。

此外，已有初步的基因组多样性研究表明，非洲人在所有的现代人群中的多样性是最高的，并且有着广泛的群体分化。这个结果与人类线粒体 DNA 谱系根部在非洲的结果也是相吻合的。

欧洲寒冷干燥的气候，对化石保存更为有利，科学家成功提取了尼安德特人的古 DNA。结果发现，它非常接近于现代人的序列，同时差异也很明显。尽管他们主要分布在欧洲，但他们与现在欧洲人的相似度，并不比其他地区更高。也就是说，他们与欧洲人之间并没有不同寻常的关系。

中国人起源的纷与争

“但在东亚地区，目前能够直接证明非洲起源说的化石证据还没有发现。”吴秀杰指出。

原因是，目前为止出现在中国境内的古人类，包括直立人、早期智人、现代人化石在演化时间分布上具有连续性，空间分布上南北都存在。不仅如此，中国的古人类在体质特征、文化遗物（如发现的石器制作技术）上也是一脉相承的。这也是以中国科学院院士、古人类学家吴新智为代表的一部分古人类学家坚持多地起源说的理由。

2013 年，中国科学家将含量仅占 0.03%的田园洞人 DNA 成功辨识并提纯出来，这是中国到目前为止唯一能够获得核 DNA 的早期现代人，距今约 4 万年，也被认为是比较明确的中国地区现代人的直系祖先。分析表明，田园洞人只携带了少量古老型人类——尼安德特人和丹尼索瓦人的 DNA，更多表现为现代人的基因特征，与现在的东亚人种有着密切的血缘关系。

“但这项研究无法证明，占大部分的现代人基因特征是源于非洲的。”吴秀杰说，“况且，化石所表现出的结构特征，依然是接近于中国本土古老型人类的。”在中国，还没有出现像欧洲的克罗马农人那样，能与本土的古老型人类和文化显著区分，并能够证明是外来移民的早期现代人化石。

吴秀杰介绍说，实际上，目前完完全全由非洲智人取代世界各地本土古人类的说法早就被推翻了。科学家研究过的全球除非洲以外的个体都含有大约 2%的尼安德特人的基因组序列，这意味着非洲以外的古人类曾经遭遇过尼安德特人，并与之混血。

因此，关于人类起源又出现了第三种折中观点，认为智人在走出非洲的过程中不断与当地的古人类发生混血、杂交，共同迈向现代人演化的道路。只是，更倾向于非洲起源说的人支持非洲智人的基因对现代人的贡献占绝对主流。而另一种，其实也是多地起源说的支持者认为，世界各地现代人类起源的类型不应该只存在一种模式。吴新智就认为，欧洲人是非洲为主、本地尼安德特人为辅的混血，东亚人可能就是本地为主、外来为辅的混血，澳洲人是来自印尼为主、来自其他地区为辅的混血，总之不同地区的演化模式并不相同。

"'许昌人'的发现，让我们能够确定的是，至少依据形态学证据，证明在 10 万～20 万年前，中国境内的一种古人类已经具有了向现代人演化的趋势。而且，他们还与外来的古老型人类有混血。"吴秀杰说。

吴秀杰认为，从某种程度上，我们可以推测，并不只有非洲直立人进化成了早期现代人，至少在东亚地区同样存在这种可能性。而且，演化的路径比过去我们所认识的要复杂得多。

"但是，严格说，我们的论文本身没有涉及非洲起源说、多地区说或者折中说，因为仅凭这两个化石证据远远无法为这几种说法盖棺论定。"她强调。

目前看来，在主流学界，分子遗传学的证据始终更为强势。早在 2001 年，中国的遗传学家对 1 万多例来自东亚、北亚、东南亚等地区的 100 多个群体的遗传学分析显示，所有这些个体的 Y 染色体单倍型都是从非洲祖先衍生的，而迁徙的时间是 3 万～4 万年以前。最新的 2016 年 9 月，由哈佛医学院遗传学家领衔的国际团队对全世界 270 个地点的个体样本，进行了全新的、高质量的全基因组测序，研究证实了当今所有非洲之外人类的祖先都源自 10 万年前同一走出非洲的种群。

也就是说，现有的利用不同遗传标记，比如线粒体 DNA、Y 染色体及核基因组的研究结论，基本都是一致的。

不过，因目前的遗传技术手段是通过现生人类的 DNA 变异程度往前推测出古人类的历史，遗传学家所使用的计算方法和模型一直存在争议。所以，事实上，还没有一种学说可以提出足够的证据把另外的学说彻底否定。尤其是在东亚，化石证据和遗传学证据之间还无法相互匹配。

"这恰恰说明了古人类学研究有趣的地方。"吴秀杰对这种学术争论十分坦然。在她看来，古人类研究的目的并不是为了要证明一种假说，而是尽可能去接近真相。

"重要的是不能被已有的观点束缚了手脚。"吴秀杰说。

“昆虫”狂人黄迪颖：解开昆虫化石界两大谜团*

胡珉琦

4 亿年前专门捕食跳虫的恐怖古鞭苔甲、缅甸琥珀中最古老的完整蘑菇化石、亿万年前入侵白蚁巢穴内的神秘蠹客，就在 2017 年的两个月时间里，中国科学院南京地质古生物研究所研究员黄迪颖和他的学生蔡晨阳相继在国际期刊上发表了三篇论文。

从学生时代起就一头扎进远古昆虫世界里的黄迪颖，无数次叩开那扇冷僻的大门，把那些其貌不扬的化石“瑰宝”展示在人们的面前。

不是“学霸”也可以成为科研明星

在古生物领域，昆虫化石绝对算个冷门，很少受到人们的关注。但 1975 年出生于北京的黄迪颖却偏偏对这些小虫子情有独钟。按他的话说，这样的兴趣只是偶然转变的。

捡树种、抓松鼠、捞鱼，童年在黄迪颖的记忆里就是这样度过的。他喜欢地质和生物，不管做什么，都有父亲和母亲无条件的陪伴和支持。

在南京大学地球科学系上学时，黄迪颖的学业并不出众，甚至还常有挂科，可他始终都没有放弃寻找属于自己的世界。大学二年级在南京湖山地区进行地质实习，早就练就了眼尖心细本领的他，总能找到一些有意思的化石，曾经被认为是乏味至极的古生物渐渐开始进入他的视线。

他喜欢在图书馆翻些古生物和地史学的资料，一有空闲就在南京周边东挖西

---

* 本文发表于《中国科学报》2017 年 9 月 1 日第 4 版（“自然”），作者胡珉琦为《中国科学报》记者。

挖。再后来，他索性制订了一个详细的暑期计划，准备回北京大干一场。

黄迪颖把目标定在了房山区的芦尚坟村。他说，那是一个不折不扣的化石宝库，不仅有丰富多彩的昆虫化石，还有大量植物化石及少量的鱼化石，甚至还出现过恐龙化石。

可是，芦尚坟村离黄迪颖在中关村的家足有 40 多千米，骑着自行车单程就需要 3 个多小时。就这样，他利用本科阶段的所有寒暑假，来来回回总共跑了 46 次。

几个硬塑料盒，一些卫生纸，一个单面刀片，一把地质锤，一个放大镜，一点干粮，一壶水，一个小板凳，一把铁锹，带着这些固定装备，他夏天工作 8 小时，冬天工作 6 小时。夏天还好，冬天实在难熬，天黑出门，骑到半路手脚都冻僵了，水壶里的水也早就冻成了冰。“我当时找化石非常投入，一天中唯一的休息时间就是花 10 多分钟把干粮塞下肚喝几口水。”黄迪颖说，一整天躬身坐在板凳上不挪窝，最后还落下了腰病。

回去后，工作也远没有结束。那时候还没有专业设备，他就趴在桌子上，把放大镜的两个镜片叠起来仔细观察，眼睛凑得特别近，还要不时换手拿刀片进行细致的修理，最后把虫子的构造特征绘制成图，并与已有的资料对比。他直言，当时缺乏起码的昆虫常识，画出来的结构图很可笑，但是总能幸运地发现一些新的没有被描述过的昆虫，这也让他彻底对昆虫化石着了迷。

大学期间，他用刀片剥出了数以千计的昆虫化石，这也是他人生中的第一批化石积累。直到现在，他还收藏着那些自认为画得“不三不四”的昆虫化石图。

尽管大学毕业时黄迪颖已经完成了两篇科研论文，但他仍然与“学霸”离得很远。在父亲的帮助下，他才到了中国科学院南京地质古生物研究所当了一名研究实习员。之后的两年里，他三次考研失败，但他坚持跟着研究人员找化石、修化石、绘图，最后在《自然》杂志发表了一篇有关海口虫的重要论文。

这个转折让黄迪颖的学术生涯进入了“开挂”模式。一个月后，他被法国里昂第一大学录取，直接攻读博士学位。如今，他所发表的研究论文已有 160 多篇。

解开昆虫化石界两大谜团

昆虫化石一直是十几年来黄迪颖最重要的研究领域。为了寻找那些远古的虫子，他的搜寻范围从云南的澄江动物群到内蒙古的道虎沟生物群，从辽西的热河生物群到缅甸的琥珀。而对他来说，经历时间最长、印记最深刻的应该是在道虎沟的日子，他在那里的研究已经持续了整整15年。

道虎沟生物群是中国北方中生代一个非常著名的古生物化石群，化石类型丰富，保存完整。早在2000年年初，黄迪颖对此并不十分了解。那时候，他有逛旧货市场的习惯，不时能够淘到一些化石宝贝，这既是爱好也是工作。而后，慢慢才了解到一些从未见过的昆虫化石正是出自道虎沟。

那时的道虎沟只是个落后的小村子，很多村民挖化石、卖化石。“他们卖化石都是包堆儿卖，一化肥袋子或者一箩筐五十元。我每块都要自己挑，所以特不受待见。后来，他们发现我从一筐里挑走一些，给了六七十元，化石却不见少，就都争先恐后地排队让我挑。”黄迪颖回忆。

至于挑过的化石为什么不减少，其实是因为他专挑一些很小的、不起眼的、没人看得上的“扔货”。黄迪颖解释，一般的化石卖家都喜欢有观赏性的，比如蜻蜓、知了、蝈蝈、“蝴蝶落落”那样的大明星，而他最喜欢虱子。中生代的虱子很少见，他却收藏了1万多个，许多都是从废石头堆里捡回来的。

也因此，道虎沟的老乡们大概把他当成了个怪人。

“可对于古生物学家来说，化石的大小并不代表研究价值的高低。”黄迪颖说，那些其貌不扬的小虫子也许就有着重要的演化意义。

常年寻找化石，跟化石打交道，黄迪颖练就了一双火眼金睛，可以肉眼辨认出大多数道虎沟化石的产出层位。2008年，他从一位化石爱好者那里得到了一块道虎沟的跳蚤化石，原本他并不相信道虎沟也会有跳蚤化石，但当他一眼锁定这只跳蚤时，就深知它“大有来头”，于是立即赶回道虎沟，挨家挨户搜“跳蚤”。

2012年，黄迪颖的一项重要研究成果在《自然》发表，引起了全世界媒体的关注，还被美国探索频道评为2012年全球100大科学故事之一。在古生物学里，关于跳蚤的起源及演化证据长期缺失，而黄迪颖在道虎沟发现了中侏罗世距今约

1.65 亿年的巨型跳蚤，这些恐龙时代的巨型跳蚤体长可达 2 厘米以上。该研究将蚤目的化石纪录提前了 4000 万年以上，并揭示了蚤目的起源。

紧接着的 2013 年，黄迪颖又在道虎沟发现了在古生物学界轰动一时的恐怖虫化石，并对它一直以来颇受争议的“身份信息”给出了颠覆性的定论。

在道虎沟的日子，黄迪颖解开了昆虫化石界很重要的两大谜团。他也同时见证了 15 年里道虎沟的乡村之变，以及颇有特色的道虎沟古生物化石保护馆的从无到有。

化石研究有时的确需要点运气，但更多时候靠的是古生物学家一天又一天饿着肚子挖化石，直到浑身酸疼、两眼发花的坚持，以及一年又一年点滴积累的经验。

身负重任的猪*

袁一雪

在中国科学院广州生物医药与健康研究院赖良学课题组用于研究的养猪场里，生活着一群特别的猪。这里不仅有十几头带有基因剪刀的工具猪，而且拥有六七百头其他在生物医药领域具有重要应用价值的基因修饰猪。而这些猪的用途听起来更加“骇人”，有些基因修饰猪可以模拟人类疾病，如阿尔茨海默病、运动神经元症（渐冻人症）和亨廷顿舞蹈症等，有些猪可为人体器官移植提供异种器官来源。

异种器官移植一直是国际研究的重点方向之一。如果这一重大难关能够攻克，将会为全世界需要器官移植的上百万患者带来希望。

令人兴奋的是，这道通往希望的大门正在悄然打开——不久前，赖良学课题组在国际权威杂志《基因组研究》上发表了一篇关于构建了条件性表达 *Cas9* 基因新型工具猪模型的论文。

为何选择猪

要了解这项研究，先得从 *Cas9* 基因说起。

Cas9 基因与成簇的规律间隔短文回复技术（Clustered Regularly Interspaced Short Palindromic Repeats，CRISPR）曾经在寨卡病毒暴发时大显身手，被用于监测寨卡病毒，甚至还能用来检测重症急性呼吸综合征（SARS）、SARS 冠状病毒、麻疹病毒、流感病毒、丙肝病毒等。前者是基因中的一种核酸酶；后者来自细菌

---

* 本文发表于《中国科学报》2017 年 12 月 15 日第 1 版，作者袁一雪为《中国科学报》记者。

体内，肩负着细菌免疫的“重任”。

在 CRISPR 利用病毒 DNA 自行转化后驱逐这种病毒的过程中，Cas9 是关键的核酸酶。不过这次，两者联手却不是要检测病毒，而是被研究人员在猪身上“埋入”一个可以世代遗传的“秘密”，让它肩负起更大的使命。

这个秘密就是研究人员通过定点修改猪的基因组，为实验打开“方便之门”。

一直以来，医学技术的进步离不开实验动物的牺牲。这是因为要获得有关生物学、医学等方面的新知识或解决具体问题，人类无法在自身上实验，只能在实验室使用动物进行科学研究。

在用于实验的动物中，既有小鼠、大鼠、兔子等小动物，也有猪、猩猩、狒狒等大动物。不过，因为大动物的孕育期、生长期和性成熟期较长，不如小鼠、大鼠、兔子等小动物繁殖时间短。“如果做基因实验，就需要在胚胎期间更改基因，再放入代孕母体内，等待降生。”赖良学告诉《中国科学报》记者，“小鼠的孕期是 21 天，4 周可性成熟，继续繁殖下一代。但猪的孕期就有 114 天左右，性成熟期则需要 6～8 个月。”所以，研究人员往往会选择孕育期较短的小型动物，以便早日看到实验结果。

只是，使用小型动物虽然缩短了时间，却因为小型动物与人体的差别较大，所以实验结果往往无法直接用在人身上。那么，谁可以肩负重任，与人类相近，让实验更接近于真实呢？

在众多哺乳动物中，猪虽然与人的血缘不近，但其器官大小、形态结构、生理代谢和免疫系统等与人类非常接近。再者，猪是人类饲养的家畜，数量比狒狒、猩猩等灵长类动物更多，没有伦理方面的障碍，所以猪是目前比较理想的实验动物。

但问题是，如果想根据实验目的敲掉其中特定基因，研究人员又必须从动物胚胎期开始实施，待到动物被孕育出来才能进行实验。这样不仅延长了实验时间，而且因为培育过程复杂，成功率比较低，导致开销很大。

从事基因修饰克隆猪研究近 20 年的赖良学，意识到如果培育一种能够在体内直接进行基因编辑的工具猪就可以解决上述问题。

中国科学院广州生物医药与健康研究院博士、论文第一作者王可品在接受《中国科学报》记者采访时解释说：“我们设想可以通过基因编辑技术，将能够切割基因组的蛋白基因加入猪的基因组，这样就等于在猪的体内插入了一把基因剪刀。”而且，通过体细胞克隆获得这种带有基因剪刀的第一代工具猪，还能通过简单的配种实现世代遗传，形成带有基因剪刀的猪种群。这样，实验人员就可直接在成年猪身上做实验，而不必再从胚胎期做起，从而简化并大大地加快实验流程。

四年的坚守

找到了研究方向后，2013 年，赖良学又带领团队巧妙地设计了实验方案，接下来的任务，便是向着目标不断前行。

在实验过程中，研究人员利用基因打靶技术，将能够剪开基因的 Cas9 蛋白基因插入猪基因组的特定位点 ROSA26。“Cas9 蛋白作为剪刀，预先埋入猪基因中。不过为了防止 Cas9 乱剪，所以又加入了开关。”赖良学解释说。

控制这一开关的关键是 Cre（Cyclization Recombination Enzyme）重组酶（即环化重组酶），是来源于噬菌体 P1 的一种酶蛋白，它可以识别催化基因中两个 LoxP 位点之间发生同源重组，从而造成 DNA 的缺失、易位等现象。这一特性在基因工程操作中得到广泛的应用，尤其在诱导型基因剔除小鼠的建立中应用得十分成功。

那么，将这一技术应用到猪身上能否获得成功呢？“我们做得很顺利，因为我们当时实验设计得比较好，所以第一代猪孕育出来时就得到了想要的结果。”赖良学回忆说。

其实，实验之所以如此顺利，也得益于赖良学多年的“修炼”。他自 2007 年回国之后，一直从事基因修饰猪模型的构建。在这以前在多种基因修饰猪方面都取得了重大突破，良好的基础保证了此工具猪实验的顺利进行。

王可品是赖良学课题组一名硕博连读的研究生，他还清晰地记得，2015 年 4 月的一天，克隆的工具猪诞生。“小猪生出来是下午两三点，我们需要通过分子实验来验证小猪是否是我们需要的工具猪。”为了尽快得到实验结果，王可品与其他研究人员一起在实验室中进行鉴定。

那一夜注定无眠。王可品和同事从下午一直忙碌到第二天清晨九点，当实验结果显示为阳性时，他们特别兴奋——他们成功了！

不论是第一代还是由之繁殖起来的后代工具猪，外表和其他功能与正常家猪并无不同。“它们不会出现特异性疾病。”赖良学说。

关键是，在配种时，如果公猪与母猪只有一方进行了基因修饰，那么并非所有后代都会呈现阳性；如果公猪与母猪双方都完成了基因修饰，那么所孕育的全部后代 100%会继承这一基因。

这意味着，实验人员在使用工具猪进行实验时，不需要每次都对猪的基因组进行修饰，只需要在第一代（即 F0 代）猪的基因组特定位点插入 Cas9 蛋白基因，就可以依靠猪的自然繁殖得到同等类型的“天生自带基因剪刀”的猪（即工具猪）。

这只是开始

在等待工具猪的繁育结果过程中，赖良学还将这一技术用在狗身上。2015 年，赖良学带领另一队研究人员，在狗的胚胎期使用了同样的方法，即敲掉了其中的一部分基因，这让被孕育出的小狗呈现出肌肉更发达、运动能力更强的特点。

因为狗在营养代谢、生理解剖、心血管系统等方面与人类极其相似，且狗较为聪明，所以会被用来进行行为学研究，适合建立帕金森氏综合征、阿尔茨海默病等狗模型来研究人类疾病。当然，狗作为宠物，通过基因敲除来研究培育还可以用来优良遗传性状。

在工具猪繁育出后代以后，赖良学团队的研究人员又围绕其潜在的应用价值展开了研究。他们首先想到的是利用基因剪刀工具猪制备原发性癌症模型。

以前制备用于肿瘤发病机制研究和药物研发的肿瘤模型大多是将人的肿瘤细胞移植到裸鼠体内来实现的。“裸鼠是在胚胎期完全敲掉所有与免疫力相关的基因诞生的鼠类，即一出生就不带任何免疫力。”赖良学进一步解释说，“以这种方式制备的小鼠肿瘤模型，一方面因为没有免疫能力，另一方面不是原发性肿瘤，因此与人体肿瘤的发生发展有很大的差别，用它对肿瘤药物进行有效性和安全性检测的结果 95%以上不能转化为临床应用。”

研究人员将包装含有 Cre 重组酶和靶向六种肿瘤相关基因的 gRNAs 慢病毒

通过滴鼻方式，感染工具猪的肺脏，即让猪肺细胞的基因组发生癌化突变。果然，三个月后，该工具猪出现了典型的肺癌症状和病理变化，从而成功地建立了原发性肺肿瘤大动物模型。

“这种工具猪可在癌症研究中发挥重要作用，因为癌症本身就是基因突变。”赖良学解释说。也因此，人体身上的其他癌症也可以通过类似的方式作用在工具猪上被复制出。

“以前，一个大型动物的实验就需要花费上百万元，现在有了工具猪，不仅缩短了时间，费用降低到几万元即可。”赖良学表示。

让异体移植离临床更近

无疑，赖良学团队的研究使异种器官移植往前迈入一大步。

异种器官移植是国际研究的重点方向之一。2015 年，美国哈佛大学的中美研究人员在美国《科学》杂志网络版上发表报告说，他们利用一种新的基因编辑技术，剔除了猪基因组中可能有害的病毒基因，从而攻克猪器官用于人体移植的一个重大难关，为需要器官移植的患者带来希望。

这是因为猪基因组中大约有 11%的重复元件（PRE-1），这一比例与灵长类动物的重复元件副本几乎相同。有研究人员在《自然》杂志上发表的研究报告称，这些猪重复元件的结构和功能非常类似于灵长类动物的重复元件副本，暗示人类和猪之间存在比之前所认为的关系亲近得多。

现在，赖良学利用 CRISPR/Cas9 技术，对猪的基因进行改造，获得了多种免疫源性与人体更为接近的基因修饰猪，大大降低了人体异种器官的排斥反应，让异体移植距离临床越来越近。

另外，他们也在探索利用基因编辑猪和多能性干细胞技术培育人体器官的可能性，“比如，胰脏的发育由一个关键基因控制，即 *PDX1* 基因，所以我们只需敲掉这个基因，就可以让猪不生长自己的胰脏。在胚胎期，再将人全能性干细胞注射到早期发育的胚胎，理论上，生出来的猪的胰脏就全部来自于人的细胞，那么猪长大后的胰脏与人的就可以匹配。”赖良学举例说。

这并非空穴来风，2016 年，美国加利福尼亚大学戴维斯分校的研究团队就正试图透过向猪的胚胎注入人类干细胞，来培植出可供人体移植的器官，并希望这些“嵌合体”胚胎能为缓解世界移植器官紧缺问题提供答案。

工具猪、培育人体器官的猪……这些都是赖良学团队的研究内容，他将 CRISPR/Cas9 技术不断加入自己的理解。“现在我的学生们已经青出于蓝，他们的讨论总是能紧跟世界科技前沿动态。”这让赖良学更为激动。

2016 年，完成博士论文的王可品选择留在了赖良学的团队，他希望未来可以利用大动物基因修饰模型为生命科学和医学做出更多贡献。

彩巢计划：关注中国人的脑“成长”*

胡珉琦

大多数家长对于“生长发育曲线”一定不陌生，它是衡量儿童发育指标的一项国家标准，通过它可以监测儿童青少年的各项生理指标是否在正常发育范围内。最常见的人体测量数据就包括身高、体重、头围、胸围等。如果孩子的数据在正常值以外，儿童可能存在营养不良或其他发育异常。这对儿童发育疾病的早期干预和治疗非常重要。

不过，相较于这些体格发育指标，家长们未必会留意到人脑的生长发育。事实上，人类大脑的结构功能和心理认知也是毕生发展变化的，可以用毕生发展轨线描画。换句话说，如果明确了大脑认知与行为的生长发育曲线，也就有助于各类脑发育疾病的早期检测。

早在 2013 年，中国科学院心理研究所的团队就联合了其他科研院所在全国范围内分期分步开始了毕生发展各年龄段的心理行为与脑影像样本积累，打算在未来 10 年内建立中国人脑毕生发展的常模轨线。这项数据规模庞大、时间超长的研究项目名叫“彩巢计划”。目前，作为这项计划的开端“成长在中国”——学龄儿童青少年脑与行为生长曲线项目，在项目开展 5 年后已取得了初步研究成果。然而和这项计划的重要意义相比，它当前所获得的社会认知度和参与度还远远不够。

脑生长发育曲线缺乏

人脑毕生发展轨线为什么很重要？现有的临床流行病学调查已经可以给出

* 本文发表于《中国科学报》2017 年 12 月 1 日第 3 版（“科普”），作者胡珉琦为《中国科学报》记者。

很好的解释。

科学家发现，脑功能疾病可以在人类生命周期的任何节点发生，其中精神障碍类患者 50%在 14 岁前发病，如果把年龄放宽到 24 岁，那么这类疾病可以覆盖到 75%的患者。而且研究还发现，这类疾病可以被识别易感性出现的时间窗，比如孩子在幼儿时期表现为破坏性行为、冲动和焦虑，那么青春期就容易出现情绪化行为、精神疾病和药物滥用。

“这提醒我们，脑功能发育研究对于解读精神疾病的病因学机制至关重要。”中国科学院心理研究所研究员、“彩巢计划”项目负责人左西年告诉《中国科学报》记者。

他表示，重性精神疾病的脑发育机制研究一直是医学研究前沿和热点，但这一具体机制至今仍然是个未解之谜。以儿童与青少年期（早发）精神分裂症发病机制研究为例，这类病例十分罕见，使得国际上的相关研究也极具挑战性。相比之下，由于儿科精神疾病领域研究起步晚，国内早发精神分裂症的研究近乎空白。

目前，通过对正常儿童青少年的脑发育研究，科学家可以确定的是，精神和心理障碍具有明显的发育驱动机制。左西年解释说，脑生长对应的各类神经发育事件，包括神经生成、神经元迁移、胶质发生、突触发生、髓鞘生成、突触修剪都与各类精神障碍的发病时间有着高度重合。

“如果我们能够对这些事件进行正常范围的界定，那么，对于各类精神疾病的提前预测很有帮助。并且，还可以据此进一步深入研究各类精神障碍的脑发育机制。”

不过，即便是在全世界范围内，人脑磁共振成像技术已在脑发育基础研究领域广泛应用，但儿童青少年脑认知与行为的生长发育曲线也非常缺乏，主要原因还是脑科学相关基础研究没能给予生长发育曲线足够的重视。

左西年表示，“彩巢计划”是希望关注从学龄儿童到退休老人的毕生发展，主要包括从基本生理物理参数、心理参数到脑影像参数等全方位测查，计划在 10 年时间里积累地区级别的大数据，用于建立中国人脑与认知毕生发展常模。

具体到儿童青少年阶段，“成长在中国”项目会为“基于充足样本来构建各年龄段的健康儿童青少年标准脑，系统全面地刻画大脑发育曲线”，提供重要的基础数据，从而辅助儿童大脑发育疾病的早期干预和治疗，为中国儿童的全面发展、科学教育等相关政策制定提供科学决策基础。

“成长在中国”的收获

自 2013 年项目开始实施，中国科学院心理研究所团队和西南大学心理学部首先在重庆市的北碚区进行了试点，并对 192 名年龄在 6～18 岁的健康儿童青少年完成了跨越 5 年的追踪。

中国科学院心理研究所博士杨宁在回顾这项研究时坦言，由于涉及儿童青少年这一比较特殊的群体，大样本量的研究通常会遇到一些比较大的困难。尤其是在项目安全性科普、被试招募、组织实施等方面，特别需要学校和家长的积极配合。

在这一生长发育监测项目中，参与的儿童和青少年分别会接受身高、体重、脉搏和血压测量，磁共振影像扫描，行为量表和心理实验测查，以及韦氏智力测试。测试结束之后，这些家庭会收到一套孩子完整的生长发育专业报告，包括生理指标、情绪状况、脑发育情况等。

然后，研究团队参考世界卫生组织身高体重生长曲线常模的建模方法，针对上述每一个测验内容，基于测量数据绘制了群体水平的常模曲线，并把个体的数据绘制到常模图中。研究人员还会对该名孩子不同阶段的测量报告进行比对，比如提供儿童抑郁量表和儿童孤独量表的两次得分及两次对比情况，作为家长了解孩子心理健康水平的一个依据。

仅从学术角度，这项研究采用多队列结构化纵向实验设计，建立了一套规范多模态脑成像与认知行为的大样本纵向数据库，用 5 年时间验证了脑与认知生长曲线项目的可行性。

可实际上，科研人员也得到了一些意外的收获。杨宁告诉《中国科学报》记者，尽管在项目开始之初，学校、家长对大脑认知与行为的生长发育概念并不了解，但他们对儿童脑发育和心理健康问题有着强烈的好奇心和知识获取需求。

比如，小学中低年级的班主任很好奇发育滞后的孩子大脑有什么不一样，小学六年级到初中阶段的班主任会特别关注青春期学生的情绪变化。这些老师甚至会主动调整课程、通知家长，为自己班上的学生志愿者安排出测试时间。

相较学校老师而言，家长的关注点更个性化。大多数家长期待将参与项目作为孩子的一个成长记录，也有一些家长迫于孩子教育问题或升学压力，寄希望于通过项目测试结果指导他们“如何替孩子选择和规划未来”。

杨宁表示，虽然这些需求有的偏离了项目目标和研究本身能够给出的答案，但研究人员在将孩子的发育报告为家长做面对面详解时，还是会尽可能帮助他们发现孩子身上被忽视的方面，通过传递更全面清晰的信息帮助家长降低焦虑。同时向他们强调，发育是一个长期过程，一次结果更大的意义是反映出现阶段的养育方式、亲子沟通中需要注意的问题。必要时，也会为有需要的家庭介绍能够提供心理咨询的信息。

“接受‘心理发展是一个过程’及意识到‘我的问题给孩子造成了影响，需要想办法解决’。这是家长在这个项目中最可贵的转变。”在她看来，通过科研人员积极回应，让家长、学校、社会共同关注脑的毕生发展，重视儿童精神卫生问题，也是这项计划所显现出的价值所在。

儿童脑科学期待关注和支持

“透过先行项目的经验，我们发现儿童青少年发育研究是一项系统工程，实施过程的复杂程度也是成人项目的两到三倍。但借此可以使所有年龄段的人都接触到脑科学研究，对毕生发展研究的‘全民教育’是大有裨益的。”

杨宁举例，在荷兰鹿特丹，这一地区包括郊区人口在内才刚过百万，但当地大学、医院和市政府通过合作，对超过 10 000 名儿童开展了包括脑发育在内的追踪研究。2017 年开始，这一项目的升级版又对 5000 名 6 周的胎儿进行研究，并将持续追踪到 1 岁。

“比较遗憾的是，目前我国对儿童精神和心理障碍的重视远远不够，特别是在临床诊断和提前预防方面非常薄弱，因此亟须对儿童脑科学提高重视，加大投入。”左西年强调，尽管国外已经在脑发育方面开展了大量研究，但由于国内民众对儿童脑科学的普及度和接受度不够，导致国内近5年才得以在少数的地区和研究单元逐步开展儿童脑成像数据的采集和研究，而且相关的脑成像数据共享也发展缓慢。

他告诉《中国科学报》记者，目前中国科学院心理研究所已经成立了脑与心智毕生发展研究中心，联合多家国内科研院所长期逐步地在全国范围内开展脑与认知毕生发展研究，最终绘制中国人脑与心智毕生发展图谱。他希望通过前期的工作积累，能得到国家科技部“脑计划”等大型而长期的科学研究项目的关注和支持。

杨宁还提到，除了政府层面的支持，从更长远的角度来看，民间资本也会加入这类研究中。因此，完善立法、严格管理、监督资金使用、实验流程设计、人员执业规范等，是支撑这类长期研究可持续发展的保障。

而对普通老百姓而言，人们需要得到更多儿童脑科学及相关学科领域的知识普及，树立健康稳固的科学观。“彩巢计划”项目团队也期待，有志愿参与该项目测试的组织和个人，可以持续关注中国科学院心理研究所磁共振成像中心的招募。

钠离子电池或成市场"新宠"*

袁一雪

在电池这个庞大的家族中，相比人们熟知的锂离子电池、铅酸电池，镍镉电池、钠离子电池等因储能容量受限、循环次数较少未能成为市场的"宠儿"。

不过，近日中国科学院物理所研究员胡勇胜带领团队给钠离子电池的市场带来了一针"强心剂"。他的团队成功利用无烟煤制作出钠离子电池负极，为其进一步市场化应用提供了可能。

其实，钠离子电池与锂离子电池是同一个时期发展起来的。但钠离子电池却一直发展迟滞，其重要原因就是没有找到合适的负极材料，让钠离子变身为低成本、可实际应用的电池。但是实际上，与锂相比，钠储量丰富、分布广泛、成本低廉，并且与锂具有相似的理化性质。

鉴于此，科学家从未放弃对钠离子电池的研究。

无烟煤为钠离子提供存储空间

研究发现，锂离子电池有广阔的应用领域，更多的是缘于石墨属于高度有序的碳材料，它有低而平稳的充放电电位平台，具有充放电容量大且效率高、循环性能好的优点。

但石墨却并不适用于钠离子，因为钠离子只有在无序的硬碳材料中才能"大展身手"。并且，"在众多的负极材料中，目前硬碳材料的电化学性能最好"。作为新能源材料的研究者，胡勇胜一直致力于钠离子电池的研究。

---

* 本文发表于《中国科学报》2017 年 2 月 17 日第 3 版（"科普"），作者袁一雪为《中国科学报》记者。

不过，从成本角度出发，硬碳远远高于石墨。于是，经过几番试验，胡勇胜发现，通过裂解无烟煤可以得到一种软碳材料，可以将其作为钠离子电池负极材料。

“我们先将无烟煤粉碎，然后加热到一定的温度，就可以获得无序的软碳材料。再者，因为无烟煤的产碳率高达 90%，其裂解过程本身也很少有污染物产生，最重要的是使用无烟煤作为原料，能够大大降低钠离子电池负极材料的成本。”胡勇胜对《中国科学报》记者表示。

其实，胡勇胜的团队不仅对钠离子电池的负极材料进行开拓性研究。在 2015 年，他们在钠离子电池的正极材料研究中也有新发现。

目前，锂离子电池的正极材料往往含有镍和钴，如果钠离子电池正极材料也同样使用镍和钴，成本的下降空间有限，所以寻找新材料替代镍与钴势在必行。

在经过对铜铁锰基氧化物材料的试验后，胡勇胜发现，在层状材料中加入铜，可以提高材料的导电性。另外含铜系列的化合物不怕水，在空气中相对稳定，“这对电池应用来说非常重要，因为材料吸水会遇到一系列的问题，会增加材料成本”。胡勇胜说，最终铜铁锰成为钠离子电池正极材料的理想选择。

“相中”低速电动车市场

虽然钠离子电池距离批量生产、应用尚需时日，但胡勇胜已经瞄准低速电动车市场。“目前，我国绝大多数电动自行车、电动三轮车甚至老年代步车的电池使用的均为铅酸电池。”胡勇胜说，虽然铅酸电池在价格上似乎还有一点优势，但因为国内一直没有建立起完善的回收制度，其带来的环境污染隐患同样无法忽视。

几年前，国家就开始关注铅酸电池污染一事，2016 年 12 月 25 日国务院办公厅印发《生产者责任延伸制度推行方案》，率先确定对电器电子、汽车、铅酸蓄电池和包装物 4 类产品实施生产者责任延伸制度：以谁生产谁负责、谁污染谁负责的原则建立回收体系，铅酸电池生产企业只图利而对污染不负责任的时代即将结束。

“回收制度建立后，铅酸电池的成本势必会增加。由于环保压力及技术升级，已经有不少生产铅酸电池的主流企业，开始涉足生产锂离子电池。”胡勇胜提到。

但地球上可开采的锂资源的储量有限，锂的应用领域却非常广阔，除了电池行业，陶瓷、玻璃、润滑剂、制冷液、核工业及光电等行业都对锂有需求。胡勇胜认为，钠离子电池的出现有望在一定程度上缓解因锂资源短缺引发的发展受限问题，是锂离子电池有益的补充。

胡勇胜的团队经过测试发现：若以铜铁锰基氧化物为正极，无烟煤基软碳为负极，钠离子电池的能量密度可达到 100 Wh/kg。虽然看起来尚不如锂离子电池，但已是铅酸电池的两倍多。同时，实验室 Ah 级电池的充放电循环数已达 500 次以上，优于铅酸电池，能量转换效率高达 90%，低温性能良好（−20℃放电容量是室温放电容量的 86%），并通过了一系列针刺、挤压、短路、过充、过放等适于锂离子电池的安全试验。而且其材料成本比锂离子电池低 40%左右。

“也就是说，如果建立了铅酸电池的回收制度，钠离子电池规模化生产后，其成本将接近铅酸电池。”胡勇胜认为，更重要的是，以铜铁锰为正极的钠离子电池在生产过程及回收过程中都不会产生对环境不友好的产物。

前景可期

除了瞄准低速电动车市场，胡勇胜还期待，钠离子电池能在储能方面大放异彩。

近日，国家能源局发布了 2016 年风电并网运行情况，截至 2016 年 12 月，全年新增风电装机 1930 万千瓦，累计并网装机容量达到 1.49 亿千瓦，占全部发电装机容量的 9%，风电发电量 2410 亿千瓦时，占全部发电量的 4%。

不过，2016 年弃风电量也高达 497 亿千瓦时。“这就是缘于目前缺乏合适的大规模储能技术。”胡勇胜有些惋惜。

因为储能电池需求量众多，因此就要求其成本不能过高，而其安全性与稳定性也是考量因素。而锂资源稀缺的现状，更使其难以成为大规模的储能电池的“中意者”。

钠离子电池的发展却让储能电池成为可能。在胡勇胜看来，“当循环次数达到 5000 次时，钠离子电池就可以考虑向储能电池行业发展”。

胡勇胜进一步解释：第一，钠在地球上的储量相对丰富，成本较低；第二，这种电池的材料及生产工艺相当环保，不会对环境造成污染；第三，它的使用比较安全；第四，钠离子电池可以将电完全放空，不用担心锂离子电池的过放现象。“最重要的是，钠离子电池的生产可以沿用现有锂离子电池生产工序和装备，无须另起炉灶。”

“未来钠离子电池可以逐步取代铅酸电池，在各类低速电动车中获得广泛应用，与锂离子电池形成互补。”胡勇胜目光中有所期待。

丈量 20 年“中国强度”

——《中华人民共和国土地覆被地图集》出版背后*

袁一雪

绿色标注的是常绿针叶灌丛，翠绿色则是常绿阔叶林，淡黄色是湿性草原，淡黄绿色的是高寒草原，淡橘红色是水田，黄色则是旱地……在《中华人民共和国土地覆被地图集》（1∶1000 000）（以下简称“地图集”）中，我国广袤的领土被 40 种色块覆盖，每一种颜色代表一种覆被类型。

“土地覆被是地球表面遥感能监测到的地物类型。”地图集主编、中国科学院遥感与数字地球研究所研究员吴炳方告诉《中国科学报》记者。在地图集中，我国土地覆被类型被归纳为 6 个一级类，即林地、草地、耕地、湿地、人工表面和其他，每个一级类下再细分二级类。

“土地覆被不同于土地利用、植被等概念，它从生态功能解释我国土地分类，为区域发展提供服务。”吴炳方解释说，“土地覆被地图集更像是给国土拍了一张 X 光片，然后提供给各行业的‘医生’们进行‘诊断’。”

一句话引出地图集

吴炳方一直从事遥感工作，但他从未想到要将这些数据集结成册，因为对于业内人士来说，在数字化如此发达的今天，需要的数据都能直接从电脑中提取，既简单又方便。2013 年，中国科学院副院长丁仲礼院士在看到吴炳方承担的中国

* 本文发表于《中国科学报》2017 年 12 月 1 日第 1 版，作者袁一雪为《中国科学报》记者。

科学院A类先导碳专项获得的三期土地覆被数据集后，提出出版地图集，让遥感数据实现更广泛的应用。

一句话，引出了这本200余页的地图集。当吴炳方将地图集捧在手中时，他突然明白了这本地图集的意义，“因为数据不可能像打印出的地图一样给人如此直观的感受”。

1990年、2000年、2010年，20年的土地覆被变化，被客观翔实地记录在地图集中。而这20年，正是我国经济发展最快的时代。从地图集上，人们可以很快了解到我国哪些地方发生了引人瞩目的问题、生态系统发生了什么变化、是否影响到生态功能、人类活动与生态环境的相互影响等具有重大意义的科学问题。

相比之下，世界上其他主要国家都没有人类经济高速发展时期的土地覆被改变的完整记录。如美国，20世纪前半段是其发展最快的时期，欧洲发展最快的时期则是在19世纪，但在这些时期，遥感技术尚未出现，所以他们无法记录该时期的变化过程。这是研究全球变化、区域发展的巨大缺憾。

他们，“用脚丈量”国土

因为研究人员挖掘的是30米分辨率遥感数据的光谱信息，“所以，仅靠光谱数据，是无法辨别出所有类别的，所以工作人员要到实地去确认核实当地的情况。”吴炳方说。

也因此，在地图集项目开启的一刻，工作人员便踏上了“用脚丈量”国土的征途。

在我国西北部的新疆维吾尔自治区，既有海拔8000多米的高山，也有海拔-150多米的盆地。负责这一片区的中国科学院新疆生态与地理研究所副研究员常存，是土生土长的新疆人。2011～2013年，他带着学生跑遍了南疆和北疆。他们的脚步遍布沙漠区、狂风区、极热区甚至无人区，野外露营的帐篷是每次野外考察时随车携带的必要物资，“我们有时赶不回城市，只能露宿。”常存回忆说。但他并不觉得这些工作艰苦，反而充满乐趣，“这是我的家乡，每一次去野外，都是对文献中描述情形的实践。我对新疆了解越多，就越热爱我的大美家乡”。

当常存感受着新疆地广人稀时，中国科学院水利部成都山地灾害与环境研究所研究员李爱农正带领团队在青藏高原、横断山区，抵抗着高海拔带来的寒冷和高原反应。有时甚至要翻越海拔5000米以上的高山，在短时间内就能够经历“一年四季”温度的快速轮换，只为将土地覆被数据与基础地理信息完美结合在一起。“记得从阿里狮泉河返回日喀则的途中，由于山洪冲毁了必经之路的一座桥梁，我们不得不原地等待临时简易桥的搭建。当车辆顺利通过时已是凌晨两点钟，疲惫不堪的我们不得不冒险在漆黑陌生的山路上又行驶了一个多小时，才找到夜宿之地。”对抗凶猛的藏獒、进入沼泽、在悬崖边徒步而行……对于曾经的历险，李爱农仿佛历历在目。

而此时，在与西南遥遥相望的辽阔东北平原，中国科学院东北地理与农业生态研究所研究员王宗明则遇到了覆被的复杂情况，需要利用多时相的遥感数据区分容易混淆的土地覆被二级类型的问题。区分二级类型，也是区分具体植被的方法。王宗明根据东北地区实际情况，选择使用不同月份的多期遥感影像。比如，在东北的平原区，水田和旱地主要采用6月份的影像进行分类，此时期水田已经灌水，在影像上与旱地差异显著；常绿针叶林和其他森林类型的区分则采用了11月份的影像，此时期落叶林类型树叶凋落枯萎，与常绿针叶林形成鲜明对比。山谷低平处多分布有湿地、灌木或草地，林地常与这几类地物混淆。“因此，除了采用6～8月的影像提取林地类型外，我们在部分山区补充使用了4～5月份的影像，以便能够较好地区分出草地、林地和湿地类型。山区的分类多数采用了2～3期影像，时间跨度为2～6个月。”王宗明补充道。

“工作量大”“时间紧”“技术复杂”，这些词语在各片区负责人口中被反复提起。西南片区团队核心骨干雷光斌博士就因为监测工作而一再推迟婚期，直到2017年年初才结婚，他甚至在2011～2013年连续三个春节值守加班。

2013年对负责华东片区的中国科学院南京地理与湖泊研究所研究员马荣华而言，也是难忘的一年。那年4月，他积劳成疾，因脑出血病倒在工作岗位。经过手术治疗后，马荣华逐渐恢复了意识：“我十分恐慌，觉得对不起大家，因我一个人，拖累了全国土地覆被数据生产的进度。”于是，不顾医生“休息一年”的建议，他只休息了7个月就回到了工作岗位。说起工作，马荣华向《中国科学报》记者介绍："华东地区是近年来我国经济最发达、人类活动最剧烈的区域，土地覆盖破碎度最大，生产难度极大。经多方验证，我们生产的华东区土地覆被数据，是目前空间分辨率最高、时间序列最长、精度最高的土地覆被产品集。"

监测数据严要求

在各地科研人员"用脚丈量"国土的同时，为了保障地图集的科学性和实用性，吴炳方组织所有参与数据监测工作的院所召开大规模交叉自检碰头会议共13次。每一次，他都一丝不苟地跟进各片区数据，和大家反复讨论。"这次土地覆被监测，我要求采用新的方法，即以半自动化分类为主，尽可能地极致发挥当今遥感的监测能力和技术优势。以前从数据获取到处理技术，制约了监测方法的改进。而现在，半自动化的工作方法不仅提高了分类的精细程度，同时降低了工作强度，以往三四年才能完成的监测工作，现在只需要半年就完成了。"吴炳方打趣说，"或许下一次，我们会使用人工智能全自动地完成工作。"

对于监测数据的严格要求，同样体现在与用户对接的环节。因为地图集中的数据要真正服务于多行业部门，所以工作组要走出去与各行业对接，提升数据的价值。但对接工作并不顺利，遥感数据与很多行业的需求有偏差，比如林业部门要求分辨出自然林和人工林，但实际上遥感只能区分针叶林和阔叶林等植被类型；甚至一些部门对于监测结果不满意，要求按照他们的意见修改。"我的原则就是坚持、解释、修改。坚持科学的立场，在与各行业部门对接时进行耐心解释；对于出现的分类错误，进行数据补充、方法改进与结果修正。"吴炳方说，"我们是做科学研究的，所以数据要站得住脚，要过硬，要经得起检验。"

幸运的是，他们在与各省市环保主管部门对接时，得到了环保部生态司原副司长侯代军的大力支持。"正因为有他的耐心和鼎力支持，逐省市的数据对接成为可能。数据用户的确认既提高了数据的精度，又加深了用户对数据的理解，实现了双赢格局。"吴炳方表示。

科学也可以很艺术

6 年的野外勘察与室内数据处理，数百名工作人员的艰苦工作，让地图集上的每一处数据都有了精确定位。使用什么颜色将 40 种二级类可以清楚又美观地呈现，成为吴炳方的新课题。

一般地图都采用两种主色调，一种是俄罗斯常用的暖色，另一种则是欧美国家偏爱的冷色。“而我们以前的遥感图并不过多考虑颜色问题，只需要将不同类型用色块区分即可。”吴炳方介绍道。

为此，他们特别聘请了中国科学院地理科学与资源研究所研究员钱金凯作为该地图集颜色的总体设计师，经过反复商讨，最终选择了绿色作为地图集的主色调。接下来再细分颜色，以区别针叶林、阔叶林、针阔交混林、常绿阔叶灌丛、落叶阔叶灌丛……

深绿、浅绿、黄绿、蓝绿，各种颜色的变化，让地图集上的植被清晰可辨。对比翻阅每一张分幅的三期土地覆被图，隐藏在复杂格局背后的土地覆被主导类型和变化驱动因子跃然纸上。

期望数据可以双向交流

如今，地图集中的数据已经在环境保护部、中国科学院、国家林业局和省（区、市）级国土、环保、水利、林业、科教等部门与行业的 100 多家单位广泛应用，共享数据超过 750GB。

看着 6 年的研究开花结果，为更多部门提供便利，吴炳方的心情却是有些复杂：一方面，是高兴，因为数据被认可，数据的价值得到最大的体现与发挥；另一方面，也有些许失落，特别是当部分使用者将数据拷走使用，既不感谢又不注明出处时，他倍感失望。

“数据共享应该是双向的，单方面的数据共享是一把双刃剑，既不利于数据产品的可持续生产，也会造成谁都不想生产数据，只想共享他人数据，最终导致无数据可用的局面，同时也不利于年轻人的成长，养成坐享其成的不良习惯。”

吴炳方强调。

为此，中国科学院遥感与数字地球研究所正在着手建立云平台基础上的共享机制，不是单向的数据分发共享模式，而是双向的、交互式的、共同工作的模式。数据用户可以参与到已有数据的验证，也可以提出新的需求，或者提供更多的地面调查数据，共同完成所需数据的生产。

随着遥感技术的不断进步和我们对土地覆被认知的不断深入，数据还将会源源不断地补充和修改。“目前，我们 30 米空间分辨率数据已经更新到 2015 年，基于 2015 年数据，我们还对 2010 年、2000 年和 1990 年数据集开展了进一步的修正。未来，我们计划在 2018 年完成 2017 年全国 10 米分辨率土地覆被数据集，通过分辨率的提升，展示我国土地覆被更丰富的细节信息。目前我们的计划是每 5 年监测一次，但是终极目标是每年都能开展监测，及时把握变化。”对未来，吴炳方充满憧憬。

后　记

也许和我的个人经历有关，我对刊登在《中国科学报》“周末版”上的文章尤为关注。所以，《科学的力量：媒体人眼中的科学与科学家》这本书里的每篇报道，我之前基本上都曾读过。今天，报道结集成书后又一次翻阅，仍为记者们的文字打动，为报道中提出的问题思考。

汇编到这本集子里的，都是“周末版”记者编辑们的杰作，是他们2017年精心策划、日夜笔耕结出的硕果。这里面的一篇篇报道及呈现于报端的一个个精美版面，无不反映着我们的科学态度和社会责任，凝结着我们的辛勤汗水，闪烁着我们的思想火花。从读者方面来说，这些文章又是引起社会反响、为读者喜闻乐见的报道，把它们汇集成册，回顾走过的历程，检阅昨日的成果，无疑是很有意义的一件事。

如今，我们已走入了自媒体时代、新媒体时代，传统新闻业受到剧烈冲击，传统新闻记者这一职业不断被唱衰。科学记者自身也同样有这样的讨论与困惑：这一职业是否终将消失？

《中国科学报》“周末版”上曾刊登了一篇《科学记者会消失吗？》的报道，讨论自己的未来。记得报道中有位专家是这么说的，“在当下的竞争环境中，如果你只是一名仅仅依靠改写新闻通稿工作的记者，那么无论是从受众还是市场的角度，都是必然会被淘汰的。淘汰不掉的，是那些把科学新闻当成深度报道、调查报道、特稿写作来操作的记者。这样的记者不但不会被淘汰，而且会有很好的职业前景。”

中国科学报社的记者就是这样一群“把科学新闻当成深度报道、调查报道、特稿写作来操作的记者”，“周末版”的记者、编辑亦是如此。他们的敬业让这份职业仍有不可或缺的存在价值，他们努力为自己在未来能够拥有更多的生存与发展空间不懈奋斗着。请允许我将他们的名字一一列出，致谢他们做出的努力和贡献，他们是：温新红、袁一雪、胡珉琦、张文静、张晶晶。除了这些在书中具名的本报记者外，还有一群在幕后默默无闻地为这些报道做出贡献、为他人作嫁衣裳的编辑，他们是李芸、朱子峡、张思玮、王剑，也在此一并感谢。

作为一本年度的新闻报道汇编，本书可能没有严密的理论体系，也没有严谨的逻辑架构，但从这些具体可感的一个个科学新闻报道中，从这些侧面与片断中，读者也一定会对中国科学事业的发展产生更加真切的感受。

刘峰松

中国科学报社党委书记、科普领导小组组长